mtb

Zum Buch:

Die eine große ewige Liebe – im Film gibt es sie! Aber die Wirklichkeit ist nun mal keine romantische Komödie mit Happy End-Garantie. Das weiß Kenzi spätestens, seit ihr wundervoller Ex Shane ihr das Herz brach. Daher beschließt sie, nicht weiter auf das große Prickeln zu warten, sondern dem netten Bradley die männliche Hauptrolle in ihrem Leben zu geben. Doch Gefühle halten sich selten an ein Drehbuch ...
Pflichtlektüre für alle, die mit Bridget Jones leiden, bei „Schlaflos in Seattle" feuchte Augen kriegen und „Notting Hill" praktisch mitsprechen können.

„Fans von romantischen Komödien werden dieses Buch lieben."

Kirkus Reviews

Zur Autorin:

Victoria van Tiem ist Schriftstellerin, Künstlerin und stolze Trägerin des Schwarzen Gürtels. Sie hat einen Ehemann und zwei Kinder, außerdem gehört zum Haushalt ein Hängebauchschwein namens Pobby, um das sie sich nicht gerade begeistert, aber pflichtbewusst kümmert. Wenn sie nicht schreibt, widmet sie sich ihren beiden Lieblingsbeschäftigungen: gute Bücher lesen und romantische Filme gucken. „Herzkonfetti und Popcornküsse" ist ihr erster Roman.

Victoria Van Tiem

Herzkonfetti und Popcornküsse

Roman

Aus dem Amerikanischen von
Ira Panic

mtb

MIRA® TASCHENBUCH
Band 26035

FSC MIX Papier FSC® C014496

1. Auflage: Juli 2017

Deutsche Erstveröffentlichung

Titel der amerikanischen Originalausgabe:
Love Like The Movies

erschienen bei: Pan Books, London

An Imprint of Pan Macmillan,
a division of Macmillan Publishers Limited, London

Umschlaggestaltung: büropecher, Köln
Umschlagabbildung: Danussa, Iveta Angelova,
world of vector, MSSA / shutterstock
Redaktion: Mareike Müller
Satz: GGP Media GmbH, Pößneck
Printed in Germany
Dieses Buch wurde auf FSC®-zertifiziertem Papier gedruckt.
ISBN 978-3-95649-682-0

www.mira-taschenbuch.de

Werden Sie Fan von MIRA Taschenbuch auf Facebook!

Für meinen Mann M., auf ewig der Hauptdarsteller in meinem Leben, und unsere beiden großartigen Söhne Kirklen und Garrett – eure unerschütterliche Ermutigung und Unterstützung ist einfach umwerfend.

Für AJ, eine Frau, die ein erfülltes Leben führt, und dadurch jeden dazu bringt, das Beste aus sich zu machen. Du bist der Hollywood-Glamour in meinem Alltag, was mich auf ewig beeindruckt. Du bist mein Star!

1. Kapitel

Fast dreißig, sexy und erfolglos

Als ich neun war, habe ich meine Mom gefeuert. Dafür schrieb ich einfach mit leuchtend rotem Filzstift: „Du bist gefeuert." Außerdem zeichnete ich ein lächelndes Gänseblümchen und einen Frosch.

Okay, eigentlich feuerte die Blume den Frosch, und die Worte standen in einer Sprechblase über ihrem Kopf. Aber wenn man sehr, sehr genau hinsah, konnte man erkennen, dass der Frosch Moms Lieblingskette um den Hals trug.

Das war mein satirisches Debüt.

Leider beachtete sie es nicht weiter. Das Bild landete in der Küchenschublade, wie all meine anderen Werke. Der Pinguin, den ich von einem Foto abgemalt hatte, die Katze, an der ich tagelang gefeilt hatte, sogar der Schmetterling mit der handschriftlichen Bemerkung meiner Kunstlehrerin: „Wundervoll, sie ist so talentiert!"

Heute muss ich ausnahmsweise nicht darum zittern, ob Mom Notiz von mir nimmt. Das garantiert mir der funkelnde Diamant an meinem linken Ringfinger. Bradley ist ein echter Hauptgewinn! Blond, muskulös, kultiviert – und er will mich heiraten. Ich werde Mrs. Kensington Connors sein. Ich brauche nur daran zu denken, und schon regen sich die Schmetterlinge in meinem Bauch.

Warum bin ich dann bloß so nervös? Bradley ertappt mich dabei, wie ich meinen Ring bewundere, lächelt mir beruhigend zu und nimmt meine Hand, während er mit der anderen die

Haustür aufstößt. Er weiß, wie angespannt ich in Gegenwart meiner Familie immer bin und dass ich es gleichzeitig kaum erwarten kann, ihnen endlich den Ring zu zeigen und mit den Hochzeitsvorbereitungen zu beginnen.

In der Küche wirbeln Mom und Ren am Herd. Der Duft von zuckersüßem Gebäck steigt mir in die Nase. Ich versuche, den vertrauten Druck im Magen zu ignorieren. Mit einem Schlag bin ich keine selbstbewusste Neunundzwanzigjährige mehr, sondern wieder dreizehn und verzweifelt darum bemüht, ihre Anerkennung zu gewinnen.

„Hi", grüße ich und lächele nervös. Bradley küsst Mom auf die Wange und winkt Ren freundlich zu. Dann zwinkert er mir aufmunternd zu und trollt sich Richtung Wohnzimmer, wo Dad und mein Bruder Grayson so laut über das Gesundheitswesen diskutieren, dass ich Teile ihrer Unterhaltung bis hierher mitkriege.

Mom stellt die Rührschüssel ab und wischt sich die Hände an ihrer Schürze trocken. „Da ist sie ja! Wir sehen sie hier kaum noch, stimmt's, Ren?" Sie sagt das so, als wäre ich eine Besucherin, nicht die Tochter, die hier aufgewachsen ist. Dann breitet sie die Arme aus.

„Hallo, Mom." Es ist eine flüchtige Umarmung. Ich sehe, dass sie eins ihrer lässig-eleganten Jackie-Kennedy-Etuikleider trägt, dazu eine Schürze im Shabby Chic-Style, und Ren … *wow*, Ren hat praktisch das gleiche an. Die beiden sehen aus wie Mutter-Tochter-Zwillinge. Plötzlich eifersüchtig würde ich am liebsten brüllen: Such dir gefälligst deine eigene Mom! Aber ich weiß, dass sie ihre schon sehr früh verloren hat und ich Verständnis haben sollte.

„Hi, Kensington, du siehst gut aus." Ren lächelt mich sparsam an. Keine Umarmung. Sie beäugt meine brandneue Coach-Tasche. Für die ich lange gespart habe. „Wusstest du, dass die Dinger ausverkauft sind? Kein Wunder, es läuft ja wirklich jeder damit herum. Ich bin ganz scharf auf die neue Schultertasche von Burberry."

Ich lächele und nicke, zur Bestätigung, dass sie, selbstverständlich, noch immer die absolute Herrscherin ist.

„Jetzt spann uns nicht auf die Folter. Los, zeig her." Mom deutet auf meine Hand.

Ich fühle, wie meine Brust siegestrunken anschwillt; ein kleiner Triumph in Sicht für das Team Kenzi. Ja, ich zähle tatsächlich mit, traurig, aber wahr. Bislang hatte ich allerdings noch nie die Nase vorn. Der Allzeit-Spielstand sieht ungefähr so aus:

Team Ren: zweihundertfünfundsiebzig

Team Mom und Dad: längst den Überblick verloren

Team Grayson: genau fünfundvierzig. Aber seit ich mit Bradley zusammen bin, mischt er sich eigentlich nicht mehr ein.

Team Kenzi: vier. Und da ist heute schon mitgerechnet.

Vier einsame grüne Häkchen in einem Leben als Zweitbeste. Ich war in der Auswahl zur Homecoming-Queen, bin es aber knapp nicht geworden. Gehörte zu den zehn Besten der Abschlussklasse, war aber kein Klassenprimus wie Grayson. Ich bin Creative Director einer bedeutenden Werbeagentur, doch das scheint kein so ernstzunehmender Job zu sein wie Arzt. Mein Dad, Grayson und Ren sind allesamt Ärzte.

Meinen ersten echten Volltreffer habe ich gelandet, indem ich Bradley mit nach Hause gebracht habe. Sie beten ihn förmlich an. Ehrlich gesagt passt er auch viel besser als ich in diese Familie von Pseudo-Kennedys. Das zweite grüne Häkchen gab's, als unsere Beziehung die Ein-Jahres-Marke erreichte. Das dritte, als wir uns vergangene Woche verlobten. Und jetzt ist dieser Mega-Ring ein todsicherer Kandidat, Sieg Nummer vier einzufahren.

Ich halte die Hand so, dass der Stein das Licht einfängt, das durchs Küchenfenster fällt. Das Funkeln ist an Perfektion nicht mehr zu überbieten.

Ren packt meine Hand, um besser sehen zu können. „Oh! Er ist umwerfend, Kensington. Bradley ist zu gut zu dir."

In Wahrheit meint sie natürlich, Bradley ist zu gut *für* mich. In exakt diesem Moment bin ich richtig stolz auf ihn, weil er sich so ein edles Teil leisten kann und so einen exquisiten Geschmack hat. Es spielt keine Rolle, dass seine Wahl nicht meinen persönlichen Geschmack trifft. Der Ring ist von Tiffany's, er ist groß, und er hat alles, was er braucht, um gut anzukommen.

Ren zuckt zusammen. „Oh, aber du solltest dir wirklich die Nägel machen lassen. Jetzt, wo jeder auf deine Hand starrt, willst du den Effekt doch sicher nicht durch ungepflegte Nagelhäute ruinieren? Das ist das Mindeste, was du für Bradley tun kannst."

Dingdong. Team Ren: zweihundertsechsundsiebzig Punkte.

Sie kramt in ihrer Handtasche, holt eine Visitenkarte heraus und reicht sie mir. „Hier, ruf da an und frag nach Cindy. Die ist großartig."

„Ja, wir waren gerade erst da, für einen Mädelsnachmittag." Mom wedelt mir mit ihren pink lackierten Fingerspitzen vor dem Gesicht rum. Mir fällt auf, dass Rens Nägel in derselben blasspinken Nuance glänzen.

Mädelsnachmittag. Ohne mich.

Ich bewundere die Maniküre und lächele. „Sieht toll aus. Ich rufe da bestimmt an. Also, was sagst du, Mom? Hat Bradley doch gut ausgesucht, oder?", frage ich, in der Hoffnung, doch noch ein grünes Häkchen klarmachen zu können. Ja, ich weiß, dass das jämmerlich ist.

„Oh, ja, Schatz. Das hat Bradley ganz großartig gemacht." Lächelnd bedeutet Mom Ren, die Blaubeeren aus dem Kühlschrank zu holen, und widmet sich wieder der Rührschüssel.

„Kann ich irgendwas helfen?" Ich fühle mich ein bisschen

fehl am Platze. „Vielleicht den Tisch decken oder schon ein paar Sachen auftragen?“

„Nein, nein, wir haben alles im Griff, nicht wahr, Mutter Shaw?“ Ren grinst meiner Mom verschwörerisch zu.

Einen Augenblick lang stehe ich einfach nur da und drehe nervös an meinem Ring. Das war's dann wohl, schätze ich. Die erste Runde des Shaw Sonntagsbrunchs ist offiziell beendet. Über meine Hochzeitspläne reden wir dann wohl beim Mittagessen. Selbstverständlich werden wir das tun. Auf keinen Fall lasse ich zu, dass *das* unter den Teppich gekehrt wird.

Warum habe ich mir bloß nicht die Nägel machen lassen?

Ich gehe die Treppe hoch und steuere mein altes Zimmer an, das komplett renoviert und zu Moms Hobbyraum umgewidmet wurde. Sie klebt leidenschaftlich gern Scrapbooks, Fotoalben mit allerlei kunstvollem Drumherum. Ihre Projekte gestaltet sie an einem riesigen quadratischen Arbeitstisch mit zahllosen Schublädchen und Regälchen voller Klebebuchstaben, Borten, Blümchen und sonstigem schmückenden Beiwerk. Das bisschen, was von *mir* übriggeblieben ist, steckt in einem Karton, auf dem „Kensington“ steht, ganz hinten im obersten Regal des Kleiderschranks.

Seufzend ziehe ich mein Handy aus der Tasche und gehe auf Facebook. Das mache ich ständig. Ich linse dauernd auf mein Smartphone, um zu sehen, was andere Leute so treiben. Dann vergleiche ich es mit dem, was ich gerade mache – oder nicht mache – und überlege, was ich alles tun könnte. Die Sache ist bloß … Am Ende mache ich dann genau das Gleiche wie vorher. Ich verschwende nur Stunden meines Lebens damit, ständig aufs Smartphone zu glotzen.

Bislang haben wir ausschließlich unseren Familien von der Verlobung erzählt, und zwar ganz klassisch am Telefon. Ich werde noch bis heute Abend warten, um das Ereignis im Netz zu verkünden. Die Ungeduld bringt mich schier um.

Zwei neue Freundschaftsanfragen. Ich klicke auf das Symbol, um die erste Anfrage anzusehen, sie stammt von einem Mädchen, das ich aus dem Fitnessstudio kenne. Als ich die zweite näher in Augenschein nehme, erstarre ich. *Das gibt's doch gar nicht!* Ich halte mir das Handy näher vors Gesicht und starre auf das winzige Foto. In meiner Brust zieht sich irgendetwas zusammen. Das kann nicht sein. Oh mein Gott. *Es ist wahr.*

Es ist Shane.

Shane Bennett.

Ausgerechnet Shane Bennett, der mir nach vier gemeinsamen Jahren das Herz in tausend Stücke gebrochen hat. Und plötzlich will er sich auf Facebook mit mir befreunden?

Im Ernst jetzt?

Die Gefühle übermannen mich. Aber keine Tränen. Ich habe seinetwegen schon alle Tränen geweint, die ich in mir hatte, Hunderte, vielleicht sogar Tausende. Was ich im Moment fühle, sind nur Nachbeben des Schmerzes, die immer auftreten, wenn ich über eine Erinnerung an ihn stolpere. Kleine Erschütterungen, die auf das verweisen, was einmal war.

Er war aus England zu seinen Großeltern in den Mittleren Westen gezogen, um hier die Highschool zu besuchen, und ist dann geblieben und aufs College gegangen. Dort lernten wir uns kennen. Ich weiß nicht mehr, worum es ging, aber wir fingen an zu reden und hörten nicht mehr auf. Von da an waren wir ständig zusammen. Er bestand nur aus Widerspruch und Wuschelhaaren. Ich liebte sein Haar.

Er war meine erste wahre Liebe. Mein erster wirklicher Herzschmerz. Mein erstes echtes *Ein und Alles.*

Ich schaue auf meinen „Kensington"-Karton im Kleiderschrank. Eigentlich müsste da „Kensington und Shane" draufstehen. Jedes Kärtchen, das wir uns geschrieben haben, und alle kleinen Erinnerungsstücke sind sicher darin verstaut. Ich stelle mich auf die Zehenspitzen und taste nach der Kiste, bis ich sie zu fassen kriege und zu mir herunterziehen kann. Es gibt da ein ganz bestimmtes Foto, das ich auf einmal unbedingt sehen will. Es stand früher gerahmt neben meinem Bett und zeigt ihn so, wie ich ihn in Erinnerung habe.

Ich stelle die Kiste auf den Tisch und öffne sie so vorsichtig, als könnten die Erinnerungen, die ich hier eingesperrt habe, irgendwie entkommen.

Dann wühle ich mich durch den locker gestapelten Inhalt, suche nach dem Bild.

Da ist es! Mein Mund zieht sich zu einem harten Strich zusammen, während ich es betrachte. Shane lehnt entspannt an der Wand, den Kragen lässig aufgestellt, das Notebook locker in der Hand. Das ist das Gesicht, dem ich jeden Abend eine gute Nacht wünschte, das mich jeden Morgen begrüßte, das ich so lange vermisst habe.

Ich lasse meinen Blick zwischen dem alten Foto und seinem Facebook-Profilbild hin und her wandern, vergleiche die beiden. Dasselbe dunkle, wellige Haar. Dieselben honigbraunen Augen. Derselbe Shane.

Ein bisschen älter. Aber er ist es definitiv.

Ich gestatte mir einen tiefen Seufzer. Warum hat er damals nicht einfach alles abgestritten? Ich hätte ihm geglaubt. Ich wollte, dass die Dinge so blieben, wie sie waren. Ich wollte ihn. Aber er sagte nichts, nur, dass es ihm leidtäte. Und dass er es nicht erklären könne, weil…

„Kenzi?“ Tante Greta.

Ich rufe: „Hier“, werfe hastig das Foto in die Kiste und die Kiste zurück in den Schrank.

„Ich dachte mir, dass du hier oben bist. Essen ist fertig.“

Tante Greta trägt dunkle Jeans und eine weite, flatternde Tunika. Eine Halskette aus Türkis-Schmucksteinen betont ihre blauen Augen und bildet einen knalligen Kontrast zu ihrer neuerdings leuchtend roten Mähne.

„Tolle Farbe", kommentiere ich lächelnd und schließe die Nachrichten.

Sie wirft ihre schulterlangen Locken zurück. „Deine Mom findet es schrecklich. Sie sagt, es erregt zu viel Aufmerksamkeit."

Ich hebe eine Braue. „Ist das nicht Sinn der Sache?"

Ihr Lachen ist warm und herzlich. „Es ist ein Extra-Bonus."

Ich bin mir nicht sicher, ob sie die gesteigerte Aufmerksamkeit meint oder die Tatsache, dass meine Mutter sich darüber ärgert. Vermutlich beides. Tante Greta gilt als schwarzes Schaf der Familie, sie ist „die Unkonventionelle", weil sie sich nicht im Geringsten darum schert, was die Leute denken. Damit steht sie in der Shaw'schen Hackordnung noch eine Stufe unter meiner Position als Mädchen-das-nichts-auf-die-Reihe-kriegt-sich-aber-zumindest-bemüht.

Sie ergreift meine Hand, um den Ring zu bewundern, und pfeift anerkennend. „Wow. Der hat eine ganz schöne Stange Geld gekostet. Was haben Renson dazu gesagt?"

Tante Greta ist die Einzige, die meinen Spitznamen für das Superduo Ren und Grayson kennt. Ich unterdrücke ein Lachen.

Sie lächelt. „Nächstes Mal, wenn du sie siehst, hat sie ein paar neue Steine in ihrem Ehering, da gehe ich jede Wette ein." Sie lässt meine Hand los und deutet mit dem Kopf zur Tür. „Na los, bringen wir's hinter uns."

Während ich ihr nach unten folge, hole ich noch mal das Handy aus der Tasche. Warum will mich Shane plötzlich nach all den Jahren kontaktieren? *Moment mal.* Die Freundschaftsanfrage ist verschwunden.

Wo ist die Freundschaftsanfrage?

In meinem Magen bildet sich ein schmerzhafter Knoten. Ich klicke die App an, um meine Pinnwand aufzurufen. Und lese: „Kenzi Shaw ist jetzt mit Shane Bennett und einer weiteren Person befreundet." *Was?*

Tante Gretas aktueller Toy Boy heißt Finley. Er scheint ganz nett zu sein, aber ich mache mir gar nicht erst die Mühe, ihn näher kennenzulernen, weil er bei der nächsten Brunchrunde vermutlich schon nicht mehr dabei sein wird. Er zeigt viel zu viel Interesse an Ren, die ihn jedoch höflich ignoriert.

„Wie läuft's im Krankenhaus, Grayson? Konntest du schon mal das 3-D-Video bei der Thorakoskopie einsetzen?", erkundigt sich Dad, während er scharfe Soße auf sein Rührei träufelt.

Grayson hält mitten in der Bewegung inne, ein leeres Glas in der Hand. „Ja, vorige Woche habe ich es eingeweiht. Ein sehr effizientes Gerät. Ich werde der Klinikleitung vorschlagen, dass wir uns selbst eins anschaffen."

„Sehr gut." Dad reicht eine Platte mit gefüllten Pfannkuchen an Ren weiter.

„Irgendwas Aufregendes auf der Kinderstation passiert?", fragt er, während sie sich bedient.

„Na ja, irgendwas ist immer los, wenn man mit Kindern arbeitet", erwidert Ren lächelnd.

Dad nickt, isst ein paar Bissen und wendet sich dann an Finley. „Und was machen Sie so, Finley?"

Bradley lädt sich zwei Würstchen auf den Teller und winkt dankend ab, als Mom versucht, ihm Pfannkuchen unterzujubeln.

„Bradley verzichtet auf Kohlenhydrate, Mom", rufe ich ihr in Erinnerung.

Finley strafft den Rücken und räuspert sich. „Vertrieb. Momentan Telefone. Ich war eigentlich immer im Handel tätig."

„Sehr gut", sagt Dad. „Bradley ist Vertriebsleiter bei Safia, der größten Werbeagentur in Indianapolis. Kümmert sich um meine Werbeplanung." Dad betreibt hier im Ort eine Schönheitsklinik. Man kann sich dort die Falten mit Botox lahmlegen und die Lippen aufspritzen lassen oder die Dienste eines Schönheitschirurgen in Anspruch nehmen, alles unter einem Dach.

Dass er und Mom so stolz auf Bradleys Status sind, aber meinen Job nicht ernst nehmen, ergibt für mich absolut keinen Sinn. Schließlich sind wir beide in derselben Agentur tätig, und zwar beide in einer Führungsposition.

Bradley nickt und gestikuliert mit seiner Gabel, um anzukündigen, dass er etwas sagen will. „Apropos, ich habe mal ein paar Zahlen für den TV-Spot im Nachmittagsprogramm von Channel Six durchgerechnet, über den wir neulich gesprochen haben."

Ich warte, bis er mit seinen Ausführungen zu den Fernsehgewohnheiten von Hausfrauen mit 2 Komma 3 Kindern an Privatschulen und sechsstelligem verfügbaren Einkommen fertig wird. Äußerlich nicke und lächele ich, aber mein Inneres brodelt vor ungeduldiger Aufregung. Ich kann es kaum erwarten, unsere Hochzeitspläne ins Gespräch zu bringen.

Tante Greta zwinkert mir zu und unterbricht Bradleys langatmiges Geschwafel. „Kensington, habt ihr zwei eigentlich schon ein Datum festgelegt?"

Jetzt ruhen aller Augen auf mir. Ich strahle wie ein Honigkuchenpferd. Aber gerne doch! *Jetzt geht's los.* Mein Magen schlägt Purzelbäume.

Bradley packt meine Hand und lässt ein warmes Lächeln aufblitzen. „Noch keine festen Pläne, aber vielleicht im nächsten Frühjahr? Was meinst du?"

„Gute Idee", erwidere ich glücklich. „Eine Hochzeit im Frühling, das klingt wirklich hübsch …"

„Oh, ich halte es nicht länger aus. Wisst ihr, was noch im nächsten Frühling passiert?", platzt Ren heraus. In ihrer Stimme schwingt ein untypisch hoher Anteil überschäumender Fröhlichkeit mit. „Ein Baby! Wir sind schwanger!"

„Oh! Oh mein Gott!", quiekt Mom, springt auf, rennt um den Tisch herum und wirft je einen Arm um Rens und Graysons Schultern. „Sie ist schwanger! Ich werde Großmutter!"

Alle schreien und applaudieren. Es ist wie in Las Vegas, wenn jemand beim Spielautomaten den Hauptgewinn abräumt.

Dingdong. Dingdong. Dingdong. Dingdong. Team Ren: zweihundertsiebenundsiebzig. Nein, dreihundert! Fünfhundert! So viel, dass man mit dem Zählen gar nicht mehr nachkommt. Sie hat den verdammten Jackpot geknackt!

Mein Dad kriegt sich gar nicht wieder ein, dass er nun bald Grandpa genannt wird. Grayson erklärt, dass sie das mit dem Kinderkriegen nicht ewig aufschieben konnten, da Ren doch immerhin schon neunundzwanzig sei. Man stelle sich vor, sie ist *fast* dreißig. Sogar Finley schüttelt meinem Vater die Hand. Mom ruft mir zu, dass ich auch keine Zeit zu verlieren hätte und Bradley und ich bloß möglichst schnell heiraten sollen, um die Dinge entsprechend ins Rollen zu bringen.

Tante Greta wirft mir einen mitfühlenden Blick zu. Ich ringe mir ein halbherziges Lächeln ab, um ihr zu zeigen, dass es mir nichts ausmacht. Ich meine, natürlich freue ich mich für die beiden.

Ein Baby.

Das ist der Jackpot.

Noch bin ich nicht dreißig, also habe ich noch Zeit.

Ich schaue auf meinen Verlobungsring und male mir in Gedanken ein neues „Du bist gefeuert"-Schild in knallrotem Filzstift aus. Diesmal für meine Schwägerin. Für sie gibt's keine Blumen oder Frösche.

Sie hat schließlich schon ein Baby.

Wir haben kein bisschen über die Hochzeit geredet.

Ich werfe meine Tasche auf den Küchentresen, ziehe den Mantel aus und gehe zum Kühlschrank, um nach einer Flasche Wein zu fahnden. Es war ein langer Tag. Statt glücklich und aufgeregt, fühle ich mich total erledigt. Gedanken an den heutigen Familienbrunch, Shanes plötzliches Wiederauftauchen und Rens große Verkündung schwirren mir durch den Kopf und machen mich schwindelig.

Der Weißwein ist geöffnet und gekühlt, also schenke ich mir ein Glas ein. Bradley trinkt zwar lieber edlere Tropfen, stattet mein Apartment aber stets mit dem günstigeren lieblichen Wein aus, weil er weiß, dass ich den mag. Ich lehne mich gegen den Tresen und nehme einen Schluck. Der fruchtige Verschnitt spült den Kloß weg, der seit ein paar Stunden in meiner Kehle feststeckt.

Ein Baby ist eine tolle Neuigkeit. Es ist das erste Enkelkind. Ich bin sicher, dass Mom, sobald sie die frohe Botschaft erst mal verdaut hat, meine Hochzeit mit mir planen und mir bei allen Details helfen will. Natürlich wird sie das tun. Ich bin ihre einzige Tochter, und es gibt so viel zu tun: das Brautkleid aussuchen, den richtigen Veranstaltungsort finden – wir haben ja noch nicht mal ein Datum.

Der Ring hat ihr gefallen.

Ich hebe meine Hand, um ihn zu bewundern. Tatsächlich gibt es nichts daran auszusetzen. Der Stein funkelt nach den vier Regeln der Juwelierskunst: Farbe, Reinheit, Schliff, Karat, alles stimmt. Vielleicht sollte ich noch ein fünftes Kriterium hinzufügen: Komischer Geschmack. Weil er *mir* nicht gefällt.

Nein, das stimmt nicht, ich mag ihn schon – es ist nur nicht der Ring, den ich mir ausgesucht hätte. Zu klassisch und sehr groß. Womöglich ein bisschen zu groß. Ich spüre, wie ein Lächeln an meinen Mundwinkeln zupft, denn Bradley sagt, dass ich es wert bin.

Was soll's, so eine große Rolle spielt der Ring jetzt auch wieder nicht, er ist schön, und ich bin glücklich. Ich werde heiraten und bin der Gründung einer eigenen Familie damit einen Schritt näher. Bradley will viele Kinder, am liebsten eine ganze Footballmannschaft. Ich wäre schon mit einem zufrieden. Vielleicht zwei.

Mindestens ein Mädchen.

Während ich leer vor mich hinstarre, stelle ich mir Ballettstunden und Tanzaufführungen vor. Ich könnte mich an der Schule engagieren und mit den Kostümen helfen. Ich habe für meine Puppe mal ein Tutu aus dem Unterrock eines meiner Kleider genäht. Mom hat mich damals furchtbar angeschrien, weil das Kleid von irgendeinem superteuren Designer stammte. Ob meine Tochter wohl mit Haaren zur Welt kommt? Bradley war ganz kahl, und ich hatte nicht mal genug Flaum auf dem Kopf, um eine Schleife festzustecken. Mom musste sie ankleben.

Ren kriegt bestimmt ein Mädchen.

Kein Problem. Ich bin als Nächste dran. Ich habe noch Zeit.

Ich trinke aus und schenke mir sofort das nächste Glas ein. Das mache ich nach jedem Brunch im Kreise der Shaws so, während ich mich damit martere, auf meiner mentalen Liste abzuhaken, wie ich im Vergleich zu Renson abgeschnitten habe. Ich gewinne nie. Ich weiß nicht, warum ich dachte, dass das heute anders sein würde.

Noch ein tiefer Schluck, um mich innerlich zu stärken, dann setze ich mich an meinen Schreibtisch, schalte den Computer an und logge mich bei Facebook ein.

Immerhin habe ich es geschafft, mich volle fünfzehn Minuten lang zurückzuhalten.

Mein Herz klopft ein bisschen schneller, als ich „Shane Bennett" ins Suchfeld eintippe. Kleine Funken der Aufregung fliegen durch mein Inneres, als sein Gesicht unter denen meiner Freunde auftaucht. Wie erwachsen er aussieht. *Aber ist er wirklich erwachsen geworden?* Shane hatte immer große Ideen, aber nie die Disziplin, sie auch durchzuziehen. Er schaffte es kaum bis in die Seminare. Viele seiner Hausarbeiten habe in Wahrheit ich geschrieben.

Ich nehme noch einen Schluck und begutachte sein Foto.

Sein Haar ist immer noch wellig und ein wenig zerzaust, aber kürzer als früher. Auf seinen Wangen ist ein Anflug von Bartstoppeln zu sehen und um seinen Mund die Andeutung eines Lächelns.

Gott, er ist immer noch umwerfend. Was ich verdammt ärgerlich finde.

Der dämonische Plan, den ich in der Zwischenzeit ausgeheckt habe, sieht folgendermaßen aus: Ich poste diverse Fotos meines Superrings, außerdem wie zufällig gestreute Nachrichten darüber, wie wahnsinnig glücklich und sensationell erfolgreich ich bin, und dann, nach ein paar Tagen – damit er auch genug Zeit hatte, das alles zu sehen – werde ich Shane löschen.

Schon wieder.

Für immer.

Auf Nimmerwiedersehen.

Ich puste mir eine widerspenstige Strähne aus dem Gesicht. Unsere gemeinsame Freundin Tonya, mit der ich heute zusammenarbeite, fand damals heraus, dass er mich betrog. Ich wollte ihr nicht glauben, aber als ich ihn zur Rede stellte, machte er dieses Gesicht, bei dem Miene und Worte nicht ganz zusammenpassten, und ich wusste Bescheid. Ich konnte es fühlen.

Er versuchte, es mir zu erklären, aber ich hörte nicht zu. Dann ging er nach England, um für seinen Dad zu arbeiten, und ich blieb allein zurück. Und damit war es vorbei.

Erledigt.

Ich seufze. *Ich* bin erledigt. Ich logge mich aus und mache mich bettfertig.

Mein Kopf schwirrt vor Gedanken an Babys und Shane Bennett. Ich muss zur Ruhe kommen. Morgen steht in der Agentur eine große Präsentation an. Bradley will, dass wir gut ausgeschlafen und zu allem bereit sind. Aber ich kann nicht schlafen, weder gut noch schlecht.

Ich vergrabe das Gesicht im Kissen und ziehe mir die Decke über die Ohren. Wenn Bradley hier wäre, hätte ich es wenigstens warm. Er ist so was wie meine persönliche Heizdecke, und meine Füße sind kalt. Ich hätte ihn hier übernachten lassen sollen, habe ihm aber gesagt, dass ich mich nicht wohlfühle. Und das stimmt auch. Ich bin völlig am Ende.

In „30 über Nacht“ wünscht Jennifer Garners Figur Jenna sich an ihrem dreizehnten Geburtstag, sie wäre schon dreißig und könnte die Jahre bis dahin einfach überspringen. Dank des Wunschpulvers, das sie dabei benutzt, wacht sie am nächsten Morgen tatsächlich als Dreißigjährige auf, und ihr Leben ist auf den ersten Blick genauso toll wie erhofft. Bei näherem Hinsehen muss sie jedoch feststellen, dass alles seinen Preis hatte. Aber sie kriegt eine zweite Chance.

Wo ist meine zweite Chance?

Ich bin fast dreißig, und mein Leben ist … *was*? Alles ist so, wie es sein sollte, und doch ist es nicht gut genug. *Ich* bin nicht gut genug. Mit den Tränen kämpfend starre ich an die Decke. Heute hätte ich einen dieser besonderen Momente erleben sollen, an die man sich auf ewig erinnert. Eine dieser hochemotionalen Glücksszenen, wie man sie aus Filmen kennt. Wenn Dad gar nicht fassen kann, dass sein kleines Mädchen wirklich heiratet, und Mom Tränen des Glücks vergießt.

Stattdessen bin ich die Einzige, die hier Tränen vergießt, und mein großer Moment wurde aus dem Film rausgeschnitten.

2. Kapitel

Kein Chef, ein Kunde zum Verlieben

Auf dem Parkplatz der Agentur checke ich noch rasch meinen Newsfeed bei Facebook. Shane hat nichts aktualisiert. Da wir jetzt befreundet sind, ist stalken erlaubt. Mom und Ren haben beide einen neuen Status. Bei Ren steht *Baby an Bord*, gefolgt von jeder Menge Gratulationen und Likes. Mom hat geschrieben: *Hier ist Patrice Shaw. Ich kann gar nicht erwarten, Großmutter zu werden!*

Meine Verlobung erwähnt sie mit keinem Wort. Okay, ich habe sie auch noch nicht verkündet, aber trotzdem.

Ich hole tief Luft, um ein Gefühl zurückzudrängen, das viel zu dicht unter der Oberfläche lauert, und tippe: *Glückwunsch, Ren und Grayson.* Das zeigt, dass ich mich für sie freue und dazugehöre. Und auch wenn ich in Wahrheit nicht dazugehöre … ich freue mich wirklich für sie.

Ich schalte den Monitor aus, werfe das Handy in meine Tasche und gehe rein, um mich auf meinen Pitch vorzubereiten. Gleich haben wir ein großes Meeting zum Thema Carriage House, einem angesagten Restaurant, das verstärkt Gäste aus der Zielgruppe „Romantisches Dinner zu zweit“ anlocken und so das Wochenendgeschäft ankurbeln möchte. Der Laden gehört zu einem größeren Unternehmen, das unser Geschäftsführer Clive als Gesamtkunde an Land ziehen will.

Er hat mir einen Bonus versprochen, wenn ich das Ding eintüte. Das Extrageld könnte ich gut für die Hochzeit gebrauchen, da Bradley wild entschlossen ist, fast alles aus eigener Tasche zu bestreiten. Er kommt aus relativ bescheidenen Verhältnissen, daher ist es ihm sehr wichtig, für sich selbst aufzukommen. Er will nicht mal zulassen, dass meine Eltern uns etwas zuschießen, wie sie das bei Grayson und Ren getan haben. Dieser Stolz zählt zwar zu den Dingen, die ich an ihm liebe, bedeutet leider aber auch eine kleinere Hochzeit mit ziemlich viel Rechnerei.

Ich brauche also diesen Bonus, daher muss ich eine Frau verkörpern, die andere überzeugen kann, jemanden wie … Lucy Kelson, gespielt von Sandra Bullock in „Ein Chef zum Verlieben". Die ist klug, einflussreich und kommt auf die Idee, bei zwei scheinbar identischen Briefumschlag-Modellen den Geschmack zum entscheidenden Auswahlkriterium zu machen. Extrem cleveres Mädchen. Sie würde den Bonus kriegen.

Ich hake im Geiste eine Liste ab, während ich den Flur entlanglaufe. Das Outfit stimmt schon mal: geschäftsmäßiger Bleistiftrock, weiße Bluse, glatt geföhntes Haar. Ich weiß auch, was ich zu tun habe: drei Varianten für eine effiziente Markeneinführung präsentieren. Jetzt muss ich den Kunden noch durch überzeugendes Auftreten gewinnen: schnell, smart, selbstbewusst.

Als ich die Tür öffne, steht Clive schon neben meinem Platz. Ich arbeite in einem offenen Großraumbüro, zusammen mit den anderen Designern, damit ich nahe bei meinem Team bin.

„Guten Morgen." Ich setze mich auf meinen Stuhl und schalte den Computer an.

Clive beäugt das Durcheinander von Papieren auf meinem Schreibtisch und zieht frustriert seine dichten Brauen zusammen. Dabei hat mein Chaos Methode. Das müsste er doch langsam kapieren.

„Morgen. Könnte ich noch rasch in die Präsentation reinschauen?" Seine rechte Hand trommelt gegen sein rechtes Bein. „Ich will sichergehen, dass das Konzept hieb- und stichfest ist." Er trägt seinen blauen Anzug, dazu ein weißes Hemd und den ziegelroten Schlips. Seine Standardkombination für jedes wichtige Meeting. Er sagt, sie bringt ihm Glück. Hoffentlich stimmt das. Ich will diesen Bonus.

„Ich habe gestern Abend alles fertig gemacht", antworte ich betont enthusiastisch. „Das Konzept steht, alles ist schon im Konferenzraum startklar." Ich hasse diese „Schulterblicke" in letzter Minute. Es ist ohnehin zu spät, noch irgendwas zu ändern. Lucy Kelsons Chef hat ihre Entscheidungen nie infrage gestellt. Okay, ihr Chef war auch Hugh Grant. Clive ist eher wie Howard, Hughs Filmbruder, nur mit Haaren.

„Dreißig Minuten." Er schaut auf die Uhr und hastet los. Irgendwie ist Clive wegen dieser Sache besonders nervös.

Und das macht mich nervös.

Sobald der Computer an ist, öffne ich Facebook, nur um zu sehen, ob vielleicht jemand in den vergangenen fünf Minuten meine Verlobung verkündet hat. Mein Chatfenster öffnet sich mit dem vertrauten Ton. Vermutlich ist Ellie online. Ich schaue nach unten.

Mein Herz setzt einen Schlag aus. *Nicht Ellie.*

Shane Bennett: *Hi, Kensington.*

Es war nie Kenz oder Kenzi. Immer Kensington, und ich liebte, wie mein Name aus seinem Mund klang. Völlig versteinert starre ich mit leerem Blick auf seinen Namen und das Foto. Es ist Jahre her und doch …

Ich kann ihn durch den Computer hindurch spüren.

Ich *spüre* ihn.

Okay, atme. *Alles ist gut.* Mach's einfach kurz und sag, dass du keine Zeit hast. Ich setzte mich etwas aufrechter hin, stelle beide Füße auf den Boden, entschlossen, selbstsicher und lässig zu wirken. Ich tippe zwei Buchstaben, so übertrieben präzise, als würde ich gerade ein literarisches Meisterwerk verfassen, und drücke dann Enter.

Kenzi Shaw: *Hi.*
Shane Bennett: *Du siehst klasse aus.*

Ich sehe klasse aus? Ich antworte nicht. Stattdessen starre ich dümmlich auf die Worte. Meine Augen sind geweitet, mein Kiefer ist verkrampft.

Shane Bennett: *Das Business-Porträt ist nett, aber das mit der Farbe im Haar gefällt mir besser.*

Er hat sich meine Fotoalben angesehen?

Ich scrolle rasch durch meine Bilder, bis zu den Business-Porträts, die durch und durch professionell und perfekt sind. Bradley liebt sie, er sagt, ich sehe darauf aus wie eine Million Dollar. Ich scrolle weiter und finde schließlich das Foto, das Shane erwähnt hat. Darauf sitze ich vor einer Leinwand, Pinsel in der Hand, Farbe im Gesicht, blaue und gelbe Spritzer in meinen hoch ansetzenden Zöpfen und offenbar allerbester Laune.

Ich sollte mein Profilbild durch eine der Aufnahmen ersetzen, die mich und Bradley auf der Sommerparty am Pool meiner Eltern zeigen. Wir lachen beide und sind total albern. Außerdem hat er auf den meisten kein Hemd an und man sieht seine tollen Muskeln.

Shane Bennett: *Bist du noch da?*
Kenzi Shaw: *Bei der Arbeit. Habe gleich eine große Präsentation.*

Ich schreibe, als ob wir ständig miteinander reden und nie irgendwas zwischen uns war. Aber meine Emotionen blubbern so wild, als ob sie Kohlensäure enthalten und jemand die Flasche geschüttelt hätte. Wir haben seit Jahren keinen Kontakt. *Was will er bloß? Warum schreibt er mir ausgerechnet jetzt?* Ich kauere auf der Stuhlkante und glotze ungläubig auf den Monitor. Das Herz schlägt mir bis zum Hals. Das ist doch total verrückt.

Shane Bennett: *Ich bin vor sechs Monaten in die Staaten zurückgekommen.*

Ich schlage mir beide Hände vor den Mund. Er ist hier? Ich antworte nicht. Stattdessen blinzele ich ein paarmal und warte, wobei ich durch die Nase tief ein- und ausatme.

Shane Bennett: *Neulich gab's wieder mal „Pretty Woman" im Fernsehen. Erinnerst du dich daran?*

Ich kann jede Dialogzeile mitsprechen. Unwillkürlich muss ich lächeln. Es ist einer meiner Lieblingsfilme. Na schön, einer von vielen. Romantische Komödien haben etwas so Süßes und Unschuldiges an sich. Das wahre Leben ergibt nicht immer Sinn, aber in einer guten romantischen Komödie kriege ich garantiert mein Happy End. Die Heldin bekommt am Schluss immer den richtigen Mann, nämlich den, der sie wirklich in der Tiefe ihrer Seele versteht.

In „Pretty Woman" sieht Edward in Vivian eine kluge, wundervolle, ganz besondere Frau. Etwas, was sie so verzweifelt von sich selbst glauben möchte.

Plötzlich bricht sich in meiner Brust ein kleiner Quell der Freude Bahn. Shane und ich haben „Pretty Woman" mindestens fünfzig Mal zusammen geguckt. Spät abends, aneinandergekuschelt auf dem Sofa. Lachend haben wir die Dialoge mitgesprochen. Und wenn gerade keiner etwas sagte, dann küssten wir uns.

Ich spüre ein vertrautes Ziehen im Herzen, gefolgt von einem Anflug von Schuldgefühlen. Mein Lächeln erstirbt. Ich sollte nicht an so was denken.

Ich bin glücklich verlobt.

Ich beuge mich vor und tippe hastig.

Kenzi Shaw: *Ich muss wirklich arbeiten. Tut mir leid.*

Oh mein Gott. Ich klicke Facebook weg und starre weiter auf den Bildschirm. Dann schnappe ich kurz nach Luft, um wieder einen klaren Kopf zu kriegen, und lehne mich zurück. Was bitte war das gerade?

Ich muss meinen Fokus dringend wieder aufs Wesentliche lenken. Ich habe eine Präsentation. Und einen Verlobten.

Ich muss Bradley sehen.

Ich wirbele mit meinem Stuhl herum, springe auf und mache mich auf den Weg zu seinem Büro. Als ich an Tonyas Zimmer vorbeikomme, spähe ich kurz hinein. Sie hat einen potenziellen Kunden bei sich und ist extrem gelangweilt. Das erkenne ich an ihrem glasigen Blick und dem wie aufgemalt wirkenden Lächeln. Wenn sie ein Geschäft nicht binnen dreißig Minuten in trockenen Tüchern hat, tritt sie die Leute ohne viel Federlesens raus. „Zeit ist Geld, Schätzchen", pflegt sie immer zu sagen.

Tonya war auf demselben College wie Shane und ich. Wir standen uns mal recht nahe. Sie war es, die mir später gesteckt hat, dass hier die Stelle des Creative Directors frei würde, auch wenn sie ziemlich überrascht wirkte, als ich den Job tatsächlich bekam. Weiß Tonya, dass Shane wieder da ist?

„Hi." Ich lächele Bradley an und setze mich in einen der Klubsessel ihm gegenüber. Ein Hauch seines Aftershaves steigt mir in die Nase. Es duftet nach Wald, holzig und frisch.

Er schaut auf und erwidert mein Lächeln, doch dann trübt sich seine Miene. „Alles klar?"

Ich werfe den Kopf in den Nacken. „Warum sollte nicht alles klar sein? Alles bestens. Mir geht's super." Tut es nicht. Ich bin ein Nervenbündel. Ist das so offensichtlich?

Bradleys breite Schultern sinken ein Stück in sich zusammen. „Du bist immer noch sauer wegen gestern, stimmt's?"

Ich zucke wegwerfend mit den Schultern. „Ja, schon." In Wahrheit habe ich seit mindestens fünfzehn Minuten nicht mehr daran gedacht. Aber davor, ja, da war ich definitiv verärgert. „Es ist nur ... na ja, das Timing von Rens Verkündung." Er hasst dieses ganze Ding mit Ren, Mom und mir. Ich bin nicht sicher, dass er es wirklich versteht.

„Kenz, alle freuen sich einfach nur. Es ist das erste Enkelkind."

Ich verschränke die Arme abwehrend vor der Brust und runzle die Stirn. „Das kapiere ich schon, glaub mir. Ein Baby ist aufregend. Aber eine Hochzeit auch. *Unsere* Hochzeit. Hätte sie nicht eine Woche warten und mir diesen einen Tag gönnen können?" Ich höre selbst, wie spitz meine Stimme klingt, rufe mich innerlich zur Ordnung und lasse meine Arme wieder locker fallen. Nur um im nächsten Moment an meinen unmanikürten Nägeln zu zupfen. „Es ist nur ... Ich wollte anfangen, mit den anderen die Hochzeit zu planen."

„Ich weiß. Und das wirst du auch. Sobald die Wogen sich ein bisschen geglättet haben, wirst du dir wünschen, dass deine Mom dich in Ruhe lässt." Bradley löst gern Probleme. Wenn es nach ihm ginge, dann würden wir drei, also Mom, er und ich, uns zusammensetzen, wie Erwachsene über alles reden und die Angelegenheit ein für alle Mal in Ordnung bringen. Aber wie kann man ein ganzes Leben voller Verletzungen in Ordnung bringen, wenn nur eine Seite sie zu spüren gekriegt hat?

Ich stehe auf und gehe zur Tür, nicht ohne mir ein Lächeln abzuringen. „Ist schon gut."

„Hey ... es ist wirklich gut."

Man sollte ja annehmen, dass Männer inzwischen dazu imstande wären, das Wort „gut" zu decodieren. Es bedeutet nicht, dass alles okay ist. Nein, es bedeutet, dass da noch mehr zu sagen ist, viel mehr. Und dass es auch gesagt werden wird, nur nicht gerade jetzt. Aber ganz bestimmt später. Es ist nur eine Frage der Zeit.

Ich gestikuliere Richtung Flur. „Ich hole mir noch schnell ein Wasser, bevor es losgeht. Willst du auch eins?"

„Nein danke. Hör mal …" Bradleys Miene wirkt jetzt angespannt, als er sich ein Stück über den Schreibtisch beugt. „Ich wollte schon länger etwas mit dir besprechen, dich aber nicht beunruhigen."

„Was denn besprechen?" Ich bleibe wie erstarrt in der Tür stehen, schon jetzt alarmiert.

Er senkt die Stimme. „Die Agentur steckt in Schwierigkeiten. Finanziell."

Überrascht mache ich einen Schritt auf ihn zu. „Was? Wie schlimm ist es denn?"

„So schlimm, dass wir auf diesen Kunden angewiesen sind, um durchs nächste Quartal zu kommen."

„Moment mal, wie bitte?" Ich bleibe vor ihm stehen, die Hände in die Hüften gestemmt. Er hat jetzt meine volle Aufmerksamkeit. Wie kann das sein? Wir hatten immer gut zu tun.

„Clive muss sparen. Ein paar Stellen streichen."

Ausgeschlossen. Ich starre ihn fassungslos an.

„Ja, und, äh …" Sein Blick wird weich. „Dazu gehört auch die Position des Creative Directors, Kenz."

„Was? Meine Position … oder *ich*?"

„Beides. Tut mir leid."

Mir zittern die Knie. Ich lehne mich an seinen Schreibtisch, um mich abzustützen.

Bradley redet schnell weiter. „Wenn Clive dein Gehalt einspart und nur ein paar Designer beschäftigt, kann er uns durchziehen. So hat er die Agentur ganz am Anfang geführt. Heute nach dem Meeting will er mit dir reden."

„Und deshalb erzählst du es mir *jetzt*? Zehn Minuten vor der

Präsentation?" Ich stoße mich vom Tisch ab und schlucke schwer. Ich weiß nicht, was ich sonst noch sagen soll. Hab ich das gerade richtig verstanden? Vielleicht habe ich mich mit Sandras Figur in „Ein Chef zum Verlieben" ja überidentifiziert. Ich brauche diesen Job.

Er reibt sich frustriert übers Kinn. „Wollte ich gar nicht. Du glaubst nicht, wie ich mit Clive herumgestritten und versucht habe, ihn von anderen Optionen zu überzeugen. Aber heute Morgen hat er mir gesagt, dass er nachher mit dir reden wird, und ich wollte nicht, dass du es von ihm hörst … Tut mir leid." Er richtet sich auf. „Schlimmstenfalls verschieben wir eben die Hochzeit ein bisschen."

Die Hochzeit verschieben.

Verschieben kommt gar nicht infrage. Verschieben bedeutet, erst später anzufangen, eine Familie zu gründen. Ren ist schon schwanger, und sie ist fast dreißig! *Ich* bin fast dreißig.

Ich spüre, wie sich auf meinen unteren Lidern Tränen sammeln und drohen, mein Make-up zu ruinieren. Mist.

Bradley legt den Kopf schräg. „Kenz, Schatz, alles wird gut." Er steht auf, geht um den Schreibtisch herum, bis er direkt vor mir steht, und legt eine Hand unter mein Kinn, um es anzuheben. „Ich bin sicher, dass du den Kunden an Land ziehst, das schaffst du immer. Und egal, was passiert, mit uns ist alles okay." Seine Stimme klingt beruhigend, aber ich kann ihm von den Augen ablesen, dass er immer noch besorgt ist.

„Ja, klar, sicher. Wird schon alles gut." Nur, dass „gut" dieses Mal „größter unerwarteter Tiefschlag" bedeutet. Ich zwinge mir ein winziges Lächeln ab. „Ich, äh … brauche eine Minute. Bis gleich."

Wie kann es sein, dass wir so viel zu tun haben und gleichzeitig in finanziellen Schwierigkeiten stecken? Das passt doch nicht zusammen. Und ausgerechnet mein Job steht auf der Kippe?

„Wollen wir heute Abend einen trinken gehen?“, ruft Tonya, als ich an ihrem Büro vorbeikomme.

Ich bleibe stehen, gehe einen Schritt zurück und stecke den Kopf durch die Tür. Ellie sitzt mit einer Tasse Kaffee in der Hand im Besuchersessel. Tonya wird ihren Job behalten. Sie arbeitet im Verkauf, auf Provisionsbasis. Aber bei Ellie bin ich nicht so sicher, sie ist Programmiererin.

Ich lächele den beiden verhalten zu und lehne mich gegen den Türrahmen. Ein Feierabenddrink mit den Mädels wäre schön. „Ja, ich bin dabei.“

„Hat deine Familie sich eigentlich gestern vor Hochzeitsplänen überschlagen?“ Mit ihrer nett gemeinten Frage streut Ellie unabsichtlich Salz in meine Wunde.

„Äh … wir sind gar nicht richtig dazu gekommen. Renson sind schwanger.“

„Ach du meine Güte, echt?“ Ellies blaue Augen glitzern vor Spott. „Ich kann mir lebhaft vorstellen, was für einen Mist sie anschaffen wird. Lauter Designerscheiß, alles vom Feinsten. Das reinste Schwangermonster.“

Schwangermonster, das gefällt mir.

Tonya hebt eine Augenbraue. „Na und, das musste ja irgendwann passieren. Dazu heiraten Leute doch schließlich, oder? Um Babys zu kriegen. Kenzi ist als Nächste dran.“

„Klar, das ist der Plan. Sobald wir mit dem Hochzeitsstress durch sind, fangen wir an, daran zu arbeiten.“ Allerdings müssen wir es erst mal bis zur Hochzeit schaffen. Der Gedanke versetzt mir einen Stich. Ich will nicht warten. Ich will die Hochzeit planen und eine Familie gründen. Ich will das Schwangermonster sein. Na ja, ohne den Monsterteil.

Tonya schraubt ihre Wasserflasche zu und rümpft die Nase. „Schätzchen, warte nicht zu lange, dann klappt es womöglich nicht mehr. Und was deine tollen Hochzeitspläne betrifft? Tja, dumm gelaufen, die spielen neben Rensons Mini me ab sofort nur noch die zweite Geige. Sobald man bei ihr was sieht, wird die gesamte Familie in schnappatmenden Baby-Modus schalten."

„Biest!" Ellie funkelt Tonya aus schmalen Augen an.

„Okay, den Schuh muss ich mir wohl anziehen." Sie reckt das Kinn und schaut mir direkt ins Gesicht. „Aber Kenz weiß, dass ich recht habe, stimmt's, Süße?"

„Womit? Mit meiner Familie oder damit, dass du ein Biest bist?"

„Mit beidem!" Ellie lacht.

Tonya ist zwar in absolut jeder Hinsicht rechthaberisch und besserwisserisch, aber zumindest weiß sie das auch. Das ist der Hauptgrund, warum ich mit ihr klarkomme. Wobei ich zugeben muss, dass sie schon immer irgendwo zwischen die Kategorien „Freundin" und „Lieblingsfeindin" fiel. Ich trommele mit den Fingern auf den Türrahmen. „In fünf Minuten fängt die Konferenz an. Bis gleich."

Carriage House ist zwar theoretisch Tonyas Kunde, aber wie immer, wenn viel Geld im Spiel ist, übernehmen Bradley und Clive. Zwei Programmierer sitzen ihr am Konferenztisch gegenüber und diskutieren über die Funktionalität der Website, die wir gleich präsentieren. Ihre Jobs werden vermutlich auch eingespart. Mein Magen macht sich säuerlich bemerkbar.

„Hi." Ich nicke, lege meine Sachen ab und vergewissere mich, dass meine drei Präsentationstafeln vorne liegen. Dann setze ich mich hin und lege die Stirn in die Hände. Ich muss mich dringend abregen.

Die Hochzeit verschieben. Bradleys Worte gehen mir nicht aus dem Kopf. Wir haben noch nicht mal Pläne festgezurrt, und schon gleitet mir alles aus den Händen. Und jetzt auch noch mein Job? Vom Bonus ganz zu schweigen?

„Alles okay?" Tonya stößt mich leicht mit dem Ellbogen an.

„Kommt drauf an, was du unter okay verstehst", murmele ich. In dem Moment piepst mein Handy. Es ist Ellie. Ich muss noch stummschalten. Dabei fällt mein Blick zufällig auf Shanes Nachrichten von vorhin. Ich klicke sie an und drehe mein Handy so, dass Tonya sie sehen kann. Wetten, dass sie gleich ausflippt? Und tatsächlich: Sie starrt auf den Bildschirm und reißt die Augen weit auf. „Oh mein Gott! Das ist Shane!" Sie dreht sich aufgeregt zu mir herum. „Du hast wieder Kontakt mit ihm?"

„Psst. Nein. Nein." Ich schaue verstohlen über meine Schulter, um sicherzugehen, dass Bradley nicht doch wider Erwarten im Flur herumhängt. Eigentlich müssten er und Clive jetzt im Eingangsbereich Stellung beziehen, um den Kunden in Empfang zu nehmen und in den Konferenzraum zu führen. „Er hat mir eine Freundschaftsanfrage geschickt. Ich bemerke, dass die Programmierer uns interessiert lauschen. „Nichts weiter", wiegele ich hastig ab. „Nur ein alter Collegefreund von Tonya und mir."

Tonya atmet hörbar aus und zieht meine Hand näher zu sich, um die Nachrichten besser in Augenschein nehmen zu können. „‚Pretty Woman'?"

„Du sollst das nicht lesen." Ich entreiße ihr meinen Arm. Ich wollte ihr nur das Foto zeigen.

Plötzlich sind von draußen Schritte und Stimmen zu hören. Clive geleitet das Team von Carriage House ins Meeting. Wir erheben uns, und Clive stellt uns einander vor. Hände werden über Kreuz geschüttelt, Namen ausgetauscht, aber ich kann mir nicht alle merken, da ich bis zu diesem Moment nur mit unserem eigenen Team gearbeitet habe. Außerdem wabern immer noch ein paar Nebelschwaden durch mein Hirn. Wo bleibt Bradley? Langsam kommt die Truppe zur Ruhe, die Leute nehmen ihre Plätze ein. Es geht los. Ich bin als Erste dran. Ich sortiere meine Unterlagen, nehme noch rasch einen Schluck

Wasser und gehe dann nach vorn, um den Stein ins Rollen zu bringen.

Clive hebt die Hand. „Einen Moment, Kenzi. Wir warten noch auf den Inhaber von Carriage House …" Er dreht den Kopf mit einem Ruck zur Tür. „Oh, da ist er ja schon."

Ich wirbele herum und sehe Bradley und …

„Meine Lieben, darf ich euch Mr. Shane Bennett vorstellen?"

Ich verschlucke mich an meinem Wasser.

Ich ersticke. Würge. Das Zeug steckt in meiner Kehle fest. *Oh mein Gott.* Ich huste mir die Seele aus dem Leib. Alle starren mich an, während ich mich über dem Tisch in Krämpfen winde. Ich hebe einen Finger, um etwas Zeit herauszuschinden. Ich kann einfach nicht aufhören zu keuchen und zu würgen.

Hastig drehe ich mich zur Tür. Mist. Er ist es wirklich … Es ist Shane. Er sieht mich an. Ich lege eine Hand vor den Mund und wedele entschuldigend mit der anderen, schiebe mich hustend an ihm vorbei Richtung Toilette.

Shane Bennett ist hier.

Beziehungsweise dort. Im Konferenzraum. Ich hingegen bin auf der Toilette. Ich räuspere mich ausgiebig, um meine Kehle freizukriegen und benetze meinen Nacken mit kaltem Wasser. Das kann kein Zufall sein. Er muss gewusst haben, wo ich arbeite. Er wusste es die ganze Zeit, während wir gechattet haben.

Oh. Mein. Gott.

Ich habe ihm von meiner großen Präsentation erzählt. In Gedanken rase ich noch einmal durch die gesamte Konversation. Er ist der Kunde. Er ist der *Inhaber*? Warum hat er mir das nicht gesagt? Warum ist er hier?

Die Toilettentür wird aufgerissen. Es ist Tonya. Sie schüttelt fassungslos den Kopf. „Oh mein Gott, das gibt es doch gar nicht, oder? Shane Bennett! Wahnsinn. Ziemlich eindrucksvoller Abgang übrigens, die Klienten erst voll anspucken und dann mit einem wilden Hustenanfall rausrennen.“ Sie lacht und überprüft ihren Lippenstift im Spiegel.

„Du hättest mich vorwarnen können.“ Noch immer schlägt mir das Herz bis zum Hals.

Tonyas Spiegelbild fixiert mich. „Hätte ich getan, wenn ich’s gewusst hätte. Clive und Bradley sind zu den Meetings gegangen; ich hatte nur mit dem großen Typ vom Marketing zu tun.“ Sie wirbelt zu mir herum. „Hör zu, der Boss hat mich losgeschickt, um deine sterblichen Überreste zurückzuzerren. Also atme tief durch und reiß dich zusammen. Du packst das, oder?“

„Klar.“ Nein. „Sag Clive, dass ich, äh, gleich da bin.“ Ich gucke in den Spiegel, zupfe an meinem Blusenkragen herum und fange ihren skeptischen Blick auf.

„Keine Sorge, mir geht’s gut. Auf geht’s. Ich folge dir unauffällig.“ Ich kämme mir mit den Fingern durchs Haar, bis sie geht.

Sobald die Tür hinter ihr ins Schloss fällt, sinke ich zu einem Häuflein Elend zusammen, nur eine stützende Hand am Waschbecken hält mich halbwegs aufrecht. Weiß Bradley, wer er ist? Nein, unmöglich. Nicht mal Tonya wusste Bescheid, also konnte es ihm niemand erzählen. Was zum Teufel macht er hier? Mein Hirn mutiert zu einer undefinierbaren Masse. Shane Bennett ist der wichtige Kunde. Die Firma, die ich an Land ziehen muss, um meinen Job, meinen Bonus und meine Hochzeit zu retten.

Ich richte mich auf und schüttele den Kopf, um meine Gedanken zu klären. Ich muss mich dringend wieder einkriegen. Auch wenn ich mich eben bei seinem Anblick wie Bridget Jones aufgeführt habe. Hier geht’s schließlich um alles. Ums ganz große Brimborium. Was ist das eigentlich, ein Brimborium? Keine Ahnung, aber auf jeden Fall das, was ich will. Also zeig’s ihnen!

Zeig’s ihm.

Ich mache ein paar energische Schritte auf den Konferenzraum zu und schwinge entschlossen die Arme, aber vor der Tür muss ich doch innehalten, um mein wild rasendes Herz zu beruhigen. Ich atme tief ein … und gaanz langsam wieder aus. Ein … und laaangsam wieder aus … ein … und laaangsam wieder aus. Nach ein paar ächzenden Sekunden muss ich einräumen, dass ich klinge wie ein geistesgestörter Darth Vader. „Ich bin dein Vater“, sage ich und muss beinahe lachen. Schließlich bleibt mir nichts anderes übrig – entweder lachen oder weinen.

„Heißt das, dass du inzwischen keine Frauenschnulzen mehr guckst, sondern Star Wars?“

Okay, weinen.

Wie erstarrt schließe ich die Augen. Das hat mir gerade noch gefehlt. Ich drehe mich um. Vor mir steht der erwachsene Shane, mit einem Kaffee in der Hand und irritierter Miene.

„Hallo Kensington.“

Der Klang meines Namens aus seinem Mund löst ein Gefühl der Benommenheit aus.

„Ich wusste nicht, wie lange du brauchst, darum …“ Er hebt seinen Becher und sieht mich dabei unverwandt an.

Ich lächele gezwungen. Wie gekünstelt sich das anfühlt, fast wie im Film. Er hat sich verändert, wie ich nicht umhinkomme zu bemerken. Er ist älter, wirkt muskulöser.

Ein Mann.

Der Oberkörper unter dem eng anliegenden schwarzen Pullover lässt darauf schließen, dass er noch immer boxt oder sonst irgendwas trainiert. Ich beiße mir auf die Unterlippe und versuche, irgendetwas Belangloses, aber Treffendes zu sagen.

Die Tür zum Konferenzraum öffnet sich mit einem deutlichen Klick. „Oh, gut, sie ist wieder da. Dann können wir ja *noch einmal* anfangen.“ In Clives Ton schwingt mehr als nur ein bisschen Verärgerung mit. Er lässt die Tür weiter zurückschwingen und macht eine auffordernde Geste. „Kensington, wenn du dann so weit bist …“ Er deutet ans Kopfende des Tischs.

„Ja, klar.“ Mein Magen schlägt Purzelbäume.

Bradley nickt mir ermutigend zu. Tonya schiebt grinsend meine Wasserflasche zur Seite, als ich an ihr vorbeikomme. Ich blitze sie böse an.

„Also“, beginne ich und werfe einen raschen Blick auf Shane, der in der letzten Reihe neben Clive Platz genommen hat. Ich wende mich meinen Präsentationstafeln zu, ziehe die Abdeckung hinunter und lehne sie gegen die Wand.

Ich kann das. Ich bin Lucy Kelson, gespielt von Sandra Bullock, cool und überzeugend. „Die Agentur Safia hat drei komplette, auf die speziellen Bedürfnisse Ihres Unternehmens zugeschnittene Marketingkonzepte entwickelt.“ Ich hole die Worte aus den Tiefen meines Gedächtnisses.

Kurz begegnet mein Blick Shanes, und mein Herz macht einen Sprung.

„Die Konzepte versuchen auf unterschiedlichen Wegen dasselbe Ziel zu erreichen.“ Meine Hände zittern, als ich die Varianten so nebeneinander platziere, dass alle drei sichtbar sind. Ich sehe jeden im Raum an. Außer Shane. „Unser erstes Konzept fußt auf …“

„Könnten Sie bitte kurz einen Schritt zur Seite machen?“ Shane beugt sich vor, um besser an mir vorbeischauen zu können.

„Entschuldigung?“ Ich gucke erst ihn, dann Clive verwirrt an.

Clive wedelt mit einer Hand, um anzudeuten, dass ich mich bewegen soll, also bewege ich mich. Shane studiert eine Tafel nach der anderen, legt eine Hand unters Kinn, während er die Konzepte begutachtet. Es ist mucksmäuschenstill im Raum. Alle Augen sind auf Shane gerichtet. Das ist total verrückt. So läuft das nicht. So was würde Lucy Kelson nie passieren.

Ich trete einen Schritt nach vorn. „Ich wollte gerade im Einzelnen erklären …"

„Ja, schon klar. Ich hab es verstanden. Jedes Konzept folgt einem eigenen Plan." Er presst seine Lippen zu einer harten Linie zusammen. „Aber wie es aussieht, hat niemand Ihnen mitgeteilt, welcher Plan mir vorschwebt."

„Bitte?"

Shane steht auf und nimmt die erste Tafel näher unter die Lupe. Ich bin wie vor den Kopf gestoßen. So etwas ist mir noch nie passiert. Üblicherweise läuft es so, dass ich rede, der Kunde zuhört und dann einen meiner Vorschläge auswählt. Eventuell gibt es noch ein paar Nachbesserungen, aber das war's dann. *Warum ist er überhaupt hier?* Ich werfe Clive einen fragenden Blick zu, aber er zuckt nur mit den Schultern.

„Ich fürchte, Ihnen fehlen ein paar Informationen", sagt Shane.

Wovon zum Teufel spricht er?

Er lächelt. Es ist sein Ich-bin-nur-höflich-Lächeln. Ich habe es Hunderte Male gesehen, nur dass es jetzt ein paar leichte Kerben an den Mundwinkeln hat. Was hat all das zu bedeuten? Clive trommelt mit dem Kugelschreiber auf die Tischplatte.

„Das Kino", fährt Shane fort. „Es ist Restaurant und Kino in einem. Vielleicht kam die Sache mit dem Kino bei den Vorgesprächen nicht so richtig rüber, Clive, aber wenn das Konzept aufgeht, planen wir Neueröffnungen an mehreren Standorten."

„Ein Kino? *Im* Restaurant?", frage ich ungläubig. Es rutscht mir einfach so raus.

„Nicht das, was man erwarten würde, stimmt's?" Shane schaut mich forschend an.

„Ich möchte, dass der Fokus auf den Filmen liegt, nicht nur auf dem Essen." Er nickt Clive zu und wendet sich dann an die Gruppe. „Wir wollen ein Erlebnis-Gesamtpaket bieten: Großartiges Essen, dazu die schönsten romantischen Komödien. Mit anderen Worten: das perfekte Rendezvous."

Clive ist inzwischen aufgestanden und nickt jetzt eifrig. „Fantastische Idee. Kenzi kann mit Ihnen die Feinheiten ausarbeiten. Es sollte kein Problem sein, den Aspekt mit einzubeziehen."

Shane wartet nicht ab, ob ich etwas dazu zu sagen haben. „Wir nutzen den Wiedererkennungswert klassischer Kino-Szenen als Anreiz für das romantische Erlebnis, das wir bieten. Aus Filmen wie beispielsweise ‚Pretty Woman'."

Mir wird übel. Ich starre ihn ungläubig an.

„Oh, das ist einer meiner Lieblingsfilme. Deiner doch auch, stimmt's, Kenz?", feixt Tonya. „Die Shopping-Szene ist die beste."

Oh mein Gott.

„Ja! Genau! Welche anderen Filme oder Szenen kommen infrage?"

Shane dreht sich um und fordert die Runde wortlos auf, weitere Vorschläge zu machen. Er hat meine Präsentation komplett an sich gerissen.

Clive verschränkt die Arme vor der Brust. „Ich mochte ‚Harry und Sally'."

„‚Teen Lover' ist ein Klassiker", wirft Rand Peterson ein, der Marketing-Chef von Carriage House.

Tonya beugt sich über den Tisch, um Shane besser sehen zu können. „In jedem dieser Filme gibt es irgendeine peinliche Karaoke-Szene, und immer lernen sich die Hauptfiguren auf total verrückte, zufällige, aber supersüße Art kennen."

„Der Fachausdruck dafür ist ‚meet-cute'." Shane nickt.

Tonya schaut verschmitzt von Shane zu mir. „Also, ich finde verrückte Zufälle jedenfalls total süß."

Ich durchbohre sie förmlich mit Blicken.

Shane ignoriert ihre Bemerkung und redet gut gelaunt weiter. „Wir könnten eine Liste von, sagen wir, zehn Lieblings-Szenen oder -Filmen in die Kampagne integrieren, dazu dann Infos rund um die Dreharbeiten, Schauspieler und so weiter … Was haltet ihr davon?"

Plötzlich ist der Raum erfüllt von angeregtem Geplapper. Offenbar sind alle total angetan von der Idee.

Schleimer.

Shane sieht mich an. Und mit ihm alle anderen.

„Also, ich denke …" Dass ich total die Kontrolle über die Veranstaltung verloren habe. Ich erwidere Shanes Blick. „Nun ja, ich bin kein großer Fan von romantischen Komödien, aber …"

„Oh doch", unterbricht Bradley mich im Brustton der Überzeugung. „Du liebst romantische Komödien. Du kannst sie praktisch auswendig mitsprechen."

Ich schaue von Bradley zu Shane. Die anderen folgen meinem Beispiel. Es ist wie bei einem Tennisspiel.

„Oh, ich vergaß. Sie sind ja jetzt Star Wars-Fan, stimmt's?" Shane lächelt. Er genießt die Situation ganz offensichtlich.

Ich hasse ihn.

Clive kommt zu mir nach vorn. „Wie wäre es, wenn wir per Mail eine Liste rumschicken, jeder schreibt seine Top-Ten-Filmszenen auf, und Mr. Bennett sucht sich aus, welche er in das neue Kampagnen-Konzept integrieren will?" Er hebt erwartungsvoll die Brauen. „Wäre das okay für dich, Kenzi?"

Ich lächele schwach. „Natürlich." Ich weiß, dass ich mir nicht leisten kann, diesen Auftrag in den Sand zu setzen. Es geht um zu viel. Es geht um alles.

„Leider fürchte ich, dass das nicht reichen wird", sagt Shane und schaut mich an, bevor er sich Clive zuwendet. „Ich werde meine Strategie wohl noch einmal überdenken. Möglicherweise ist mein Anliegen bei einer anderen Agentur besser aufgehoben."

Was? Mir fällt die Kinnlade runter. Wir dürfen diesen Auftrag nicht verlieren. Was treibt er für ein Spiel? Er hat doch garantiert gewusst, dass ich hier arbeite. Warum hat er sich die Mühe gemacht, hier aufzutauchen, nur, um mir einen Fußtritt zu verpassen? Zum zweiten Mal?

Ich brauche keine Neuauflage.

3. Kapitel

Die hässliche Wahrheit

„Noch zwei Skinny Margaritas, bitte", ordert Ellie über die Musik hinweg.

Wir sitzen im Champps an der Bar; dem perfekten Ort für einen schnellen Happen und einen Drink nach der Arbeit. Der Laden liegt direkt bei der Circle Center Mall, Tonyas Shoppingparadies. Weil ich heute früher Feierabend gemacht habe, aber trotzdem zu wenig Zeit hatte, quer durch die Stadt zu Bates Art Supply zu pilgern, meinem Shoppingparadies, habe ich ihres ausprobiert.

Glücklich hat es mich nicht gemacht.

Da meine berufliche Zukunft in den Sternen steht, habe ich mir vorsichtshalber jeglichen Shoppingrausch verkniffen und stattdessen ein paar Parfums ausprobiert. Im Moment rieche ich nach Blüten und Moschus – ein Duftmix, den ich nicht unbedingt weiterempfehlen würde.

Ich spähe zu der Nische, in der Bradley und Clive sitzen. Als er mich vorhin angerufen hat und ich ihm erzählte, dass ich mit den Mädels auf ein paar Drinks verabredet bin, hat er das als offene Einladung missverstanden. Was sollte ich dagegen sagen?

Ist auch okay. Egal. Jedenfalls ist das der Grund, warum wir jetzt an der Bar hocken.

„Das ist alles so grauenvoll." Ich schüttele den Kopf. Ich habe Ellie bereits die ganze dämliche Geschichte von mir und Shane und der katastrophalen Präsentation erzählt, zumindest die Höhepunkte. Allerdings habe ich ausgelassen, wie total fertig ich mit den Nerven bin. „Was soll ich denn jetzt machen? Was soll ich Bradley sagen?“, frage ich den Barkeeper, der viel zu viel Zeit an unserem Ende des Tresens verbringt.

Der Typ zuckt mit den Schultern.

„Und, oh mein Gott, Ellie.“ Ich lege mir die rechte Hand an die Stirn und schüttele den Kopf. „Ich habe mich derartig verschluckt, dass man mich fast künstlich beatmen musste. Das war oberpeinlich.“

Ellie versetzt mir einen Stoß mit der Schulter. „Ach komm, so schlimm war es bestimmt nicht.“

„Es war in Wahrheit sogar noch schlimmer, Ellie-Bellie“, bestätigt Tonya, die plötzlich hinter uns steht. „Was läuft, Mädels?“

Sie schnüffelt und verzieht angewidert den Mund. „Igitt, was stinkt denn hier so?“

Ich seufze. „Ich habe mich in der Parfümabteilung von Fossie's versteckt.“

„Du liebe Zeit, Kenz, dafür gibt es doch diese kleinen Papierstreifen mit Duftproben. Brrr, bähh.“ Sie wedelt mit einer Hand durch die Luft.

Ich signalisiere dem Barkeeper, dass er eine neue Runde bringen soll. „Die geht auf sie!“ Ich deute auf Tonya. Ich nehme einen Schluck und rolle die Schultern vor und zurück, um die Verspannung im Nacken zu lösen.

Wieder schaue ich kurz zu Bradley und Clive. Ich weiß, dass die beiden über einem Plan brüten, wie man den Kunden doch noch halten kann. Irgendwie fühle ich mich verantwortlich, als hätte ich das Ding alleine in den Sand gesetzt. Aber woher hätte ich von dem Kino wissen sollen? Niemand hatte mir auch nur ein Wort gesagt. Und ich kann Bradley nichts von meiner Vergangenheit mit Shane erzählen, jedenfalls nicht jetzt.

Noch ein Schluck, und ich drehe mich zur Tür, exakt in dem Moment, in dem Shane hereinkommt. Klar, was auch sonst. Unsere Blicke treffen sich. Oh Mann. Bitte Soundtrack aufdrehen und mich töten …

Ich ersticke fast an meiner Margarita.

„Meine Güte, geht das jetzt schon wieder los?" Tonya schlägt mir auf den Rücken.

„Ruhig, Brauner", höre ich Bradleys Stimme hinter mir.

Ich habe nicht mal mitgekriegt, dass er von seinem Platz aufgestanden ist.

Tonya rutscht von ihrem Barhocker und zieht an Ellies Arm. „Komm mit. Ich habe ein paar kleine Schweinereien an den Tisch bestellt."

Ich stütze den Kopf in die Hände, um mein Gesicht zu verbergen, während Bradley sich auf dem Hocker neben mir niederlässt. „Und, ist Clive sauer?"

„Nein. Nicht sauer. Besorgt."

Ich hebe den Kopf und sehe Bradley an. „Glaubst du, dass wir den Auftrag wirklich verlieren?" Ich nehme einen kleineren Schluck von meinem Drink.

„Keine Ahnung." Bradley zuckt die Achseln. „Übrigens ist es meine Schuld. Ich wusste von diesem Kino-Ding, aber jedes Mal, wenn ich den Typ getroffen habe, haben wir über das Restaurant gesprochen, daher …" Er schüttelt den Kopf.

Ich spähe über meine Schulter verstohlen zum Tisch der anderen. Shane hebt spöttisch sein Glas, als wolle er mir zuprosten, und grinst. Ich schaue weg.

Ich kann es Bradley definitiv nicht jetzt erzählen.

„Bennett zweifelt, ob wir dem Konzept, das ihm vorschwebt, gewachsen sind. Wie gesagt, mein Fehler. Ich muss ihm irgendwie klarmachen, dass es künftig keine derartigen Missverständnisse mehr geben wird." Bradley dreht sich so, dass seine Beine mich rechts und links umschließen. „Vielleicht lässt er sich ja umstimmen, wenn du mit ihm redest." Er legt eine Hand unter mein Kinn und beugt sich vor.

Ich weiß, dass er mich hier nicht küssen wird; für ihn sind wir immer noch Kollegen, da wir mit Kunden hier sind. Trotzdem bin ich versucht, genau das zu tun. Und zwar ganz bestimmt nicht, weil Shane uns beobachtet. Was er tut, wie ich aus dem Augenwinkel genau sehen kann.

„Na los, komm zu uns rüber, kapsel dich nicht ab." Bradley gibt mir einen leichten Klaps aufs Bein und lächelt liebevoll.

„In ein paar Minuten, okay? Lass mich erst ein bisschen runterkommen."

„Na gut. Aber wieso sprichst du nicht einfach kurz hier mit Bennett?" Er schaut zum Tisch und winkt Shane herüber.

„Bradley …"

„Nur ein paar Worte. Das kriegst du hin." Er drückt ermutigend mein Knie, ignoriert meinen bösen Blick und geht zurück zum Tisch.

Na toll. Tonya lacht, aber ich drehe den Mädels den Rücken zu, biege meinen Strohhalm und nehme einen großen Schluck.

„Hallo noch mal", sagt Shane und setzt sich neben mich.

Ich starre wortlos in meinen Drink. Ob ich den Auftrag wohl noch habe, wenn der Inhalt meines Glases, natürlich total aus Versehen, in seinem Schoß landet?

„Willst du nicht mit mir reden?"

Der Duft von Sandelholz, gemischt mit dem Duft von Shane, kitzelt vertraut in meiner Nase. Ich schüttele entnervt den Kopf. „Was machst du hier?"

„Ah, es kann sprechen."

Ich bedenke ihn mit einem eiskalten Treib-es-nicht-auf-die-Spitze-Blick. Er lacht leise.

Dann beugt er sich näher zu mir und flüstert. „Du bist also mit diesem Bradley zusammen?"

Ohne ihn anzuschauen, hebe ich meine linke Hand und wackele mit den Fingern, damit er meinen Mega-Stein bewundern kann.

„Im Ernst?"

Ich kann immer noch seinen Blick auf mir spüren.

„Hmm, ich sehe es irgendwie nicht."

Ich schnalze direkt vor seinem Gesicht mit den Fingern.

„Nein, *das* sehe ich schon. Ich meine, ich sehe euch beide einfach nicht …"

Jetzt reicht's. „Hör bloß auf." Ich hebe drohend den Zeigefinger. Mein Herz schlägt wild und unregelmäßig. Hoffentlich sehe ich nicht ganz so verstört aus, wie ich mich fühle. Wie kann es sein, dass ich mich von ihm so durcheinanderbringen lasse? „Ich habe keine Ahnung, was hier abgeht, und ich will mich nicht mit dir rumstreiten, wenn du also über die Arbeit reden willst, bitte. Aber sonst …"

Shanes Augen verengen sich zu Schlitzen. „Streiten wir uns?"

„Wechselst du die Agentur?" Bloß kein Geplänkel.

Er unterdrückt ein Lachen. „So direkt warst du früher nicht."

„Vieles hat sich geändert." Ich sehe ihn wütend von der Seite an.

Sein Blick wandert über mein Outfit. „Das sehe ich. Hätte dich kaum wiedererkannt in deinem Business-Fummel …" Er deutet auf meinen Rock.

Ich straffe die Schultern und recke das Kinn. „Bleibst du bei uns oder nicht, Shane?"

„Nun ja, ich habe darüber nachgedacht und …" Er lehnt sich entspannt zurück. „Ich möchte dir ein Angebot machen." Um seine Mundwinkel zuckt ein leises Lächeln.

Ich stütze einen Ellbogen auf den Tresen und lege mein Kinn in die Hand. Ich tue so, als ob ich die Anspielung auf „Pretty

Woman“ nicht verstehe. Ich meine, erwartet er etwa jetzt von mir, dass ich ihm antworte: „Natürlich nehme ich deinen Wahnsinnsvorschlag an und werde deine Begleiterin. Aber du bist doch ein gut aussehender reicher Mann. Du kannst alle Frauen umsonst haben.“

Mist. Bradley hat recht, ich kann den Text praktisch auswendig. Mühsam rufe ich mich zur Ordnung. „Was für ein Angebot?“

„Ich möchte, dass du die zehn Film-Momente mit mir nachstellst. Wenn du *das* machst, bleibt der Auftrag bei euch.“

Fassungslos starre ich ihn an, während meine Wangen zu glühen beginnen. Will er mich veräppeln? „Film-Momente?“ Ich starre ihn fassungslos an. „Also Szenen aus Filmen? Nachstellen? Sozusagen im richtigen Leben durchspielen?“ Ich kichere zaghaft. Toller Witz. „Für ‚Shopaholic – die Schnäppchenjägerin‘ muss ich also falsches Finnisch reden, und du kaufst mir einen grünen Schal?“

„Im Prinzip schon, aber der Film ist nicht auf der Liste. Ich hab dir gerade meine finalen Top Ten gemailt.“

Ich senke den Kopf. „Das ist nicht dein Ernst, oder? Du erpresst mich mit Filmen? Da mache ich nicht mit. Ich bin nicht mal sicher, dass ich kapiere, was du von mir willst. Und Bradley wird damit ganz bestimmt nicht einverstanden sein, also …“

„Warte, warte … hör dir doch erst mal an, wie ich mir das vorstelle.“ Er hebt beschwichtigend die Hand. „Deinetwegen bin ich überhaupt auf dieses ganze Restaurant und Kino-Konzept gekommen, na ja, zumindest auf den Kino-Teil. Wir beide waren quasi die Inspiration.“ Er dreht sich zu mir und schaut mir in die Augen. „In Wahrheit …“

„Ha, in Wahrheit. Was weißt du schon über die Wahrheit?“, murmele ich und nehme noch einen Schluck.

„Was ich sagen will … wer sollte dieses Konzept besser verstehen als du?“

Ich zucke mit den Schultern. Ich weiß nicht, was ich denken soll. Ich versuche, den düsteren Ausdruck zu vertreiben, der sich über mein Gesicht gelegt hat, und die unvermutet heftig aufwallenden Schmerzen der Vergangenheit in die hinterste Ecke meiner Seele zurückzudrängen.

„Also." Shane reibt über sein Kinn. „Du bist glücklich mit diesem Bradley?"

„Ja, sehr glücklich." Ich glaub's einfach nicht. Was zum Teufel? Ich richte mich gerade auf, die Stirn noch immer gerunzelt, angespannt und gereizt. „Lass Bradley aus dem Spiel. Es geht um die Arbeit. Um meinen Job."

„Du hast recht. Und was ich heute gesehen habe, war gut, aber nichts Außergewöhnliches." Shane lehnt sich noch weiter zurück, sein Ton wird milder. „Ich will es so, wie du es früher gemacht hast. Wie in deinem Album. Aber falls du das nicht hinkriegst ... tja, vielleicht kann es dann eine andere Agentur."

Moment ... Album? Welches Album? Ich blinzele, schaue an ihm vorbei. Mein Facebook-Album. Sämtliche Entwürfe und Bilder aus meinen Kunstseminaren. „Meine Arbeiten vom College." Ich schaue ihn groß an, und langsam dämmert mir, worauf er hinauswill.

„Ja. Von damals, als du exzessiv romantische Filme geguckt hast, jede Zeile und jede Geschichte kanntest und Farbe im Haar hattest ..."

„Shane, das ist Jahre her. Ich bin nicht mehr das Mädchen von damals. Ich bin erwachsen geworden."

„Schade. Denn für das, was mir vorschwebt, brauche ich genau dieses Mädchen. Wenn du meine Filmliste abarbeitest, entdeckst du es vielleicht wieder. Und da du offenbar so glücklich in deiner Beziehung bist, sollte das ja kein Problem sein." Er öffnet den Mund, als wolle er noch etwas hinzufügen, überlegt es sich aber offenbar anders. „Das ist mein Angebot", sagt er nach einer kurzen Pause.

„Du meinst es wirklich ernst?"

„Ja, Kensington, das meine ich wirklich ernst."

Die Luft zwischen uns ist inzwischen zum Schneiden. Ich ziehe mein Glas näher an mich heran und nehme einen großen Schluck durch den Strohhalm, während ich über seinen Vorschlag nachdenke. Eigentlich sollte es doch kein Problem für mich sein, Zeit mit ihm zu verbringen. Schließlich bin ich tatsächlich glücklich.

„Okay, dann kommt hier mein Gegenangebot." Ich setzte mich kerzengerade hin und blicke ihn fest an. „Ich akzeptiere deine Filmliste, wenn du meine Zusatzklausel akzeptierst."

„Deine Zusatzklausel?"

„Ja, auch ich habe meine persönliche kleine Anlage zu diesem Kontrakt", erkläre ich und habe endlich das Gefühl, die Kontrolle zurückzuhaben.

„Muss ich große Tüten M&Ms besorgen und alle braunen aussortieren?" Er lächelt, und um seine Augen kräuseln sich winzige Fältchen.

Ich erwidere das Lächeln nicht. Ich tue auch so, als ob ich die Anspielung auf „Wedding Planner – Verliebt, verlobt, verplant" nicht verstehe. „Es ist eine Wahrheitsklausel."

„Eine Wahrheitsklausel?"

„Genau. Ich will die ganze nackte Wahrheit." Ich muss es aussprechen, sonst zerspringt mir das Herz. „Sag mir, warum du mich damals auf dem College betrogen hast."

Sein Lächeln ist wie weggewischt. „Habe ich nicht."

„Vergiss es." Ich schüttele frustriert den Kopf. „So funktioniert das nicht. Wenn du willst, dass ich bei deiner Idee mitmache, musst du mir die Wahrheit sagen."

„Du willst *jetzt* darüber reden? *Hier?*" Sein Kiefer verkrampft sich. „Auf diese Diskussion lasse ich mich hier bestimmt nicht ein."

Er steht auf, wirft dem Barkeeper einen Zwanziger zu – offensichtlich ist ihm nicht klar, dass er eingeladen wird –, schaut mich an und wartet.

Worauf? Ich schaue bewusst weg. Er schüttelt den Kopf und geht Richtung Toiletten. Er will hier nicht darüber reden? Dann brauche ich auch nicht hier zu sein, wenn er zurückkommt. Ich schnappe mir meine Tasche und schleiche mich davon.

Ich mag ja nicht mehr an Märchen glauben, aber diesmal lasse ich mich nicht ohne Antwort abspeisen. Wie Vivian in „Pretty Woman" will ich mehr.

Ich liege im Bett und checke Facebook auf meinem Smartphone. Ren hat dreiundfünfzig Likes und zahllose Glückwünsche unter ihrer „Baby an Bord"-Statusmeldung. Ich schnaube genervt auf. Am liebsten würde ich kommentieren: Baby ist gelangweilt und wünscht sich ein neues Thema. Zum Beispiel die Verlobung deiner Schwägerin.

Das Telefon in meiner Hand klingelt. Moms spezieller Klingelton. Sie ruft nie so spät an. Ist etwas passiert? Ich setze mich auf und gehe ran. In meinem Magen breitet sich ein beklemmendes Gefühl aus.

„Mom? Alles in Ordnung?"

„Kensington? Hier ist Mom."

„Ja, ich weiß. Ist alles in Ordnung?"

„Ja, warum sollte nicht alles in Ordnung sein?"

Ich wedele mit einer Hand durch die Luft. „Es ist fast elf. Du rufst normalerweise nie nach sechs an."

„Oh, stimmt, Schatz. Aber ich wollte sichergehen, dass du und Bradley über die Familienpläne für übernächsten Samstag auf dem Laufenden seid."

Deshalb ruft sie so spät an? „Äh ... welche Familienpläne?"

„Bei den großartigen Neuigkeiten dachten dein Vater und ich, dass es angebracht wäre, alle zum Feiern zusammenzutrommeln, und natürlich müsst ihr dabei sein. Oh, bleib mal dran, ich kriege gerade einen anderen Anruf. Hallo?"

„Immer noch ich, Mom."

„Oh. Hallo?"

„Mom, ich bin's immer noch. Du musst auf den Antwortknopf drücken."

„Klar." Dann bricht der Anruf ab.

Sie wird zurückrufen, wenn sie kapiert, dass sie aufgelegt hat. Ich wette, sie hat beim anderen Anrufer auch aufgelegt. Ich lasse mich wieder in die Kissen sinken und denke über ihre Worte nach. Ein Familientreffen, um zu feiern. Und ich muss dabei sein? Für eine Babyparty ist es noch zu früh.

Ich schnappe nach Luft. Eine Verlobungsparty?

Natürlich! Sie schmeißen eine Party für uns, das liegt doch auf der Hand. Ich meine, ich bin die einzige Tochter, und sie beten Bradley an. Also bekomme ich doch noch meinen besonderen Moment. Plötzlich bin ich wie beschwingt, schwebe in einer Blase aus Glückseligkeit. Nach dem Tag kann ich das wahrlich gebrauchen.

Siehst du, Shane? Ich bin glücklich und freue mich über erwachsene Dinge wie Verlobungspartys. Ich höre immer noch seine Stimme, seine Worte hallen durch meinen Kopf: *Für das, was mir vorschwebt, brauche ich genau dieses Mädchen.* Was weiß er schon? Gar nichts. Ich bin noch immer dasselbe Mädchen wie auf dem College, nur besser.

Dass ich schon seit einer Weile keinen Pinsel mehr in der Hand hatte, heißt ja nicht automatisch, dass ich keine Künstlerin bin. Ich bin immer noch … Okay. Im Kunstmuseum war ich auch schon länger nicht mehr. Früher bin ich mindestens einmal pro Woche hingegangen, es war wie ein Ritual. Das vermisse ich schon. Genau wie die Arbeit an der Töpferscheibe. Wie viel Freude es mir gemacht hat, schmierigen braunen Lehm in etwas Schönes zu verwandeln!

Und romantische Komödien schaue ich immer noch. Ich habe absolut kein Problem damit, sie in das Marketingkonzept einzubauen; ich wusste nur nicht, dass das gewünscht war. Ich brauche dafür diese Momente nicht mit ihm nachzustellen. Was glaubt er eigentlich, wer er ist?

Ich schnappe mir mein Handy, rufe meine Mails ab und öffne Shanes Nachricht, Betreff: „Filmreife Liebe: Liste“.

1. Schlaflos in Seattle
2. Pretty Woman
3. Bridget Jones – Schokolade zum Frühstück
4. 27 Dresses
5. Dirty Dancing
6. Das darf man nur als Erwachsener
7. Tatsächlich ... Liebe
8. Teen Lover
9. e-m@il für Dich
10. Die Hochzeit meines besten Freundes

Spezielle Szenen hat er nicht genannt. Wird er einfach aus jeder Komödie einen beliebigen Moment auswählen? Ob ich wirklich begriffen habe, was genau er vorhat, weiß ich nicht so genau. Ich drehe mich auf den Bauch, umarme mein Kissen und versuche mir noch einmal jeden Film auf der Liste vor Augen zu führen.

In „Pretty Woman“ gibt es jede Menge großartige Sequenzen. Die Shopping-Szene. Das Polo-Turnier mit dem Tupfen-Kleid. Ich liebe dieses Kleid. Sie sieht so hübsch aus, und der Hut! Der Hut macht den Look erst perfekt. Warum trägt heute keiner mehr solche Hüte? Oh, die Oper! Und das schicke Dinner mit den schlüpfrigen kleinen Scheißerchen. Weiß Shane noch, dass ich Meeresfrüchte verabscheue?

Einmal, als seine Großeltern zu Besuch da waren, haben sie

uns zum Hummer-Essen ausgeführt. Shane hatte große Mühe, sich das Lachen zu verkneifen, während ich versuchte, ein paar Bissen runterzuwürgen. Mit der Erinnerung flattert eine winzige, heimliche Erregung durch mein Inneres, wird aber sofort und mit einem dumpfen Schlag von meinem schlechten Gewissen niedergerungen.

Mist. Zwischen Filmen und Erinnerungen braut sich ein ziemliches Durcheinander zusammen.

Ich schalte den Fernseher an, um alle Gedanken aus meinem Kopf zu verdrängen, als das Telefon klingelt. Erschrocken fahre ich zusammen. Bradley. Endlich. Ich habe schon vor Stunden mit seinem Anruf gerechnet.

„Hi!" Ich muss gähnen. Er ist im Auto, ich kann das Echo meiner Stimme über die Freisprechanlage hören.

„Hi, Schatz. Ich wollte mich nur vergewissern, dass du gut nach Hause gekommen bist. Tut mir leid, wenn ich dich geweckt habe."

„Nein, ich bin noch auf. Fahr vorsichtig." Ich stelle den Fernseher leiser. „Kommst du jetzt erst aus dem Champps?"

„Äh, ja, Clive und dieser Rand Peterson haben immer wieder neue Runden bestellt. Ich habe noch dafür gesorgt, dass Rand sicher im Taxi sitzt und dann Clive nach Hause gefahren."

Er passt immer auf alle auf, kümmert sich um jeden. Er wird mal ein toller Dad. Ich sehe ihn förmlich vor mir, wie er die Football-Bambini-Mannschaft trainiert. Shane kann nur boxen.

„Und Bennett? Was war mit dem?", frage ich ohne nachzudenken.

„Du meinst deinen Ex?"

Oh. Kacke.

„Von dem du mir nichts erzählt hast? Jetzt kapiere ich auch, warum du im Meeting so neben dir gestanden hast." Seine Stimme klingt kontrolliert, aber scharf. „Die Sache ist die …"

Ich sitze im Bett und umklammere das Telefon mit beiden Händen. Meine Augen sind groß wie Untertassen.

„Du hättest es mir einfach erzählen können. Und jetzt frage ich mich, warum du es nicht getan hast."

„Ja, sicher." Ich stehe auf und mache das Licht an. „Ich wusste doch gar nicht, dass er kommt, bevor er heute dort aufkreuzte Ich war völlig überrascht. Es war ein Schock. Und dann heute Abend ..."

„Heute Abend habe ich direkt neben dir gesessen." Ich bin ziemlich sicher, dass er die Hände nicht am Lenkrad hat, sondern wild gestikuliert. Das macht er immer, wenn er wütend ist. „Nur wir beide saßen da zusammen an der Bar, und du hast nichts ..."

„Bradley. Er war in der Bar. Ihr habt sein Team eingeladen." Ich laufe auf und ab, mein Magen scheint ein riesiger Knoten zu sein. „Du hast mir gesagt, dass mein Job von diesem Auftrag abhängt. Dass wir vielleicht unsere Hochzeit verschieben müssen! Was zum Teufel hätte ich machen sollen? Es dir dort erzählen ... und dann was? Was, wenn du wütend geworden wärst?"

Stille.

Ich lasse mich wieder aufs Bett fallen, so heftig, dass mein Kopf vom Kissen abprallt. „Es tut mir leid. Ich wusste nicht, was ich tun sollte, okay? Aber ich wollte mit dir darüber reden, wenn du mich anrufst." Ehrlich gesagt war mir der Gedanke nicht mal ansatzweise gekommen. Ich spüre einen Anflug von schlechtem Gewissen.

„Wenn du mich fragst, ist der Typ ein ziemlicher Idiot", sagt er leise.

„Ja! Das ist er. Ich meine, wie er das Meeting an sich gerissen hat? Was sollte das eigentlich?" Erleichtert sinke ich in mich zusammen. Ich glaube, dass er mein Dilemma erkennt. Ich glaube, dass alles in Ordnung ist.

„Er ist ein Arsch, aber wir brauchen seinen Auftrag." Er stockt kurz. „Tonya scheint ihn zu mögen."

Ich setze mich wieder kerzengerade hin. „Was?"

„Ja, sie ist gleich nach ihm verschwunden. Du weißt, was das normalerweise bedeutet."

Ich wusste ganz genau, was das bedeutet. Der Knoten in meinem Inneren zieht sich noch enger zusammen. Tonya geht nicht früh. Niemals. Nicht, wenn sie die einzige Frau ist, der Mittelpunkt des Geschehens, und schon gar nicht, wenn es um ein potenzielles Geschäft geht.

Aber das würde sie doch nicht ... Es gibt Regeln für Exfreunde, klar gezogene Mädchenwelt-Regeln. „Äh, ich glaube nicht, dass zwischen ihm und Tonya was läuft. Wir waren alle zusammen ..."

„Ihr wart alle zusammen auf dem College. Er ist dein Ex. Ich weiß. Es war ein Riesenspaß, das alles von den beiden zu erfahren. Und trotzdem bin ich ziemlich sicher, dass sie heute Nacht zusammen in der Kiste gelandet sind."

Seine Worte tun weh. Ich weiß nicht, was ich sagen soll. „Es tut mir leid, okay?" Es tut mir wirklich leid. „Kommst du heute Nacht zu mir? Ich habe das seidene Nachthemd an, das du so magst." Das ist gelogen, aber ich könnte mich noch schnell umziehen. Tatsächlich trage ich den Hello-Kitty-Schlafanzug aus Frottee, den Ellie mir letztes Jahr zum Geburtstag geschenkt hat.

Eine kurze Pause, dann seufzt er frustriert auf. „Ich biege gerade in meine Auffahrt ein, Kenz. Und da er den Vertrag mit uns wohl kündigt, muss ich einen, äh, anderen Weg finden ..."

„Warte. Hat er das gesagt?" Ich kann nicht glauben, dass er diesen Kino-Deal so weit treibt.

„Er hat so einiges gesagt, aber ja. Zumindest denkt er darüber nach. Hör zu, ich bin ziemlich erledigt, lass mich eine Mütze Schlaf nehmen, und wir sehen uns dann morgen, okay? Ich liebe dich."

„Ich liebe dich auch.“ Offensichtlich ist doch nicht alles so ganz in Ordnung, sonst wäre er jetzt auf dem Weg hierher. Ich schalte das Telefon aus, dann den Fernseher und kuschele mich unter die Decke. Ich hätte es ihm erzählen sollen. Tonya schläft nicht mit Shane, das hat er nur gesagt, weil sein Ego angeschlagen ist. Ich kann es ihm nicht verübeln. Er sagte, dass er *alles* von Shane und Tonya gehört habe. Und dass Shane *darüber nachdenken* wolle, uns den Auftrag wegzunehmen.

Was ist da groß nachzudenken? Wenn er sich der Wahrheit nicht stellen will, hätte er erst gar nicht hier auftauchen sollen. Verdammt! Ich lege mir das Kissen aufs Gesicht. Wir brauchen diesen bekloppten Auftrag. Das ist die nackte, hässliche Wahrheit.

Was passierte in „Pretty Woman“, nachdem Vivian Edwards Angebot abgelehnt hatte? Ich atmete tief aus. Er kam mit Blumen in einer Limousine zu ihr zurück, kletterte über die Feuerleiter zu ihr nach oben und versprach ihr alles, was sie wollte. Ich rolle mich auf die Seite, umarme mein Kissen und kneife die Augen zu.

Wie es aussieht, bin ich in unserem Film diejenige, die angekrochen kommen muss. Vergiss „Pretty Woman“, morgen läuft „Die Bettlerin“ im Kino. Und ich freue mich kein bisschen auf die Premiere.

4. Kapitel

Schlaflos in Indy

Shanes Worte hämmerten die ganze Nacht hindurch auf mich ein. Sie setzen ihre Attacke fort, als ich am nächsten Morgen die Agentur betrete. *Ich will etwas, das so ist, wie das, was du früher gemacht hast. Für das, was mir vorschwebt, brauche ich genau dieses Mädchen.* Sie summen durch meinen Kopf wie ein Schwarm wütender Hornissen. Ich brauche dringend Insektenschutzspray.

Na toll. Clive wartet schon auf mich. Er wirkt ziemlich neben der Spur. Damit wären wir dann schon zwei. Er bedeutet mir, ihm zu folgen, und zwei Sekunden später sitze ich ihm gegenüber in seinem Büro, hinter geschlossener Tür.

Plötzlich fällt mir das Atmen schwer. Hat Shane den Auftrag wirklich gecancelt? Ich schlucke schwer, während ich meinen Blazer ausziehe. Vielleicht muss ich mir gar nicht mehr so viele Gedanken machen. Vielleicht werde ich einfach gefeuert. Jetzt, in genau diesem Moment.

Ich falte meinen Blazer ordentlich auf dem Schoß zusammen und suche krampfhaft nach Argumenten, die für mich sprechen. Wie lange ich schon zum Team gehöre. Die Qualität meiner Arbeit. Die Kunden, die ich landesweit betreue. Mir war klar, dass es heute nicht ohne Schleimen abgeht, aber dass es so wichtig würde, habe ich nicht erwartet.

Clive kauert auf der Kante seines Schreibtischs, sieht mich an und atmet langsam aus. „Kensington, ich möchte mit dir über die finanzielle Situation der Agentur reden, damit du verstehst, wie wichtig der Carriage-House-Auftrag für uns ist."

Ich setze mich noch aufrechter hin und lege los. Ohne Umschweife. Trotz Kloß in der Kehle. „Bradley hat mich bereits auf den Stand der Dinge gebracht."

„Wir brauchen diesen Auftrag, verstehst du?" Sein Ton wird schärfer, er spricht jetzt lauter. „Es war ein Riesenglück, dass wir ihn überhaupt gekriegt haben, und nun ..."

„Aber wir haben ihn gekriegt", platze ich heraus. Meine Herzfrequenz würde jetzt prima zu einem Hasen passen. Ich beuge mich vor, um meinen nächsten Worten mehr Nachdruck zu verleihen. „Und zwar ausdrücklich meinetwegen. Weil meine Arbeit gut ankam." Meine alten Fotos, die ich auf Facebook stehen habe, aber egal.

„Ja. Genau. Du hast recht, Kensington." Clive steht auf und gestikuliert in meine Richtung. „Und jetzt verlieren wir ihn wahrscheinlich deinetwegen."

Autsch. Mein Magen zieht sich schmerzhaft zusammen. Das ist nicht fair. Sprachlos lehne ich mich zurück. Shane hat das also tatsächlich ernst gemeint ... Wie soll ich erklären, warum wir den Kunden verlieren? Was hat Shane ihnen gestern Abend erzählt? Clive feuert mich. Er feuert mich garantiert. Ich bin noch nie gefeuert worden.

Clive kommt seufzend hinter seinem Tisch hervor und lässt sich in einen Sessel fallen. „Hör zu, sei einfach ein bisschen nett zu ihm. Überzeug ihn davon, bei uns zu bleiben. Verstehst du?" Er zieht die Brauen so hoch, dass sie fast in seinem Haaransatz verschwinden.

Ich kann nicht glauben, dass es wirklich so weit gekommen ist.

„Klar. Ich kriege das hin. Er wird seinen Entschluss noch mal überdenken." Ich stehe entschlossen auf. Schließlich hatte ich mich ohnehin dazu durchgerungen, diesem Kino-Ding zuzustimmen. Schon in Ordnung.

„Du musst ihn unbedingt dazu bringen, dass er es sich noch mal überlegt.“ Clive mustert mich. „Auf welche Art auch immer, kapiert? Auf welche Art auch immer. Es ist wirklich unglaublich wichtig.“

Mir schwirrt der Kopf. Clive nickt noch einmal bekräftigend, und sein Blick wird schwindelerregend intensiv. Ich ahne, worauf er hinauswill, auch wenn er es nicht laut ausgesprochen hat.

Ich antworte mit einem tödlichen Blick. „Ich bringe ihn durch meine neuen Design-Konzepte dazu, Clive. Deshalb wird er bei uns bleiben. Das ist das einzige Angebot, das auf den Tisch kommt.“

Das und die Filmliste, aber die muss ich ja nicht erwähnen.

„Ja, sicher.“ Clive wedelt mit beiden Händen durch die Luft, grinst und reißt unschuldig die Augen auf.

Und jetzt versucht er, es zu überspielen.

Er steht auf und öffnet mir die Tür. „Mir ist völlig egal, wie du es hinkriegst. Hauptsache, es klappt. Bradley hat seine Kontaktdaten. Hol sie dir, ruf den Typ an und überzeug ihn. Bring die Angelegenheit in Ordnung.“ Er senkt die Stimme, aber sein Ton ist scharf. „Haben wir uns verstanden?“

„Ja. Klar“, antworte ich. Aber eigentlich verstehe ich gar nichts. Warum brauchen wir diesen Kunden so dringend? Wieso ist die Firma plötzlich in so großen finanziellen Schwierigkeiten? Das ergibt alles keinen Sinn. Clive benimmt sich mehr als seltsam. Ich habe das deutliche Gefühl, dass hier irgendwas im Busch ist.

Ich sitze an meinem Schreibtisch, massiere mir die Stirn und starre auf Bradleys Bürotür. Was für ein entsetzlich langer Arbeitstag! Ich schaue auf die Uhr auf meinem Monitor. Jeden Moment müsste Bradley sein Team in den Feierabend schicken. Und tatsächlich geht die Tür auf und die ersten Leute kommen heraus. Ich springe auf, laufe zur Tür.

Ich will unbedingt mit ihm reden, nicht nur wegen des Vertrags, sondern auch, um mich seiner zu vergewissern. Danach werde ich Shane anrufen, das letzte bisschen Stolz, das ich vorgebe, zu besitzen, hinunterschlucken und ihm sagen, dass ich dabei bin, wenn er das mit der Filmliste wirklich ernst meint. Ich spüre die Worte schon auf der Zunge, und sie schmecken sauer.

„Hi!“ Ich ziehe die Tür hinter mir zu und setze mich.

„Hi, Schatz.“ Bradley schaut kurz von den Unterlagen auf, die er gerade durchgeht. Er wirkt abgelenkt.

Ich rutsche an die Kante des Bürostuhls. Offenbar habe ich ihn bei etwas unterbrochen. „Wonach suchst du?“

Er schaut auf die Uhr, öffnet seine Schreibtischschublade und wühlt darin herum. „Einen Kostenvoranschlag, an dem ich mit Clive gearbeitet habe. Wenn ich meinen Kunden zu einem größeren Deal bewegen kann, könnte das deinen Job sichern oder zumindest ein bisschen Zeit schinden.“ Er schiebt die Schublade wieder zu und blättert erneut durch die Ordner, die vor ihm auf dem Tisch liegen.

„Moment mal, Bradley …“ Er ist immer noch sauer auf mich? „Ich habe gerade mit Clive geredet. Ich bin sicher, dass ich alles wieder geregelt kriege. Du müsstest mir nur den Vertrag mit Carriage House geben.“

Bradley blickt auf. Sein blaues Hemd betont die Farbe seiner Augen, lässt sie fast durchsichtig wirken. Er trommelt mit den Fingern auf die Tischplatte und presst die Lippen zusammen. „Gibt es da noch etwas, was ich wissen müsste, Kenz?“, fragt er dann. „Ich meine, außer dass er dein Ex ist?“

Ja, er ist immer noch sauer.

„Nein.“ Eine schnelle Antwort. Vielleicht zu schnell. Obwohl ich gar nichts getan habe, sendet mein Gewissen feine Nadelstiche durch mein Inneres. Ich stehe auf und wische unsichtbaren Staub von meinem Kleid. „Ich habe keine Ahnung, was sein Problem ist." Rein technisch gesehen ist das nicht gelogen. „Und wie gesagt, ich wusste nicht, dass er der Kunde ist", füge ich hinzu, für den Fall, dass er es vergessen hat.

Er sieht mich einen Augenblick schweigend an, bevor er die unterste Schreibtischschublade öffnet. Sekunden später habe ich den Carriage-House-Vertrag und sämtliche Informationen.

Bradley schaut wieder auf die Uhr. „Verdammt, ich bin echt spät dran." Er steht auf und greift nach seinem Mantel. „Ich lasse mir von Maggie einfach eine weitere Kopie mailen." Er gibt mir einen flüchtigen Kuss, öffnet die Tür, dreht sich aber noch einmal zu mir um. „Oh, deine Mom hat uns eine Einladung für übernächsten Samstag gemailt, hast du gesehen? Ich nehme an, das wird eine …"

„Ja, genau! Eine Verlobungsparty für uns." Ich fühle einen Anflug von freudiger Erregung.

Er geht auf den Ausgang zu, ich folge ihm auf dem Fuße. „Na ja, auf jeden Fall ist es eine Art Mini-Baby-Party für Ren und Grayson. Die offizielle Fete steigt dann vermutlich, wenn der Stichtag näher rückt."

Ich bleibe abrupt stehen und hebe ruckartig den Kopf. Seine Worte schneiden durch meine Seele wie ein scharfes Messer. Es gibt keine kleine Wunde. Ich bin am Verbluten.

„Deine Mom hat geschrieben, dass Ren eine Geschenkliste bei Fosberg liegen hat. Wir müssen ihr irgendwas besorgen. Kannst du dich darum kümmern?" Er dreht sich um. Als er merkt, dass ich nicht mehr hinter ihm herlaufe, bleibt er ebenfalls stehen. „Kenz?"

„Wir teilen unsere Verlobungsparty mit Ren *und* sie hat bereits eine Geschenkliste klar gemacht?" Das kam ein bisschen laut raus.

„Ist das im Moment deine einzige Sorge? Ernsthaft?" Er ist jetzt am Ausgang, halb weggedreht, eine Hand am Türknauf. Sein ganzes Gesicht wirkt angespannt. „Ich, äh, ich muss jetzt los.“ Er zieht die Tür auf und ruft mir über die Schulter zu: „Wir treffen uns im Fitnessstudio.“

Ich kann ihn durch meine aufsteigenden Tränen nur noch verschwommen sehen. Leeren Blicks starre ich auf die Tür, die hinter ihm ins Schloss fällt, und drücke Shanes Kundenordner an meine Brust. Bradley hat ja recht, aber … verdammt, ich will die Bühne nicht mit der kleinen Show-Diebin teilen. Es ist *meine* Verlobungsparty. *Mein* großer Moment. Oder zumindest war es das.

In meinem Kopf herrscht nur weißes Flimmern, und egal, wie ich mich drehe und wende, das Bild darin wird nicht klarer. Ich lehne mich an den Schreibtisch, presse die Druckpunkte an meinem Nasenrücken und kneife die Lider zu. Ich sollte mich um die anderen Projekte meines Teams kümmern, aber ich kann mich nicht konzentrieren.

Natürlich bin ich entsetzt und aufgebracht, weil Shane aus heiterem Himmel hier aufgetaucht ist, die Vergangenheit wieder hervorgezerrt und meine Zukunft gefährdet hat, aber wenn ich hundert Prozent ehrlich mit mir selbst bin …

Dann bin ich auch ein bisschen geschmeichelt. Und mehr als ein bisschen verwirrt.

Wer sollte dieses Konzept besser verstehen als du, wir beide waren quasi die Inspiration, hat er gesagt. Seine Worte bringen mich um den Verstand. Die, die er ausgesprochen hat. Und mehr noch die, die er verweigert hat. Warum hat er mich damals betrogen? Wir hatten das, von dem alle Welt immer redet. Junge Liebe, bittersüße Achterbahn der Gefühle, und zum ersten Mal im Leben fühlte ich mich so akzeptiert und geschätzt, wie ich war. Es war eine befreiende und wundervolle Erfahrung.

Dann betrog er mich. Und raubte mir dadurch den Glauben, dass das Ganze jemals echt gewesen war. Zumindest, was ihn betraf.

Ich beantworte ein paar Team-E-Mails, während ich mir das Hirn zermartere, wie ich die Sache mit Shane angehen soll. Von den finanziellen Nöten der Agentur darf ich ihm nichts erzählen. Das ist vertraulich. Ich habe eine Verschwiegenheitsvereinbarung unterschrieben, und bei einer Betriebsversammlung haben sie ein Riesentheater darum gemacht. Ich darf nicht mal damit argumentieren, dass mein Job auf dem Spiel steht.

Und es ist ja keine theoretische Überlegung, dass ich meinen Job verlieren könnte. Clive hat klipp und klar gesagt, dass ich gefeuert bin, es sei denn, wir behalten den Kunden ... Und Bradley ist total fertig deswegen.

Ich werde also einfach sagen, dass ich gestern Abend überreagiert habe, und dass wir ein paar Filmszenen nachstellen können, wenn es dem Konzept hilft. Warum auch nicht? Na also. Gar kein Problem. Ich muss es nur tun.

Ich piepse Ellie an.

Kenzie Shaw: *Bist du da?*
Ellie-Bell: *Snoopy.*

Wenn andere Leute sich in Sichtweite unseres Computers befinden, tippen wir „snoopy". Das ist unser Code. Das war's dann mit der Verstärkung. Ich muss da wohl allein durch.

Ich nehme mein Handy, wähle die Nummer, die ich in Shanes Akte gefunden habe, und lasse es ein paarmal klingeln. Vielleicht kriege ich ja seine Mailb...

„Hallo?" Es ist Shane.

Natürlich ist es Shane. Wer sonst? Schließlich habe ich ihn angerufen. Ich öffne den Mund, kriege aber keinen Ton raus, übermannt von Erinnerungen an seine schläfrige Stimme am Telefon, wenn wir die Ferien getrennt voneinander bei unseren Familien verbrachten. Wir haben telefoniert, bis wir eingeschlafen sind, ich in meinem Haus und er hoch im Norden bei seinen Großeltern.

„Hi." Meine Stimme klingt leise und kühl. Immerhin ein Anfang.

„Kensington?"

„Ja." Ich zögere, unsicher, wie ich anfangen soll. „Äh ... Okay. Also, die Sache ist die ..."

Ich räuspere mich und dann sprudelt es einfach aus mir heraus. „Du kannst genauso gut bei uns bleiben. Unsere Firmen haben beide schon so viel in diese Angelegenheit investiert, es wäre eine Riesenverschwendung von Zeit und Geld, wenn du jetzt die Agentur wechselst. Clive wäre enttäuscht, und über diese Sache mit den Filmszenen können wir gern reden, wenn es dem Konzept hilft, weil wir ..."

„Wie reizend."

Bei seinem spröden Tonfall bleibt mir das Wort im Hals stecken. Was hat er denn erwartet? Das Ganze ist irrsinnig. Jetzt zieh das durch. Denk an deinen Job, deine Hochzeit. „Shane ... Ich, äh ..."

„Ja. Danke", sagt er zu jemand anderem gewandt, bevor er wieder zu mir zurückkommt. „Wir könnten uns in einer halben Stunde am Monument Circle treffen." Kurzes Zögern. „Und Kensington? Bring den Vertrag mit."

Der große Verkehrskreisel am Monument Circle ist dicht von Wolkenkratzern umschlossen, die zu allen Seiten wie hohe Wälle aufragen. Das ist das Schöne an Downtown Indianapolis: Alles ist fußläufig zu erreichen. Das Flair einer Metropole, in ein paar Häuserblocks gepresst.

„Wohin gehen wir?", frage ich, als wir loslaufen. Weit kann es nicht sein, wir sind zu Fuß unterwegs.

„Schon da." Shane umrundet eine Gruppe Fußgänger, schließt hinter ihnen wieder zu mir auf und setzt sich dann auf die Stufen des Soldiers' and Sailors' Monument. „Ich dachte, es könnte uns guttun, mal aus dem Büro rauszukommen."

Ich lasse mich vorsichtig neben ihm nieder und ziehe meine Jacke enger um mich. Es ist ziemlich kalt heute. „Meine Familie schmeißt eine Verlobungsparty für mich und Bradley", erzähle ich, um Bradley wieder ins Spiel zu bringen und die Fronten zu klären. Ich verschränke die Arme. „Mom hat gestern Abend extra angerufen. Es wird eine große Sache. Wir werden bestimmt jede Menge Spaß haben."

Er sagt nichts. Ich plappere weiter. „Sie soll am übernächsten Samstag …"

„Willst du da hoch?", unterbricht er mich und steht auf. Er deutet auf den Turm des Denkmals. Den gut sechsundachtzig Meter hohen Turm des Denkmals.

„Was? Da hoch?" Ich habe mein ganzes Leben hier verbracht. Ich arbeite in der Innenstadt. Ich wohne inzwischen sogar in der Innenstadt, aber ich war nicht ein einziges Mal auf diesem Turm. Obwohl, doch. Einmal …

„Lass uns zusammen nach oben gehen. Das zählt. Es ist auf der Liste." Shane ist schon dabei, die Stufen zu erklimmen. „Du hast doch den Vertrag dabei, oder?"

Ich rühre mich nicht vom Fleck. „Schon, aber …"

„Aber was?" Er verschwindet um die Ecke.

Vielleicht kann er sich nicht mehr an diesen Ort erinnern, ich dafür umso besser. Ich rühre mich immer noch nicht vom Fleck, sondern schnappe mir mein Handy und gehe auf Facebook. Mir bleibt nichts, als abzuwarten. Vielleicht sollte ich zurück ins Büro gehen? Aber wir brauchen diesen Auftrag. Ich brauche diesen Auftrag. Was ich hingegen absolut nicht gebrauchen kann, ist meine Vergangenheit … unsere Vergangenheit, die sich hier in der Gegenwart breitmacht.

Als ich daran denke, wie wir gestern Abend alle in der Bar saßen, muss ich lachen. Spontan verändere ich meinen Status:

„Die Vergangenheit, die Gegenwart und die Zukunft zusammen in der Kneipe. Zeiten sind das!"

Er kommt wirklich nicht zurück. Ich stecke das Handy ein und gehe ihm nach. Mein Gott, was tue ich hier eigentlich! Ich finde ihn neben dem Lift. Als ich die letzten Stufen nehme, bemerkt er mich und lächelt mir freundlich zu.

„Nach dir, ich habe schon bezahlt." Er deutet einladend auf den Fahrstuhl.

Sein Ernst? „Hör zu. Wenn du über den Vertrag oder die Filmliste reden willst, okay. Aber das hier ergibt absolut keinen Sinn. Also ..." Ich schüttele den Kopf und verschränke die Arme. Er erinnert sich nicht.

Shane stellt sich neben mich, eine Schulter an die Wand gelehnt. „Weißt du noch, wie du immer gesagt hast, dass du all die Momente selbst erleben willst?"

Ich recke das Kinn. Vielleicht erinnert er sich ja doch. Was alles nur noch verwirrender macht. Welches Spiel treibt er?

Um seine Lippen zuckt ein kaum sichtbares Lächeln. „Du hast gesagt, du willst nicht verliebt sein, du willst *im Film* verliebt sein. Weißt du noch?"

Sein Blick hält mich gefangen, während ich wie erstarrt von seinen Worten bin, meinen Worten. „Das ist ein Zitat aus ‚Schlaflos in Seattle'. Ich weiß, dass ich das gesagt habe. Ich habe es auch *geglaubt*." Zum Teufel, ich habe sogar geglaubt, bei uns wäre es wie im Film.

Aber das Leben ist kein Liebesfilm.

Shane tritt näher zu mir. Zu nahe, aber ich bewege mich nicht.

„‚Schlaflos in Seattle'. Das ist der erste Film auf der Liste. Also komm schon ..." Er streckt die Hand aus, genau wie Tom Hanks in seiner Rolle als Sam. „Sollen wir?"

Ich greife zu, ohne nachzudenken, doch sobald meine Finger seine berühren, krampft mein Magen sich zusammen. Okay, jetzt gibt es keinen Zweifel mehr, dass er sich erinnert. Das ist nicht nur „Schlaflos in Seattle". Das ist *unser* „Schlaflos in Seattle."

Wütend entreiße ich ihm meine Hand. Er hat kein Recht dazu …

Wir hatten uns am Valentinstag auf dem Monument verabredet, genau wie Sam und Annie auf dem Empire State Building. So wie im Film. Ich dachte, dass er mir vielleicht, ganz vielleicht, einen Heiratsantrag machen würde.

Doch in der Woche davor trennten wir uns. Gleich nachdem ich herausfand, dass er mich betrog. Am Valentinstag hockte ich hier auf den Stufen, allein, und fragte mich, was um alles in der Welt passiert war. Tonya gabelte mich später auf und ging mit mir aus, um mich aufzuheitern. Wir machten einen Mädelsabend draus. Und jetzt?

Ich spüre, wie mein verletzter Stolz aufbegehrt. Er kann nicht einfach zurück in mein Leben kommen und all das wieder an die Oberfläche zerren. Tränen brennen mir in den Augen, kurz davor, überzufließen. Ich weiche einen Schritt zurück. „Glaubst du ernsthaft, dass wir jetzt unseren verpassten Valentinstag nachholen?" Ungläubig schüttele ich den Kopf. „Diese Szene wird von der Liste gestrichen. Ich habe sie bereits erlebt, und zwar nicht in der Rolle, die ich mir erträumt hatte."

Aufstehen, und zwar jeden Morgen … ein- und ausatmen, den ganzen Tag lang … mich nicht mehr daran erinnern müssen, wie schön und wundervoll ich es einmal hatte … Das war die Hölle. Und ich hatte keine Dr. Marcia Fieldstone, die mir da durchhelfen konnte, keine Familie … ich war ganz allein.

Es war schrecklich.

Direkt nach dem Abschluss ging Shane nach England zurück, um für seinen Vater zu arbeiten. Obwohl wir zu dem Zeitpunkt nicht mehr zusammen waren, hinterließ die endgültige Gewissheit, dass er weg war, ein hohles, leeres Gefühl in meiner Brust.

Ich war wie der Blechmann im Zauberer von Oz. Nur, dass ich mir gar nicht länger ein Herz wünschte.

Ich blitzte ihn an. „Was ist damals im College passiert? Ich will die Wahrheit wissen.“ Meine Stimme ist kaum mehr als ein Flüstern, doch meine Worte scheinen zu dröhnen.

„Ich hab's vermasselt, aber nicht so, wie du denkst.“ Er spricht leise und tritt näher zu mir. „Ich war damals einfach ... ein bisschen leichtfertig.“

„Wenn du zwischen Prügeleien, geschwänzten Seminaren und irgendwelchen Mädchen Zeit hattest ...“

„Gerede. Das mit den Mädchen war nur Gerede.“ Shane schaut mich entschlossen an. „Ich habe dich vergöttert. Ich habe dich geliebt.“ Er lässt die Schultern sacken und kommt noch einen Schritt näher, um die Distanz zu überbrücken, die ich geschaffen habe.

Ich bin wieder da, wo ich angefangen habe, der Hals wie zugeschnürt vor widerstreitenden Gefühlen.

„Kensington, nach der Scheidung meiner Eltern, und nachdem ich praktisch hier in die Staaten abgeschoben worden bin, warst du meine Rettung. Diese Mädchengeschichten waren nichts als mieses Getratsche.“

„Dann verstehe ich nicht ...“

„Bis auf eine.“

Oh.

Oh.

Dass er es zugibt, ändert irgendwie alles. Vielleicht hatte ich gehofft ...

Shane fährt sich mit einer Hand durchs Haar und lehnt sich mit der Schulter gegen die Wand. „Ein Mädchen hat mich auf dieser Party geküsst, nachdem du weg warst. Ich habe ihren Kuss erwidert, ein bisschen mit ihr rumgemacht.“ Sein Blick sucht meinen. „Aber ich habe nicht mit ihr geschlafen. Wir waren betrunken und ...“

Ich bin mehr als nur ein bisschen verwirrt.

Das ist alles?

„Warum hast du mir das nicht einfach erzählt?“ Ich schüttele irritiert den Kopf. „All die Jahre … und es war bloß eine dämliche Partyknutscherei?“ Meine Wut ist wieder voll entflammt, aber diesmal aus einem total anderen Grund.

Shane senkt den Kopf und schließt für einen Moment die Augen, dann öffnet er sie wieder und atmet scharf aus.

„Es war Tonya.“

Mein Magen zieht sich zusammen. Ich presse meinen Ring so fest gegen meinen Finger, dass er ins Fleisch schneidet. Es tut weh, aber dadurch kann ich wenigstens etwas anderes spüren. „*Tonya?* Du meinst, dieselbe Tonya, die mir erzählt hat, dass du mich betrügst und mit mir um die Häuser gezogen ist, als …“

„Kensington, es hat nichts …“

Ich hebe die Hand, um ihn zu unterbrechen. „Nein. Nein. Sag nicht, dass es nichts zu bedeuten hatte. Denn das stimmt nicht. Immerhin haben wir deswegen Schluss gemacht, nicht wahr? Egal, ob du *damals* mit ihr geschlafen hast oder gestern Abend.“

„Was?“

„Bradley hat gesagt, dass sie gleich nach dir gegangen ist, und dass ihr beide …“

Er schüttelt den Kopf, aber er sagt nichts. Da ist mehr. Ich spüre es. Oh Gott, da ist mehr.

Ich schaue zu Boden und erinnere mich, wie erstaunt ich war, dass er nicht härter um unsere Beziehung kämpfte. „Damals habe ich dich nicht erklären lassen, was genau vorgefallen ist, aber du hast es auch nicht wirklich versucht … Es war für dich ein einfacher Weg, mich zu verlassen. Stimmt das?“ Auch, wenn ich es ausspreche, will ich es nicht wirklich glauben. Ich halte praktisch die Luft an, hoffe … schaue verstohlen zu ihm hoch, ohne das Kinn zu heben.

Er sieht mich an. Ich erkenne die Wahrheit in seinem Blick. „Ja."

Ja.

„Ich hatte das nicht geplant. Aber es machte es für mich leichter, nach England zurückzugehen … und dich zu verlassen … ja."

Wow.

Überraschenderweise ist das irgendwie noch schlimmer und … es tut weh.

Es tut wirklich weh.

Dämliche Tränen drängen zum Ausbruch. Die kleine Stimme, die ich über die Jahre hinweg so mühsam unterdrückt habe, bläst zum Triumphmarsch und brüllt ihre Siegesparolen durch ein Megafon. Doch nicht gut genug. Doch nicht gut genug.

Ich verziehe die Lippen zu einem Lächeln, das keine Zähne entblößt, aber zumindest die Tränen zurückhält. „Okay … na dann: Mission erfüllt. Ich freue mich, dass es für dich so gut funktioniert hat."

„Ich war zweiundzwanzig, Kensington." Shane steht jetzt direkt vor mir. Er sieht mich mit eindringlichem Blick an. „Dad hat darauf bestanden, dass ich für ihn arbeite. Meine Mutter hat wieder getrunken. Sie war ein Wrack nach seinen ständigen Affären, und keinen der beiden hat interessiert, was ich will. Es war ein verdammter Albtraum. Ich wusste nicht, was ich tun sollte."

Ich kann mich nicht bewegen. Alles in mir will wegrennen, aber ich kann mich nicht bewegen. Warum hat er immer noch diese Wirkung auf mich?

„Tonya sagte, dass es egoistisch wäre, dich nach England mitzunehmen. Und in gewisser Hinsicht hatte sie recht. Du hast ständig davon geredet, dein eigenes Atelier eröffnen zu wollen. Aber ich habe es nicht geschafft, dich aufzugeben. Als du damals über das lange Wochenende nach Hause gefahren bist, habe ich angerufen. Jeden Tag."

Nein. Nein, hat er nicht. Ich schüttele den Kopf. Mir schlägt das Herz bis zum Hals und ich suche seinen Blick. „Wovon redest du?"

„Kensington, deine Mom ..."

Ein Pfeil durchbohrt meine Brust. „Meine Mom?" Ich höre seine Worte nur noch wie von fern, während ich versuche, mich zu erinnern. Mom mochte ihn nie. Sie fand, er habe keinen guten Einfluss auf mich, sei zu unseriös, unsere Beziehung viel zu intensiv. Und mein Atelier? Von diesen Plänen hielt sie gar nichts. Oh mein Gott, auf einmal ergab das alles Sinn.

„... sie legte mir sehr energisch nahe, dich in Ruhe zu lassen. Erklärte mir, dass wir zu jung wären und ich dir nichts zu bieten hätte, und sie hatte natürlich recht."

Mir ist schlecht. Wie konnte sie nur, sie wusste doch, wie es mir ging. Shane versucht, meine Hand zu nehmen, aber ich lasse es nicht zu.

„Wenn ich die Zeit zurückdrehen könnte, Kensington, ich wäre geblieben. Ich dachte ... Ich weiß nicht." Er schüttelt stirnrunzelnd den Kopf. „Aber du hast dieses Atelier nie eröffnet, nicht wahr? Ich meine, jetzt ..."

„Jetzt?" Ich weiche langsam zurück. „Jetzt heirate ich."

Ich wühle in meiner Tasche herum, bis ich den Vertrag zwischen den Fingern spüre, taste mit der anderen Hand nach einem Kugelschreiber. „Du hast deine Seite der Abmachung erfüllt."

Ich reiche ihm Vertrag und Kuli, und unsere Hände berühren sich, als er danach greift. Der Kontakt lässt mich tief in meinem Inneren erzittern.

„Ich wollte dich nicht wirklich erpressen. So skrupellos bin ich nicht, aber ..."

„Du glaubst, dass es gut für das Werbekonzept ist. Ich verstehe.“ Ich nicke. „Solange das unter uns bleibt und keine Grenzen überschritten werden.“

„Selbstverständlich.“ Sein Lächeln ist sanft. „Du heiratest schließlich.“

Für den Moment ist mein Job gesichert. Clive wird begeistert und Bradley erleichtert sein. Und wir sind uns einig: Grenzen werden gewahrt. Warum herrscht in mir dann bloß so ein heilloses Durcheinander? Was ich will, was ich wollte, was ich habe …

Was ich habe. Was ich nicht habe.

5. Kapitel

27 Gründe

Hin und wieder, wenn ich genug gespart habe, gehe ich mit Ren einkaufen, um gründlich und sinnvoll in meine Garderobe zu investieren. Irgendein Designer-Teil, das jedem Trend-Test standhält. Sie liebt es, mit ihrem Fashion-Know-how zu prahlen, wodurch sich so ein Shopping-Nachmittag endlos hinzieht, aber auch immer mit tollen Fundstücken endet.

Meine jüngste Errungenschaft ist ein perfekt geschnittenes Kleid mit Retro-Peter-Pan-Kragen. Es ist enganliegend, betont die Taille, und ich habe es bislang nur ein einziges Mal getragen. Heute trage ich es zum zweiten Mal. Das Kleid drückt aus, wie selbstbewusst, gelassen und einsatzbereit ich bin. Hoffentlich drückt es nicht aus, dass ich mir zu viel Mühe gebe, diesen Eindruck zu erwecken. Normalerweise würde ich so etwas nicht im Büro anziehen.

Tonyas unverfrorener Betrug in Sachen Shane macht mich rasend, aber ich habe nicht vor, irgendetwas zu ihr zu sagen – auch wenn dieser Entschluss mich eine schlaflose Nacht gekostet hat. Es würde ihr nur Munition gegen mich geben. Sie hätte zwei Möglichkeiten zu reagieren: leugnen oder runterspielen – aber in jedem Fall würde sie hinterher Bradley vorjammern, wie unfair ich sie angegangen hätte, woraufhin er mich fragen würde, warum mir ein fast sieben Jahre zurückliegender Vorfall mit meinem Ex noch dermaßen nahegeht. Mit demselben Ex übrigens, der jetzt unser Kunde ist. Das wiederum würde zu Spannungen zwischen Bradley und Shane führen, was Streit zwischen Bradley und mir zur Folge hätte. Ich bin tatsächlich ziemlich stolz darauf, wie rational ich das ganze Dilemma angehe.

Gerade habe ich mich mit einer frischen Tasse Kaffee wieder an meinem Schreibtisch niedergelassen, als sich die Tür zu Clives Büro öffnet und Bradley und Shane in den Flur treten. Stocksteif bearbeite ich ein neues Dokument und attackiere die Tastatur so heftig, als wäre ich mitten in einem kreativen Flow und könnte mit dem Tippen kaum nachkommen.

Sie kommen in meine Richtung. Ohne aufzublicken schreibe ich denselben Satz noch einmal und improvisiere dann. *Kreativer Sturm, komme kaum nach mit dem Tippen. Tonnen von Ideen. Jede Menge Ideen …*

Shane bleibt direkt vor meinem Schreibtisch stehen. „Guten Morgen, Kensington." Sein weiches dunkles Haar ist zurückgekämmt, und auf seinen Wangen schimmert ein Anflug von Bartschatten. Mein Blick bleibt unwillkürlich an seinen geschwungenen Lippen hängen.

Die Erinnerung, wie diese Lippen sich gegen meine pressen, überwältigt mich. Seine Arme liegen um meine Taille, ich bin spät dran fürs Seminar, wir lachen. Küssen uns. Er will mich nicht gehen lassen.

Und ließ mich schließlich doch gehen.

Bevor ich antworten kann, gesellt sich Bradley zu ihm. „Hi, Schatz." Er trägt das hellblaue Hemd, das ich ihm zum Geburtstag geschenkt habe, und sieht adrett und attraktiv aus.

Ich hebe den Blick über den Monitor und lächele ihn strahlend an, Shane ignorierend. „Guten Morgen, was steht heute an?" Ich tippe weiter sinnlose Sätze, weil ich viel zu beschäftigt bin, um eine Pause zu machen. Ich schreibe: *viel zu beschäftigt, um eine Pause zu machen.*

„Ich dachte, wir könnten irgendwo hingehen und Ideen für das Projekt entwickeln", sagt Shane zu meiner Schläfe, da ich immer noch Bradley anlächele. Meinen *Verlobten*. Der immer noch sauer auf mich ist.

Ich zögere und bemühe mich um einen entschuldigenden Gesichtsausdruck. „Oh, heute ist Mittwoch. Da gehen Bradley und ich immer zusammen zum Lunch." Na also. Ich habe ihn angeschaut.

Bradley lässt mich abblitzen. „Tut mir leid, aber ich kann heute nicht. Tonya und ich treffen uns wegen einer neuen Werbekampagne mit dem Symphonieorchester von Indianapolis." Seine Augen verengen sich. „Ist das Kleid neu?"

Meine Wangen beginnen zu glühen. „Was? Nein, das hast du schon mal gesehen." Was sogar stimmt. Ich runzele die Stirn und werfe ihm einen Was-redest-du-da-bloß-Blick zu.

„Tut mir echt leid wegen des Mittagessens, aber vielleicht ergattere ich bei dem Meeting ein paar Konzertkarten für uns."

„Das wäre wunderbar." Ich lächele noch strahlender, ein Megawatt-Lächeln, das ganz allein Bradley gilt. Ich liebe das Symphonieorchester. Ihre Konzerte sind der ideale Vorwand, sich richtig aufzubrezeln, und das Gebäude ist absolut hinreißend. Außerdem schadet es nichts, dass er vor Shane davon gesprochen hat. Siehst du? Wir sind glücklich. Ich leuchte geradezu vor Glück.

Bradley klopft lächelnd auf meinen Tisch. „Das Kleid gefällt mir. Du siehst umwerfend aus." Er nickt Shane zu. Kein Lächeln. „Bennett." Er dreht sich um und geht in sein Büro.

Ja, Bradley! Ich werde am Wochenende auf jeden Fall etwas aus Seide für ihn tragen. Ich schaue wieder auf meinen Bildschirm und ignoriere Shane, für den Fall, dass Bradley – ja, er hat sich gerade umgedreht. Ich lächele. Dass Shane hier ist, macht ihm etwas aus. Ich sollte darauf achten, die Situation nicht zu verschärfen und mich auf das konzentrieren, was zählt: Job, Bonus, Hochzeit, Familie … mit anderen Worten, alles.

Shane steht immer noch da.

„Also, wann hast du Zeit?" Er tritt auf meine Seite des Schreibtischs und schaut auf den Bildschirm.

Was soll das? Ich versuche, noch einmal den Microsoft Office Kalender zu öffnen, aber ich habe ihn bereits beendet. Den Laptop einfach zuklappen kann ich nicht, das würde aussehen, als hätte ich etwas zu verbergen.

Das Chat-Fenster springt auf. Ellie. Kann Shane den Bildschirm sehen? Keine Ahnung. Als ich die Nachricht lese, kriecht mir die Hitze den Rücken hinauf.

Ellie-Bell: *Hat dein Brit-Ex dich schon in diesem Kleid gesehen? Ist ihm die Kinnlade runtergefallen?*

Ich wirbele herum, um ihn abzulenken. „Wie wär's mit zwölf Uhr? Das müsste eigentlich klappen." Meine Stimme zittert leicht.

„Ich habe einen späten Lunch-Termin in der Mall. Könntest du mich dort so gegen vier treffen? Vorderer Eingang?"

„Klar. Oh, äh, wäre es okay, wenn wir uns vor Fossie's treffen? Ich muss ein Baby-Geschenk für meine Schwägerin kaufen, und danach könnte ich dich ..."

„Dann vor Fossie's um vier." Shane wendet sich zum Gehen, schaut sich aber noch einmal um und lässt seinen Blick langsam über mein Kleid wandern. „Fürs Protokoll, ich bevorzuge deine Overalls. Aber ich kann nachvollziehen, warum Bradley das Kleid gefällt." Ein durchtriebenes Lächeln zuckt um seinen Mund.

Dann dreht er sich auf dem Absatz um und lässt mich ohne ein weiteres Wort in einem Ozean aus Peinlichkeit ertrinken. Ich vergrabe das Gesicht in meinen Händen. *Arrg ...* dieses Kleid. Das war's dann wohl mit selbstbewusst, gelassen und einsatzbereit.

Am Automaten bei Fossie's tippe ich Rens Namen ein und warte darauf, dass ihre hinterlegte Wunschliste ausgedruckt wird. Ich habe bislang noch nicht mal daran gedacht, eine Liste für meine demnächst irgendwann anstehende Brautparty registrieren zu lassen. Bei meinem Glück plant Mom wahrscheinlich ohnehin genau zu dem Termin Rens offizielle Babyfeier. Schon bei dem Gedanken schlägt meine Magensäure Saltos.

Ich schaue zu, wie die Maschine langsam Rens Wünsche ausspuckt: Kinderbett und Anrichte aus Mahagoni, Still- und Entspannungsstuhl fürs Babyzimmer, Jogging-Gelände-Kinderwagen … Nichts unter vierhundert Dollar. Was denkt sie sich eigentlich?

Als ich aufschaue, sehe ich Shane über den Hauptgang in meine Richtung kommen. Moment, er ist zu früh dran. Ich umrunde eine Frau, die mit einer Hand einen Kinderwagen schiebt und an der anderen ein Kleinkind hält. Das kleine Mädchen hat hinreißende blonde Locken und runde Wangen. Sie winkt mir mit einer molligen Hand zu, und ich muss unwillkürlich lächeln.

Das Lächeln erstirbt, als ich Shane erreiche. „Hi, du bist zu früh. Du sagtest vier, oder?" Ich zeige in die Richtung, aus der ich gekommen bin. „Ich, äh, habe noch gar nicht angefangen."

Shane schaut auf seine Armbanduhr. „Oh, stimmt. Kein Problem." Er geht weiter. „Wann ist denn der Stichtag für deine Schwägerin?"

„Erst im Frühling." Ich schließe zu ihm auf. Kommt er jetzt etwa mit mir mit? Sieht so aus, als wäre meine Verlobungsparty jetzt eine Verlobungs-plus-Frühschwangerschaftsparty im engsten Familienkreis, daher schenke ich ihr jetzt schon was." In meinen Worten schwingt unbeabsichtigt ein verletzter Unterton mit.

Shane wirkt verwirrt. „Moment mal, du sagtest doch, deine Mom hätte alles so toll geplant. Warum sollte sie dann ihre Pläne plötzlich ändern?"

Meine Wangen glühen. Stimmt, das hatte ich ihm erzählt. „Äh, da hatte ich wohl etwas falsch verstanden. Das Gespräch wurde unterbrochen, und ich nehme an, na ja …“ Ich schaue zur Seite und flüstere: „Weißt du, ich war einfach davon ausgegangen.“

„Manche Dinge ändern sich nie.“ Shane schnaubt abfällig und schüttelt den Kopf, dann schaut er sich um. „Ich, äh, bin gleich wieder da.“

Seine Reaktion ruft ein warmes Gefühl in meiner Brust hervor. Shane kennt meine Familie gut genug, um zu verstehen, wie es für mich ist. Er war immer auf meiner Seite.

Ich bin inzwischen so weit, dass ich am liebsten auf die Verlobungsparty verzichten würde. Von mir aus können wir uns auch gleich nur wegen Ren treffen. Alles andere fühlt sich ohnehin wie eine unangenehme Verpflichtung an. Als sei ich ein lästiger Schmarotzer an Rens besonderem Tag. Und nicht gut genug, um meinen eigenen zu bekommen.

Mein Blick fällt auf eine Auslage mit kleinen Babystiefeln. Sie sind so gestrickt, dass sie Mini-Fashion-Modellen gleichen. Ich streiche mit den Fingern darüber, während sich ein albernes Grinsen auf meinem Gesicht ausbreitet. Die Dinger sind so verdammt niedlich. Als ich aufschaue, sehe ich, dass Shane mich von der anderen Seite des Tisches beobachtet.

„Sie sind so winzig“, sage ich. „Kannst du dir die kleinen Füße und die klitzekleinen Zehen vorstellen, die da reinpassen?“

„Ich kann mir viele Dinge vorstellen.“

Mein ganzer Körper erstarrt. Ein unerwarteter Tsunami verdrängter Emotionen überrollt mich ohne Vorwarnung. Ich schaue weg. Irgendwohin. Auf die Stiefel. Meine Hände. Seine.

Moment mal. „Was hast du denn mit diesem Handscanner vor?“

Seine Augen funkeln amüsiert. „Na ja, wir haben bekanntlich einen Vertrag miteinander. Und das ist Nummer vier auf unserer Liste. Daher dachte ich …“

„Was ist Nummer vier?“, fahre ich auf. Bevor ich mein Handy hervorholen kann, um die E-Mail mit der Liste aufzurufen, reicht er mir einen der Scanner.

„Oh, und du bist Ren, falls die Dame da drüben fragen sollte.“ Er deutet mit dem Kopf nach rechts, wo eine Fossie's-Verkäuferin steht und uns neugierig zusieht. Sein Mund verzieht sich zu einem Grinsen.

„Ich bin Ren? Ich kann mich doch nicht einfach als Ren ausgeben, sie bringt mich um. Woher kennst du überhaupt ihren Namen?“

„Sie hat deinen Bruder geheiratet, derselbe Nachname …“ Sein Scanner piept.

Ich schaue nach, was er in Rens Wunschliste eingelesen hat. Ein riesiges Schweine-Flusspferd aus Plüsch. In grässlichem Neon-Pink und Grün. Äh, nein.

„Was soll das denn?“ Ich verziehe angewidert das Gesicht, während ich die Monstrosität beäuge. „So etwas will sie nicht.“ In Rens Babyzimmer haben Neon-Monster garantiert keinen Platz. Ich storniere den Scan.

Er scannt das Ding wieder ein.

Ich storniere es.

„Shane, lass das. Nie im Leben gibt Ren das Ding ihrem Baby.“ Ich storniere es erneut und werfe es außer Reichweite. Oder habe ich es gerade wieder eingescannt?

Er scannt aufs Geratewohl irgendwelche Sachen ein. Ich storniere hektisch.

„Aufhören.“ Ich werfe mich zwischen seinen Scanner und eine schauderhafte Babybettdecke mit buntem Monstermuster. „Ich mache keinen Mist mit der Geschenkeliste meiner Schwägerin. Wetten, das steht nicht auf der Filmliste?“

Obwohl … Moment! Da gibt es doch diese Szene … Ich reiße die Augen auf. „‚27 Dresses‘? Das ist Nummer vier, stimmt's? Sie scannen Sachen für die Geschenkeliste, die ihre Schwester hassen würde. Aber das tue ich Ren nicht an." Das könnte ich niemals tun. Oder doch? Mein eigenes kleines inneres Monster hebt plötzlich das hässliche Köpfchen und ich höre Rens Stimme … *Du willst den Effekt doch sicher nicht durch ungepflegte Nagelhäute ruinieren? Wisst ihr, was noch im nächsten Frühling passiert?*

Nein, ich kann ihren großen Moment auf keinen Fall ruinieren, egal wie sehr sie meinen ruiniert hat.

„Entweder das, oder wir gehen in die Bar, kippen ein paar Kurze und geben die „Bennie and the Jets"-Szene zum Besten." Shane hebt herausfordernd den Scanner.

„Nein. Das auf gar keinen Fall." Denn nach der Szene landen die Figuren zusammen im Auto … und das ist so was von ausgeschlossen.

Er liest ein. Der Scanner piept.

„Okay, warte. Hör auf." Bei einem Blick auf Rens Liste kommt mir eine Idee. „Wie wär's, wenn wir einfach ein paar Sachen hinzufügen?" Ich senke die Stimme. „Ein paar nette Sachen zu vernünftigen Preisen?" Ich hebe den Ausdruck, um meinem Vorschlag Nachdruck zu verleihen.

Er reibt sich mit einer Hand übers Kinn und tut so, als ob er sich mein Anliegen gründlich durch den Kopf gehen ließe. Dann schaut er mich aus zusammengekniffenen Augen an. „Gut. Können wir machen. Das zählt."

Ich lächele erleichtert. „Gut, denn ich bin ein richtiger guter Abdichter!" Ich hebe den Scanner, tauche in die Stelle im Film ein und vergesse einen Augenblick lang, wo ich bin.

Shane muss lachen. „Das Mädchen mag Kitt."

Ich unterdrücke mühsam ein Schnauben. „Du zitierst ‚27 Dresses‘? Hast du den Film etwa wirklich gesehen?" Tatsächlich bin ich froh, dass er weiß, wovon ich rede, wäre ja sonst peinlich.

Nun ja, es ist immer noch peinlich genug.

„Vielleicht habe ich mehr Sinn für romantische Komödien entwickelt, als mir bewusst war. Da siehst du, was du angerichtet hast. Du hast mich ruiniert." Sein Blick sucht immer wieder meinen, während wir um die Auslagetische herumwandern.

Ich wende mich ab. Bitte nicht schon wieder neue Erinnerungen. Ich heirate schließlich, und Shane … Ich habe nicht den leisesten Schimmer, was in ihm vorgeht.

„Oh, schau mal." Er hält eine kitschige Lamm-Spardose hoch.

„Das ist die Bank, in der Ren das ganze Geld ihres Babys anlegen wird", sage ich ohne nachzudenken, à la James Marsden in „27 Dresses".

Prompt scannt er das geschmacklose Ding.

„Nein, Shane, das war ein Filmzitat, sie will das nicht."

Er scannt ein Teil nach dem anderen mit einer Serie von Pieps: Züge, Giraffen, sogar eine versilberte Schildkröten-Spardose.

Ich trete hinter ihn und versuche, das Display im Blick zu behalten, aber er hat so viele Sachen so schnell eingelesen, dass ich keine Ahnung habe, wo ich anfangen soll.

„Was ist das?" Er hält ein C-förmiges, gelbes Kissen hoch.

Ich grinse. Das Teil ist dazu da, das Baby beim Stillen besser ablegen zu können. Schulterzuckend gebe ich vor, es nicht zu wissen. „Vielleicht ist es ein Reisekissen für Babys?"

„Klar, weil sogar Junior beim Fliegen nicht auf Bequemlichkeit verzichten will." Er legt es sich um den Hals, und es hängt ihm bis über die Schultern. „Wie groß sind amerikanische Babys?"

Ich rolle mit den Augen und schaue mich weiter um.

„Also, wie viele?“, fragt Shane, während er Decken und Kissenbezüge begutachtet.

Ich verharre mit dem Scanner in der Luft und überlege, welche Anzahl von Bettwäsche-Sets angemessen wäre.

„Babys. Wie viele Babys? Ich bin sicher, dass du und Bradley das bereits diskutiert habt. Lass mich raten, er will die statistisch durchschnittlichen zwei Komma fünf, stimmt's?“ Er fasst in eine Wiege und scannt die Decke.

Mir rutscht das Herz in die Hose. „Ich will ... na ja ...“ Es kommt mir falsch vor, mit ihm darüber zu reden. Ich konzentriere mich auf einen Bilderrahmen und wende mich ab.

„Schon gut. Kapiert. Und wann ist die Hochzeit? Hast du mit Mr. Right schon ein Datum festgelegt?“

Ich funkele ihn finster an und fühle mich plötzlich in die Defensive gedrängt. „Wir haben uns gerade erst verlobt und ... im Frühling vielleicht, aber ...“

„Zumindest der Ring ist echt“, murmelt er, und sein Scanner piept.

„Moment mal. Was soll das denn heißen?“ Ich beäuge die versilberte Bären-Rassel in seiner Hand und runzele die Stirn. „Und storniere das.“

Shane bleibt stehen und dreht sich zu mir um. Er drückt den Scanner gegen seine Schläfe, als ob er über seine nächsten Worte nachdenken muss. „Ich glaube, du willst eine Hochzeit. Keine Ehe.“

„Was?“, fauche ich. Was glaubt er eigentlich, wer er ist?

Er grinst.

Moment mal ...

Warum steht er so da?

„Ich sagte ... Ich glaube nicht, dass du eine Ehe willst. Und du sagst ...“ Er legt den Kopf schräg und wedelt auffordernd mit der Hand, damit ich den Satz vollende. „Ich habe den Text auf Karteikarten, falls du ihn vergessen hast.“ Er greift in seine Jackentasche.

Sein Ernst? Ja, er hat tatsächlich Karteikarten dabei. Verwirrt schüttele ich den Kopf.

Er hält sie mir hin. „Oder ich könnte dir den Text vorsagen. Mal sehen, ich sagte …“

„Ich hab’s. Nur …“ Ich lasse mir die Szene mit den Hauptfiguren aus „27 Dresses“ durch den Kopf gehen. „Okay, du sagst: Ich glaube, du willst eine Hochzeit, bla bla bla, und ich sage … Was ist dein Problem?“ Ich lächele, als ich mich an die Sätze erinnere. „Hattest du deine eigene schicke Hochzeit geplant, und sie hat dich vorm Altar sitzen gelassen, oder was?“ Ich rezitiere halbherzig, nur um irgendwie mitzumachen. Wenn der Austausch von Filmzitaten uns den Auftrag sichert, dann ist das eine leichte Sache und sollte kein Problem sein.

„Bingo.“ Shane deutet mit dem Finger auf mich. Mehr sagt er nicht. Das war sein Text.

Bedeutungsschwangere Pause.

Mir fällt plötzlich nicht mehr ein, wie es weitergeht.

Ich kann seine merkwürdige Miene nicht deuten.

Seine Lippen zucken.

Wie geht noch mal mein Text? Hat sie dich vorm Altar sitzen gelassen, oder was …?

Oh. Im Film wurde die Figur Kevin Doyle vorm Altar verlassen. Meint Shane etwa, dass er ebenfalls … „Shane, ich … ich dachte, wir sagen einfach nur Filmzitate auf. Ich wollte nicht …“

Seine Mundwinkel heben sich.

Ich kneife die Augen zusammen. „Machst du dich über mich lustig?“

Sein Lächeln wird breiter, und ich packe das übergroße Baby-Reisekissen-Ding, das kein Reisekissen ist, und versetze ihm damit einen Schlag.

„Au, das ist nicht besonders weich", beschwert er sich lachend und macht einen langen Schritt aus meiner Reichweite heraus, für den Fall, dass ich ihn noch mal schlage.

Was ich auch tue.

Direkt auf den Kopf. Dann klemme ich mir das Kissen unter den Arm, versuche, mich zu sammeln, und widme mich wieder dem Tisch voller Krimskrams. Er kann von Glück sagen, dass es nur Filmzitate waren, denn zu behaupten, dass ich mehr Wert auf eine Hochzeit als auf die Ehe lege, wäre definitiv eine Grenzüberschreitung. Ich will verheiratet sein, auf jeden Fall. Aber was spricht dagegen, sich auch diesen großen, wundervollen Hochzeitsmoment zu wünschen? Was ich hingegen ganz bestimmt nicht will, ist dieses Nachtlicht in Nilpferdform.

Ich lege es wieder hin und nehme ein Schwangerschaftstagebuch zur Hand. Es ist mit cremefarbenem Stoff bezogen und hat ein hübsches grünes Band zum Verschließen.

„Das könntest du doch deiner Schwägerin schenken", schlägt Shane vor.

„Hmm, ich weiß nicht recht." Ich mache Anstalten, es wegzulegen. „Sie wird es wahrscheinlich hassen, es passt nicht wirklich zu ihr."

„Nein, aber zu dir. Deshalb sollte sie es mögen." Er nickt bekräftigend und geht zum nächsten Tisch weiter. Weitere Pieps lassen nicht lange auf sich warten.

Ich betrachte den Berg von Zeug, den er registriert, und seufze. Ich werde einfach morgen schnell mit Ellie herkommen und alles wieder stornieren. Und Ren werde ich sagen, dass ich ihrer Liste ein paar günstigere Sachen hinzugefügt habe. Nachdem ich sie von Shanes Schnickschnack befreit habe, versteht sich. Ich betrachte noch einmal das Tagebuch. Es gefällt mir wirklich.

Das gigantische C-Kissen wird mir jäh entrissen. „Hey!" Ich drehe mich um, und es kracht mir auf den Rücken. „Autsch!"

Es ist wirklich nicht besonders weich. Aus dem Augenwinkel sehe ich, dass eine der Fossie's-Angestellte zu uns herüberstarrt.

Shane holt erneut aus. Ich weiche aus und ducke mich. „Shane", flüstere ich streng. Na toll, da kommt schon die Verkäuferin.

„Entschuldigung, das können Sie hier drin nicht machen", ruft die Fossie's-Dame und beschleunigt ihre Schritte. „Sir? Sir!"

„Tut uns wirklich schrecklich leid", beteuert Shane, lässt sich aber nicht nehmen, noch einen Schlag zu landen. Dieser trifft genau ins Schwarze.

Oh mein Gott, wie alt ist er? Zwölf?

„Sir, Sie können nicht …"

„Tut mir leid." Shane grinst. „Das war das letzte Mal. Wir sind fertig. Wir müssen nur noch die zwei Sachen hier bezahlen …" Er hebt das Kissen und deutet auf mein Tagebuch, bevor er ihr die beiden Scanner reicht.

Wir gehen zur Kasse. „Du kaufst das Kissen?", frage ich.

„Wieso nicht? Spricht etwas dagegen?"

Ich hoffe, er macht Witze. Shane bleibt an einer Auslage mit versilberten Schneekugeln stehen, in denen sich ein Sportwagen verbirgt. Er schüttelt sie, und der weiße Plastikschnee wirbelt um die kleine Rennstrecke.

Ich kann nicht zulassen, dass er ein Stillkissen kauft. Ich strecke den Arm aus, um es ihm wegzunehmen.

Er zuckt zusammen.

Die Schneekugel rutscht ihm aus der Hand. Oh, *Mist*! Wir versuchen beide, sie aufzufangen. Sie springt von seiner Hand zu meiner. Shane umschließt sie mit dem Arm wie einen Football, aber ich habe sie zwischen meinen Fingerspitzen, was heißt, dass er sowohl die Kugel als auch meine Hand fest gegen seinen Oberkörper presst.

Einen Moment lang sind wir wie erstarrt, in leicht gebeugter Haltung und ineinander verschlungen.

Ich spüre die Hitze seines Körpers. Sein Duft ist in meiner Nase. Ich schaue in Augen mit goldenen Flecken. Und so wie die Schneekugel ist auch meine kleine Welt plötzlich durcheinandergerüttelt.

„Ich muss Sie jetzt leider bitten zu gehen", sagt die Fossie's-Dame hinter uns mit empörtem Schnauben.

Wir richten uns mit bewusst vorsichtigen Bewegungen auf. Mir ist ein bisschen schwindelig. Schuldgefühle schnüren mich ein wie ein Lasso und sorgen für eine gewisse Enge in der Brust. Warum fühle ich mich schuldig? Ich habe nichts getan.

Shane hält die Kugel in der Hand und zeigt sie der Verkäuferin. „Sehen Sie, nicht ein Kratzer." Er dreht sich, um das Ding wieder auf den Tisch zu stellen, wobei er mit dem Ellbogen gegen einen Kristallbären stößt, der wie in Zeitlupe zu Boden fällt und mit einem lauten Knall zerbricht.

Die Fossie's-Dame zuckt nicht mit der Wimper. „Zahlen Sie bar oder mit Kreditkarte?"

An der Ampel checke ich mein Handy. Drei verpasste Anrufe. Einer von meiner Mom, zwei von Bradley. Ich gebe meine Pin ein und warte, bis die Roboterstimme mich über die Bluetooth-Lautsprecher meines Autos über Telefonnummer und Anrufzeit informiert hat. Bradleys Nachricht kommt zuerst.

„Hey, Schatz." Er klingt besorgt. „Es ist fast halb sieben, und ich warte im Fitnessstudio auf dich."

Oh, Mist.

„Wieso hast du mich nicht angerufen, dass du später kommst? Ich, äh, ja, warte noch zehn Minuten, bevor ich anfange. Ruf an, wenn du das abhörst."

Hinter mir wird gehupt. Die Ampel ist grün. „Ich fahre ja schon!" Ich hebe entschuldigend die Hand und trete aufs Gas.

Ich habe das Fitnessstudio total vergessen. Wie konnte das passieren? Es ist Mittwoch. Wir gehen jeden Mittwoch und Donnerstag zusammen trainieren. Die Digitalanzeige auf dem Armaturenbrett zeigt kurz vor halb acht an. Schon? Ich lösche die Nachricht über die Fernbedienung am Lenkrad und höre mir die nächste an.

„Schatz, wo bist du?“ Jetzt ist er definitiv besorgt.

Ich winde mich schuldbewusst.

„Ich habe Clive angerufen. Er sagte, dass du früher gegangen bist, zu einem Termin mit Shane Bennett. Das sieht dir gar nicht ähnlich. Ruf mich an.“

Ich lösche auch diese Nachricht. Jetzt die dritte. „Hallo Kensington. Ich bin’s, deine Mom.“

Ich weiß, dass du es bist, Mom.

„Ich weiß nicht, warum du aufgelegt hast. Ich sagte doch, dass ich gleich wieder da bin, nachdem ich den anderen Anruf beantwortet habe.“

„Du hast aufgelegt, Mom“, sage ich zu der Nachricht und biege in meine Straße ein. Jetzt, wo ich weiß, dass sie mir damals Shanes Anrufe verheimlicht hat, würde ich allerdings nur allzu gerne auflegen.

„… ich musste noch mit dir über das Familientreffen sprechen. Egal, ich habe dir eine E-Mail geschickt, daher weißt du jetzt ja sicher Bescheid. Aber ich wollte sicherstellen, dass du ihr keine Wickeltasche kaufst, weil ich nämlich …“

Mom blubbert weiter. Sie kapiert das Prinzip einer Nachricht nicht. Im Grunde ist es nicht anders, als wenn man direkt mit ihr spricht.

„Sie ist von Gucci und einfach traumhaft und passt so ganz und gar zu Ren. Sie wird sie einfach lieben …“

Die Nachricht bricht mit einem Piepton ab, weil kein Platz mehr ist. Mom hat vermutlich noch eine Weile weitergeredet. Sie hat ihr eine Gucci-Tasche gekauft? Eine Gucci-Wickeltasche? Ich biege in meinen Apartmentkomplex ein, wo ich gleich Bradleys BMW sehe.

Oh nein.

Bradley sitzt bei laufendem Fernseher auf der Couch, und als ich reinkomme, hat er das Handy am Ohr. Er schaltet es sofort aus. „Ich wollte dich gerade noch mal anrufen. Was ist passiert? Ist alles in Ordnung?" Er klingt angespannt.

Ich stelle meine Tasche ab. „Tut mir wirklich leid."

Bradley steht auf und kommt in die Küche. „Ich habe mir Sorgen gemacht! Du bist einfach nicht gekommen. Und Clive hat gesagt, du warst mit Bennett zusammen." Sein Kiefer ist verkrampft.

Ich kann die Frage hören, die er nicht stellt.

„Äh, ja … Wir haben die Filme und Szenen besprochen, die wir in die Werbekonzepte einbauen wollen, und, ähm, dann bin ich noch bei Fossie's drüben gewesen und habe ein Geschenk für Ren besorgt. Darum hattest du mich ja gebeten." Ich öffne die Tüte mit dem Schwangerschafts-Tagebuch. „Schau mal."

„Mit Bennett?" Er verzieht verwirrt das Gesicht.

„Nein. Naja, schon, aber …" Mein Herz schlägt dreimal so schnell wie üblich. In meinem Magen blubbert eine trübe Masse aus Schuldgefühl. „Shane wollte mit mir über das Projekt reden und hatte vorher einen späten Lunch-Termin in der Mall. Also haben wir uns dort verabredet. Keine große Sache, zwei Fliegen mit einer Klappe sozusagen."

Alles wahr. Trotzdem fühle ich mich schlecht.

Was albern ist, schließlich habe ich nichts falsch gemacht und auch nichts dergleichen vor. Ich öffne den Kühlschrank, um mir etwas zu trinken zu holen, und schiebe ein paar Sachen hin und her, um Zeit zu gewinnen. Wenn ich bloß an das Fitnessstudio gedacht hätte. Ich umklammere die Tüte mit dem Orangensaft und drehe mich um.

„Ich hätte angerufen, aber er hat unterschrieben, was heißt, dass wir weiter zusammenarbeiten können …" Ich setze meine beste Was-soll-ich-denn-machen-Miene auf.

„Ja, ich weiß …" Bradley verlagert sein Gewicht auf das andere Bein und verschränkt die Arme. „Es gefällt mir bloß nicht, wenn du ihn nach der Arbeit triffst. Ich hab dabei kein gutes Gefühl. Und daher … ja, also, das kommt bitte nicht mehr vor."

Das ist keine Bitte.

Ich weiß nicht, was ich sagen soll. Ich starre ihn an. Blaue Augen, keine goldenen Flecken. Mein Inneres zieht sich schmerzhaft zusammen. Er ist eifersüchtig. Vielleicht hat er sogar das Recht dazu. Wie würde ich mich fühlen, wenn es umgekehrt wäre? „Natürlich. Tut mir leid."

Seine Arme lösen sich aus der Verschränkung, und der verkniffene Gesichtsausdruck wird etwas weicher. Er kommt näher, hebt mein Kinn und beugt sich vor, um mir einen sanften Kuss zu geben. „Möchtest du Wein?"

Er hat sich selbst bereits ein Glas eingeschenkt.

„Klar. Ich ziehe mich nur schnell um, bin gleich wieder da."

Bradley sieht immer gepflegt aus, auch in Freizeitklamotten, glattrasiert, die blonden Haare kurz geschnitten. Ich unterdrücke ein Lachen. Bradley ist wie Janes Chef George in „27 Dresses". Er ist perfekt. Und Shane? Ja, der ist definitiv mehr wie Kevin Doyle. Dasselbe Haar, nur mehr Bartstoppeln. Und ein britischer Akzent.

Ren ist Tess, immer darauf aus, anderen die Schau zu stehlen. Tonya kann Janes Freundin sein, wie war doch gleich ihr Name? Sie schläft sich durch die Betten und sieht tatsächlich ein bisschen so aus wie Tonya. Gespielt wird sie von Judy Greer, aber hat ihre Figur überhaupt einen Namen? Ich glaube nicht.

Und ich? Mein Magen krampft sich schmerzhaft zusammen.

Bin ich etwa wie Jane? Jemand, der Angst hat, Nein zu sagen, und immer versucht, es allen recht zu machen. Das bin ich nicht. Ich kann Nein sagen.

„Schatz? Was machst du denn da?"

Was ich da mache? „27 Dresses" neu besetzen. „Bin gleich da", rufe ich über den Flur und steige in meine Jogginghose.

Als ich ins Wohnzimmer komme, sitzt Bradley wieder auf der Couch vor dem Fernseher. Ich kuschele mich neben ihn, und er küsst mich. Seine Lippen sind warm und bewegen sich mit spielerischer Leichtigkeit auf meinen. Ich löse mich von ihm und strahle ihn an. Er ist George.

„Lass uns so schnell wie möglich heiraten", sagt er nach einem weiteren kurzen Kuss.

Mir entgleisen die Gesichtszüge. „Was?"

„Ja, lass uns das Ganze vorverlegen." Er dreht sich so, dass er mir direkt in die Augen schauen kann. „Jetzt, da dein Job gesichert ist, gibt's keinen Grund mehr zu warten. Grayson und Ren kriegen im Frühling ihr Baby. Wenn wir früher heiraten, in den nächsten Monaten, kommen wir uns nicht in die Quere."

Ich sehe sofort rot und setze mich aufrecht hin. „Planen wir jetzt auch schon alles um Rens Schwangerschaft herum?"

„Ach was." Er stöhnt frustriert auf. „Aber ich will, dass sich alles nur um dich dreht, okay?" Er küsst mich auf die Nase. „Nicht, dass alles durcheinandergeht."

„Aber dann habe wir keine Zeit zum Organisieren." Ich lehne mich zurück. Lange warten will ich zwar nicht, aber … auch nichts überstürzen. Und auf keinen Fall will ich in der Weihnachtszeit heiraten. „Wie sollen wir das denn so schnell hinkriegen, ich meine …"

„Wir heuern eine Hochzeitsplanerin an." Er ist ehrlich begeistert, gestikuliert aufgeregt. „Denk einfach drüber nach. Ich liebe dich, Kenz, und ich will nicht warten. Du etwa?"

„Nein, aber …" Meine Gedanken überschlagen sich beim

Versuch, alles zu bedenken, was zu tun ist. „Das schaffen wir nie.“ Ich will verheiratet sein, aber ich will nicht, dass das Ganze irgendwie hastig zusammengestümpert wird. „Vielleicht können wir nächstes Wochenende mit Mom darüber reden, fragen, was sie dazu meint.“ Es stößt mir sauer auf. Ich weiß genau, was sie dazu meint. Solange es für Ren besser ist, ist sie sofort dafür.

„Fast hätte ich's vergessen. Ich fahre dieses Wochenende nach Michigan, um ein Spiel in Lansing zu gucken – Logenplätze. Mit einem Kunden, ich muss dahin. Aber …“ Er streichelt meine Wange. „Ich habe Tickets für die India Symphony für dich. Vielleicht kannst du ja Ellie mitnehmen oder deine Mom. Dann könnt ihr über den Hochzeitstermin sprechen.“

„Okay.“ Ich zucke die Achseln und lächele verhalten. Die Hochzeit ist der wichtigste Tag im Leben einer Frau. Da will ich wirklich nichts überstürzen. Das weiß er doch, oder?

Ächz, ich bin Jane. Ich hätte Nein sagen sollen, schlicht und ergreifend. Panik steigt in mir auf und bringt mich aus dem Gleichgewicht. Das ist ganz normal, oder? Vor allem unter diesen Umständen. Mit Shane, der plötzlich auftaucht, und der Filmliste – oh, Film! Ich springe auf. „Lass uns einen Film schauen, vielleicht ‚27 Dresses‘?“ Ich fange bereits an, danach zu suchen.

„Was ist mit ‚Die Bourne Verschwörung‘? Oder ‚Stirb …‘“

„Nein, glaub mir, er wird dir gefallen. Ich mache schnell Popcorn.“ Na also. Ich kann Nein sagen. Das wird großartig. Bradley und ich können unsere eigenen Filmmomente schaffen. Denn ich habe schließlich schon mein Happy End. Oder?

6. Kapitel

Beim nächsten Mal

Die sozialen Medien haben die Welt des Marketings verändert. Konkret heißt das: Man braucht weniger Designer und mehr Programmierer. Früher, vor meiner Zeit hier, hatte die Agentur mehr als zwanzig Grafikdesigner, jetzt sind wir nur noch knapp die Hälfte, haben aber immer noch das Arbeitspensum von zwanzig.

Ich beobachte mein Team und stelle fest, dass jeder voll und ganz beschäftig ist. Ein Blick ins Projektmanagement-System belegt, dass wir praktisch in Arbeit ertrinken. Wie kann es sein, dass die Firma in finanziellen Schwierigkeiten steckt? Für zwei kleinere Projekte, die ich zu vergeben habe, hat kein Mitarbeiter Kapazitäten frei. Ich setze ein kurzes Briefing auf und verschicke eine Rundmail mit der Frage, wer den Extrajob übernehmen kann, dann stütze ich die Ellbogen auf den Tisch und lege den Kopf in die Hände.

Irgendwas stinkt hier. Wir kriegen jede Menge Aufträge rein. Wohin gehen die ganzen Einnahmen? In Wahrheit würde ich gern einen weiteren Layout-Designer einstellen.

Ich überfliege meinen Facebook-Account und stelle fest, dass Ren ihn mit Rund-um-die-Uhr-Baby-Updates überschwemmt. Wird Baby Shaw rosa oder blau?

Ich muss sie wegen der Wunschliste anrufen. Aber vorher muss ich besagte Liste in Ordnung bringen. Und mich wieder an die Arbeit machen. Denn den Vertrag zu haben ist nicht dasselbe, wie den Vertrag zu behalten.

Ellie und ich sitzen in dem kleinen italienischen Bistro in der Mall. Ich bin ständig in dieser Mall. Nicht nur, weil man dort ideal shoppen kann, sondern wegen der wirklich guten Restaurants und Imbisse. Mit anderen Worten: feinste Kalorien.

Wir teilen uns einen Lunch-Sampler: drei unterschiedliche Pasta-Gerichte. Spaghetti, Ravioli und Fettuccine. Dazu Knoblauchbrot, um die Kohlenhydratquote endgültig in lichte Höhen zu jagen.

„Okay, du kennst die ganze Geschichte von mir und Shane, stimmt's?"

Ellie nickt und nimmt noch einen Bissen.

Ich senke die Stimme und wechsele in meinen Jetzt-aber-todernst-Tonfall. „Wenn du das, was ich dir gleich erzähle, weitertratschst, und sei es auch nur das klitzekleinste Detail …" Ich beuge mich vor, um meiner Aussage mehr Dramatik zu verleihen, „… verrate ich allen Kollegen, dass die kopierten Titten auf dem Bild im Pausenraum deine sind."

Ellies Mund bleibt mitten im Kauen offenstehen. „Das würdest du nie tun", sagt sie, nachdem sie geschluckt hat.

„Das würde und das werde ich. Du siehst, ich meine es ernst." Ich nehme einen Schluck Tee und räuspere mich, bevor ich endlich mit allem herausplatze. „Du weißt, dass Tonya mir damals gesteckt hat, dass Shane mich betrügt? Jetzt habe ich rausgefunden, dass er nur auf einer Party betrunken rumgeknutscht hat. Und zwar mit *Tonya*."

Wieder klappt Ellie die Kinnlade runter. Sie schlägt die Hand vor den Mund.

Ich nicke und warte einen Moment ab, damit sie die Information verdauen kann.

„Aber das ist noch nicht alles", fahre ich fort. Die Worte fühlen sich kratzig an, wie mit Dornenranken umwickelt, während sie meine Kehle hochklettern. „Shane hat am Wochenende danach versucht, mich bei meinen Eltern anzurufen. Und meine

Mom hat ihm erklärt, dass er die Sache auf sich beruhen lassen soll. Dass er *mich* in Ruhe lassen soll."

Ihre Augen spähen jetzt groß wie Suppenteller über ihre Fingerspitzen hinweg.

Ich erzähle ihr, wie Shane den Vertrag unterzeichnet hat, mit der Zusatzvereinbarung, und erkläre, was die Liste bedeutet. „Hier." Ich reiche ihr mein Handy, damit sie sie selbst sehen kann.

Ellies Lippen formen jedes Wort, während sie liest.

1. Schlaflos in Seattle
2. Pretty Woman
3. Bridget Jones – Schokolade zum Frühstück
4. ~~27 Dresses~~
5. Dirty Dancing
6. Das darf man nur als Erwachsener
7. Tatsächlich … Liebe
8. Teen Lover
9. e-m@il für Dich
10. Die Hochzeit meines besten Freundes

Ich beobachte sie beklommen. Diese Informationen zu teilen macht die Sache irgendwie … was? Real. Ja, vielleicht zu real.

Sie schüttelt den Kopf. „Das glaube ich einfach nicht. Kann ich ihn haben?" Sie kichert, schaut wieder auf die Liste und blinzelt mir argwöhnisch zu. „‚27 Dresses' ist durchgestrichen. Wo warst du gestern? Weiß Bradley über das hier Bescheid?"

Mein Herz setzt einen Schlag aus. Vielleicht hätte ich ihr doch lieber nichts sagen sollen. Ich spiele die ganze Angelegenheit runter und erzähle nur, dass wir ein paar Sachen zu Rens Wunschliste hinzugefügt haben. „Es ist eigentlich keine große Sache. Ein paar Filmzitate, die wir in ähnlichen Kulissen runterspulen, um Ideen für die Umgestaltung der Werbekampagne zu bekommen. Trotzdem ist es wohl besser, wenn das unter uns bleibt. Ich meine, das Ganze ist eh schon seltsam genug."

Ich sollte erleichtert sein. Aber das bin ich nicht. Ich fühle mich mieser als vorher und wate durch eine dicke Brühe aus Schuldgefühlen. Nicht mal die Kohlenhydrate helfen.

Ich beschließe, das Thema zu wechseln. „Apropos seltsam … Hast du eigentlich in letzter Zeit wenig zu tun? Es gibt Gerüchte, dass die Agentur ein schlechtes Quartal hat."

Ellie zieht die Nase kraus. „Nein, ganz im Gegenteil. Ich werde mit Arbeit überschüttet, komme gar nicht mehr nach. Wer sagt denn so was?"

„Wahrscheinlich nur Gerede", wiegele ich ab und nehme nun endlich selbst ein paar Bissen von der Pasta. Oh, ist das gut. „Aber …" Ich lege nun doch alle Karten auf den Tisch. Da wir zusammenarbeiten, ist das kein Bruch der Verschwiegenheitsvereinbarung.

Ellie reißt entsetzt die Augen auf, ihre Gabel hängt wie erstarrt in der Luft. Mein schlechtes Gewissen drückt jetzt noch mehr. Ich hatte nicht die Absicht, ihr Angst zu machen. Ich wollte nur ihre Einschätzung hören: Clives Druck auf mich, alles zu tun, um Shane als Kunden zu halten, die angeblich drohenden Entlassungen, die angeblichen finanziellen Schwierigkeiten, obwohl wir doch offensichtlich mit Aufträgen überschüttet werden.

Ich lächele beruhigend. „Vielleicht war Clive ja einfach nur, ich weiß nicht, überdramatisch."

„Er ist eine Drama Queen", räumt Ellie ein.

„Stimmt. Solange wir genug zu tun haben, gibt es keinen Grund zur Sorge."

Zumindest wäre das logisch.

Vor zehn Minuten ist Shane in der Agentur eingetroffen, und Clive hat ihn in den Konferenzraum geführt. Er hatte telefonisch um ein Meeting mit dem Team gebeten, das für ihn arbeitet. Ich habe keine Ahnung, was er will, entwickelt habe ich jedenfalls noch nichts. Kein Wunder, dass ich total durch den Wind bin. Die Tür ist zu, und die Jalousien sind geschlossen.

Soll ich klopfen? Vielleicht sollte ich.

Ich poche mit den Knöcheln leise an die Tür und drehe den Knauf, doch im selben Moment biegen Tonya und Bradley um die Ecke, und ich senke die Hand.

„Hi." Ich lächele schief.

„Hi, Schatz, alles klar?"

„Was? Ja, natürlich." Warum fragt er? Sehe ich schuldbewusst aus? Ich fühle mich jedenfalls so.

Tonya schiebt sich an mir vorbei und öffnet grinsend die Tür. „Diesmal kriegst du kein Wasser."

Ich verdrehe die Augen, verkünde, dass ich gleich wieder da bin, drehe mich um und marschiere den Flur entlang. Als ich Ellie entdecke, winke ich sie zu mir rüber. „Dies ist eine offizielle Ansage: Du gehörst jetzt zum Carriage-House-Team. Alles Weitere kläre ich später. Komm mit." Ich packe sie am Arm und ziehe sie zum Konferenzraum.

„Kenz, was soll das?", fragt Ellie.

„Erklär ich dir später." Ich öffne die Tür und schubse sie praktisch rein.

Tonya wirft Bradley einen Blick zu. „Sie hat mit diesem Projekt nichts zu tun."

„Ich möchte sie hinzuziehen. Wir brauchen eine weibliche technische Perspektive in Hinblick auf die Funktionalität." Ich ziehe einen Stuhl für Ellie heran. Mein Vorschlag ergibt Sinn. Alle anderen Programmierer in diesem Projekt sind Männer.

Tatsächlich brauche ich einfach ein Sounding Board hier im Raum, eine kritische Stimme der Vernunft, ein zweites Paar Augen auf die komplizierte Situation. Vielleicht brauche ich auch nur jemanden für den Fall, dass ich die Nerven verliere und Tonya eine reinhaue.

Shane schaltet sein Handy aus und steckt es ein. „Gut. Willkommen." Er lächelt Ellie an.

Sie unterdrückt ein zu breites Lächeln und kichert, worauf mich Shane irritiert ansieht. Ich versuche, ein wortloses „Keine Ahnung" zu kommunizieren, weiß aber nicht, was mein Gesicht gerade anstellt.

„Dann fehlt jetzt nur noch Clive." Shane sieht mich immer noch an.

Ich schaue weg, während meine Wangen zu brennen beginnen, und fange Bradleys Blick auf, den er von Shane zu mir wandern lässt. Ellie ist auf Shane konzentriert, Tonya trinkt Wasser. Und, nur so als Feststellung, Shane und Tonya gucken sich nicht an. Alles bemerkenswerte Beobachtungen.

„Wie erfrischend", spottet Tonya, nachdem sie ihr Glas abgestellt hat, und tut so, als müsse sie husten.

„Ist das neu?" Ich deute flüsternd auf ihr Outfit. Ich habe es noch nie gesehen, und es sieht nach Designerware aus.

Tonya runzelt die Stirn, als wisse sie nicht, wovon ich rede. Aber sie weiß es ganz genau. Sie ist komplett neu eingekleidet, von Kopf bis Fuß. Sie arbeitet im Verkauf, also auf Provisionsbasis. Provisionen sind nur dann gut, wenn die Einkünfte der Firma gut sind. Man geht nicht groß einkaufen, wenn kein Geld reinkommt.

Clive tritt ein. „Okay, lassen Sie hören, was Sie denken, Mr. Bennett."

Vorne lehnen einige abgedeckte Tafeln. Ich spiele nervös an meinem Verlobungsring, während wir darauf warten, dass Clive sich setzt. Er zieht die Tür hinter sich zu und lässt sich an der Kante des Konferenztischs nieder, weil er es offenbar nicht so mit Stühlen hat. Ich konzentriere mich auf Shane, der die Tafeln enthüllt, eine nach der anderen.

„Es wird nicht lange dauern. Ich habe ein paar Bilder ausgedruckt, die ziemlich gut rüberbringen, wonach wir suchen. Es ist nicht nur das Motiv, das Sie sich anschauen sollten, sondern vielmehr das Gesamtkonzept, das Gefühl, das die Entwürfe ausstrahlen."

Panik. Das ist das Gefühl, das sie für mich ausstrahlen.

Alle drei Bilder sind von *mir*.

Mir bleibt der Mund offen stehen. Er hat Kopien meiner College-Entwürfe ausgedruckt, aus meiner Facebook-Galerie. Ich löse meinen Blick von den Bildern und schaue Shane an. Um seine Lippen spielt ein wissendes Lächeln.

Zwei Entwürfe zeigen romantische, figürliche Darstellungen von Paaren, der dritte ist ein Porträt. Ich bin nicht sicher, wie ich reagieren soll. Clive geht nach vorn, um die Bilder näher in Augenschein zu nehmen, die anderen folgen seinem Beispiel. Shane erklärt, dass die Ausdrucke aus dem Internet sind und die Druckqualität daher nicht ganz den Anforderungen entspricht. Was, wenn alles andere auch nicht den Anforderungen entspricht?

Das hier ist mein schlimmster Albtraum. Ich fühle mich komplett ausgeliefert.

Shane lässt seinen Blick durch den Raum schweifen. „Vielleicht wäre die Künstlerin ja so entgegenkommend …"

Nein, nein, nein, nein …

„… und würde Ihnen die Originale zeigen." Sein Blick ruht jetzt auf mir.

Alle drehen sich zu mir um.

Oh, Mist!

„Die sind doch nicht von Kenzi!" Bradley schaut mich verwirrt an.

Ich zucke mit den Schultern. „Doch, vom College, ich bewahre sie bei meinen Eltern zu Hause auf." Ich erwähne nicht, dass sie unter meiner Kensington-Kiste begraben liegen.

„Die habe ich nie gesehen." Bradleys Blick passt zu seinem Ton von gestern Abend. Er ist nicht bei Facebook, ihm reicht LinkedIn zum Networking.

„Oh, sie stehen in meinem Facebook-Album", sage ich zu

schnell und bereue es sofort. Nun muss ich Bradley erklären, was Shane auf meinem Facebook-Account zu suchen hat. Ich fühle mich schuldig, aber ich hatte nie vor, mit Shane befreundet zu bleiben.

Meine Schultern verkrampfen sich. Versucht Shane etwa, Streit zwischen uns zu schüren? Ist das sein wahres Anliegen?

„Diese Arbeiten sind schlicht im Design, haben aber eine starke emotionale Aussage." Shanes Stimme ist voller Energie. „Man erkennt auf den ersten Blick, was die Bilder transportieren." Er deutet auf das erste Paar, versunken in einer Umarmung, vor einer locker skizzierten Stadtkulisse. „Liebe."

Mein Inneres schlägt immer höhere Wogen. Shane hat keine Ahnung, wann ich das gezeichnet habe oder warum. Das sind wir. Nun ja, nicht buchstäblich, aber das Gefühl von uns, durch die Farbe übertragen auf dieses Paar.

Er deutet auf das nächste, ein Mann und eine Frau, Händchen haltend im Park. „Romantik. Und das da ..."

Tonya runzelt die Stirn. „Nichts gegen dich, Kenz, aber die Farben sind bei diesem letzten Bild alle falschrum."

Es ist ein Porträt in abstraktem Expressionismus, die Farbtechnik ist Absicht, ein dynamisches Nebeneinander aus breiten Strichen und komplementären Nuancen. Sie war einfach nur ein Modell im Kunstseminar, aber ihre seelenvollen Augen faszinierten mich. Faszinieren mich immer noch.

„Genau das spricht mich so an, Tonya", erklärt Shane. „Stell dir diesen Mix aus Farben und realistischer Darstellung als Wandmalerei in der Lobby vor."

Ich schaue auf. Meine Arbeit als Wandmalerei?

„Ich habe beschränkte Lizenzen für die Nutzung der Filmbilder erworben und möchte sie mit dieser Art Kunst kombinieren, für den Internetauftritt, unsere Marketingmaterialien und das Kino." Er sucht meinen Blick. „So stelle ich mir das Werbekonzept für Carriage House vor."

Clive steht auf. „Ja, das sollte kein Problem sein. Kenzi kann gleich loslegen. Großartig. Effizient und auf den Punkt, ich wünschte, all meine Meetings gingen so schnell über die Bühne."

Damit ist der offizielle Teil beendet. Der Raum füllt sich mit Gemurmel. Shane zieht sein Handy aus der Hosentasche und nimmt ein Gespräch an. Ellie kommt an meine Seite.

„Hast du das wirklich gemalt?" Sie wirkt beeindruckt.

Sogar Bradley betrachtet immer noch meine Arbeiten.

Das hier ist etwas anderes als eine Online-Galerie. Man kann sich nirgendwo verstecken. Ich sitze direkt hier. Das da auf den Tafeln bin auch ich, nackt und entblößt. Ich atme tief durch die Nase ein und halte die Luft an, versuche, die Tränen zurückzuhalten. Ich bin überwältigt. Ich habe das Gefühl, wirklich gesehen zu werden.

Ich schaue zu Shane. Er beobachtet mich von der anderen Seite des Raums aus, die Lippen leicht geöffnet, das Telefon am Ohr.

„Oh, das hätte ich ja fast vergessen", sagt Tonya laut genug, um von jedem gehört zu werden. „Freitagabend feiern wir eine kleine After-Work-Party, zu Ehren von Bradleys und Kenzis Verlobung. Ich schicke noch eine E-Mail rum."

Wovon redet sie?

„Es sollte eigentlich eine Überraschung werden", antwortet Tonya auf meinen fragenden Blick. „Aber als Bradley mir erzählt hat, dass ihr den Termin vorziehen wollt, hatte ich nicht mehr genug Zeit, alles gründlich zu organisieren. Ehrlich, ich habe keine Ahnung, wie ihr in nur sechs Wochen eine Hochzeit planen wollt." Sie schnaubt geringschätzig.

Was zum Teufel?

„Sechs Wochen? Heiliger Bimbam. Warum hast du mir das nicht erzählt?", blubbert Ellie aufgeregt.

Ähm, weil ich es nicht wusste. Es ist wie in „Selbst ist die

Braut", wenn Sandra Bullocks Figur verkündet, sie sei verlobt, obwohl sie es gar nicht ist.

Aber ich bin verlobt.

Ich habe bloß nicht zugestimmt, in sechs Wochen zu heiraten. Ich werfe Bradley einen Wovon-redet-sie-Blick zu.

Er schüttelt Clive die Hand. „Danke. Es ist schnell, das stimmt …"

„Ha, schnell ist gar kein Ausdruck." Clive wiehert vor Lachen, hebt eine Braue und schaut anzüglich auf meine Taille.

Jetzt gucken auch alle anderen.

Moment mal. Was?

Dies ist einer der großen Momente im Leben. Aber leider kein guter. Ich blicke quer durch den Konferenzraum zu Shane, der vor meinen College-Kunstwerken steht. Er hat sein Telefonat abrupt beendet und starrt zurück. Ich bin verwirrt. Peinlich berührt.

Und nicht schwanger.

Ich winde mich angesichts der argwöhnischen Mienen. Der misstrauischen Blicke auf meine Magengegend.

Ich ziehe den Bauch ein.

Ab sofort ist Shapewear-Unterwäsche Pflicht. Vielleicht sogar zwei paar Sets übereinander. Oder gleich ein Ganzkörper-Anzug.

Na toll. Jetzt habe ich also nicht nur keine Zeit und kein Geld, die Hochzeit so zu planen, wie ich sie gern hätte, sondern es wird auch für immer ein Schatten darüber liegen. Denn gleich, nachdem ich „ich will" gesagt habe, werde ich ja tatsächlich versuchen, schwanger zu werden. Und wenn es dann geklappt hat, wird es so aussehen, als sei ich schwanger gewesen, als ich es noch nicht war.

Ich muss an „Die Hochzeit meines besten Freundes denken", an diese Szene, kurz bevor sie in dem Boot unter der Brücke durchfahren und er sagt „Man legt sich auf diese Hochzeit fest, und dann entwickelt sich diese Eigendynamik und man vergisst, dass man es sich selbst ausgesucht hat."

Ich habe mir diese Hochzeit ausgesucht. Aber ich habe mich nicht auf die sechs Wochen festgelegt. Ich habe mir nicht ausgesucht, dass jeder denkt, ich erwarte ein Kind.

Das ist ein komplett anderer Film.

Wie verkorkst ist das denn! In mir steigt Wut auf. Was zum Teufel denkt Bradley sich eigentlich? Im liebsten würde ich einen Stuhl nehmen und ihm über den Schädel ziehen. Wir haben noch gar nicht über irgendwelche Details gesprochen.

Clive schnippt mit den Fingern vor meiner Nase, dann noch zweimal in schneller Folge. „Hast du mich gehört, Kenzi? Hallo, Hallo?"

„Hm?"

„Wir haben nächsten Dienstag nach der Arbeit unser jährliches Paintball-Turnier mit den Kunden. Zieh dich scharf an, sodass du sie wenigstens optisch umhaust, teilnehmen kannst du ja nicht, wegen …" Er lacht über seinen lahmen Witz. Wieder senkt er den Blick bedeutungsvoll auf meine Leibesmitte.

„Clive, ich bin nicht …" Ich deute auf meinen Bauch, schüttele energisch den Kopf und schaue von ihm zu Bradley.

„Oh, klar, natürlich nicht." Clive schnalzt mit der Zunge, lacht und fängt an, das bevorstehende Turnier mit Bradley zu diskutieren.

Bradley ist so entspannt, als ob niemand irgendeine Anspielung gemacht hätte. Tonya und Shane stehen hinten an der Wand und flüstern miteinander, wobei ihr Blick immer wieder zu mir wandert.

Jetzt habe ich endgültig genug. Ich funkele Bradley finster an und stürme zur Tür. Abgang Bühne rechts, à la „Die Braut, die sich nicht traut".

7. Kapitel

Pretty verwirrt

Ich sitze auf einer Bank in der Mall und beobachte die Leute, die an mir vorbeilaufen. Durch das Glasdach fällt ein Sonnenstrahl auf mein Gesicht. Wie wunderbar sich die sanfte Wärme anfühlt. Mein Handy klingelt ununterbrochen; erst Bradley, dann Ellie, jetzt Mom. Seufzend nehme ich das Gespräch an. Was soll ich sagen? Ich bin wohl zur Masochistin geboren.

„Hi, Mom."

„Hi, Kenzi. Hier ist Tante Greta. Ich benutze das Telefon deiner Mutter."

Oh, Gott sei Dank.

„Deine Mom und ich sitzen gerade mit Ren beim Mittagessen, um einiges wegen des Babys zu besprechen. Sie hat mich gebeten, dich zu fragen, ob du ihre Nachricht wegen dieser Baby-plus-Verlobungs-Feier abgehört hast? Ich nehme an, sie will die Einladungen verschicken und, nun ja, du kannst es dir ja vorstellen."

Mist. Ich muss dringend diese Geschenkliste in Ordnung bringen. „Oh ja, den ersten Teil der Nachricht habe ich gehört, dann war das Zeitlimit gesprengt." Ich klemme das Telefon zwischen Schulter und Ohr und mache mich auf den Weg zu Fossie's. Tante Greta lacht. „Das wundert mich nicht … Geht es dir gut?"

Nein.

Ich räuspere mich, überrascht, dass es so offensichtlich war. „Ich habe nur Probleme mit einem Kunden."

„Warum? Was für ein Kunde?“

„Na ja. Der Kunde ist, äh, ist Shane Bennett.“

„*Shane*, Shane Bennett?“

Ich bleibe stehen, mir ist plötzlich schwindelig. „Ja, er ist wieder da. Es ist kompliziert.“

„Okay. Ja, ich kann nachvollziehen, dass das kompliziert ist. Weiß Bradley von euch?“

Wo soll ich anfangen? Ich stelle mich näher zur Wand, damit ich den Weg nicht blockiere, und wische die Feuchtigkeit weg, die sich unter meinen Augen gesammelt hat.

„Kenzi?“

„Ja, Bradley weiß Bescheid. Er ist nicht gerade begeistert, aber wir brauchen den Auftrag. Oh, und er will die Hochzeit vorziehen, auf die Weihnachtszeit. Dieses Weihnachten. Das wäre in sechs Wochen.“ Ein paar Tränen haben sich gelöst und rinnen über meine Wangen. „Er hat es gerade verdammt jedem im Büro verkündet.“ Meine Stimme überschlägt sich beinahe.

„Das klingt, als wäre er eifersüchtig. Keine große Sache. Wenn du noch warten willst, sag es ihm einfach.“ Ich höre meine Mom nach Tante Greta rufen. „Kenzi, lass nicht zu, dass andere deine Entscheidungen treffen. Deine Mom ist so gut wie nie einer Meinung mit mir, und sie teilt und versteht nur selten, was du willst, aber nur du allein hast das Recht deine Entscheidungen zu treffen, verstehst du das?“

„Theoretisch schon“, murmele ich. Ich glaube nicht, dass sie mich hört.

„Reine Neugier: Wie sieht Shane denn inzwischen aus?“

Mein Schweigen ist ihr Antwort genug.

„Ja, das habe ich mir schon gedacht.“ Sie lacht. „Hör zu, die Zuchtmeisterin verlangt nach mir. Ich vermute, unser Tisch ist bereit. Du kannst mich jederzeit anrufen, okay? Das meine ich ernst. Und gestehe dir selbst ein, herauszufinden, wie die Dinge stehen. Bitte. Ich liebe dich, Schätzchen.“

„Ich liebe dich auch, und danke.“ Ich lege auf.

Bradley kriegt garantiert einiges von mir zu hören wegen seiner Sechs-Wochen-Verkündung. Aber ihm sagen, dass ich warten will? Wie soll ich diesen Gesinnungswandel erklären? Als Gefahr drohte, dass wir die Hochzeit verschieben müssten, bin ich völlig durchgedreht. Und jetzt, da er es gar nicht mehr erwarten kann, reagiere ich genauso panisch?

Aber man kann in sechs Wochen keine Märchenhochzeit organisieren. Das funktioniert nicht mal im Film.

In „Bride Wars – Beste Feindinnen“ rasten Liv und Emma völlig aus, weil sie nur dreieinhalb Monate Zeit haben. In „Wedding Planner – Verliebt, verlobt, verplant“ ist Mary völlig gestresst, weil sie Steves und Frans Hochzeit in drei Monaten auf die Beine stellen soll. Und das ist Film. Das hier ist echt.

Und ich habe eben einfach nur gehofft, dass mein Hochzeitstag sich wie einer anfühlen würde.

Der Scanner piept bei jeder Stornierung und jedem neuen Einlesen. Ich laufe durch die Baby-Abteilung von Fossie’s, das Handy zwischen Schulter und Ohr geklemmt, und telefoniere mit Bradley, während ich Rens Wunschliste repariere. Was heißt, dass er redet, und ich ihn lautstark ignoriere.

Seine Worte haben ein Echo, daher nehme ich an, dass er im Auto sitzt. „Es tut mir leid, ehrlich. Ich dachte nicht, dass es ein Problem wäre, die Hochzeit vorzuziehen. Ich dachte, du bist begeistert. Wir haben doch darüber gesprochen.“

Ich schlucke meinen Zorn herunter und mit ihm die wüsten Beschimpfungen, die mir durch den Kopf schießen. Er war also einfach nur dämlich, nicht bösartig. „Bradley, sicher haben wir darüber gesprochen, den Termin vorzuziehen. Aber ich dachte an sechs oder sieben Monate. Nicht an *sechs Wochen!*“

Ich scanne die elegante Badegarnitur, obwohl mir die Kapuzenhandtücher mit den winzigen Tierohren besser gefallen.

„Okay, du hast recht. Ich habe mich womöglich ein wenig hinreißen lassen."

Das ist die Untertreibung des Jahres. Ich hebe eins der Tierhandtücher hoch und lächele. Zu niedlich. Warum scanne ich eigentlich immer noch Sachen hinzu?

Vielleicht sollten wir doch in sechs Wochen heiraten. Ganz heimlich, nur wir zwei. Je eher wir verheiratet sind, desto eher können wir versuchen, schwanger zu werden. Wen kümmert es, was die Leute denken? Es ist ja nicht so, dass Mom mich mit Anrufen bombardiert, um die Hochzeit zu planen … Ich unterbreche meinen Gedankengang, weil mir schon wieder Tränen in die Augen steigen. Ich will schwanger werden. Ich will möglichst bald damit anfangen, es zu versuchen. Aber ich will auch meine Traumhochzeit. Und ich habe gerade das schreckliche Gefühl, dass das Timing für all das komplett aus den Fugen ist.

Kann ich all das überhaupt genießen?

Nicht, wenn es mir dauernd weggenommen wird.

„Schatz?"

„Es ist zu früh, okay? Es gibt so viel zu tun. Wir müssen eine Location finden und Einladungen drucken, ein Kleid kaufen, das Catering bestellen. Sechs Wochen sind zu kurz, Bradley. Ich will bei unserem ursprünglichen Zeitplan bleiben. Im Frühling." Da, bitte sehr, ich hab's gesagt. Ich habe meine Entscheidung getroffen. Na also. Ich bin doch nicht Jane aus „27 Dresses".

Warum sollte ich keine grandiose, schicke Hochzeit haben? Diesen Traum sollte ich nicht auch noch aufgeben. Ein großer Teddybär aus unglaublich weichem, kuschligen Material starrt mich mit glänzenden Knopfaugen an.

„Lass uns später darüber reden. Vielleicht heute Abend? Ich habe noch einen kurzen Termin mit deinem Dad wegen seinem Medienkram, und jetzt bin ich gerade erst gekommen, aber ich brauche nicht lange. Es tut mir echt leid. Okay?"

„Ja. Okay." Ich beende das Gespräch und hebe den Bär hoch. Er ist cremefarben und weiß und bettelt geradezu darum, umarmt zu werden. Vielleicht bin ich auch diejenige, die eine Umarmung braucht. Ich nehme den Teddy in die Arme und drücke ihn.

„Kensington."

Ich schaue auf und sehe dunkle Jeans und ein T-Shirt mit V-Ausschnitt. Weiches, zotteliges Haar und Augen mit Goldflecken. Herzensbrecher der Vergangenheit und Verwirrung der Gegenwart.

„Woher wusstest du, wo ich …"

„Ellie dachte, dass du vielleicht hier bist, um die Geschenkliste zu reparieren." Er deutet auf den Scanner in meiner Hand.

Danke, Ellie-Bell. Ich stöbere weiter in den Sachen, die ich mir bereits angeschaut habe. Der Bär klemmt nach wie vor unter meinem Arm. Ich bin noch nicht bereit, mich von ihm zu trennen.

„Hast du Kinder? Von denen du weißt?" Das klang harscher, als es gemeint war. „Tut mir leid, so sollte das nicht …"

„Nein. Keine Kinder." Er steckt seine Daumen in die Jeanstaschen und kommt näher.

Die Scheidung seiner Eltern war schwierig, und ich erinnere mich, wie er sagte, dass das Leben hart genug war, auch ohne dass man Kinder mit reinzog. „Du willst keine, stimmt's?"

„Das habe ich nie gesagt. Aber ich würde mich nicht mit jedem in dieses Abenteuer stürzen, das nicht."

Er glaubt, dass ich schwanger bin. Das sehe ich in seinen Augen. Ich drücke den Bären noch einmal und setze ihn dann auf einen Schaukelstuhl.

„Entschuldigung!" Die Fossie's-Frau von gestern kommt gestikulierend auf uns zu und versucht unsere Aufmerksamkeit zu erringen.

Shane hebt gespielt eingeschüchtert die Hände.

„Wir gehen schon. Sehen Sie? Wir sind praktisch schon weg.“ Ich überreiche ihr meinen Scanner. „Alles erledigt.“

Sie schnaubt abfällig und wirft Shane einen säuerlichen Blick zu.

„Ich wollte noch nach einem Kleid für Samstagabend gucken“, verkünde ich, als wir die Baby-Abteilung hinter uns lassen und mit der Rolltreppe nach oben fahren. „Ich gehe mit Ellie ins Konzert, da Bradley nicht in der Stadt ist.“ Ich schaue ihn aus den Augenwinkeln an. Keine Ahnung, warum ich das gesagt habe. Hätte ich doch lieber die Klappe gehalten.

Shane senkt die Stimme. „Sag mir, warum ihr die Hochzeit vorverlegt. Sechs Wochen, das ist … praktisch gar nichts.“

„Ich bin nicht schwanger, Shane.“

Er sieht mich erleichtert an. Glaube ich. Ja, ich glaube, er ist erleichtert.

Ich warte nicht darauf, dass er etwas sagt. „Und außerdem war das nicht meine Idee. Ich habe die Hochzeit nicht vorverlegt. Ich weiß nicht, was Bradley sich dabei gedacht hat. Er hat das gestern Abend aufs Tapet gebracht, nachdem ich unsere Verabredung im Fitnessstudio verpasst habe, aber …“ Ich fühle mich innerlich zerrissen. Die Worte, die über meine Lippen kommen, fühlen sich falsch an, als ob ich Bradley allein schon dadurch betrüge, dass ich sie ausspreche. „Aber egal, wir kriegen das schon irgendwie hin“, murmele ich.

Wir treten von der Rolltreppe. Ich drehe mich zu ihm um. „So, ich gehe dann mal.“ Ich deute auf die Damen-Abteilung.

„Ein Kleid kaufen?“

„Ja. Also …“ Ich ziehe die Schultern hoch.

„Du weißt, dass einer der Filme auf unserer Liste eine Shoppingszene enthält, oder? Und du brauchst ein Kleid.“

Ich rümpfe die Nase und schüttele abwehrend den Kopf. „Ach, ich weiß nicht. Heute war so ein …“

Shane schaut mich unverwandt an, und um seinen Mund spielt ein Lächeln, das mich in Versuchung führt.

Ich zücke das Handy, klicke durch meine E-Mails, bis ich die Nachricht mit der Filmliste finde. Mir klopfendem Herzen suche ich seinen Blick. „Pretty Woman."

„Das stimmt."

Tante Gretas Worte geistern durch mein Gehirn. *Gestehe dir selbst zu, herauszufinden, wie die Dinge stehen.* Meine Zehen krümmen sich in meinen Schuhen. Ich schaue Richtung Damen-Abteilung, dann zu ihm.

Roy Orbisons berühmter „Pretty Woman"-Song erklingt in meinem Kopf, und ich sehe die Szene förmlich vor mir. Edward und Vivian laufen schnellen Schrittes über die Straße; sie plustert ihr wildes Haar auf. Bevor sie das Geschäft betreten, dreht Edward sich zu ihr um und sagt ihr, dass sie aufhören soll, rumzuzappeln.

Es ist bloß ein Kleid. Ich wollte ohnehin eins kaufen.

Ich gestehe es mir selbst zu.

„Den Teil, wo sie das Kaugummi ausspuckt, können wir überspringen, oder?"

Der Umkleidebereich bei Fossie's ist groß, und es gibt reichlich Sofas und Sessel für wartende Ehemänner und Gäste. Alles wirkt sehr plüschig und einladend, mit weißem Marmor und einem Kristall-Lüster. Shane scheint sich rundum wohlzufühlen.

„Mit wem sprichst du? Oder stellst du einfach nur den Film nach und machst den Richard Gere?" Das ist schon der zweite Anruf, den er entgegennimmt, seit wir hier sind. Das erste Gespräch war kurz und in gedämpftem Ton. Ich kann nicht umhin, mich zu fragen, ob am anderen Ende eine Frau war. Ich bin sicher, dass er sich mit jemandem trifft, wahrscheinlich sogar mit mehreren Frauen.

Shane bedeckt das Telefon mit einer Hand. „Clive. Er geht davon aus, dass wir ein aushäusiges Konzept-Meeting haben, um die neue Richtung zu diskutieren, in die wir mit den Entwürfen gehen wollen." Er deutet auf einen Stapel Kleider auf der Couch, die von der Verkäuferin in meiner Größe hergebracht worden sind. „Und das trifft ja auch zu. Also los, weitermachen." Er gestikuliert auffordernd, damit ich mich in Bewegung setze, und sagt ins Telefon: „Ja, ja, Radiowerbung wäre auch gut, aber nur während der Rush-Hour, wenn die Leute im Auto sitzen und zuhören."

Okay, vielleicht ist es wirklich Clive. Mein Magen zieht sich zusammen, und nicht auf gute Weise. Ich habe Bradley versprochen, dass es keine Treffen mit Shane außerhalb des Büros mehr geben würde. Oder sagte er nach Büroschluss? Ich glaube, es war nach Büroschluss. Was ist, wenn Clive dieses „Meeting" Bradley gegenüber erwähnt? Was tue ich hier bloß?

Ich mache nur auf „Pretty Woman", um meinen Job und den zahlloser anderer zu retten und den Kunden glücklich zu machen. Ich kaufe ein. Das ist alles.

Mein Blick trifft Shanes, gerade als er sein Telefonat beendet. Ich schaue schnell weg, begutachte die Kleider und halte zwei Modelle hoch. Beim ersten, einem kurzen Seidenteil, zuckt Shane mit den Schultern. Das zweite, ein langes Schwarzes mit tiefem Ausschnitt, entlockt ihm ein warmes Lächeln.

Er steckt das Handy ein und steht auf. „Mary Kate, Mary Francis, unter außergewöhnlicher Behandlung verstehe ich was anderes", sagt er zu den Verkäuferinnen, von denen keine Mary irgendwas heißt. Er strahlt sie an, ich glaube, er hat genauso viel Spaß wie die beiden. Er hat ihnen unser „Pretty Woman"-Moment-Ding erklärt, ihnen sogar Text gegeben, und sie sind völlig hin und weg.

„Mögen Sie das hier, Schätzchen? Was ist mit dem roten? Ist ihr Kleid im Film nicht rot?", fragt die erste, ältere Mary.

„Nein, ich glaube, es war ein dunkles Violett", widerspricht die jüngere Frau, die er Mary Kate genannt hat.

„Sandy“, ruft die erste Mary. „Welche Farbe hatte das Kleid in ‚Pretty Woman‘? Du weißt schon, als die beiden in die Oper gegangen sind?“

Ich weiß, dass es rot war, aber ich wünsche mir heimlich ein gelbes Kleid wie das, das Kate Hudsons als Andy Anderson in „Wie werde ich ihn los – in 10 Tagen“ trägt. Wenn sie sich darin umdreht und ihren nackten Rücken zeigt und Matthew McConaughey kokett anschaut, spürt man, wie schön sie sich fühlt. So will ich mich auch fühlen.

„Oh, gehen Sie in die Oper?“, erkundigt sich die andere Mary bei Shane, als ich in dem langen schwarzen Kleid aus der Umkleidekabine komme.

„Ins Symphonieorchester“, antworte ich und wirbele einmal um die eigene Achse, damit Shane mich bewundern kann. Mir fällt auf, dass sie ihm einen Kaffee gebracht haben. Das ist definitiv ein Richard Gere-Moment. Sie kleben förmlich an seinen Lippen, saugen jedes britische Wort in sich auf. Manche Dinge ändern sich nie. Ich beobachte ihn neugierig mit der jüngeren Mary. Sie ist hübsch und hat ein süßes, flirtiges Lachen, aber er flirtet nicht mit ihr. Huch, vielleicht ändern manche Dinge sich doch.

„Also … auf den Vielleicht-Stapel?“, frage ich lächelnd. Ich ziehe den Bauch ein, nur für den Fall, dass er noch irgendwelche Zweifel hegt.

„Vielleicht, vielleicht auch nicht“, erwidert er und grinst schief.

„Vielleicht, vielleicht auch nicht“ ist der Titel einer weiteren romantischen Komödie. Sehr witzig. Findet Mary Kate auch. Ich gehe mit einem neuen Outfit in die Kabine, einem langen, dunkelblauen Trägerkleid mit superhohem Schlitz an der Seite.

„Das gefällt Ihnen bestimmt, Schätzchen. Ich habe die Schuhe gleich neben die Tür gestellt.“

Ich weiß nicht, welche Mary das gesagt hat. Ich schlüpfe

hinein. Es ist hübsch, das Material fühlt sich weich auf der Haut an und fällt sehr schön.

Als ich wieder rauskomme, lehnt Shane in seinem Stuhl, nippt an seinem Kaffee und sieht mich an. Ich habe seine ungeteilte Aufmerksamkeit. Die Intensität seines Blicks macht mich nervös; ich schaue nach unten, streiche das Kleid glatt.

„Mercy." Er stellt den Kaffee ab.

Ich lache. Also denkt er auch an den Titelsong. Ich wette, er hätte den Soundtrack mitgebracht, wenn er gewusst hätte, was wir heute machen. Ich lächele immer noch.

Shane blickt mich unverwandt an, während er zu mir rüberkommt. Ich halte den Atem an. Frisch geschlüpfte Schmetterlinge testen ihre Flügel und erschüttern mein Inneres. Er lächelt. „Das gehört definitiv auf den Ja-Stapel."

Ob ich will oder nicht, mich durchströmt ein Wärmegefühl von Kopf bis Fuß. Ich weiche zurück, fast erschlagen von dieser Empfindung.

Shane dreht sich um und hält eine Kreditkarte hoch. „Ich muss jetzt los, aber …" Er schaut die beiden an. „Mary Kate, Mary Francis –"

„Ich bin Mary Kate, sie ist Mary Francis, schon vergessen?" Sie lächelt albern und deutet kichernd auf die andere Dame. Ich muss wider Willen ebenfalls lachen.

„Natürlich haben Sie völlig recht", räumt Shane ein, mit seinem trockenen, überkorrekten Akzent. „Sie braucht ein umwerfendes Kleid, Schuhe und all die anderen intimen Details. Ich setze darauf, dass Sie sich darum kümmern?"

Die beiden nicken.

„Gut. Sie hat meine Kreditkarte."

Unbehagliche Stille.

„Ich sagte: Sie hat meine Kreditkarte. Und Sie sagen …" Shane wedelt auffordernd mit den Händen. „Und wir zeigen ihr …"

„Oh!“ Sie kichern und schauen einander an. „Und wir zeigen ihr, was sie damit machen kann.“

„Sehr schön“, lobt Shane lachend.

Während sich die Frauen anschicken, die anprobierten Kleider zu sortieren, tritt er zu mir. Wir sind immer noch in Hörweite, und die beiden spitzen ganz offensichtlich die Ohren.

„Danke.“ Ich lächele verlegen. „Das hat Spaß gemacht. Aber ich kann selber zahlen. Ich meine, du musst es mit der Filmszene nicht so weit treiben, dass du …“

„Ich bestehe darauf. Es wäre mir eine Ehre. Aber ich werde um eine Gegenleistung bitten.“

Ich ziehe die Nase kraus. „Ich bin keine echte Prostituierte, weißt du.“

Über seine Schulter hinweg sehe ich, wie die Marys kichernd Blicke wechseln. Um Shanes Mundwinkel zuckt ein Lächeln.

„Ach. Dann muss ich dich wohl um etwas anderes bitten.“

Ich schaue ihm in die Augen und wage nicht, auch nur mit einem Muskel zu zucken. Fast habe ich Angst vor seinen nächsten Worten. Was wird er verlangen? Ich heirate demnächst. Das ist zu viel. Ich kann nicht …

„Eine Krawatte.“

Ich werfe den Kopf in den Nacken. „Eine Krawatte?“

„Ja. Ich glaube, die schöne Vivian kauft Edward eine Krawatte, stimmt's?“

Ich lache leise. „Okay. Ich suche dir eine aus.“ Das kann ich tun. Damit überschreite ich keine Grenze.

Shane tritt zurück, bleibt aber stehen. „Ich muss jetzt fahren, zurück nach …“

„Warte, du fährst weg?“ Er geht schon wieder?

„Auf unsere Farm. Ich wohne nicht in der Stadt, schon vergessen? Es ist ungefähr drei Stunden entfernt, aber morgen Nachmittag bin ich wieder da. Ruf einfach an, wenn du irgendwas brauchst.“

„Oh, okay. Klar, aber das wird sicher nicht nötig sein, also …“ Ich weiche zurück, vergrößere den Abstand zwischen uns. „Und ich kann dir bestimmt bald die ersten Entwürfe zeigen.“ Denn darum geht es ja schließlich … um den Auftrag.“

Shane nickt, geht auf den Ausgang zu, dreht sich aber noch einmal um und spricht Edwards Text, so laut, dass die Marys es hören können. „Ich lass dich allein. Muss schnell noch was erledigen.“ Er lächelt mich strahlend an. „Du siehst ganz toll aus.“

Mary Kate rennt ihm nach, um ihn nach draußen zu begleiten, fragt, ob er bald mal wieder vorbeikommt und weiß Gott was sonst noch, wahrscheinlich gibt sie ihm ihre Telefonnummer. Ich schaue ihm hinterher, total benommen.

Mary Francis sieht mich kopfschüttelnd an. „Wenn Sie den Mann ziehen lassen, dann verdienen Sie ihn nicht.“

Mein Magen verkrampft sich. Er hat mich ziehen lassen. „Oh, äh … wir sind nicht. Ich meine …“

„Dann nehme ich ihn“, ruft eine andere Frau aus der Umkleidekabine. Ich habe ganz vergessen, dass da noch jemand ist.

Wir lachen alle.

Okay, ich gebe zu: Es ist großartig. Der Kinoteil. Dieses Nachleben der Filmszenen. Ich gehe völlig darin auf und muss mich fast ein bisschen zügeln. Denn im Moment fühle ich mich wie Vivian. Ich fühle mich besonders. Ich will Shane hinterherrennen und verkünden, dass es ein *großer* Fehler war. Ein *riesiger. Gewaltiger.* Und ich weiß nicht, was ich davon halten soll. Alles ist so schrecklich verwirrend.

Ich suche weitere Kleider aus und ziehe mich in die Umkleidekabine zurück. Doch statt sie anzuprobieren, lasse ich mich auf den gepolsterten Stuhl fallen. Tränen trüben meinen Blick, bis ich nichts mehr sehe, daher schließe ich die Augen und lehne mich an die Wand. Ich kann meine eigenen Klamotten kaufen, und dieses Kino-Ding machen wir wegen Shanes Werbekonzept, nicht meinetwegen, aber es geht mir unter die Haut.

Im Film fühlen wir mit Vivian, wenn sie zu Edward sagt: „Wenn die Leute dich oft genug niedermachen, dann fängst du an, dran zu glauben.“ Mit diesen Worten können wir uns wohl alle identifizieren.

Jedenfalls ich kann es.

Es braucht gar nicht immer so klare Worte, um dieses Gefühl hervorzurufen. Das Fehlen von Worten kann die gleiche Wirkung haben, das Fehlen von Taten.

Nicht gut genug für ein aufrichtiges Gespräch. Meine Mom, die mir nie gesagt hat, warum Shane ihrer Meinung nach nicht gut für mich ist. Die nie wirklich über irgendetwas mit mir gesprochen hat.

Keine Entschuldigung wert. Tonya, die es nicht schert, wie tief ihre Handlungen mich verletzt haben. Meine Mom, die sich im Grunde immer mit „Nun ja, am Ende ist ja alles gut ausgegangen, oder?“ aus der Affäre zieht. Das bedeutet nicht „Es tut mir leid.“ Es bedeutet „Eigentlich ist es egal. Eigentlich bist du egal.“

Ein Klotz am Bein. Meine Verlobung auf Rens Schwangerschaftsparty zu feiern ist typisch: Sie tun nur das Nötigste, statt glücklich oder begeistert für mich ein Fest zu geben. All diese Erlebnisse, die für mich so kostbar sein sollten, sind mit Schuldgefühlen getränkt, weil sie für andere Leute Mühe und Kosten bedeuten, und diese Leute sorgen dafür, dass ich das nie vergesse.

„Alles klar da drin, Schätzchen? Brauchen Sie eine andere Größe? Oder kann ich sonst irgendwie helfen?“

Ich schniefe, wische mir die feuchten Wangen ab und räuspere mich. „Ah, ja. Glauben Sie, Sie könnten ein gelbes Kleid für mich finden? Lang?“

Sie sagt, dass sie gleich wieder da ist, und ich höre, wie sie eine Kollegin ruft, um meinen Wunsch zu erfüllen. In der Shoppingszene in „Pretty Woman“ geht es nicht wirklich um die einzelnen Kleider oder darum, wie viel sie kosten oder wie toll Vivian darin aussieht. Aber als sie den Laden verlässt, ist sie nicht mehr nur eine hübsche Frau, sie ist eine *andere* Frau.

Das haut mich jedes Mal wieder um.

Das ist der Grund, warum wir mit ihr mitfühlen. Wir wollen, dass Vivian sich besonders fühlt. Für uns ist es wichtig, dass sie an sich glaubt.

Für mich ist es wichtig, dass ich an mich glaube. Vielleicht ist es für mich wichtig, dass die Dinge sich ändern.

8. Kapitel

Wie verliere ich den Verstand – in 5 Tagen?

Als ich zurück ins Büro komme, ist Bradley bei einem Verkaufstermin. Er hat eine Notiz auf meinem Schreibtisch hinterlassen, dass er mich um sechs zum Sport abholt. Ächz, ich habe absolut keine Lust aufs Fitnessstudio, aber nachdem ich das Training gestern Abend verschwitzt habe, kann ich mich heute nicht schon wieder drücken. Auch wenn er es nach diesem Sechs-Wochen-Ding eigentlich verdient hätte. Ich schicke ihm eine Nachricht, dass wir erst bei meinen Eltern vorbeifahren müssen.

Aus irgendeinem Grund muss ich die ganze Zeit an die Originale der Bilder denken, die Shane ausgedruckt hat. Ich möchte sie ansehen, mit den Fingern über die Leinwände fahren. Das Material spüren. Ich weiß nicht … Sie vielleicht mit nach Hause nehmen und aufhängen.

Nachdem ich die letzten Mails des Tages geschrieben habe, strecke ich mich und gähne. Dann springe ich auf und gehe zum Pausenraum, um meine Wasserflasche zu füllen. Sonst vergesse ich nur wieder, sie mit zum Sport zu nehmen. Auf diese Weise habe ich sie schon in der Tasche.

Ellie und Tonya sitzen am Tisch. Na super. Ich bin nicht in der Stimmung, mich mit der doppelzüngigen Tonz abzugeben. Die mysteriöse Titten-Fotokopie ist, wie ich feststelle, wieder mal vom Schwarzen Brett verschwunden.

„Sie werden einfach eine neue aufhängen, Ellie-Bell.“ Kopfschüttelnd deute ich mit dem Kopf auf die leere Stelle, während ich meine Flasche unter den Wasserspender schiebe.

„Ist mir egal. Mir tut das arme Mädchen einfach nur leid, wer immer sie sein mag." Ellie nimmt eine Gabel von ihrem Salat. Sie versucht, unsere Kohlenhydrat-Überdosis von gestern auszugleichen, indem sie ein paar Tage lang nur grüne und gelbe Sachen isst. „Ich hatte keine Zeit fürs Mittagessen", sagt sie, als sie meinen Blick bemerkt.

Tonya schnaubt geringschätzig. „Denen wird der Nachschub nie ausgehen. Eine gute Vorlage reicht, und wir starren für den Rest unseres Lebens auf kopierte Titten. Wer lässt sich eigentlich an dieser Stelle tätowieren?" Tonya lehnt sich im Stuhl zurück und legt den Kopf schräg. „Moment mal, Ellie-Bellie, hast du nicht ein Tattoo?"

Ellie schaut verzweifelt zu mir, während ich neben den beiden Platz nehme. Ich hatte eigentlich immer Tonya im Verdacht, konnte es aber nie beweisen, daher habe ich die Sache nicht weiterverfolgt.

„Wie stehen die Dinge mit Shane Bennetts Auftrag?", erkundigt sich Ellie.

Sicher, sie will das Thema wechseln, aber ganz ehrlich? Müssen wir jetzt unbedingt darüber reden? „Gut. Ich arbeite am Layout, noch nichts Erwähnenswertes." Ich schraube am Verschluss meiner Flasche herum.

„Ich überlege, ob ich mir noch ein Tattoo stechen lassen sollte. Vielleicht ein Herz." Tonya starrt Ellie direkt ins Gesicht und deutet auf ihre eigene Brust. „Vielleicht genau … hmm … hier."

„So, du warst also mal mit Shane Bennett zusammen? Ich glaube, er mag dich immer noch. Meinst du nicht?", plappert Ellie und rührt mit der Gabel durch ihren Salat.

Was geht denn jetzt ab?

„Na, das erklärt, warum er hier ständig herumschleicht." Tonya nimmt einen Schluck aus ihrem Glas und zieht eine Braue hoch. „Ich habe jedenfalls so etwas gehört."

„Gehört?“ Mein Herz rast wie verrückt, und ich funkele Ellie aus zusammengekniffenen Augen an. Wenn man ein Geheimnis einer einzigen Person anvertraut, ist es kein Geheimnis mehr. Es ist wie die Flamme am Ende einer extrem langen Zündschnur. Das Feuer wird die Distanz überwinden, und dann fliegt dir das Ganze mit absoluter Sicherheit um die Ohren. Was hat sie ihr erzählt?

Tonya stützt sich auf ihre Ellbogen. „Du und Shane also wieder?“

„Was? Nein“, fauche ich. „Ich bin verlobt, Tonya. Und anders als *andere*, falle ich Leuten, die vorgeben, meine Freundin zu sein, nicht in den Rücken und lüge sie an.“

Tonya wird blass. Ellie deutet mit dem Kopf zur Tür. Wir schauen alle hin. Terry vom Verkauf steht wie angewurzelt da, mit einer leeren Kaffeetasse in der Hand. Er blinzelt und hebt seine Tasse, wie um Erlaubnis zu bitten. Ellie zuckt mit den Schultern.

Wir starren einander schweigend an und warten darauf, dass Terry wieder verschwindet. Meine Nasenflügel beben unter kurzen, raschen Atemzügen. Ich muss mich schwer zusammenreißen, um ihr keine runterzuhauen. Ellies Augen sind schreckensgeweitet, und sie schiebt sich eine Gabel Salat nach der anderen in den Mund, vielleicht, um sich daran zu hindern, noch mehr zu sagen. Gute Idee. Ich könnte ihr auch eine runterhauen.

Sobald Terry sich verzogen hat, platzt mir der Kragen. „Dachtest du wirklich, dass es nicht rauskommt? Dass er es mir nicht erzählen würde? Wie konntest du nur?“

Tonyas Lippen sind zu einer harten Linie zusammengepresst. Sie steht auf, stellt ihre Wasserflasche in den Kühlschrank und schlägt die Tür so fest zu, dass das ganze Ding wackelt. Dann stürmt sie wortlos aus dem Pausenraum. Unglaublich.

Ich funkele Ellie von der Seite an.

„Ich habe ihr nur gesagt, dass er nach dir gesucht und dir dann geholfen hat. Dass ihr beide gestern Zeit miteinander verbracht habt." Sie schiebt sich hastig eine neue Ladung Salat in den Mund. „Das war doch keine große Sache."

Oh doch. Der Sinn eines Geheimnisses ist, dass man es für sich behält. Gut möglich, dass Ellie gerade versehentlich die Rakete gezündet hat, die den Domino-Effekt der Zerstörung auslöst.

Ich beuge mich über den Tisch. „Was ist, wenn Tonya über all das mit Bradley spricht und er ausflippt?", frage ich streng. „Die beiden sind ziemlich eng. Es ist also nicht unwahrscheinlich. Und dann sagt Bradley womöglich irgendwas zu Shane, worüber der sich so aufregt, dass er den Vertrag kündigt? Wir brauchen diesen Kunden, Ellie."

„Tut mir leid, Kenz. Aber ich habe nur erzählt, dass ihr euch getroffen habt. Das war alles, und es war rein beruflich. Du bist paranoid."

Ach ja? Wer weiß. Vielleicht machen Schuldgefühle das ja mit einem. Man fragt sich, wer irgendwas wissen könnte und misstraut plötzlich jedem. Ich trinke einen Schluck Wasser und schüttele den Kopf.

Wie konnte es bloß so weit kommen? Vorigen Sonntag haben Bradley und ich uns darauf gefreut, meinen Verlobungsring vorzuführen und mit den Planungen für die Hochzeit anzufangen. Dann, peng, ist Ren schwanger, Shane wieder da, mein Job in Gefahr, und Tonya entpuppt sich als Feindin Nummer eins. Ganz zu schweigen von einer angedeuteten Mussehe, einer geteilten Verlobungsparty und Mom … ich weiß nicht mal, wie ich mit der Sache mit Mom umgehen soll.

Ich lasse den Kopf in die Hände sinken. Es waren doch nur fünf Tage. Ernsthaft, noch nicht mal eine ganze Woche.

Auf dem Weg zum Fitnessstudio machen Bradley und ich einen Zwischenstopp bei meinen Eltern. Während er unten mit Mom und Dad plaudert, grabe ich im Schrank meines alten Zimmers nach meinen Arbeiten vom College.

Ich bin gleich nach oben gesprintet, um Mom aus dem Weg zu gehen. Die dringend notwendige Shane-Debatte darf auf keinen Fall vor Bradley stattfinden, nicht bei all dem, was gerade abgeht.

Auf Moms Schemel balancierend, taste ich mit der Hand unter der Kensington-Kiste auf dem Brett herum. Ich war mir sicher, dass meine Zeichnungen dort lagern, aber nein, da ist nichts. Wo sind sie bloß?

Ich drehe mich um und lasse den Blick durch den Raum schweifen. Wo sonst könnte ich sie verstaut haben? Ich klettere vom Hocker und schiebe ein paar Kartons und Dosen mit Bastelkram hin und her. Vielleicht stecken die Bilder ja irgendwo dazwischen? Nein, nichts zu entdecken. „Hey, Mom?" Ich springe auf und stecke den Kopf durch den Türrahmen in den Flur. „Mom …"

Ich kann ihre Stimmen von unten hören, aber sie hören mich nicht. „Mom", wiederhole ich, laufe die Stufen runter und stürme in die Küche.

Bradley und Dad sitzen am Tisch. Mom schenkt Dad Kaffee nach, Ren steht neben der Spüle. Ihr langes Haar ist zu einem ordentlichen Pferdeschwanz zusammengebunden, und sie ist heute mal ganz lässig in Jeans. Sie nickt mir zu und lächelt sanft.

„Hi. Mom, wo hast du denn meine Bilder vom College hingetan?"

„Was, Liebes? Ich weiß nicht, wovon du sprichst." Sie blickt kaum auf. „Möchtest du Sahne? Ich habe diese irische Sorte gekauft, die du so magst", sagt sie zu Dad und schaut Ren an. „Wie fühlst du dich?"

Dad schiebt ihr seine Tasse hin, und Mom öffnet den Kühlschrank, um die Sahne herauszuholen.

„Hallo?“ Aus dem Flur erklingt Graysons Stimme. Hinter ihm fällt die Tür ins Schloss. Da Grayson und Ren gleich um die Ecke wohnen, leben sie praktisch auch hier im Haus.

„Wir sind in der Küche“, ruft Mom und kippt so viel Sahne in die Tasse, dass sich die Farbe von Dads Kaffee komplett ändert. „Ren, du solltest dich setzen. Du bist schon viel zu lange auf den …“

„Mom, bitte, wir haben nur ganz kurz Zeit. Die Bilder waren immer unter meiner Kiste in meinem Zimmer. Erinnerst du dich?“ Die Haare auf meinen Armen haben sich aufgerichtet.

Grayson zieht die Tür auf. „Hey, Bradley, ich habe dein Auto gesehen. Bin nicht dazu gekommen, dich zurückzurufen, tut mir leid. Verrückter Tag. Was gibt’s?“

Bradley schaut erst mich an, dann ihn. „Wie wär’s, wenn wir uns morgen zu einem frühen Mittagessen treffen?“

Grayson nickt. „Klar, gern, ruf nur vorher an, um sicherzugehen, dass ich mich loseisen kann.“

Ich höre nicht wirklich zu, sondern bin auf meine Mutter fixiert, die emsig damit beschäftigt ist, Geschirr wegzuräumen. „Mom?“

„Was? Kensington, du liebe Güte.“ Sie dreht sich entnervt zu mir um, in jeder Hand ein Geschirrteil.

Ich ziehe die Schultern hoch. „Meine Bilder?“

Sie runzelt verwirrt die Stirn. „Alles, was dir gehört, ist in dieser Kiste.“ Sie wendet sich ab und stellt ein Glas auf das Regal über sich.

„Sie lagen immer *unter* der Kiste. Ungefähr fünf Stück. Denk nach. Hast du sie irgendwo anders hingelegt?“

Sie stellt ein weiteres Glas weg, und dreht sich zu mir um, eine Hand bereits am nächsten Teil im Geschirrspüler. „Also wenn sie dort nicht sind, dann weiß ich es auch nicht. Aber wo wir gerade dabei sind: Ich könnte den Platz im Schrank gut gebrauchen, also, wenn du die Sachen aus der Kiste haben willst, könntest du sie vielleicht mitnehmen? Grayson, möchtest du Kaffee? Ist gerade frisch durchgelaufen."

„Sie sind weg?" Ich spüre, wie es in mir brodelt. Wütend war ich schon vorher, aber das? Das bringt das Fass endgültig zum Überlaufen. „Du hast sie entsorgt?", brülle ich und funkele sie wütend an. Dann schaue ich zu Dad. „Du hast zugelassen, dass sie sie wegschmeißt? Das waren *meine* Arbeiten, vom College." Sie waren ein Teil von mir.

Bradley wirkt verwirrt. Dad hebt abwehrend die Hände, um anzudeuten, dass er keinen blassen Schimmer hat, wovon ich spreche. Ren öffnet den Mund, um etwas zu sagen, doch Mom kommt ihr zuvor.

„Kensington, du kannst nicht ernsthaft von mir erwarten, dass ich den Überblick über deine Sachen vom College behalte, oder?" Sie schüttelt den Kopf. „Wolltest du Kaffee?"

Das ist alles?

Ich taumele einen Schritt zurück, sprachlos. Sie hat absolut keine Ahnung. Sie kapiert es nicht. „Graysons Auszeichnungen aus der Highschool sind immer noch im Keller ausgestellt, aber meine Bilder? Du hast meine Bilder weggeworfen?" Sie hat sie nicht etwa irgendwo in eine Schublade gestopft, ach was. Sie hat sie in den Müll geschmissen. Sie sind weg.

So, wie sie auch dafür gesorgt hat, dass Shane verschwindet.

Wortlos renne ich nach oben, zwei Stufen auf einmal nehmend. Sie hat nicht mal angerufen, um zu fragen. Ich bezweifle, dass sie sich die Bilder überhaupt mal angeschaut hat. Zum Teufel, sie wusste ja nicht mal, wovon ich rede. Und doch glaubte sie zu wissen, was das Beste für mich und Shane war? Sie hatte nicht das Recht dazu. Tränen steigen mir in die Augen.

Ich stelle mich auf die Zehenspitzen und ziehe am vorderen

Ende meiner Kiste, bis sie so nah an der Kante steht, dass sie mir entgegenrutscht.

Dann schleppe ich sie nach unten, vorbei an der Küchentür. Grayson überlegt gerade laut, wie er ein paar Runden Golf mit Bradley in seinen engen Zeitplan schmuggeln könnte. Dad sagt irgendwas übers Kinderzimmer zu Ren. Ich bleibe nicht stehen.

„Ich bin weg." Mehr sage ich nicht. Ich bin nicht mal sicher, dass sie mich hören. Aber im Moment ist mir das egal. Ich balanciere die Kiste auf meiner Hüfte, während ich die Tür öffne. Ich mache mir nicht die Mühe, sie wieder zu schließen, sondern laufe gleich weiter zum Auto. Hinter mir höre ich Bradleys Stimme.

„Kenz? Kenzi!"

Ich habe schon aufgeschlossen, als er auf der Veranda auftaucht. Er steckt noch einmal den Kopf nach drinnen. „Hey, Grayson, ich ruf dich morgen an. Tschüs zusammen."

Ich knalle den Kofferraum zu und begegne Bradleys verdutzter Miene mit einem Blick, der sagt: Stell jetzt bloß keine Fragen.

Macht er auch nicht.

Sollte er aber.

Es gibt ungeschriebene Regeln fürs Training in einem Fitnessstudio, einen Verhaltenskodex, an dem alle festhalten. Diese Regeln werden nirgends ausgehängt. Aber jeder kennt sie.

Zu den wichtigsten zählen die Zeitzonen. Der frühe Morgen ist für jeden, Anfänger, Profis und alles dazwischen. Der Nachmittag gehört den ganz Harten, den wetteifernden Bodybuildern und Cardio-Queens. Und die Abende sind was fürs Auge. Denn dann laufen die formvollendeten hollywoodreifen Körper auf.

Anstarren erlaubt. Schließlich wird man auch angestarrt. Trainieren? Ist optional.

Ich bin immer noch so auf hundertachtzig, dass das Workout diesmal tatsächlich nötig ist, um wieder runterzukommen. Bradley und ich sind ein bisschen zu spät dran wegen des Zwischenstopps bei meinen Eltern. Na toll, Tonya ist auch da, wahrscheinlich, weil sie eine Einheit mit Troy gebucht hat.

Ich hasse es, mit ihm zu trainieren. Der Typ besteht nur aus Muskeln und lässt uns in dämlichen Wettbewerben gegeneinander antreten, die, wie ich vermute, einzig und allein seinem perversen Amüsement dienen. Wen sonst interessiert es, wie viele Hampelmänner oder Burpees man in drei Minuten hinkriegt?

„Trainierst du mit Tonya?“, fragt Bradley. Zwischen uns ist die Stimmung irgendwie angespannt. Mir ist nicht nach Reden, und außerdem bin ich immer noch sauer auf ihn wegen vorhin. Ich bin gerade sauer auf jeden.

„Ich glaube, ich mache lieber nur Ausdauertraining, um Dampf abzulassen“, knurre ich und reiche ihm meine Tasche, damit er sie einschließt.

„Okay.“ Er beugt sich vor, um mir einen Kuss zu geben, bevor er sich zu den Gewichten trollt.

Ich drehe mich weg, um seinen Lippen auszuweichen, und schnappe mir meine Ohrstöpsel. Ich will keinen Kuss. Ich will sein Verständnis. Seine Unterstützung. Und jetzt will ich einfach nur mit meiner Musik abschalten, all die überschüssigen Kohlenhydrate verbrennen, die ich mir gegönnt habe, und alles andere vergessen.

Tonya wärmt sich auf dem Laufband auf. Sie trägt Laufshorts und ein gelbes Tank Top mit integriertem BH. Für mich sind diese Sport-Tops super. Tonya bräuchte allerdings einen Extra-BH unter diesen Teilen. Allerdings scheint sich niemand daran zu stören, dass sie darauf verzichtet, schon gar nicht der Typ, mit dem sie sich gerade unterhält.

Die zweite Regel der Fitness-Welt: Such dir nie Geräte in der

Nähe von anderen aus, sofern Alternativen frei sind, es sei denn, man kennt sich und du fühlst dich willkommen. Ich bin nicht sicher, dass ich willkommen bin, aber das Laufband neben Tonya ist das einzige, das frei ist. Also starte ich es und ignoriere sie. Ich wähle Steigungsstufe zwei und Aufwärmgeschwindigkeit drei, was einem flotten Spaziergang entspricht.

„Ach, auch mal wieder da?“, bemerkt Tonya mit verkniffener Miene.

Oh. Das habe ich total vergessen. Gestern habe ich nicht nur Bradley versetzt, sondern auch Tonya. Aber glaubt sie etwa, dass ich mit ihr rede?

„Troy hat in zehn Minuten Zeit für uns“, fährt Tonya tonlos fort und erhöht ihre Steigung auf drei.

„Ich verzichte heute auf Troy-Boy.“ Ich erhöhe die Geschwindigkeit auf drei Komma fünf. „Willst du dich nicht wenigstens entschuldigen?“

Sie späht auf meinen Monitor und erhöht ihre Steigung und ihr Gefälle wortlos auf vier.

Miststück. Ich überhole ihre Geschwindigkeit um null Komma fünf. „Ernsthaft?“ Ich nehme einen Schluck Wasser und spüre einen frischen, scharfen Stich. „Ich meine, du hast mir erzählt, dass er mich betrügt …“ Ich atme ein paarmal schnell durch. „Und am Ende warst du diejenige. Du!“

Ihr fällt die Kinnlade runter. „Moment mal. Es geht um Shane? Die Sache im College?“ Sie schüttelt den Kopf. „Oh mein Gott!“

„Oh mein Gott ist richtig. Du könntest dich zumindest entschuldigen.“

„Diese Geschichte ist eine Million Jahre her, Kenz.“ Ihre Worte kommen keuchend. „Es … hat … gar nichts … bedeutet …“

„Es hat *alles* bedeutet!“ Ich trete vom Band auf die Seitenschiene und starre sie entrüstet an. „Du hast mir erzählt, er hätte mich *betrogen*!“ Mit meinem coolen, ruhigen Ton ist es nun vorbei. Ich spucke praktisch Feuer. „Und ich habe dir das komplett abgenommen!“

Tonya springt ebenfalls auf ihre Schiene und holt tief Luft. „Du hättest alles aufgegeben, um ihm nach England zu folgen.“

„Also hast du mein Leben sabotiert?“ Ich glaub’s einfach nicht. Mein ganzer Frust wegen Mom, Bradley, Shane und Tonya entlädt sich in einem Schrei. „Weißt du was, Tonya? Du bist eine hinterhältige Lügnerin!“ Das war viel zu laut. Ich weiß es, sobald die Worte meinen Mund verlassen haben. Die Leute haben mich gehört. Sogar Bradley guckt verdutzt zu uns rüber.

„Nun mach mal halblang, verdammt noch mal!“ Sie wischt sich mit dem Handtuch über die Stirn, legt es zurück auf die Konsole und steigt wieder aufs Band. „Sei lieber ehrlich zu dir selbst: Er hätte dir damals sagen können, dass ich es war, hätte dich anflehen können, dir zu verzeihen. Aber das hat er nicht gemacht! Und das ist es, worüber du in Wahrheit sauer bist.“

Ihre Worte treffen mich mitten ins Herz. „Leck mich!“ Angeheizt von Wut und Adrenalin springe ich wieder aufs Band und steigere die Geschwindigkeit auf fünf. Meine Sportschuhe klatschen ziemlich schnell gegen das Gummiprofil unter meinen Füßen. Das ist jetzt ernsthaftes Joggen.

Sie funkelt mich zornig an, geht ebenfalls auf fünf und erhöht die Steigung um gleich zwei Stufen. Sie ist jetzt auf neun!

Ich setze die Geschwindigkeit auf fünf Komma fünf und die Steigung auf zehn. An meinem Haaransatz bilden sich Schweißperlen. Meine Beine sind nicht besonders lang, und das hier ist ein Extremlauf. Bergauf.

Sie schnauft, schaut auf meinen Monitor, dann auf mich. Wag es bloß nicht …

Knall. Sie ist jetzt bei Steigungslevel zwölf. Das Haar klebt ihr im Gesicht, aber sie kann das Geländer nicht loslassen, um es wegzuwischen.

Das Gerät hat eine maximale Steigung von fünfzehn. Ich weiß, wie die Sache hier weitergeht. Typisch Tonya, immer in Konkurrenz mit mir. Aber sie wird auf keinen Fall gewinnen. Nicht dieses Mal.

Ich schiebe den Schalter hoch, überspringe zwölf und lege mich auf dreizehn fest. Da hast du's. Um nicht aus dem Gleichgewicht zu geraten, klammere ich mich mit beiden Händen an die Haltegriffe vor mir. Meine Füße kicken hinter mir eine Art Trommelwirbel, um mitzuhalten.

Sie funkelt mich aus den Augenwinkeln wütend an. Mein Gerät piept, und eine Warnmeldung blitzt auf. Langsamer, langsamer. Meine Herzfrequenz ist bei 175!

Nein! Ich habe heute gründlich die Nase voll von allen und allem. Meine Füße trommeln aufs Laufband, die Maschine piept weiter, der Motor wimmert laut.

Tonya drückt den Knopf, und der Steigungswinkel erhöht sich auf vierzehn. Ich will nicht auf vierzehn gehen. Scheiße! Das ist doch lächerlich. Sie steht vornübergebeugt, umklammert die Haltegriffe, versucht mitzuhalten.

Unsere Füße stampfen schwer, während wir bergauf galoppieren. Bestimmt sehen wir total bekloppt aus. Die Leute starren uns an. Ich kann hören, wie sie sich um uns scharen, um diese Demonstration der Dämlichkeit zu verfolgen.

Troy-Boy hat sich zwischen uns aufgebaut. Er grinst wie ein Idiot und skandiert: „Weiter, weiter, weiter!“

Andere fallen ein. „Weiter! Weiter! Weiter!“

Tonya bin ich egal. Meiner Mom bin ich egal. Bin ich Bradley egal? War ich Shane jemals nicht egal? Ich habe die Nase gestrichen voll. In „Wie werde ich ihn los – in 10 Tagen?“ fragt Kate Hudson alias Andy Ben: Im Krieg und in der Liebe ist alles erlaubt – wahr oder falsch? Seine Antwort entscheidet darüber, wie übel sie ihm mitspielt.

Nun, ich sage: „Falsch.“ Es ist nicht alles erlaubt. Und ich habe es satt, dass Leute mir übel mitspielen, mich belügen. Wenn Tonya Krieg will … Ich hebe die Hand und … Knall!

Das Laufband richtet sich noch steiler auf. Level fünfzehn!

Das höchste Level!

Ha! Ich gewinne!

Jubel brandet auf.

Troy-Boy drückt auf Stop, und unsere Laufbänder werden langsamer und senken sich ab.

Oh. Gott sei Dank.

Wir sinken beide in uns zusammen, schweißgebadet und völlig außer Atem. Mist, ich schnappe verzweifelt nach Luft. Mir ist total schlecht. Tonya bedeckt ihren Mund mit der Hand und sprintet zur Toilette. Bradley schaut erst ihr nach, dann zu mir. Sein Mund formt die Worte „Was geht hier ab?“

Ist das wirklich sein Ernst? Ich schwöre, wenn er jetzt rüberkommt und was auch immer sagt, verliere ich vollends den Verstand.

9. Kapitel

Die Nacht des Exfreunds

Es ist Freitag. Ich habe den ganzen Vormittag zufrieden am neuen Konzept für Carriage House gezeichnet. Nicht mit echter Farbe, sondern am Tablet, mit einem Zeichenprogramm. Außerdem chatte ich mit Ellie und behalte die Uhr im Blick.

Meine Kollegen schmeißen heute Abend für Bradley und mich eine Verlobungsparty bei Ditty's. Und anders als bei meiner Familie müssen wir sie mit niemandem teilen. Tonya hat sich übrigens geirrt. Meine Familie verliert nicht das Interesse an meinen Hochzeitsplänen, sobald Ren eine Kugel vor sich herschiebt.

Sie haben schon vorher kein Interesse.

Ich habe mein Outfit für heute sorgfältig geplant, damit es den Übergang von der Arbeit zur Party mitmacht. Ich trage ein graues Trägerkleid, das ich vor einiger Zeit mit Ren gekauft habe, dazu sexy Pumps und jetzt im Büro eine Strickjacke und einen Pferdeschwanz. Doch sobald es Zeit ist aufzubrechen, sind Jacke und Zopf Geschichte.

Tonya hat mir heute Morgen einen Kaffee von Starbucks auf den Schreibtisch gestellt. Eine echte Entschuldigung wird sie sich nicht abringen, aber wenigstens weiß sie jetzt, warum ich sauer bin. Mom weiß es immer noch nicht, aber sie hat sich entschuldigt, zweimal, erst per E-Mail, dann in einer Sprachnachricht, um zu fragen, ob ich ihre E-Mail bekommen habe. Warum schickt sie überhaupt eine E-Mail, wenn sie dann doch anruft?

Ellie-Bell: *Hat er sie tatsächlich Mary Kate und Mary Francis genannt?*
Kenzi Shaw: *Ja, und sie waren völlig begeistert von dem ganzen Film-Ding.*
Ellie-Bell: *Ich bin hin und weg. HIN und WEG! Ich will auch einen Pretty Woman-Moment!*

Ich habe seit gestern nicht mit Shane gesprochen, behalte aber das Chat-Fenster auf Facebook im Blick, um zu sehen, ob der grüne Punkt neben seinem Namen aufleuchtet. Ich bin sicher, dass es auf der Farm Internet gibt. Oder doch nicht? Der Punkt ist grau. Vielleicht ist Shane ja auch schon wieder auf dem Rückweg? Keine Ahnung. Jedenfalls ist er nicht online, was gut ist, denn ich will nicht, dass er weiß, dass ich online bin. Ich könnte meinen Chat abschalten, aber wie sollte ich dann wissen, ob er online ist oder mich mit Ellie über ihn austauschen? Alles sehr erwachsene Argumente.

Ich benutze die Filmbilder, die Shane besorgt hat, als Hintergrund, darauf bringe ich dann eine lockere Farbschicht auf, quasi als Grundlage. Darin werden die Details eingearbeitet, um dem Ganzen Form und Perspektive zu verleihen. Mit der Basis-Schicht bin ich fast fertig.

Weil ich ohnehin nicht schlafen konnte und wir mit dem Carriage-House-Konzept vorankommen müssen, bin ich heute ein paar Stunden früher im Büro. Es hat etwas Beruhigendes, sich in einem kreativen Prozess zu verlieren, es ist beinahe therapeutisch. Vielleicht habe ich das gebraucht.

Von Michelangelo ist die Aussage überliefert, dass in jedem Stein eine Statue steckt. Und die Aufgabe des Künstlers sei es, sie zu befreien. Das fertige Werk existiere bereits. Man muss es nur enthüllen. Ich habe versucht, Bradley zu erklären, wie das funktioniert, aber er versteht nicht wirklich, was ich meine. Ich bin nicht mal sicher, dass ich selbst es verstehe. Ich akzeptiere es nur einfach als Wahrheit.

Mit dem Touchscreen-Stylus definiere ich am Tablet die vorgegebenen Filmbilder mit dünnen Strichen. Momentan arbeite ich am Poster von „Tatsächlich … Liebe".

Ich schwärme für die Geschichte mit Colin Firth und seiner Haushälterin, die nur Portugiesisch spricht. Eine meiner Lieblingsszenen ist, wenn er durch die Stadt marschiert und ihre ganze Familie hinter ihm herläuft. Er macht ihr den Antrag in ihrer Sprache und sie antwortet in seiner. Sprache ist letztlich doch keine Barriere.

Ich beiße mir auf die Unterlippe, verloren in einem Gefühl von … ja, was eigentlich? Ich lasse mich von all dem völlig mitreißen. Was ja wohl auch Sinn und Zweck der Übung war, oder? Ist es das, was Shane wollte? Dass ich mich daran erinnere, wie sehr ich diese romantischen Komödien liebte, damit ich die entsprechenden Emotionen in meine Arbeit einfließen lassen kann? Darum geht es bei der „Filmreife Liebe: Liste". Ich öffne die E-Mail, um sie mir noch einmal anzuschauen.

1. Schlaflos in Seattle
~~2. Pretty Woman~~
3. Bridget Jones – Schokolade zum Frühstück
~~4. 27 Dresses~~
5. Dirty Dancing
6. Das darf man nur als Erwachsener
7. Tatsächlich … Liebe
8. Teen Lover
9. e-m@il für Dich
10. Die Hochzeit meines besten Freundes

Ich starre ernüchtert auf den Bildschirm.

Es geht um sein Konzept, nicht um mich. Und es handelt

sich um Filmszenen, nicht um das wirkliche Leben. Fast wünsche ich mir, dass Shane nie zurückgekommen wäre, denn der Vergleich ist ziemlich deprimierend.

Ich blicke auf und sehe Bradley auf mich zukommen. Schnell schließe ich das Chat-Fenster und mische weiter Farben, versuche, ein sattes Rostrot zu bekommen, aber da ich mit dem digitalen RGB-Farbkreis male, kriege ich nur eine Art graubraunen Schlamm zustande.

„Hi, Schatz." Bradley schaut kurz auf mein Tablet, dann lehnt er sich an den Tisch und guckt in die andere Richtung.

Er sieht gut aus. Ordentlich und schick, in einem perfekt geschnittenen weißen Hemd. Er beäugt meine pinkfarbene Strickjacke mit passendem schmalen Gürtel und zieht die Brauen hoch. „Du leuchtest heute ja richtig."

„Oh, ja, irgendwie schon." Ich habe gar nicht weiter darüber nachgedacht. Heute Morgen war mir einfach nach etwas Farbe.

Bradley beugt sich zu mir und senkt die Stimme, obwohl niemand in der Nähe ist. „Ich habe über die Hochzeit nachgedacht. Wenn du im Frühling heiraten willst, dann heiraten wir im Frühling. Mir ist es egal. Ich will einfach nur dich."

Ich höre damit auf, meinen Schlamm zu mixen, und sehe ihn an. Hellblaue Augen starren zurück. Er will einfach nur mich.

„Aber ein bisschen beschleunigen könnten wir das Ganze doch schon, oder? Bitte!" Seine Lippen verziehen sich zu einem sanften Lächeln und er reicht mir ein Post-it. „Ich war mit Grayson essen, und er sagte, Ren kennt da jemanden. Und eben hat er zurückgerufen und mir ihre Nummer gegeben."

Ich schaue auf den Zettel. Bethany Chesawit. Hochzeitsplanerin. Darunter ihre Telefonnummer und Adresse. Ich schüttele den Kopf. „Bradley, wir haben ja noch nicht mal einen Termin."

„Ich weiß, aber sieh mal …" Er deutet auf die Notiz. „Sie ist angeblich die Beste der Besten, und sie schuldet Ren einen

Gefallen, daher hat sie dich für Montag eingeschoben. Auf diese Weise kriegst du eine Vorstellung von der Zeit, die nötig ist, um alles angemessen in die Wege zu leiten."

„Moment mal, *ich* kriege eine Vorstellung? Du kommst nicht mit?"

„Nein. Ich fahre doch gleich nach der Party los und komme erst Montagabend wieder, hast du das vergessen? Vielleicht kannst du deine Mom fragen, ob sie dich begleitet? Oder Ren?"

Ellie-Bell: *Okay, ich bin wieder da.*

Er dreht sich um, als der Signalton erklingt, ignoriert ihn aber. „Hör zu, wir heiraten, wann immer du willst, aber je eher wir es tun, desto eher können wir anfangen, es mit dem Baby zu versuchen." Er grinst verlegen. „Ich weiß nicht. Ich schätze, ich bin einfach bereit dafür. In letzter Zeit geht es mir nicht aus dem Kopf."

Mein Herz macht einen Sprung. Es geht ihm nicht aus dem Kopf. Und ich höre praktisch meine biologische Uhr ticken. Ich bin fast dreißig. Wenn ich mir Bradley so anschaue, mit seinen blonden Haaren und den blauen Augen, muss ich unwillkürlich an das kleine Mädchen aus der Mall denken. Sind die Gene des Dads verantwortlich für die Haar- und Augenfarbe?

Ich zucke lächelnd mit den Schultern. „Okay, dann sehe ich zu, dass ich mir einen Überblick über den benötigten Zeitrahmen verschaffe. Aber …" Ich hebe einen Zeigefinger. „Ich verspreche nichts. Und definitiv keine sechs Wochen." Das hier ist alles, was ich mir immer gewünscht habe. Heirat, eine eigene Familie … und er ist bereit.

Bradley streicht mir eine widerspenstige Haarsträhne aus dem Gesicht, beugt sich zu mir und drückt mir einen Kuss auf die Lippen. Sein Blick fällt auf den Bildschirm. „Ist das für Bennett?"

„Ja." Ich bin tatsächlich sehr zufrieden mit meiner Arbeit. Sogar ziemlich stolz darauf, wenn ich ehrlich bin. Ich drehe das Tablet so, dass er besser daraufschauen kann.

Tut er aber nicht. „Je früher du damit fertig bist, desto eher ist er hier weg."

„Hey, ich habe dich gesucht." Clive steckt den Kopf aus seiner Bürotür und deutet auf Bradley.

„Bis später." Er winkt mir zu und wendet sich zum Gehen.

Ich schaue ihm nach. Breite Schultern, tadellose Erscheinung, goldenes Haar. Das ist Bradley. Ich liebe ihn wirklich. Wir haben eine großartige gemeinsame Basis, auf der wir aufbauen können, und er ist bereit.

Es wird vielleicht kein filmreifes Leben sein, aber es kann trotzdem gut werden.

Als Ellie und ich von der Mittagspause zurückkommen, ist die Tür zum Konferenzraum geschlossen. Das ist für sich genommen keine große Sache. Ich meine, Türen öffnen und schließen sich nun mal. Aber Shane wird heute zurückerwartet, ein Meeting mit Clive und Bradley ist angesetzt, und ich bin fast sicher, dass er jetzt da drin sitzt.

Dieser Tag ohne Shane hat mir ein wenig den Kopf zurechtgerückt. Ich habe die Situation von jedem möglichen Blickwinkel aus analysiert und bin zu einer Erkenntnis gekommen.

Er ist ein Geist, ein Freund aus der Vergangenheit, dessen plötzliches Wiederauftauchen alte, nicht vollständig verarbeitete Gefühle heraufbeschworen hat. Und diese Gefühle haben sich mit den Filmmomenten vermischt. Dazu der Stress wegen der Hochzeit, meinem Job, Rens Schwangerschaftsverkündung und Tonya. Es ist alles ein bisschen viel auf einmal.

Ellie meint, ich soll eine Challenge draus machen. Sie hat auch schon einen Namen dafür: den Schmetterlingstest.

Nachdem ich Shane nun einen Tag nicht gesehen habe und

es auch keine weiteren Filmszenen gab, um die Angelegenheit zu verkomplizieren, sollte sein Anblick eigentlich keine verwirrenden Emotionen auslösen. Keine Feuerwerke, Flugzeuge oder Schmetterlinge im Bauch, höchstens das winzige Flattern einer alten Flamme. Mehr nicht. Und das wäre vollkommen akzeptabel.

Ich bin ganz erpicht darauf, den Schmetterlingstest zu absolvieren, damit ich diesen ganzen Shane-Bennett-Blödsinn hinter mir lassen kann. Bei der Ehe geht es um Stabilität und Familie und um Vertrauen. Nicht um eine unvergessliche, unwiderstehliche Anziehung zu jemandem, dem man nicht trauen kann. Der Schmetterlingstest wird beweisen, dass ich in der Lage bin, die Vergangenheit samt ihrer Geister ein für alle Mal zu begraben.

„Hey, Kenzi, freust du dich schon auf die Verlobungsparty? Gleich geht's los", ruft unsere Empfangsdame Maggie mir zu, als sie an mir vorbei zum Tresen läuft, um einen Anruf anzunehmen.

Ich lächele strahlend. „Ich kann's kaum erwarten. Danke."

Mein Lächeln erstirbt, als sich die Tür zum Konferenzraum mit einem Klick öffnet. Es geht los. Operation Schmetterlingstest läuft.

Ich schließe mit einer Hand das Chat-Fenster und Windows und kaue am Daumennagel der anderen. Dabei starre ich schwer beschäftigt auf meine unvollendete Arbeit auf dem Bildschirm. Durch die Wimpern, über den Rand des Tablets hinweg, kann ich immer noch gut erkennen, wer aus dem Konferenzraum kommt.

Die Tür schwingt auf. Dunkle Jeans. Er ist es. Er trägt immer Jeans. Er bewegt sich nicht. Nichts bewegt sich. Mein Herz schlägt so laut, dass ich Angst habe, sie hören es.

Ich hebe vorsichtig den Blick und sehe ihn in der Tür stehen, im Gespräch mit Clive. Er trägt einen eng anliegenden Pullover mit V-Ausschnitt über einem T-Shirt und auf den Wangen den üblichen Bartschatten. Ich kann mich nicht mehr daran erinnern, ob die Stoppeln am Ende des Tages weich oder kratzig sind. Ich weiß aber noch, wie ich ihn einmal rasiert habe. Wie ich sein Gesicht einschäumte und dann langsam, vorsichtig mit der Klinge über seine Haut strich. Wie er zuckte, als ob ich ihn geschnitten hätte. Hatte ich aber nicht, und schließlich mündete das Ganze in einer Rasierschaumschlacht.

Clive geht. Ich schaue rasch wieder auf den Bildschirm, daher kann ich nur noch Shanes Füße sehen. Er bewegt sich immer noch nicht. Was macht er bloß? Ich kann seine Augen auf mir spüren. Mein Herz schlägt lauter und lauter.

Langsam blicke ich auf.

Mein Magen schlägt Purzelbäume.

Er sieht mich direkt an.

Es ist wie damals, als ich ihn zum ersten Mal an der Uni gesehen habe. Ich schaute quer durch den Hörsaal, und da war er: zerzaustes Haar, zerknittertes Hemd und kupferbraune Augen. Die mich anstarrten. Zwischen uns entspann sich eine komplette Unterhaltung, nur ohne Worte.

Jetzt ist es wie damals, aber diesmal ist es verboten.

Seine Mundwinkel heben sich leicht, während sein Blick meinen festhält. Ich sollte wegschauen, aber das kann ich nicht. Meine Brust platzt schier vor lauter Gefühlen. Ich kaue auf meinem Nagel und spüre das Lächeln, das hinter meiner Hand hervorkommen will. Ich verziehe das Gesicht, um es nicht entfliehen zu lassen.

Tu es nicht. Nicht lächeln. Halt es zurück … Er lächelt … und oh mein Gott … Was für ein wundervolles Lächeln.

Schmetterlingsalarm im Bauch. Doppelschmetterlingsalarm.

„Dieses Lächeln kriege ich nicht oft zu sehen“, ruft Bradley, der hinter Shane aufgetaucht ist.

Mir rutscht das Herz in die Hose.

Natürlich glaubt Bradley, dass mein Lächeln ihm gilt, schließlich kommt er gerade auf mich zu, und er ist mein Verlobter. Das Lächeln sollte ihm gelten.

Oh Gott. Ich habe versagt.

Ich hätte es kontrollieren müssen.

Ich muss die Vergangenheit daran hindern, mir die Zukunft zu vermasseln.

Mein Lächeln verschwindet.

„Hi", sage ich mit gezwungener Begeisterung, als Bradley sich nähert. Ich wette, dass ich schuldbewusst wirke. Ich fühle mich schuldig. Das schlechte Gewissen wabert direkt unter der Oberfläche.

Er setzt sich auf die Kante meines Schreibtischs, so wie Clive das normalerweise macht. Ich schaue zur Tür des Konferenzraums, aber Shane hat sich abgewendet und ist wieder reingegangen.

„Ich habe noch mal überlegt und finde, du solltest Ren wegen des Treffens mit der Hochzeitsplanerin am Montag anrufen. Vielleicht kommt ihr beide euch dabei ja näher. Es könnte eurer Beziehung guttun."

Er versucht zu helfen.

Ich habe versagt.

„Ja, okay, vielleicht hat sie ja Lust. Ich rufe sie gleich an." Ich greife nach meinem Handy. Sein Wunsch ist mir Befehl. Ich bin die schlechteste Verlobte der Welt. Der schlechteste Mensch.

„Gut. So, ich muss noch ein paar Sachen erledigen, bevor wir aufbrechen." Er klatscht sich mit den Händen auf die Oberschenkel und steht auf. „Ich hole dich dann in einer halben Stunde ab." Er lächelt mich an und geht in sein Büro.

Ich schaue mich um, halb davon überzeugt, dass jeder den stummen Austausch mit Shane mitgekriegt und Einblick in meine unzensierten Gedanken hat.

Ellie-Bell: *Und?*

Kenzi Shaw: *Wie geht noch mal das Zitat aus „Die Hochzeit meines besten Freundes"? Nachdem sie sagt: „Ich bin der letzte Abschaum"?*

Ellie-Bell: *Wovon redest du?*

Kenzi Shaw: *Es geht so weiter: „Nein eigentlich noch viel niedriger." Und ich bin niedriger. Ich bin der Schleim, der auf dem letzten Abschaum schwimmt. Der Eiter, der den Schleim infiziert, der auf dem letzten Abschaum schwimmt.*

Ellie-Bell: *Das ist ein Filmzitat?*

Nicht ganz. Mein Rücken ist total verspannt. Die Muskeln im Nacken und an den Schultern fangen an zu zucken. Wieder schaue ich zur Tür des Konferenzraums. Vergesst Feuerwerk, unser Schmetterlingstest hat reines TNT produziert. Ein Fehlschlag von epischem Ausmaß. Und ich bin diejenige, der alles um die Ohren fliegt. Meine ganzen Pläne. Alles, was ich immer wollte. Mit einem einzigen fetten Knall. Und wofür?

Für ein Werbekonzept, in das Filmszenen einfließen sollen. Deshalb ist Shane hier. Und auch, wenn er nicht glaubt, dass Bradley der Richtige für mich ist, hat das nichts zu bedeuten. Es ist nicht wie bei Julia Roberts Figur Julianne in „Die Hochzeit meines besten Freundes", wenn sie Michael anfleht: „Wähle mich. Lass mich dich glücklich machen."

Nein, Shane hat gesagt: *Die Zusammenarbeit macht bestimmt Spaß, wer sonst sollte dieses Konzept durchziehen,* und er hat sich für die Vergangenheit entschuldigt.

Okay, für mich sind die alten Gefühle noch immer nicht vergessen. Na und? Beziehungen basieren nicht nur auf Feuerwerk und Schmetterlingen. Die werden ohnehin mit den Jahren immer schwächer, stimmt's? Ich richte mich auf. Mir wird das Herz schwer.

Es ist sieben Jahre her.

Er ist wie Connor Mead. Und ich bin wie Jennifer Garners Figur Jenny Perotti. Wie war noch mal sein Text? Ich googele rasch „Der Womanizer – Die Nacht der Exfreundinnen“, um das Zitat zu finden. Ja, hier ist es: „In jeder Beziehung hat derjenige die Macht, der weniger liebt.“ Das ist nur zu wahr. Wenn ich immer noch in meine alten Gefühle verstrickt bin, hat Shane Macht über mich.

Das hatte er schon immer. Und nicht nur über mich. Über alle Mädchen. Es war nicht so, dass es mir nichts ausmachte, dass jedes weibliche Wesen auf dem College diese besondere Verbindung zu ihm hatte. Ich habe mich nur daran gewöhnt. Bei Fossie's war es der flirtbereiten Mary allerdings nicht gelungen, seine Aufmerksamkeit zu erringen. Die galt ausschließlich mir.

Egal, ich brauche auf jeden Fall einen Ghostbuster.

Aber zunächst muss ich Ren anrufen! Ich wähle rasch ihre Nummer, wobei ich schon wieder zum Konferenzraum spähe.

„Hallo?“

„Ren, hi. Hier ist Kenz.“ Oh mein Gott, ich bin schon wie meine Mutter. „Na ja, das weißt du natürlich ...“

„Hi.“

„Also, ich wollte fragen, ob du vielleicht mit mir am Montag zu dieser Hochzeitsplanerin mitkommen möchtest? Bradley sagte, dass sie eine Freundin von dir ist, daher ...“

„Oh, das hatte ich ohnehin vor. Ich kann aber nur am Anfang dabei sein, um dir aus den Startlöchern zu helfen. Doch dann hast du wenigstens jemanden, der dich in die richtige Richtung lenkt.“

Klar, weil ich das ja auf keinen Fall selbst hinkriege. Na ja, vielleicht stimmt das sogar. Mir fällt wieder ihre Geschenkliste ein – aber jetzt ist wohl nicht der richtige Moment, das Thema zu erwähnen. „Okay, dann treffen wir uns Montag dort?“

Sie legt mir noch rasch ans Herz, mich dem Anlass entsprechend zu kleiden, bevor sie zu einem Termin mit meiner Mom und ihrem Dekorateur eilt. Es geht um die Gestaltung des Kinderzimmers. Meine Mom kann meine Hochzeit nicht planen, kann meine Bilder nicht aufbewahren, kann nicht verstehen, warum ich sauer bin, aber …

Durchbrennen und heimlich heiraten klingt immer besser für mich. Vielleicht sollten wir es einfach hinter uns bringen, bevor ich irgendwelche Dummheiten mache und Bradley mich auch noch sitzen lässt. Ich massiere meinen Nacken und rolle die Schultern, um die Verspannungen zu lösen. Ich sollte arbeiten, nicht grübeln.

„Kenzi, wie geht es mit Bennetts neuem Konzept voran?" Clive steht hinter mir und linst über meine Schulter auf den Bildschirm. Ich habe ihn nicht mal kommen hören. Offenbar ist heute jeder im Geistermodus.

Ich verkleinere die Ansicht, damit er die gesamte Collage aus den Szenen-Bildern sehen kann, die Shane besorgt hat. Alle zehn Filme von unserer Liste sind dabei, außerdem ein paar zusätzliche wie „Harry und Sally" und „Pretty in Pink". Es ist ein einziges Weitwinkelteil, das für individuelle Marketingformate in jede beliebige Form kombiniert werden kann.

„Hat Shane das schon gesehen?" Clive hängt immer noch über meiner Schulter. Er knatscht schmatzend auf seinem Kaugummi herum. Es riecht nach Pfefferminz.

„Nein, noch nicht. Ich wollte erst noch ein bisschen weiterkom…"

„Ach was, er wird begeistert sein. Ich würde das sichern und ihm sagen, dass es fast fertig ist."

„Aber das stimmt nicht."

„Ich möchte ihm gern die zweite Stufe in Rechnung stellen, und dafür sieht es fertig genug aus." Er steht auf, verschränkt die Arme und kaut. Dabei starrt er weiter auf meinen Monitor, den Kopf schräg gelegt.

Wir berechnen in drei Stufen, die erste Zahlung erfolgt bei Vertragsunterzeichnung. Die zweite, wenn der Entwurf abgenommen wird, die letzte bei Abschluss des Projekts. Ich habe noch nie erlebt, dass Clive so wild darauf war, einem Kunden die Rechnung zu stellen. Und der Entwurf ist nicht bereit zur Abnahme. Ich bin nicht bereit.

Bevor ich Gegenargumente anbringen kann, wendet Clive sich zum Gehen und hastet davon.

„Oh." Er dreht sich noch mal um und kommt ein paar Schritte zurück. „Ich habe die Leute von Carriage House übrigens zu diesem After-Work-Dings eingeladen. Ich muss sie eh ausführen, da sie extra hergefahren sind."

Moment mal … „Wen?" Mein Herz schlägt schneller.

Clive rollt mit den Augen. „Peterson. Bennett. Die Kunden."

Meine Ich-schaffe-das-Blase platzt. Die Überreste verteilen sich über mein Verlobungs-Party-Outfit, und ich habe keine Zeit mehr, mich umzuziehen.

Clive wedelt geringschätzig mit der Hand. Ist doch kein Problem, oder?"

Er hat Shane zu meiner Verlobungsparty eingeladen.

Doch, ich glaube, das könnte ein Problem werden.

10. Kapitel

Die Hochzeitsratschläge meines besten Freundes

Ich habe die Strickjacke ausgezogen und den Pferdeschwanz gelöst. Wie grausam und unwürdig ich mich fühle.

Dabei sollte ich glücklich sein.

Denn das hier ist mein Abend. Und Ditty's ist eins meiner Lieblingslokale in Downtown Indianapolis; eine Mischung aus Bar und Restaurant, mit Live-Pianomusik zum Dinner und einem zweiten Klavierspieler zu späterer Stunde, was für lebhafte Unterhaltung sorgt, die gegen Mitternacht regelmäßig zu einem fröhlichen Karaoke-Konzert ausartet.

Schon beim Reinkommen fahren meine Gefühle Achterbahn zwischen allen Extremen.

„Da sind sie ja." Bradley deutet auf eine Reihe von Tischen, die seitlich an einer Wand stehen. Er legt eine Hand an mein Kreuz und führt mich mit sanftem Druck zu unserer Party.

Das halbe Büro ist schon da. Eine Kellnerin serviert Tonya und Ellie Getränke, Maggie vom Empfang winkt uns rüber. Ein paar Programmierer sind ebenfalls bereits eingetrudelt und der größte Teil des Verkaufsteams. Ich sehe weder Clive noch Rand Peterson und auch niemanden, der fast immer Jeans trägt.

„Hey, seht euch das Mädchen an!", sagt Tonya, mit dem Strohhalm zwischen den Lippen. Sie trägt schon wieder ein teuer aussehendes Outfit, das ich noch nie gesehen habe. Vermutlich denkt sie, ein Kaffee von Starbucks macht alles wieder gut.

Was soll's. Wenn ich weiter eine große Sache draus mache,

ruiniert das nur den Abend und zieht Bradley noch mehr in meine Vergangenheit mit Shane.

Das Gemurmel diverser Unterhaltungen legt sich über das Klappern von Geschirr und die Musik. Die unverwechselbare Energie im Club ist überall zu spüren. Der Mann am Klavier spielt „Knock on Wood". Jedes Mal, wenn er den Refrain singt, klopfen die Gäste auf ihren Tischen den Takt mit. Ich muss unwillkürlich an „Casablanca" denken. Darin gibt es ein Lied mit einer Zeile im Refrain, bei dem sie das auch machen. Nicht dasselbe Lied, aber ein ganz ähnliches.

„Du siehst toll aus, Kenz", sagt Ellie, als ich mich neben sie setze.

„Danke, Ellie-Bell, gleichfalls." Ich beuge mich zu Tonya, mein bestes falsches Lächeln auf den Lippen. „Vielleicht können wir morgen irgendwann mal reden?" Ich hätte Schauspielerin werden sollen, ich lege heute wirklich eine sensationelle Vorstellung nach der anderen hin. Aber ich bin nicht bereit, die Angelegenheit einfach auf sich beruhen zu lassen. Wenigstens eine Erklärung verdiene ich, wenn ich schon keine Entschuldigung bekomme.

„Ja, gern." Ein erleichtertes Lächeln breitet sich auf ihrem Gesicht aus. „Morgen, auf jeden Fall."

Binnen Minuten wächst unsere Gruppe auf zwanzig Leute an. Alle schwatzen durcheinander, der Alkohol fließt in Strömen, die Vorspeisen werden aufgetragen. Das ist großartig. Ich muss zugeben, dass es ein wirklich erhebendes Gefühl ist, dass all diese Menschen unseretwegen hier sind. Fast könnte ich das ganze Durcheinander vergessen. Ich lächele Bradley an und nehme einen Schluck von meinem Drink.

„Autsch!" Ich zucke zusammen und funkele Ellie verärgert an.

Sie hat mich getreten. Fest. Ihre spitzen Pumps würden auch als tödliche Waffe durchgehen.

Sie nickt mir mit Stell-dir-vor-wer-hier-ist-Miene zu. In dem Moment sehe ich Clive, Rand Peterson und Shane auf uns zukommen. Keine Schmetterlinge. Ich befinde mich in der Absperrzone.

Direkt gegenüber von Bradley und mir sind noch ein paar Plätze frei. Wenn er sich da hinsetzt, kann er uns den ganzen Abend lang anstarren. Das glücklich verlobte Paar. Mir dreht sich der Magen um. Wie soll ich auf die Beine kommen, wenn er mir ständig zwischen den Füßen rumläuft?

„Hi“, sage ich, als sie uns erreichen, und lache rasch über irgendwas, das Bradley gerade sagt. Keine Ahnung, was es war.

Tonya lächelt und wirft lasziv ihr Haar zurück. „Hey, Jungs. Keine Party ohne euch.“

„Immerhin zahle ich ja die Rechnung“, bemerkt Clive und setzt sich hin.

„Stimmt.“ Sie sieht Shane an und reißt die Augen auf. „Hi, Shane. Du siehst unglaublich scharf aus.“

Bradley fährt herum wie von der Tarantel gestochen und wirft ihr einen tödlichen Blick zu. Was soll das denn?

Shane setzt sich auf den Stuhl mir gegenüber. „Na ja, ich habe mich seit vorhin eigentlich nicht verändert, aber danke …“

„Was sagst du, Kenz? Shane ist doch heiß, oder?“ Ihre Augenbrauen berühren beinahe ihren Haaransatz.

Jetzt kriegt sie den zweiten tödlichen Blick, dieses Mal von mir. Was macht sie da? Ich dachte, wir hätten Waffenstillstand? Shane schaut verwirrt von ihr zu mir.

Ich tue so, als ob ich Tonyas Frage gar nicht gehört habe, und bin plötzlich ganz fasziniert von dem, was der Klavierspieler so treibt. Sieh an, er spielt Klavier.

Bradley legt seinen Arm über meine Stuhllehne. Er sieht genauso genervt aus, wie ich mich fühle. Es kann ihm nicht gefallen, dass mein Ex hier ist. Clive ist ein Arsch, dass er sie eingeladen hat. Obwohl … Vielleicht hat er die Situation überhaupt nicht durchblickt. Er war die ganze Zeit so auf Shane als Kunde fokussiert, dass er nicht viel von dem mitgekriegt hat, was sonst so vor sich geht.

„Was ist denn, Ellie? Ich hab gerade nicht zugehört." Ich drehe mich zu ihr um. Ellie verzieht das Gesicht und flüstert mir ins Ohr: „Ich habe gar nichts gesagt."

Ich schaue auf und lache. „Wirklich? Das gibt's ja nicht!" Soll das meine Überlebenstaktik für den ganzen Abend sein?

Bradley unterhält sich mit Terry aus dem Verkauf, der zu seiner Linken sitzt. Ich hebe mein Glas und nehme einen Schluck von meinem Drink. Und überlege, den nächsten zu bestellen.

Shane schaut mich an.

Mein Magen schlägt Purzelbäume. Verdammt.

„Du siehst hinreißend aus, Kensington."

Noch ein Purzelbaum. Und wieder beim Schmetterlingstest durchgefallen. Wider Willen muss ich lächeln und spüre, wie meine Wangen brennen. Ich bin sicher, dass sie inzwischen knallrot sind. Bradley dreht sich zu mir um. Bestimmt hat er Shanes Kompliment mitgekriegt und wird sofort meinen neuen rosigen Teint bemerken. Ich trinke noch einen Schluck und fühle mich plötzlich erhitzt und extrem durstig.

„Bennett, Kenzi hat mir erzählt, dass ihr Konzept bald fertig ist. Dann werden Sie wohl demnächst wieder dauerhaft auf Ihre Farm zurückkehren? Sie leben doch auf einer Farm?"

Ja, er hat es mitgekriegt.

Clive stützt sich auf seine Ellbogen und wippt mit dem Oberkörper nach vorn. „Ja, es ist eine Farm, aber direkt am Michigan See, in der Nähe von La Porte. Toller Touristenort und ein wunderschöner Besitz … Ich war dort, als wir den ersten Pitch für Carriage House gemacht haben." Er dreht sich um Bestätigung heischend zu Shane.

„Ja, das stimmt.“ Shane nickt bescheiden. „Ich hoffe, dass wir das Restaurantkino binnen Jahresfrist eröffnen können.“

„Das ist ein gewaltiges Projekt, Shane. Auf jeden Fall etwas ganz Besonderes“, fügt Clive hinzu.

Clive hat es gesehen? Shane macht das tatsächlich? Ich kann mir nicht helfen, ich bin überrascht, vielleicht sogar ein bisschen beeindruckt. Ich meine, ich wusste natürlich, dass Shane der Inhaber ist, aber es kam irgendwie nicht wirklich als real bei mir an. Der Junge, den ich kannte, hatte immer große Ideen, aber hat sie nie in die Tat umgesetzt.

„Eigentlich sollte Kenzi sich das mal angucken.“ Clive dreht das Bierglas zwischen seinen Fingern. „Wenn Sie ihre Wandmalereien da drinnen anbringen wollen, müsste sie die Räumlichkeiten wohl mal in Augenschein nehmen.“ Er zwinkert sein Lasst-uns-Mr.-Bennett-glücklich-machen-Zwinkern. Dann nimmt er einen Schluck und mustert mich über den Rand des Glases hinweg.

Tonya klatscht in die Hände. „Oh, eine tolle Idee. Kenzi würde es lieben!“

Was macht sie da bloß? Meine Einschätzung schwankt zwischen zwei Möglichkeiten. Entweder sie glaubt, in meinem Sinne zu handeln. Oder sie manipuliert mich. Schon wieder.

Shane und ich schauen uns an. Es ist ein stummer Sag-jetzt-bloß-nichts-Blick. Auf keinen Fall werde ich erwähnen, dass ich schon mal auf seiner Farm war. Es ist viele Jahre her, und jetzt ist bestimmt nicht der richtige Zeitpunkt, unsere Vergangenheit zu thematisieren. Schon seltsam genug, dass er hier auf meiner Verlobungsparty herumhängt.

Shane wendet sich Clive zu. „Das könnte tatsächlich helfen.“ Er lehnt sich in seinem Stuhl zurück. „Ich wollte Dienstagabend zurückfahren, nach Ihrem Kundenevent.“ Sein Blick wandert wieder zu mir. „Wenn du das Restaurant und die Baustelle für das Kino gern besichtigen würdest, dann nehme ich dich gern mit. Sie sind selbstverständlich ebenfalls willkommen, Bradley."

Bradley schnaubt und reckt das Kinn.

Clive gibt Bradley keine Gelegenheit zu antworten. „Na, wir können nicht das ganze Büro auf Exkursion schicken! Bradley, wir beide haben Mittwoch früh ohnehin ein Meeting wegen dem Colts Franchise."

Damit hat Clive ihn am Wickel. Der Colts Pitch ist ein dicker Fisch. Bradley ist jetzt richtig sauer. Das erkenne ich an seinem gezwungenen Lächeln und daran, wie er mit zwei Fingern gegen sein Bierglas trommelt. Ich kann es ihm nicht verdenken.

Bradley fokussiert sich auf Shane. „Dann können wir davon ausgehen, dass das Projekt bis, sagen wir, nächsten Freitag abgeschlossen ist?" Er dreht sich zu mir, die Miene noch immer streng. „Und zwar allerspätestens?"

Ich nicke. Meine Kehle ist so eng, dass ich nicht wage zu schlucken oder zu sprechen.

„Gut. Ich bin sicher, dass Shane sich darauf freut, wieder das Landleben zu genießen." Bradley nimmt einen tiefen Schluck aus seinem Glas. Sein Arm liegt jetzt nicht mehr auf meinem Stuhl, sondern um meine Schultern. Er fährt mir mit den Fingern durchs Haar. Die Atmosphäre am Tisch ist jetzt deutlich angespannt.

„Ich liebe Jobpartys", sagt Tonya. „Autsch!"

Ich bin sicher, dass Ellie sie getreten hat.

„Shane, bleibt ihr Jungs dieses Wochenende in der Stadt?", platzt Ellie raus. „Autsch. Was zum Teufel?"

Der Tritt war von mir. Ellie weiß, dass Bradley bis Montagabend in Lansing ist. Das Letzte, was ich gebrauchen kann, ist, dass er sich während seiner Abwesenheit auch noch Gedanken wegen Shane macht.

Unsere Kellnerin und zwei Kolleginnen kommen mit Tabletts voller Essen. Gott sei Dank. Der Einfachheit halber gibt es von allem etwas, große Platten werden in die Mitte der Tische gestellt, sodass jeder sich nach Gusto bedienen kann. Alle greifen nach ihren Tellern, reichen Schüsseln weiter und kommentieren die Speisen – alle außer mir.

Ich stütze das Kinn in die Hand und fühle mich auf einmal, als säße ich allein in einer Nebelschwade. Clive hat mich gerade dazu verdonnert, einen Ausflug mit Shane Bennett zu machen – einen Ausflug mit Übernachtung. Ich leere mein Glas und bitte Bradley, mir noch einen Drink zu bestellen.

Wir haben uns darauf geeinigt, dass es keine Geschenke gibt – das Abendessen ist mehr als genug. Doch Maggie reicht etwas unter dem Tisch weiter und kichert. Irgendwas geht da vor. Ich ertappe Clive und Maggie beim Flüstern. Als sie mitkriegen, dass ich sie beobachte, tun sie unschuldig.

Ellie sieht aus, als ob sie gleich explodiert. Sie lacht und schaut auf eine Karteikarte, dann zu Bradley. „Also, wie habt ihr euch kennengelernt, du und Kenzi?“, sagt sie dann laut.

Jeder unterbricht das, was er gerade tut, um zuzuhören.

„Äh … na ja. Bei der Arbeit.“ Bradley sieht so verwirrt aus, wie ich mich fühle. Sie weiß doch, wie wir uns kennengelernt haben, warum fragt sie? Und was soll das mit den Karteikarten? Erst jetzt fällt mir auf, dass plötzlich jeder eine in der Hand hält.

„Wie langweilig.“ Tonya stöhnt affektiert auf.

Clive wedelt lebhaft mit der Hand. Seine Karte steckt sicher zwischen zwei Fingern. „Du musst das ein bisschen aufpeppen. Denk dir was aus.“

„Wartet, ich hab's“, sagt Shane laut. Keine Karteikarte. „Es war eine Nervenheilanstalt.“

„Was? Wie viel habt ihr eigentlich getrunken?“ Bradley schaut verdutzt in die Runde.

Seine Frage entfacht allgemeines Gelächter.

Ellie liest ihre Karte und ruft: „War das nicht wegen Dionne Warwick?“ Es kommt mir vor wie ein schlecht geprobtes Stück, in dem jeder eine Rolle hat.

„Oh, das bin ich.“ Maggie starrt auf ihre Karte. Sie sucht ihre Textstelle mit dem Finger, findet sie und schreit inbrünstig: „Wer ist Dionne Warwick?“

Jetzt brüllen alle gleichzeitig: „Frevel!“

Ich lache los. Heiliger Bimbam, ich kapiere es. Ich weiß, was das hier soll. Das ganze Restaurant schaut einer nachgestellten Szene aus „Die Hochzeit meines besten Freundes“ zu. Sie sprechen Textstellen aus dem Film. Grottenschlecht, aber es handelt sich um das Probeessen.

Alles ist vergessen, und ich bin sofort mittendrin.

Shane schaut sich um und lächelt breit. „Ich bin sicher, Bradley schaute die hübsche Kensington an, und in dem Moment ... In genau dem Moment ...“ Jetzt sieht er mir direkt in die Augen.

Ich bin wie gebannt, ein sentimentales Lächeln im Gesicht.

„Wusste er, dass er sich verlieben könnte ...“

Der Mann am Klavier fängt an zu spielen, Dionne Warwicks berühmten Song, und alle wenden sich der Musik zu.

Außer mir. Außer Shane.

Die ersten Zeilen werden gesungen, und ich verliere mich in ihnen, verliere mich in diesem Augenblick.

Der ganze Club singt lautstark mit: *„I say a little prayer for you!“*

Ich zucke erschrocken zusammen und lache. Das ist wunderbar.

Eine weitere Strophe folgt, und das ganze Restaurant fällt in den Refrain ein: *„Forever and ever, you stay in my heart ...“*

Bradley wirkt komplett ratlos. Shane strahlt. Ich bin total geplättet. Alle sind eingeweiht. Alle.

„Der Film ist auf der Liste!“, rufe ich Shane zu, die Musik übertönend. Deshalb sind er und Rand heute Abend dabei. Es war alles geplant. Clive wusste Bescheid, jeder wusste Bescheid! Mein Herz schwillt vor Freude. Hier geht es nicht nur darum, für Shanes Werbekonzept eine Emotion wiederzuentdecken. Hier geht es um mich. Es ist das Coolste, was jemals jemand für mich getan hat.

„Forever and ever, you'll stay in my heart – “

„Was zum Teufel geht hier eigentlich ab?”, schreit Bradley lachend, was zu hysterischen Heiterkeitsausbrüchen führt.

„Was? Nein! Nein“, wehre ich ab, als die Kellnerin meine Hand packt. Sie zieht mich zum Klavier. Maggie und Ellie deuten singend auf mich. Der Refrain ist in vollem Schwung. Ich schaue zu meinem Tisch, werfe den Kopf in den Nacken und lache laut los, bis mir die Tränen über die Wangen laufen. Das ist alles zu viel!

Die gesamte After-Work-Truppe, mit Ausnahme von Bradley, schwingt riesige Topflappen in Form von Hummerscheren über ihren Köpfen und singt *„Forever and ever, you stay in my heart …* “

Oh mein Gott, ist das schön.

„Ich schätze, ich muss mir den Film noch mal angucken“, sagt Bradley zum gefühlt hundertsten Mal. Es ist spät, er muss nach Lansing aufbrechen, also macht er seine Runde um den Tisch, dankt allen, dass sie gekommen sind, und schüttelt Hände.

Maggie und Clive haben ihre Mäntel an, und Clive begleicht die Rechnung.

„Ich bin gleich wieder da“, sage ich zu Ellie. „Ich bringe nur schnell Bradley raus.“ Ich nehme seine Hand und gehe mit ihm bis in den Eingangsbereich. Oder vielmehr, ich hüpfe neben ihm her. Ich bin immer noch beschwingt.

„Hattest du Spaß?“ Er bleibt an der Tür stehen und greift auch nach meiner anderen Hand.

„Ja, klar.“ Es war einfach großartig.

„Ich weiß nicht, was zum Teufel da eigentlich abging." Er lacht. „Dieses Ding mit den singenden Hummern. Ich weiß, dass du mich genötigt hast, den Film zu gucken, aber …"

„Ich fand es großartig. Einfach sensationell." Ich strahle über beide Ohren. Das meine ich sowas von ernst.

„Deine Familie plant sicher auch ein nettes Verlobungsessen für uns." Er lässt meine Hand los und streichelt meine Wange.

„Meine Familie verbindet das Ganze mit einer Mini-Baby-Party für Ren, was ich für völlig unnötig halte." Ich schüttele den Kopf. „Und auf gar keinen Fall wird es so cool wie das hier."

Er legt den Kopf in den Nacken. „Mir war nicht klar, dass du derart auf Topflappen stehst und …"

„Oh doch, das tue ich."

Er lacht und zieht mich an sich. „Na, dann werde ich mich zu gegebenen Anlässen wie Weihnachten und Jahrestagen daran erinnern. Du wirst in Topflappen ertrinken." Er beugt sich vor und küsst mich auf die Nase. „Ich wünschte, ich müsste nicht wegfahren. Du brichst auch bald auf, oder?"

„Ja, sicher. Ich bin ja mit Ellie hier."

Er schaut an mir vorbei zum Tisch, und plötzlich sind seine Lippen auf meinen. Als er sich zurückzieht, grinst er mutwillig und versetzt mir einen Klaps auf den Po. „Ich rufe an, wenn ich da bin."

Ohne mich umzudrehen, spüre ich Shanes Blick im Rücken. Ich weiß, dass er mich beobachtet. Und ich weiß, dass Bradley diesen Auftritt seinetwegen hingelegt hat. Aber mehr weiß ich nicht. Die letzten Stunden waren für mich ein Tauziehen zwischen zerbrochener Logik und puren Emotionen.

Bradley dreht sich um und geht. Das war's. Kein sentimentaler Erguss, wie sehr er mich liebt oder wie besonders dieser Abend war. Nein, nur ein *Ich rufe an, wenn ich da bin* und einen Klaps aufs Hinterteil. Immerhin hat er gesagt, er wünschte, dass er nicht fahren müsste.

Als ich an den Tisch zurückkomme, verabschieden sich ein paar weitere Gäste. Die meisten von unserer Gruppe sind bereits weg. Tonya zieht ihren Mantel an. Moment mal, Tonya geht schon? Ich überlege kurz, wer gerade gegangen ist. Ich kenne ihr Spiel. Terry aus dem Verkauf ist verheiratet und nicht ihr Typ. Die Programmierer Rod und Patrick sind schon eine Weile weg, außerdem glaube ich, dass die beiden ein Paar sind, daher ist sie vermutlich nicht ihr Typ.

„Neuer Kerl?", frage ich hoffnungsvoll.

„Nur müde." Sie zieht den Reißverschluss ihrer Jacke zu und hebt ihr Haar aus dem Kragen.

„Ja, schon klar. Glaub nicht, dass mir die neuen Klamotten nicht aufgefallen sind."

Sie rückt den Schulterriemen ihrer Umhängetasche zurecht, schaut an mir vorbei und reckt das Kinn. „Erzählst du mir etwa, was wirklich zwischen dir und unserem Herzbuben da vorn läuft?"

Mein Magen krampft sich schmerzhaft zusammen.

„Siehst du", sagt Tonya, bevor ich antworten kann. „Ich wünsche dir eine gute Nahacht", summt sie und steuert auf die Tür zu. „Ich rufe dich morgen an", ruft sie mir noch über die Schulter zu.

Wie auch immer. Ich schaue mich im Raum um. Ellie sitzt an der Bar und unterhält sich mit Rand Peterson. Alle anderen sind plötzlich weg.

Alle außer Shane.

Er kommt auf mich zu. Ich versuche ruhig zu bleiben, bin aber mehr als verwirrt. Eigentlich hat er nichts gesagt, was mich glauben lässt, er könnte mehr wollen, aber sein Verhalten, all das hier heute Abend …

Shane hebt einen Finger, um anzudeuten, dass ich kurz warten soll, dreht sich auf dem Absatz um und geht zum Klavier. Er spricht kurz mit dem Pianisten, ein paar grüne Scheine wechseln den Besitzer, und dann erklingt das vertraute Intro zu „As Time Goes By".

Im Ernst? Ich lache. „Casablanca". Okay, er ist also noch immer im Kino-Modus. Und er ist lustig. War sie nicht mit jemand anderem verheiratet, und das war ihr und Humphrey Bogarts Lied? Einige Leute fangen an, nach der Melodie zu tanzen. Shane umrundet sie und kommt zu mir.

Ich grinse ihn an. „Du weißt, dass er das Mädchen nicht kriegt?"

„Stimmt. Er nicht."

Mein Herz macht einen Sprung. „Was wird das eigentlich hier?" Meine Stimme ist kaum mehr als ein Wispern.

Er nimmt meine Hand und legt seine andere in mein Kreuz, zieht mich an sich. „Tanzen." Er beugt sich zu mir und flüstert: „Wir tanzen."

Ich drücke ihn weg, sodass ich sein Gesicht sehen kann. „Ich bin nur gekommen, um dir für heute Abend zu danken und … und ich bin verlobt. Und wenn ich ehrlich bin …" Ich runzele die Stirn. Meine Stimme zittert. „Du verkomplizierst die Dinge." Da, ich hab's gesagt.

Um seinen Mund spielt ein spitzbübisches Lächeln. Er lässt seinen Blick über meinen Körper wandern, bevor er mir wieder in die Augen schaut. „Dann hättest du ein anderes Kleid anziehen sollen."

Wow. Dieses Lächeln ist unwiderstehlich. „‚Manhattan Love Story'? Ernsthaft?"

Shane zieht mich wieder an sich. „Kensington, es ist nicht kompliziert. Es ist nur ein Tanz."

Es fühlt sich aber kompliziert an. Wie in „Wenn Liebe so einfach wäre". Darin fängt Meryl Streep eine heimliche Affäre mit ihrem Ex an.

Seine Hand liegt warm in meiner. Er hält mich so eng an sich gedrückt, dass ich die Hitze seines Körpers spüre und seinen Atem an meinem Ohr. Ich kneife ganz fest die Lider zu, um das Schuldgefühl auszusperren. Ja, es ist so kompliziert.

Unwillkürlich schmiege ich mich an ihn. Ich glaube, ich hatte einen Drink zu viel. Der Duft nach Moschus und Sandelholz füllt meine Nase bei jeder Bewegung. Er ist vertraut, tröstlich, aber alles andere als sicher.

„Mochtest du die Filmszene?“ Er umschließt meinen Arm mit seinem und hält ihn sich vor die Brust. Ich bin nun komplett umhüllt, eingewickelt in Shane. Umgeben von Versuchung.

„Hmm, ja, sehr“, murmele ich, immer noch tanzend. Immer noch verloren.

Neben meinem Ohr erklingt ein leises Lachen. „Ich glaube, Bradley hat es nicht gefallen.“

„Ach, er hat es bloß nicht verstanden.“

„Versteht er dich?“

Mir verschlägt es den Atem. Die Gesichtszüge entgleiten mir.

„Ich glaube nämlich, das tut er nicht. Ich glaube, dass er dich überhaupt nicht versteht, Kensington.“

Ich trete einen Schritt zurück, breche den Rhythmus der Musik, die mir plötzlich zu laut vorkommt. Shane hält immer noch meine Hand, sein Arm liegt um meine Taille, aber zwischen uns hat sich plötzlich eine Distanz aufgetan, ein Raum voll alter Verletzungen und neuen Fragen. Zum Beispiel: Geht es dir um dein Werbekonzept oder um mich?

Shane beugt sich vor, mit entschlossener Miene. „Du bist mit Bradley zusammen, weil es nach außen gut aussieht. Weil er bei deinen Freunden gut ankommt und bei deiner allmächtigen Familie.“

Ich entziehe ihm meine Hand. „Du weißt gar nicht …“

„Oh doch. Du hast eine genaue Vorstellung von dem, was du willst, und er passt in dein Konzept, stimmt's? Ich war in genau derselben Situation. So gut wie verheiratet."

Mir klappt die Kinnlade runter. So gut wie verheiratet?

„Aber als ich mal einen Schritt zurückgetreten bin, habe ich erkannt, dass dies nicht wirklich das Leben war, das ich mir wünschte. Sie passte nicht zu mir. Und Bradley passt nicht zu dir. Ich glaube, eigentlich weißt du das auch. Du hast nur zu viel Angst, sie zu enttäuschen oder zu riskieren, irgendetwas in die richtige Richtung zu unternehmen."

„Ist es nicht klar, dass ich Angst habe? War ich schließlich nicht mal diejenige, die enttäuscht wurde?" Ich kann nicht glauben, dass ich das gerade gesagt habe. Ich weiche zurück. In meinem Kopf schrillen die Alarmglocken. Große Ideale und nichts dahinter. Er hat auch mich verlassen. Vielleicht sogar aus demselben Grund? Sein Gesicht verrät, dass er nach den richtigen Worten sucht.

Ich warte nicht, bis er sie gefunden hat. Meine Füße haben sich bereits in Bewegung gesetzt. So sollte das Ganze nicht laufen. Wobei ich nicht mehr weiß, was ich dachte oder denke oder was auch immer.

Ich schlucke Tränen des Frusts runter und schiebe mich durch die Menge zu Ellie und Rand durch. Ellie leert gerade ihr nächstes Glas. Sie kann genauso wenig fahren wie ich. Mist.

„Rand, wären Sie so nett, Ellie und mich nach Hause zu bringen? Jetzt gleich, bitte? Tut mir wirklich leid, aber ich, äh, muss wirklich los." Ich beiße mir auf die Unterlippe. Mehr werde ich nicht sagen.

Rand schaut an mir vorbei, ich nehme an, zu Shane. Dann steht er auf. „Ja, klar. Kein Problem."

Ich schnappe mir meine Tasche und marschiere zur Tür. Ich warte auf niemanden und drehe mich auch nicht um. Ich weiß, dass Shane mir nicht folgt. Eine Szene aus „Die Hochzeit meines besten Freundes“ schießt mir durch den Kopf. Als Julianne hinter Michael her ist, und George am Telefon fragt: „Und wer ist hinter dir her? Keiner, kapierst du? Da hast du deine Antwort.“

Das Problem ist: Ich habe die Frage gar nicht gestellt.

Und bin nicht sicher, ob ich das will.

„Danke, dass du geblieben bist.“ Ich drehe mich unter meiner Bettdecke zu Ellie um. Ich hätte es nicht ertragen, heute Nacht alleine zu sein. Ich habe ihr ein T-Shirt und eine Jogginghose geliehen, aber es selbst kaum geschafft, mich auszuziehen. Noch nicht mal abgeschminkt habe ich mich. Ich bin immer noch ein bisschen beschwipst.

„Kein Ding. Du hast mich davor bewahrt, mit Rand in die Kiste zu gehen.“ Sie zupft an der Decke. „Bei dir ist viel besser.“

Ich lache leise. „Aber du hast ihn schon gern, stimmt's?“

„Ja, er ist lustig. Bringt mich zum Lachen. Und er ist ein ziemlicher Riese. Wie groß, glaubst du, ist er wohl …“

„Guck dir die Füße an!“ Ich lache auf.

„Heiliger Bimbam! Da könnte man ja Angst kriegen.“ Ellie kichert und stützt sich auf einen Ellbogen. „Also, willst du mir erzählen, was passiert ist?“

„Du magst Bradley, oder?“ Ich weiß nicht mal, wohin ich mit der Frage will.

„Sicher. Jeder mag ihn. Er ist ein netter Typ, warum?“

„Shane mag ihn nicht. Er behauptet, Bradley versteht mich nicht, dass er mir einfach nur gut ins Konzept passe, weil meine Familie auf ihn steht …“ Ich kann nicht weiterreden, weil mir die Brust plötzlich ganz eng wird. Meine Kehle brennt vor unterdrückten Tränen.

Ellie setzt sich auf und legt sich ihr Kissen auf den Schoß. „Deine Familie treibt dich zum Wahnsinn. Das weiß jeder.“

Ich rutsche gegen das Kopfende des Betts und ziehe die Knie an.

„Kenz, darf ich dir was sagen, ohne dass du mich aus deinem Bett wirfst?"

Ich umarme meine angewinkelten Beine noch etwas fester. „Solange du nicht vergisst, wie entzückend und talentiert ich bin."

„Ja, klar, das auch." Sie versetzt mir einen Rippenstoß und lächelt mich an. „Sieh mal, Bradley ist klasse. Ich mag ihn, wirklich. Aber wenn du mit Shane zusammen bist, dann bist du anders. Da ist etwas zwischen euch. Das kann sogar *ich* erkennen, und ich hab euch nur ein paarmal zusammen gesehen."

„Aber das ist es ja gerade. Er hat nicht gesagt, dass er mehr von mir will, nur, dass Bradley nicht der Richtige für mich ist. Und er will, dass ich mich auf das Mädchen besinne, das ich früher war, damit ich ihm sein Werbekonzept so entwickeln kann, wie er es sich vorstellt."

Ich hole tief, tief Luft und starre an die Decke. „Und dann haben wir getanzt, und es war wundervoll und schrecklich, und ich könnte sterben, weil es mich so sehr an das erinnert, was wir hatten. Und was ich vielleicht immer noch haben will." Ich schaue Ellie an. „Sogar seine Gründe, warum er damals im College die Sache mit uns vermasselt hat, ergeben rückblickend Sinn. Aber er hat mir erzählt, dass er schon so gut wie verheiratet war. Tja. Offenbar kann er sich immer noch an nichts und niemanden binden. Ich weiß nicht, es ist nur …"

Ellie schiebt sich das Haar aus dem Gesicht und lässt den Oberkörper auf das Kissen in ihrem Schoß fallen. „Was?"

„Ich hatte das Gefühl, das heute Abend, das war wirklich für mich, weißt du." Ich atme geräuschvoll aus und schüttele den Kopf. „Aber bestimmt bin ich nur albern und bringe alles durcheinander."

„Du weißt also, dass es Shane war, der diese Show im Restaurant geplant hat?“ Sie lächelt. „Ich hab die Topflappen organisiert und die E-Mails verschickt, damit es so aussieht, als ob ich dahintersteckte. Aber in Wirklichkeit war er es. Er hat sogar vorher bei Ditty's angerufen, um sicherzustellen, dass die da mitmachen.“

Ellie mustert mich aufmerksam, aber ich sage nichts. Ich muss das erst verdauen. Er hat das also wirklich alles für mich getan.

„Okay, wie wär's, wenn du mir einfach erzählst, was du so an Shane mochtest, als ihr ein Paar wart?“

„Warum?“

„Tu es einfach.“

„Ich weiß nicht.“ Ich atme scharf aus. „Er war mein bester Freund. Er hat meine Kunst geliebt, und damit meine ich: wirklich geliebt.“ Ich setze mich aufrechter hin und umschlinge meine Knie erneut mit den Armen. „Wenn ich mit ihm zusammen war, habe ich mich immer besonders gefühlt. Er hat meine Hand gehalten, auch wenn andere Typen dabei waren. Wenn jemand einen blöden Spruch gemacht hätte, hätte er ihm einfach eine verpasst.“ Ich lache. „Ihn boxen zu sehen war großartig. Er bestand nur aus Adrenalin und Ehrgeiz. Seine Haare lockten sich durch den Schweiß noch mehr. Und dann seine Stimme, die Art, wie er meinen Namen sagt. Und dass er mir wirklich zuhört.“

„Du meinst zugehört hat, dass er dir wirklich zugehört hat.“ Ihre Lippen kräuseln sich leicht nach oben. „Vergangenheit.“

Ich lege mich auf den Rücken und verstecke mich unter der Decke.

Ellie zieht sie so weit runter, dass mein Gesicht wieder frei ist. „Jetzt erzähl mir von Bradley.“

„Bradley, er ist umsichtig, und er denkt praktisch und verantwortungsvoll. Anders als ich eben, ich denke ja nicht immer praktisch.“ Ich ziehe die Arme unter der Decke hervor und lege sie rechts und links neben meinem Körper ab. „Und ja, meine Familie liebt ihn. Was ist dagegen einzuwenden? Ist doch toll, dass sie so auf ihn stehen. Warum auch nicht? Er plaudert mit meinem Dad und Grayson über Politik und Gesundheitsvorsorge. Mom und Ren schmelzen jedes Mal dahin, wenn er ihnen sein Ken-Lächeln schenkt. Es ist geradezu komisch.“

„Aber jetzt hast du nur erzählt, was deine Familie an ihm mag, Kenz.“

„Nein, ich auch.“

Ellie rümpft die Nase, legt sich auf die Seite und schaut mich an. „Dir gefällt vor allem, dass deine Familie ihn mag.“

„Was zum Teufel willst du damit sagen, Ellie?“

„Ich sage nur, dass Bradley wirklich perfekt zu deiner Familie passt.“

„Und?“

„Aber du nicht.“

Ohrenbetäubende Stille.

Ich bin nicht sicher, wo ich überhaupt hinpasse. *Die Klarheit, die mit krankhafter Eifersucht einhergeht, ist erstaunlich.* Ich muss über mich selbst lachen. Das ist ein Filmzitat, ich selbst bin nicht eifersüchtig. Ich bin … immer noch *der Schleim, der auf dem letzten Abschaum schwimmt.*

Ellie schlüpft tiefer unter die Decke und drückt ein Kissen an ihre Seite. „Hey, mach dich nicht verrückt deswegen, okay? Du findest schon raus, was richtig für dich ist.“ Sie klingt schläfrig. „Und morgen gehen wir ins Konzert. Ich verspreche dir, dass du Spaß hast.“ Sie gähnt ausgiebig. „Stell dir nur mal vor, wie großartig du in dem gelben Kleid aussehen wirst.“

In dem Kleid, das Shane mir gekauft hat.

11. Kapitel

Pretty großartig

Ich habe alles bereitgelegt und bin gerade damit fertig, meine Haare zu glätten. Jetzt muss ich nur noch in Kleid und Schuhe schlüpfen, dann bin ich fertig für den Symphonie-Besuch mit Ellie. In knapp einer Stunde müsste sie hier sein, um mich abzuholen. Die Tickets. Ich nehme sie von der Pinnwand in der Küche und stecke sie in meine Handtasche.

Ellie hat heute ihren Yoga-Kurs, daher musste sie mich relativ früh mit meinen Gedanken alleine lassen. Keine sonderlich gute Kombination. Tonya hat sich nicht gemeldet. War wohl nicht anders zu erwarten. Ich habe ihr zwei Nachrichten hinterlassen.

Bei Bradley lande ich immer direkt auf der Mailbox. Wenn er beim Spiel ist, hört er das Klingeln wahrscheinlich nicht. Ich weiß sowieso nicht so genau, was ich ihm sagen soll. Da er mit Kunden unterwegs ist, können wir uns wohl kaum in eine tiefschürfende, lebenswichtige Diskussion stürzen. Würde es denn eine werden? Keine Ahnung. Vielleicht.

Ich muss immer wieder an gestern Abend denken. Wie Shane alle dazu gebracht hat, Text aus „Die Hochzeit meines besten Freundes“ zu zitieren und Szenen nachzustellen. Immer wieder spiele ich das Ganze vor meinem geistigen Auge durch, wie eine Auswahl aus einem DVD-Menü. Es war der perfekte Moment, genau wie im Film, nur war diesmal ich der Star.

Shane hat die ganze Sache für mich organisiert. Bradley findet viel aufregender, was meine Familie geplant hat: einen Tag, den wir mit Ren teilen müssen. Irgendwie finde ich das komisch. Ich meine, interessiert ihn denn gar nicht, was ich will?

Und dann war da dieser Tanz.

Was für ein Tanz! Extrem eng. Und atemberaubend langsam.

Bradley hat mich nicht gefragt, ob ich tanzen will. Es war unsere Verlobungsparty, und er hat mich kein einziges Mal zum Tanzen aufgefordert. Es ist nicht sein Fehler, er tanzt einfach nicht gern, aber trotzdem. Shanes Worte kreisen durch mein Gehirn wie Haie.

Du bist mit Bradley zusammen, weil es dir gut ins Konzept passt.

Er kommt bei deiner allmächtigen Familie gut an.

Du hast nur Angst, sie zu enttäuschen.

Ich schließe die Augen, um mich zu beruhigen. Die Wahrheit ist, dass Shane recht hat, zumindest in einer Sache. Ich habe Angst.

Vor der falschen Entscheidung. Vor Reue. Vor ihm.

Ich setze mich an meinen Computer und öffne Facebook, um mich abzulenken.

Neue Statusmeldung: *Manche Leute brauchen Untertitel.*

Seufzend konzentriere ich mich auf den News Feed. Er wird überflutet von Fotos von Tinas neuem Welpen. Ja, supersüß aus jeder Perspektive. Und Shannon, die ich aus der Highschool kenne, hat schon wieder ein Katzenfoto gepostet. Die aktuelle Samtpfote liegt in den Armen eines barbrüstigen Feuerwehrmanns. Ich like es.

Erstaunlicherweise entdecke ich keine Updates von Ren oder meiner Mom. Keine Links, die auf niedlichen Babykram verweisen, keine Fotos von Fortschritten im Kinderzimmer.

Merkwürdig.

Mein Telefon brummt, und ich greife danach, dankbar für die Ablenkung. Es ist Ellie. Ich schaue auf die Uhr, während ich das Gespräch annehme. Hoffentlich versetzt sie mich nicht.

„Bist du schon unterwegs?“ Ich stehe auf und ziehe vorsichtig mein Kleid vom Bügel.

„Ja und nein. Ist es okay, wenn wir uns direkt vor Ort treffen? Ich muss rasch bei meiner Mom vorbeifahren, um an das Kleid zu kommen, das ich anziehen will. Ich dachte, es wäre hier bei mir.“

„Ich treffe dich in der Lobby, aber nur, weil du mich dafür bezahlst.“

„Was?“

Ich lache. „Das ist aus ‚Pretty Woman‘, wenn er anruft, um ihr mitzuteilen, dass er sie in der Lobby trifft. Dann sagt er: ‚Ich habe dir doch gesagt, du sollst nicht rangehen‘, aber er ruft zurück, und natürlich geht sie ran.“ Ich imitiere den singenden Tonfall, in dem Julia Roberts Richard Gere antwortet, während sie so unnachahmlich mit den Schultern zuckt: „‚Dann hör auf, mich anzurufen‘ … Erinnerst du dich?“

„Äh, nein.“ Ellie lacht.

„Schon gut. Tut mir leid, immer noch im Kino-Modus. Bis gleich.“

Ich sitze in der Circle Theatre Bar vor einem Drink, und weit und breit ist nichts von Ellie zu sehen. Das Theater gibt es schon ewig. Das stilvolle historische Ambiente wird von schimmernden Kristalllüstern beleuchtet. Das Einzige, was noch mehr glitzert, sind die Diamanten, die die Frauen tragen. Mein Mega-Verlobungsring passt da genau ins Bild.

Ich liebe mein Kleid. Es ist nicht exakt das Modell, das Kate Hudson in „Wie werde ich ihn los – in 10 Tagen“ trägt, aber ziemlich nah dran. Dieselbe langgestreckte Linie, dasselbe wie von der Sonne geküsste Gelb.

Wieder schaue ich mich suchend nach Ellie um. Sie müsste eigentlich längst hier sein. Ich bin aufgebrezelt bis unter die Haarwurzeln und wirklich erpicht darauf, mich einen Abend lang im

Drama der orchestralen Musik zu verlieren statt in meinem eigenen. Die Leute fangen bereits an, in den Konzertsaal zu strömen.

Wo zum Teufel bleibt sie?

Mein Handy vibriert. Wenn Ellie mich jetzt versetzt, hänge ich, das schwöre ich, ein lebensgroßes Poster von ihren kopierten Titten auf. Aber es ist nicht Ellie. Ich kenne die Nummer nicht, daher gehe ich nicht ran und steckte das Handy wieder weg. Doch es summt schon wieder, dieselbe Nummer. Vielleicht hat Ellie ja ihr Handy verloren und sich eins geliehen? Vielleicht ist ihr Auto liegen geblieben. Zu viele Vielleichts für meinen Geschmack, daher gehe ich hastig ran, bevor die Mailbox anspringt.

„Hallo?"

„Hi, Kensington."

Mir stockt der Atem. Nicht Ellie.

Es ist Shane.

Ich öffne den Mund, um etwas zu sagen, kriege aber keinen Ton raus.

„Hallo?"

„Woher hast du meine Nummer?" Das ist eine berechtigte Frage. Ich habe sie ihm nie gegeben. Ich habe nur über Facebook mit ihm kommuniziert. Obwohl … Stimmt. Einmal habe ich ihn angerufen.

„Ellie, sie …"

„Du hast mit ihr gesprochen? Ich warte hier auf sie." Ich richte mich auf. „Ist sie okay?" Vielleicht hatte sie einen Unfall? Ist im Krankenhaus?

Shane lacht leise. „Ich fürchte, sie ist anderweitig beschäftigt. Dinner-Date mit Rand. Armes Mädchen."

„Was?" Sie ist nicht tot. Sie versetzt mich.

Ich bringe sie um.

„Ich fürchte, sie schafft es nicht zum Konzert. Aber es wäre natürlich eine Schande, dich allein in der Symphony hängen zu lassen. Wer sollte dich in deinem neuen gelben Kleid bewundern?"

Ich runzele die Stirn. „Ich habe dir nie erzählt, welche Farbe mein Kleid hat.“ Glaube ich zumindest. Ich weiß, dass ich ihm gesagt habe, wann ich es tragen will. Das war schließlich der einzige Grund für unseren Shoppingtag. Aber er hat es nicht gesehen, und ich habe es ihm nicht erzählt. Warum ruft überhaupt er mich an und nicht Ellie?

„Ich wette, du sitzt an der Bar vor einem Drink, den du noch nicht angerührt hast.“

Ich schaue auf mein volles Glas. Mein Magen schlägt einen Salto. Was zum Teufel? Ich sehe mich um, werfe einen vorsichtigen Blick über meine Schulter, versuche, mich dabei nicht zu auffällig zu verhalten.

„Und schon schaust du fragend, suchend. Du hebst den Kopf, witternd wie ein zartes Reh … kann das sein? Ist er hier?“

Heiliger Bimbam. Er zitiert Rupert Everett am Ende von „Die Hochzeit meines besten Freundes“. Er ist hier. Er muss hier sein. Shane meine ich, nicht Everett. Ich stehe auf und recke den Hals, um mich in der Lobby umzusehen.

„Und dann, plötzlich, teilt sich die Menge …“

Ich schaue zur Tür, in die Gesichter der Menschen in Anzügen und Abendkleidern, und dann, oh mein Gott. Mein Blick bleibt an einem Mann in ungefähr zwanzig Meter Entfernung hängen. Er trägt einen dunklen Anzug, hat zerzaustes Haar und ein Telefon am Ohr. Er kommt auf mich zu. Auf seinen Wangen schimmert ein dunkler Bartschatten. Ein übermütiges Grinsen umspielt seine Lippen. Er ist verdammt umwerfend.

„Schneidig, elegant, mit einer Ausstrahlung zum Niederknien.“ Unsere Blicke treffen sich. „Und er kommt auf dich zu, mit den geschmeidigen Bewegungen einer Raubkatze.“

Oh mein Gott. Ich grinse jetzt von einem Ohr zum anderen. Ich kann nicht glauben, dass er wirklich hier ist. In einem Anzug. Schick in Schale. Er bleibt vor mir stehen und schaltet sein Handy aus. Gott, er riecht sogar gut.

Ich suche krampfhaft nach Worten. So viel dazu, mich im Konzert zu verlieren und mein eigenes Drama zu vergessen. Von wegen, ich schwimme geradezu darin.

Seine Krawatte fällt mir ins Auge. Es ist die, die ich ihm gekauft habe. Ich hatte sie gestern bei seinen Sachen im Konferenzraum gelassen, während er in Clives Büro war, und dann vergessen.

„Du kannst jetzt auflegen, Kensington." Sein Lächeln wird sanfter.

Oh. Ich lache und lasse langsam das Handy sinken.

Ich schlucke. Das hier ist ein gefährliches Spiel. Diesmal ist es nicht er, dem ich nicht traue. Ich sollte weglaufen. Mich einfach umdrehen und zusehen, dass ich Land gewinne, aber ich bin wie gelähmt. „Du bist spät dran."

„Du bist hinreißend." Er schüttelt den Kopf, noch immer mit diesem sanften Lächeln im Gesicht.

Die nächste Zeile lautet „Ich verzeihe dir", und das tue ich auch, er hat sich entschuldigt, er hat es erklärt, aber ich bin nicht bereit, die Worte auszusprechen, auch wenn ich damit nur eine Filmszene nachstelle. Ich spüre, wie meine Wangen rot anlaufen. „Es ist nicht exakt das ‚Pretty Woman'-Kleid, ich habe es gegen das aus …"

„Das hier ist besser."

Meine Lippen verziehen sich zu einem Lächeln. „Was machst du hier?"

„Ich arbeite die Liste ab. Nummer zwei. ‚Pretty Woman'".

Ich lege den Kopf schräg. „Den Film hatten wir aber schon …"

„Die Gelegenheit hat sich praktisch aufgedrängt." Er zuckt mit den Schultern. „Und ich glaube, irgendetwas fehlt noch."

Ich werd verrückt. Das war ein Zitat. *Irgendetwas fehlt noch.* Gesagt, bevor Edward und Vivian das Hotel verlassen, um in die Oper zu gehen. Ich verlagere mein Gewicht von einem Bein auf das andere, und der Schock, Shane hier zu sehen, weicht vorfreudiger Erregung. Ich weiß, wie die Szene weitergeht.

Er zieht hinter seinem Rücken eine rechteckige Schmuckschachtel hervor. Mein Blick hängt wie gebannt an der blauen Box und wandert dann zu ihm. Ich kann mein Lächeln nicht unterdrücken. Mir ist ganz schwindelig vor Aufregung. Das ist alles zu viel.

Shanes braune Augen strahlen. Er nickt mir auffordernd zu. In einer Hand hält er die Schachtel, mit der anderen wird er sie gleich öffnen. „Gerat nicht gleich aus dem Häuschen. Das hier ist keine Viertelmillion wert wie im Film."

Aber ich bin völlig aus dem Häuschen. Ich beuge mich neugierig vor, eine Hand übers Schlüsselbein gelegt, als er langsam den Deckel aufklappt. Es ist … es ist … oh mein Gott. Ich lache. „Eine Bonbon-Kette?" Von der Sorte, bei der kleine bunte Zuckerscheiben auf ein dehnbares Band gefädelt werden.

„Was zu knabbern fürs Konzert." Er lächelt schief, seine Nase kräuselt sich. „Einen Vierteldollar wert. Und nicht geliehen. Wir dürfen sie behalten."

Er hat mich total drangekriegt. „Das Ding werde ich nicht tragen", erkläre ich bestimmt. Ich kann nicht aufhören zu grinsen. Mir tun schon die Wangen weh.

„Du musst sie wenigstens mal rausnehmen."

Ich weiß, dass er die Schachtel zuschnappen lassen will, sobald ich die Finger drin habe, genauso wie Richard Gere im Film. Und ich kann's kaum erwarten.

Ich schaue auf und sehe, dass ein hochelegantes älteres Paar interessiert stehen geblieben ist. Die Frau nickt mir aufmunternd zu und lächelt begeistert. Ich strecke langsam die Hand aus, bis meine Fingerspitzen beinahe in der Schachtel sind. Dann verenge ich meine Augen, sehe Shane kurz ins Gesicht und greife bedächtig …

Schnapp!

Ich zucke zusammen. Die Frau lacht laut auf und erntet dafür neugierige Blicke von anderen Besuchern. Ich lächele erst ihr zu, dann ihrem Begleiter. Sie nimmt den Arm ihres Mannes und schenkt mir zum Abschied noch ein Lächeln, bevor die beiden sich dem Konzertsaal zuwenden. Das ist ziemlich großartig.

„Falls ich nachher vergesse, es dir zu sagen …“ Meine Stimme bricht an einer plötzlichen Gefühlsaufwallung, wie die von Vivian im Fahrstuhl, und in meinen Wimpern hängen Tränen. „Ich hab heute viel Spaß gehabt.“

„Würdest du lieber wieder reingehen?“, fragt Shane. Wir schlendern am Kanal entlang. Das Konzert haben wir in der Pause verlassen und spazieren nun gemächlich durch die von Menschenhand geschaffenen Wasserstraßen der Innenstadt von Indianapolis.

„Nein, hier ist es schön.“ Ich werfe einen Seitenblick auf Shane, der ein bisschen verfroren wirkt, da er mir seinen Mantel überlassen hat.

Wir sind an der einen Seite des Kanals heruntergelaufen, haben ihn gequert und sind auf der anderen Seite zurückgegangen, bis wir beinahe wieder an unserem Ausgangspunkt angelangt sind. Während unseres Rundgangs habe ich Shane mit sämtlichen Trivia überschüttet, die ich über „Pretty Woman“ weiß. Zum Beispiel, dass Richard Gere die Schmuckschachtel ganz spontan zuschnappen ließ, die Szene stand nicht im Drehbuch. Und Julias berüchtigter Lachausbruch war so bezaubernd, dass der improvisierte Moment drinblieb. Er war ein Stück Realität. Ein Kinomoment, der gleichzeitig bleibend und echt ist. Besser geht's nicht.

Shane beißt in eine der Scheiben meiner Bonbon-Halskette, um sie von dem elastischen Band zu befreien. Er schaut mich an. Wir schweigen beide seit ein paar Minuten. Ich drehe mein Handgelenk hin und her, um die Anhänger meines Armbands in beruhigendem Rhythmus über meine Haut streichen zu lassen.

Eine kleine Stimme in meinem Inneren flüstert finstere Warnungen. Ich treibe die Dinge zu weit. So weit, dass es vielleicht kein Zurück mehr gibt. Aber im Augenblick bin ich nicht die Kenzi, die sich darum schert, was ihre innere Stimme zu bedenken gibt. Im Augenblick bin ich nicht mal verlobt. Ich bin Anfang zwanzig und verliebt in einen Film.

Und das ist auch echt, irgendwie.

„Er wird dich nicht glücklich machen, Kensington."

Denkt er darüber gerade nach? Ich schiebe mir die Haare aus dem Gesicht und wende den Blick ab, auf den Strom der Menschen, die gerade aus dem Theater kommen. Das Konzert ist offenbar zu Ende. Die Leute vom Parkservice sind schwer damit beschäftigt, die Autos der Besucher vorzufahren. Taxis stehen in langer Schlange bereit. Ich sollte nach Hause gehen. Aber ich bin nicht dazu bereit, das hier enden zu lassen.

Ich war auch beim ersten Mal nicht bereit dazu.

Wir haben den Streit von meiner Verlobungsparty nicht erwähnt. Ich bin nicht sicher, ob man es überhaupt Streit nennen kann. Ich habe aber über das nachgedacht, was er gesagt hat, und bin besser darauf vorbereitet, ihm zu antworten.

Meine Stimme ist ruhig und fest. „Du kannst nicht nach einer gefühlten Ewigkeit hier einfliegen und … verkünden, dass mein Leben nicht gut genug ist, Shane." Ich bleibe stehen und schaue ihn an. „Nur, weil du ein rastloser Junge bist und dich nicht festlegen willst, hast du nicht das Recht, die zu verurteilen, die das tut."

„Ich bin kein Junge." Shane senkt die Stimme. „Und ich bin auch nicht rastlos."

Ich gehe weiter, nicht sicher, was ich sagen soll.

Shane sieht mich an. „Wie kommst du darauf, dass ich mich nicht festlegen will? Ich bin durchaus dazu bereit. Der Unterschied ist nur, dass ich dabei keine Kompromisse machen möchte."

Ich halte seinem Blick stand, aber nur kurz. „Ich bin neunundzwanzig, fast dreißig Jahre alt, und jemand, den meine Familie zufällig sehr schätzt und den ich liebe, der mich niemals belogen und niemals verlassen hat, will mich heiraten. Und ich will eine eigene Familie haben." Ich schaue über das Wasser und sage leise, beinahe so, als ob die Frage sich an mich selbst richtet: „Worauf genau sollte ich also warten?" Ich schlucke schwer. Ich kann nicht glauben, dass ich das gefragt habe.

Shane überholt mich, dreht sich zu mir um und hält mich mit beiden Händen auf. Der intensive Blick seiner warmen kupferfarbenen Augen bohrt sich förmlich in mein Gesicht. „Auf mich. Du solltest auf mich warten."

Bei seinen Worten bleibt mir fast das Herz stehen. Hier ist jedes Missverständnis ausgeschlossen. Ich kann nicht atmen.

Shane schiebt mir eine Haarsträhne von der Wange und hebt mein Kinn an. Er ist nur Zentimeter von mir entfernt. Ich bewege mich nicht. Ich werde mich auf keinen Fall bewegen. Er beugt sich zu mir. Noch immer sieht er mich unverwandt an.

Ich spüre, wie meine Lippen sich erwartungsvoll teilen. Und dann spüre ich ihn. Shanes Lippen. Auf meinen. So leicht, die Berührung ist wie ein Flüstern. Er küsst mich mit bewusster Vorsicht. Sanft. Langsam. Berauschend.

Ich taumele. Mein Herzschlag dröhnt mir in den Ohren. Meine Hände pressen sich an seine Brust, die Finger gespreizt, um ihn wegzuschieben, aber … Ich schiebe ihn nicht weg. Seine Hände durchwühlen mein Haar und ziehen mich näher, sein Kuss wird hungriger. Seine Bartstoppeln kratzen über meine Haut. Sein Geschmack ist gleichzeitig vertraut und neu. Ein herbsüßer Tanz auf meiner Zunge. Oh mein Gott. Ich will … Ich … reiße mich los.

Ich muss gehen.

12. Kapitel

Kenzi Shaw: Am Rande des Wahnsinns

„All by Myself" braucht gar nicht aus den Lautsprechern zu dröhnen, ich summe es vor mich hin. Eine leere Chipstüte und eine fast leere Flasche Wein liegen neben mir auf der Couch. Anders als beim Auftakt von „Bridget Jones – Schokolade zum Frühstück" habe ich Sprachnachrichten, sechs an der Zahl. Drei von Ellie, zwei von Shane und eine von Bradley. Ich will mir keine davon anhören.

Ich habe mein umwerfendes gelbes Kleid abgelegt und bin in mein bequemes pinkfarbenes Set von Victoria's Secret geschlüpft. Besonders sündig ist es nicht: Jogginghose plus Kapuzenshirt. Die Kapuze habe ich auf, die Bänder so straff zugezogen, dass nur eine kleine Öffnung bleibt, durch die ich rausgucken und Wein reinkippen kann. Ich fühle mich hier drin besser als da draußen, keine Ahnung warum. Aber ich habe die feste Absicht, eine Zeit lang in diesem Zustand zu verweilen. Mein Telefon klingelt schon wieder. Ich frage mich, warum die arme Bridget keinen einzigen Anruf bekam.

„Ich würde dich anrufen, Bridget."

Ich leere mein Glas und gehe zum Kühlschrank, in der Gewissheit, dass Bradley meinen Weinvorrat aufgestockt hat. Das ist noch so ein Beispiel dafür, wie nett er ist. Das schlechte Gewissen packt mich bei der Kehle und würgt mich.

Shane hat mich geküsst.

Und ich habe ihn nicht direkt daran gehindert. Warum bloß nicht? *Auf mich. Du solltest auf mich warten.*

Ich öffne die nächste Flasche, schenke mir ein Glas ein und nehme mein Handy in die Hand. Der einzige Mensch, dessen Anruf ich erwarte, hat sich nicht die Mühe gemacht, sich zu melden. Daher rufe ich jetzt Tonya an. Klingt doch vernünftig.

Die Mailbox grüßt mich. Bla, bla, bla, hinterlassen Sie eine Nachricht. Ich wusste, dass sie nicht rangeht. „Hey, Tonzy. Ich bin's, wollten wir nicht heute reden? Warum rufst du nicht mal zurück?"

Ich stoße mich von der Wand ab, das Telefon irgendwo in meine Kapuze geklemmt, und schlittere auf meinen flauschigen Socken über den Boden. Mit jedem Wort werde ich schneller. „Weißt du was? Ein Becher Kaffee ist keine Entschuldigung." Ich drehe mich um und schlittere in die entgegengesetzte Richtung, gleite wie auf Kufen, einen Arm ausgestreckt, um das Gleichgewicht zu halten. „Im Ernst, wie konntest du mir das bloß antun? Und nicht mal sagen, dass es dir leidtut. *Du* hast mit meinem Freund rumgemacht, mich angelogen und uns praktisch auseinandergebracht."

Ich schüttele den Kopf und blinzele die Tränen weg, während ich zum imaginären Soundtrack von „All by Myself" mit ein paar trunkenen Kurven ins Wohnzimmer zurückschlittere. Gott sei Dank bin ich gerade tatsächlich all by myself, also komplett allein. Ich kann mir nämlich ziemlich lebhaft ausmalen, wie ich auf einen außenstehenden Beobachter wirken würde. „Daher meine ich, dass ich zumindest eine echte Entschuldigung verdiene, findest du nicht? Auch wenn ich sie nicht annehmen werde."

Ich umrunde den Kaffeetisch und speie dabei jeden noch so zufälligen Gedanken aus, der mir durchs Hirn schießt. Inzwischen rollen mir die Tränen ungebremst über die Wangen. Ich weiß, dass der das Ende meiner Redezeit signalisierende Piepton längst erklungen ist, aber ich fasele trotzdem weiter, fahre dabei verrückte Achter, plappere ins Telefon, nur unterbrochen von hastigen Schlucken aus dem Weinglas.

Die Wenn-dochs ploppen in meinem Kopf auf wie Maiskörner in der Popcornmaschine. Wenn ich doch an jenem Abend nicht so früh von der Party nach Hause gegangen wäre. Wenn doch Tonya nicht dort gewesen wäre. Wenn sie Shane nicht geküsst hätte.

Ich bleibe stehen.

Wenn ich doch bloß Shanes Kuss nicht erwidert hätte.

Ich senke die Hände, mein Handy rutscht mir aus den Fingerspitzen. Schmerz und Schuld pressen mir das Herz ab. Mit zittrigen Beinen krieche ich zu meinem Handy, das auf den Boden gefallen ist. Ich schalte es aus und lasse den Gedanken sacken. Tonya hat Shane geküsst und mir erzählt, er würde mich betrügen. Daraufhin habe ich mich von ihm getrennt. Er hat mir nie erzählt, dass es nur ein einfacher Kuss war, mit ihr. Und auch sie hat nie wieder ein Wort darüber verloren.

Ich habe Shane heute Abend zurückgeküsst. Meine Augen weiten sich. Ich bin keinen Deut besser als er oder Tonya. War es nicht nur ein Kuss? Werde ich es Bradley erzählen? Werde ich Schluss mit ihm machen? Heiße Tränen rinnen über meine Wangen.

Oh mein Gott, was soll ich bloß tun?

Plötzlich klopft es an der Tür. Es ist schon nach Mitternacht. Shane weiß nicht, wo ich wohne. Bradley kommt erst Montagabend wieder, also heute Abend.

Es klopft noch einmal.

Geh weg. Ich will *all by myself* sein.

Doch das Klopfen hört nicht mehr auf. „Kenz? Mach auf.“

Irgendwie schaffe ich es bis zur Tür. Ich spähe durch meine Kapuzenöffnung in den Spion und erkenne Ellies Gesicht.

„Ellie?“ Ich bin tatsächlich froh, sie zu sehen.

„Kenzi, bist du okay? Ich habe versucht, dich zu erreichen. Lass mich rein.“ Sie klopft wieder.

„Sie ist da.“

Moment, wer ist bei ihr? Ich drehe verzweifelt den Kopf, um einen besseren Blick auf den Hausflur zu erhaschen. „Wer ist bei dir?“ Ich höre sie reden, aber alles, was ich sehe, ist eine verzerrte Ellie, die in ihr Handy spricht. Sie hat gigantische Fischlippen.

„Ich bin mit Rand da. Shane sagte, dass du weggelaufen bist. Machst du bitte auf?“

„Du bist mit Rand Peterson da?“ Es gefällt mir, seinen Namen auszusprechen. „Rand Peterson?“

Das erinnert mich an die Stelle in „Wedding Planner – Verliebt, verlobt, verplant“, als Jennifer Lopez zu betrunken ist, um in ihr Apartment zu kommen. Sie liest die Namen auf den Klingelschildern und drückt auf alle Knöpfe.

„Rand Peterson? Kennen Sie Nancy Pong? Wenn Sie jemals Zucker borgen müssen, kann ich Ihnen nicht helfen, weil Sie mich nicht kennen.“ Ha! Ich kreiere meinen eigenen Filmmoment. Ich brauche seine dämliche Liste nicht.

„Kenz, lass uns rein. Shane möchte wissen, ob er vorbeikommen kann und ob du okay bist.“

Oh, zum Teufel, nein. „Ist er das am Telefon? Sag ihm … Sag ihm …“ Ich verrenke mir das Hirn nach der Zeile in „Wedding Planner“, als Matthews Figur zurückkommt und an ihre Tür hämmert. Ich spreize die Beine zum Schlappen-Spagat und halte mich am Türknauf fest, um nicht das Gleichgewicht zu verlieren. Ellie und Rand brabbeln irgendwas, aber es kommt nur gedämpft an.

„Oh! Sag ihm, es ist ganz einfach. Ich liebe Bradley, und er liebt mich. Und mehr brauche ich nicht zu wissen, abgesehen von Shanes Smoking-Größe. Bitte …“ Geh weg.

Aber ich will gar nicht, dass er verschwindet. Und ich will auch nicht seine Smoking-Größe wissen.

„Kenz, wovon zum Teufel redest du?“ Noch mehr hektisches Klopfen. „Er will einfach nur herkommen. Darf ich ihm die Adresse geben? Bitte?“

„Nein. Nicht!“ Ich lasse mich zu Boden gleiten und lande mit einem beeindruckenden Rumms. „Mir geht es gut. Ich bin wunderbar betrunken und am ganzen Körper betäubt.“ Zum Glück, denn das hat garantiert wehgetan.

Es braucht noch mindestens drei weitere „Ja, ich bin wirklich okay“-Beteuerungen und das Versprechen, sie am nächsten Morgen anzurufen, bevor die beiden sich endlich verziehen.

Ein paar Minuten später rappele ich mich hoch und suche in meiner DVD-Sammlung nach „Bridget Jones – Schokolade zum Frühstück“. Ich werde fündig, lege die Scheibe in den Player und rolle mich auf dem Sofa zusammen. Mein Gesicht ist nassgeweint, mein Kopf dreht sich nach zu viel Wein, und meine Welt ist aus den Fugen.

Vor meinem inneren Auge sehe ich meine künftige Tochter mit ihren blonden Locken. Sie schwingt ein Schild, auf dem steht, dass sie mich feuert. Ich wische mir über die Augen und singe leise den Auftakt-Soundtrack mit, ändere den Text aber zu „I'm gonna be all by myself“, ich werde immer allein bleiben. Mist, ich werde immer allein bleiben.

„Ich würde dich trotzdem anrufen, Bridge.“

Sowohl Shane als auch Bradley haben mich heute Morgen angerufen. Und meine Mom. Ich habe die Nachrichten immer noch nicht abgehört, aber ich rufe Ellie an. Schließlich ist sie extra den ganzen Weg hergefahren, um sich zu vergewissern, dass es mir gut geht. Und ich wusste nicht mal, dass sie Rand Peterson wirklich ernsthaft mag. Plötzlich wird mir klar, dass ich mich in letzter Zeit dermaßen intensiv auf mich fixiert habe, dass ich mir kaum Interesse für ihr Leben abringen konnte.

Ich wähle ihre Nummer. Während ich warte, reibe ich über meine Hüfte, auf der sich nach meinen betrunkenen Eiskunstlauf-Einlagen von letzter Nacht ein helllila Bluterguss gebildet hat. Kopfschmerzen habe ich erstaunlicherweise nicht. Vielleicht ist Wein ja die beste Medizin.

Nach dem vierten Klingeln geht sie ran. „Kenzi?“ Sie flüstert.

„Hi Ellie. Tut mir leid.“

„Bist du okay?“ Ich höre, wie sie durch ihre Wohnung läuft. „Shane hat auch schon angerufen, er wollte wissen, ob du dich gemeldet hast.“

„Warum flüsterst du?“, flüstere ich.

„Was?“

„Ellie, warum flüsterst du?“

„Rand ist hier.“

„Was? Rand Peterson!“, brülle ich ins Telefon.

„Psst.“

„Er hat bei dir übernachtet?“, flüstere ich. „Ihr beide? Echt jetzt?“

„Ich weiß. Es ist halt … Ich mag ihn, Kenz.“ Ich kann das Lächeln in ihrer Stimme hören.

„Und, ist irgendwas dran an der Schuhgrößen-Theorie?“

Sie kichert. „Ich kann dazu jetzt nichts sagen.“ Im Hintergrund sind Geräusche zu hören. „Aber du solltest dich wirklich bei Shane melden. Okay? Ruf ihn an, und gib mir später noch mal Bescheid. Ich will wissen, was passiert ist.“

Das wüsste ich auch gern.

„Okay. Bis später, Ellie-Bell.“ Ich beende das Gespräch. Auf keinen Fall werde ich Shane anrufen. In meiner Brust breitet sich ein dumpfer Schmerz aus. Ich wüsste nicht mal, was ich ihm sagen sollte.

Ich beschließe, mir wenigstens meine Nachrichten anzuhören und wähle die Mailbox an. Als Erstes erklingt Ellies Stimme.

„Kenzi, Shane hat gerade angerufen und will wissen, ob wir miteinander gesprochen haben. Wo bist du? Was zum Teufel ist passiert? Ruf mich an.“

Die nächste Nachricht ist ebenfalls von ihr.

„Kenzi, geh ran! Ich mache mir langsam Sorgen. Wenn du nicht bald zurückrufst, komme ich zu dir rüber."

Hmm, das hätte ich also verhindern können. Löschen und weiter.

„Kensington."

Beim Klang von Shanes Stimme setzt mein Herz einen Schlag aus. Völlig erstarrt blicke ich mit geweiteten Augen aufs Handy.

„Ich wollte nicht … kannst du mich anrufen? Bitte?"

Ich drücke 9 für Sichern. Keine Ahnung, warum.

„Hi, Schatz." Bradley klingt heiser, als ob er eine Erkältung ausbrütet oder so. „Ich wollte mich nur vergewissern, dass du gut vom Konzert nach Hause gekommen bist. Ruf mich an oder schick mir eine Nachricht, wenn du da bist. Komisch, ist das Konzert nicht längst zu Ende? Ich bleibe auf, bis du anrufst." Er klingt besorgt.

Während ich die Nachricht lösche und auf die nächste warte, bildet sich ein Kloß in meiner Kehle. Bevor der Anrufer spricht, hört man nichts als eine längere Pause. Ich weiß, dass es Shane ist.

„… Ich würde vorbeikommen. Kensington, bitte ruf mich an."

Ich drücke auf Sichern.

„Hallo, Schatz." Wieder Bradley. „Ellie sagte, du seist gestern Abend früher nach Hause gegangen, weil es dir nicht so gut ging. Hoffentlich nichts Ernstes. Ich bin morgen Abend wieder in der Stadt und melde mich dann. Ich liebe dich."

Er liebt mich. Und jetzt lügt Ellie auch noch, um meine Lügen zu decken.

Oh Gott, ich hasse mich.

Ich lösche Bradleys zweite Nachricht. Dafür, dass Ellie die ganze Zeit für mich Telefonistin gespielt hat, schulde ich ihr einen fetten Gefallen. Aber was sage ich bloß Bradley? Wenn ich ihm verschweige, was vorgefallen ist, bin ich nicht besser als

Shane oder Tonya. Aber wenn ich es ihm erzähle, dann ist der Kunde so gut wie verloren. Bradley bringt Shane um. Und ich bin ziemlich sicher meinen Job los. Vielleicht löst er sogar die Verlobung.

Ich reibe und knete meinen Hinterkopf, um die Verspannung zu lösen, und warte auf die nächste Nachricht.

„Hi, Kensington. Ich bin's, deine Mom."

Ja, Mom, ich weiß, wer du bist. Aber wenigstens hast du nicht auch noch Ellie angerufen.

„Was hältst du von den Einladungen? Sie sind wundervoll, nicht wahr? Wir haben schon viele Zusagen bekommen. Alle sind außer sich vor Freude."

Die Einladungen. Ich habe seit Tagen den Briefkasten nicht geleert. Wie soll ich es meiner Familie beibringen, wenn die Hochzeit abgesagt wird? Meine Brust schmerzt schon, wenn ich nur daran denke, dass ich an dem Tag, der dazu bestimmt war, mein ganz besonderer Tag zu werden, einsam und alleine dasitzen könnte.

„Könntest du bitte früher kommen, um bei den Vorbereitungen zu helfen? Oh, und Ren erwähnte, dass sie dir einen Termin bei dieser sehr exklusiven Hochzeitsplanerin beschafft hat, mit der sie befreundet ist. Dafür solltest du ihr wirklich dankbar sein, sie musste einige Fäden ziehen, um das zu bewerkstelligen. Okay, ich muss jetzt los, ich habe eine Verabredung zum Mittagessen."

Löschen. Löschen und nochmals löschen. Ja, sie ist weg.

Ich wünschte, ich wäre auch weg. Ich setze mir wieder die Kapuze meines Sweatshirts auf und ziehe die Bänder stramm.

Er hat mich geküsst.

Okay, er hat mich also geküsst. Ich habe ihn zurückgeküsst und dann damit aufgehört. Aber ich wollte nicht aufhören. Ich ziehe die Bänder noch strammer, bis meine lügnerische Pinocchio-Nase das Einzige ist, was von meinem Gesicht noch zu sehen ist. Ich werde jetzt vernünftig und logisch und ehrlich argumentieren. Ich kann ehrlich sein. Schließlich ist niemand hier außer mir.

Ich höre wieder Shanes Worte. „Er wird dich nicht glücklich machen, Kensington." Aber was weiß Shane schon? Bradley hat mich nie belogen. Bradley hat mich nicht verlassen. Er ist hier. In Reichweite. Und er will eine Familie gründen.

Ich schließe die Augen und stelle mir mein Leben mit Bradley vor. Wir würden ein wirklich nettes Haus haben, da bin ich mir sicher. Wir würden sofort versuchen, schwanger zu werden. Er würde ein Kindermädchen anheuern, aber ich würde vielleicht trotzdem lieber zu Hause bleiben, um mich ums Baby zu kümmern. Das wäre ihm ebenso recht. Ich hätte alles, was meine Familie für mich erwartet.

Und was ist mit meinen Träumen? Damit, so verliebt zu sein wie im Film? Ist Bradley mein edler Retter, den ich im Gegenzug ebenfalls rette?

Sei ehrlich.

Bradley liebt mich. Wir haben eine stabile und sichere Beziehung … aber wo sind die Funken? Ich bin sicher, dass ich mit ihm Ellies Schmetterlingstest bestehen würde.

Keine Schmetterlinge. Dieser Film ist ein Flop.

Und was ist mit Shane? Da sprühen Funken, jede Menge. Aber gibt es auch Substanz? Hat er sich seit dem College wirklich grundlegend geändert oder bin ich nur das romantische Zielobjekt für den Moment? Schafft er es, Dinge bis zum Ende durchzuziehen?

Ich ziehe die Kordeln der Kapuze noch enger. Wie soll ich morgen bloß allen in die Augen schauen? Und dann ist da auch noch Ren! Wir treffen uns gleich früh morgens bei der Hochzeitsplanerin.

Sollte es überhaupt eine Hochzeit geben?

13. Kapitel

Dangerous Dancing

„Bei der nächsten Möglichkeit wenden. Bei der nächsten Möglichkeit wenden.“ Die Navi-Stimme klingt tatsächlich genervt. Ich verpasse ständig die richtige Abfahrt. Aber es ist keine Absicht.

„Bei der nächsten Möglichkeit …“

„Oh, du lieber Himmel. Ich wende ja!“, brülle ich. Dieses dämliche Hochzeitsplaner-Atelier braucht dringend ein besseres Schild. Es ist Montag, und ich bin Bradley inzwischen richtig dankbar, dass er diesen Termin in die Wege geleitet hat, denn das gibt mir einen legitimen Vorwand, mir den Tag freizunehmen. Ich brauche dringend einen freien Tag.

Mir ist ein bisschen schlecht. Wie soll ich es bloß schaffen, mich vor Ren zusammenzunehmen? Oh, da ist es ja.

„In einhundert …“

„Halt endlich die Klappe.“ Ich drücke auf „Ziel erreicht“. Mein Plan, das hier durchzustehen, ist simpel: hingehen, da ich es nun mal versprochen habe, und einfach nichts sagen. Ren bleibt ohnehin nicht lange, also muss meine Fassade nur eine kleine Weile halten.

Eine Welle des Bedauerns erfasst mich. Das hier sollte eigentlich ein weiterer großer Moment sein, aufregend und lustig. Und auch der ist nun verdorben. Und diesmal ist es einzig und allein meine Schuld.

Egal, das Ganze sollte nicht länger als eine Stunde dauern, höchstens.

Ich trete durch die Tür des Hochzeitshauses – in eine Art Paralleluniversum. Aus den Lautsprechern rieselt „I Honestly Love You", und überall prangen Blütenmuster in Pink und Weiß. Es sieht aus, als wäre ein Shabby-Chic-Monster eingedrungen und hätte sich erbrochen.

Ich bin im Märchenland von Oz gelandet und habe es irgendwie geschafft, den großen und mächtigen Zauberer zu verärgern.

Ich unterdrücke ein Lachen. Rote Schuhe. Wie bei Aschenputtel: Es läuft immer wieder auf die Schuhe hinaus.

„Sie müssen die künftige Mrs. Bradley Connors sein!", ruft eine verrückte Frau in Rüschen, als ich mich dem Empfangstresen nähere. „Ist der Bräutigam noch unterwegs?", fragt sie in singendem Tonfall und kräuselt die Nase.

Mir wird das Herz schwer. Ich bin nicht sicher, ob es noch einen Bräutigam geben wird, nachdem ich mit ihm gesprochen habe. „Äh, nein. Aber meine Schwägerin wird gleich hier sein."

Ihr Lächeln verblasst, als hätte ich etwas Anrüchiges gesagt. „Oh, na gut, kein Bräutigam. Okay, setzen Sie sich. Ich sage Bethany Bescheid, dass Sie Single mit familiärer Unterstützung sind. Das andere Paar ist schon da."

Das andere Paar? Handelt es sich etwa um einen Doppel-Termin? Natürlich, was sonst. Ich lächele halbherzig und schaue der entschwindenden Rüschendame hinterher.

Eine halbe Stunde. Höchstens.

Die Tür öffnet sich scheppernd. Ren ist da.

Mir fällt sofort auf, wie blass sie ist. Ihre Augen sind geschwollen. „Hi. Geht es dir gut?"

„Natürlich nicht." Sie lässt sich in einen Sessel fallen und atmet geräuschvoll aus. „Ich bin schwanger. Wenn mir nicht schlecht ist, habe ich Hunger, und Grayson versteht gar nichts." Sie stellt ihre Handtasche auf ihrem Schoß ab und lehnt sich zurück. „Wer auch immer behauptet hat, dass das Spaß macht, war definitiv niemals schwanger. Es ist grässlich."

Mein Magen zieht sich schmerzhaft zusammen. Sie jammert über ihre Schwangerschaft, und meine Hochzeit platzt vielleicht, was zur Folge hätte, dass ich weiter denn je davon entfernt bin, ihre Erfahrung zu teilen. Sie kriegt am Ende der ganzen Quälerei wenigstens ein Baby. Und was kriege ich?

Vielleicht genau das, was ich verdiene.

Mein Handy klingelt. Ich nehme noch immer nicht jeden Anruf an, aber es ist Ellie, also gehe ich ran. „Hallo."

„Kenz." Sie klingt erschöpft. „Ich habe versucht ..."

Die Musik schwillt plötzlich an, und die Doppeltüren hinter dem Empfangstisch öffnen sich mit dramatischem Schwung. Eine zierliche blonde Sexbombe stürmt in den Raum.

„Ich bin Bethany Chesawit, Hochzeitsplanerin." Ihre Stimme klingt wie unter Helium, und ihr Lächeln ist blendend weiß. Ihr puderblauer Pullover enthüllt viel zu viel Haut, dazu trägt sie ein winziges Flatterröckchen und zehn Zentimeter hohe Absätze. „Oh, Ren, ich wusste nicht, dass du schon da bist." Sie umarmt sie und küsst die Luft über Rens Wangen.

Dann dreht sie sich zu mir um und streckt erwartungsvoll die Hand aus.

„Kenzi?" Ellies Stimme holt mich zurück in mein Telefonat.

„Äh, Ellie? Ellie. Ich rufe dich gleich zurück." Ich beende das Gespräch und greife nach Bethanys Hand, um sie zu schütteln, aber sie hält sie in einem komischen Winkel irgendwie nach schräg unten wie eine königliche Hoheit, der ein Handkuss zusteht. Ich packe ihre Fingerspitzen und wackele ein bisschen damit.

Ich bin im Hochzeitsland und habe gerade die Hochzeitsfee getroffen.

Eine Viertelstunde. Höchstens.

Wir folgen ihr durch die Doppeltüren ins „Königreich Immer-und-ewig". Das denke ich mir jetzt nicht aus. Über der Tür steht wirklich: „Königreich Immer-und-ewig". Mit Schablone gemalt, und die Buchstaben sind mit Herzen und Blumen verziert. Ich hasse Ren dafür, dass sie diesen Termin organisiert hat. Wirklich-und-wahrhaftig.

„Nun, wir haben einen ganzen Tag eingeplant. Wir müssen die Musik aussuchen, die Blumen, und Ihre Farben“, quiekt Bethany, während sie uns durch einen pink- und silberfarben gestreiften Flur führt. „Dieser Raum hier ist unser Hauptquartier.“

Sie zieht einen Stuhl für mich unter dem Tisch hervor und holt ein Buch aus dem Regal. „Bevor wir anfangen können, brauchen wir ein Leitmotiv.“ Sie lässt ihr viel zu helles Lächeln aufblitzen und kräuselt die Nase auf dieselbe Weise wie ihre berüschte Empfangsdame. „Unser anderes Paar hat bereits angefangen. Ich schaue eben kurz nach den beiden und bin gleich wieder da.“

Ren hat das Buch schon aufgeschlagen und blättert schnell durch die Seiten mit den Hochzeiten, die von der Planerin gestaltet wurden. „Also, was sind eure Farben?“

„Äh, wir haben uns noch nicht entschieden.“

Sie runzelt die Stirn „Ihr kennt eure Farben nicht? Das ist das Erste, was feststehen muss.“ Rens Farbe ist ein gräuliches Grün. Sie sieht nicht gut aus. „Kenz, du wirkst nicht sonderlich enthusiastisch. Ich war völlig aus dem Häuschen, als ich meine Hochzeit geplant habe.“ Sie schlägt eine neue Seite auf und dreht das Buch zu mir, um meine Meinung einzuholen. „Freust du dich denn gar nicht?“

Ich schüttele den Kopf und zucke mit den Schultern, also blättert sie weiter. „Ich bin irgendwie durcheinander.“ Ich kann nicht glauben, dass ich das eben wirklich gesagt habe. Ausgerechnet zu Ren.

„Nun ja, du Dummkopf, deshalb bin ich ja da. Um dir ein bisschen Hilfestellung zu geben. Ganz ehrlich, ein bisschen mehr Begeisterung könntest du schon zeigen. Oh, schau mal, das hier." Sie tippt auf eine Seite. Sie hat absolut nicht kapiert, was ich gemeint habe.

„Ich bin durcheinander, was Bradley betrifft." Es ist raus. Ich habe es wirklich gesagt. Aber warum bloß? Was mache ich hier eigentlich? Mein Hals ist plötzlich ganz trocken, und ich wappne mich innerlich für ihre Reaktion.

Ren schaut mir in die Augen. „Was sagst du? Du bist durcheinander wegen ..." Sie schlägt sich die Hand vor den Mund und beugt sich vor, auf einmal ganz blass. Sie wird doch nicht ... oh. Oh Gott. Schon springt sie auf und rennt auf die Toilette im Gang zu.

Das ist nicht gerade die Reaktion, mit der ich gerechnet habe. Wieder brummt mein Handy, aber ich kriege nicht die Chance ranzugehen, denn im selben Moment kommt Bethany Chesawit zurück.

„Alles in Ordnung mit Ren?", fragt sie.

„Sie ist schwanger", sage ich. „Wissen Sie was? Ich weiß es wirklich zu schätzen, dass Sie mich so kurzfristig eingeschoben haben, ganz ehrlich. Aber da Bradley nicht hier sein kann und Ren sich nicht wohlfühlt, finde ich ... wir sollten das Ganze lieber verschieben."

Plötzlich hören wir Stimmen im Flur. „Mrs. Chesawit, entschuldigen Sie bitte die Störung. Aber Ms. Shaws Verlobter hat es doch noch geschafft."

Mein Herz macht einen Sprung. Wirklich? Bradley ist extra früher zurückgekommen? Vielleicht wollte er tatsächlich unbedingt dabei sein. Vielleicht kann das hier doch noch gut für uns ausgehen. Die Rüschenfrau tritt zur Seite, und hinter ihr steht ...

Shane.

Bevor ich etwas sagen kann, zieht Bethany ihre „Ich bin Bethany Chesawit, weltbeste Hochzeitsplanerin"-Nummer ab und streckt ihre Hand aus, damit sie geschüttelt oder geküsst oder was auch immer wird.

Shane blickt mit gerunzelter Stirn von ihr zu mir. „Schön, Sie kennenzulernen, aber ich fürchte, das ist ein …"

Mit einem Sprung bin ich aufgestanden und werfe mich zwischen die beiden. „Könnten die Damen uns einen Augenblick allein lassen? Das macht Ihnen doch sicher nichts aus, oder?" Ich lächele gezwungen und schiebe die beiden praktisch aus dem Zimmer.

„Oh, äh, sicher. Ich schaue mal eben nach Ren." Bethany lächelt, wirkt aber verwirrt.

Ich ziehe die Tür zu und wirbele zu Shane herum. „Was zum Teufel machst du hier?"

„Du hast nicht zurückgerufen und du warst heute nicht im Büro, daher …"

„Daher platzt du in meinen Termin mit der Hochzeitsplanerin? Woher wusstest du überhaupt …" Ich schüttle den Kopf. „Weißt du was? Es ist mir egal. Die Hochzeitsfrau kennt meine Schwägerin, Ren. Ren!", flüstere ich wütend. „Und Ren ist hier. Jetzt, in diesem Moment." Ich versetze ihm einen Schlag auf die Schulter. „Was zur Hölle hast du dir dabei gedacht?"

Das ist alles zu viel. Ich drehe durch. Das wächst sich zu einem echten Panikanfall aus.

Ich schlage ihn noch einmal.

„Hey." Shane weicht zurück, um aus der Schusslinie zu kommen. „Ich wollte nur mit dir reden."

„Also hast du behauptet, du wärst Bradley?"

Er runzelt die Stirn. „Nein. Ich wollte einfach vorn auf dich warten. Aber bin nicht dazu gekommen, auch nur ein Wort zu sagen. Diese Rüschenfrau …"

„Was wird Ren denken? Bradley erfährt garantiert, dass du hier warst." Ich muss irgendwie klarkommen. Mein Atem geht keuchend.

Es klopft, und die Tür öffnet sich einen Spalt. „Schätzchen, Ren ist weg. Sie fühlt sich wirklich nicht gut, die Arme. Sie sagte, dass sie sich später bei Ihnen meldet." Der Spalt wird ein Stück breiter, und Bethanys Kopf schiebt sich durch. „Und verschieben ist keine gute Idee, ich bin wirklich super ausgebucht. Aber da Ihr Freund jetzt hier ist, können wir ja weitermachen, oder?"

„Noch eine Minute, okay?" Mein Lächeln ist breit und gezwungen.

Sie zögert kurz, dann schließt sie die Tür.

Wenn man die großen Zusammenhänge im Blick behält, dann ist das hier gar nicht so schlimm. Wirklich. Es ist kein Hurrikan, es ist keine Ansammlung von Tornados, die durch eine schutzlose Stadt fegen, es ist kein rasender Flächenbrand. Nicht mal eine Flut. Nein. Es ist eine unglückselige Panne, ausgelöst von einer Reihe von Patzern. Wir haben es mit einer Situation zu tun, mit der man vernünftig umgehen kann.

Wenn die Damen glauben, Shane sei Bradley, werden sie niemandem erzählen, dass irgendein anderer Typ hier aufgetaucht ist, oder? Dazu gäbe es keinen Anlass. Ich muss nur darauf vertrauen, dass Shane den Mund hält und dass Ellie künftig ebenfalls den Mund hält. Womöglich muss ich auch noch ein Kopfgeld auf Rand aussetzen, da er über das Konzert Bescheid weiß. Das würde ihn auf jeden Fall zum Schweigen bringen.

Ganz ehrlich, wir müssen nur zehn Minuten lang so tun als ob. Höchstens.

Ich schaue Shane an, deute mit einem Finger auf sein Kinn und sage mit zusammengebissenen Zähnen: „Du bist jetzt Bradley. Spiel mit oder ich bringe dich um. Und sprich bloß ohne Akzent."

„Ohne Akzent?" Shane grinst amüsiert. Seine Augen leuchten.

Wieder klopft es, und die Tür wird geöffnet. „Tut mir leid, aber wir haben einen engen Zeitplan." Bethany kommt herein. „Sind wir bereit?"

Shane wirft sich in die Brust. „Natürlich sind wir bereit, nicht wahr, Schatz?“ Er klingt steif und unbehaglich.

Willst du mich auf den Arm nehmen?

Bethanys Lächeln erbebt, während sie ihn betrachtet. Ich lache nervös auf und versuche, Shane mit einem scharfen Machmal-halblang-Blick in die Schranken zu weisen. Er zuckt grinsend die Achseln.

Ach. Du. Lieber. Gott.

Wenn ich jetzt so darüber nachdenke, wären mir ein Tornado oder ein Erdbeben doch lieber. Wie heißt es doch so schön im Volksmund? In hundert Jahren schert es keinen mehr, wie sauber dein Haus ist, wie viel Geld du hast, bla, bla, bla. Aber der Volksmund kennt meine Mom nicht oder Ren. Da sind hundert Jahre gar nichts.

Bethany pendelt jetzt schon eine Weile zwischen uns und dem anderen Paar hin und her. Offenbar brauchen wir zu lange, während das Superpaar bienenfleißig durch alles hindurch schwirrt. „Habt ihr beide inzwischen eine Farbe gefunden, die den Gästen vermittelt: Das sind wir, so sind wir, das ist unser Markenzeichen?“

Gibt es eine Farbe, die sagt: Das ist total verkorkst?

Ich habe mir die Bilder nicht wirklich angesehen, nur geistesabwesend die Seiten umgeblättert und dabei kaum verhohlene Drohungen geflüstert. Wir bewegen uns auf sehr dünnem Eis, eine kleine Lüge folgt der nächsten.

„Äh … halten wir es doch super einfach – verschiedene Schattierungen von Pink und Weiß.“ Ich schließe das Buch und lache nervös. Innerlich bin ich an einem Punkt angelangt, an dem mir alles egal ist. Ich will einfach nur noch irgendwas zusammenschmeißen und dann zusehen, dass ich hier rauskomme.

„Gut, null Problemo. Dann, wenn Sie mir bitte folgen wollen, kümmern wir uns jetzt um die Musik für den Hochzeitstanz."

„Großartig." Ich stehe so hastig auf, dass mein Stuhl beinahe hintenüber kippt. Ich kann ihn gerade noch auffangen und muss nervös lachen. Ich bin ein Wrack. Sehr viel mehr kann ich nicht mehr ertragen, davon bin ich fest überzeugt. Ich glaube, Bethany hat alles durchschaut. Ich werde doppeltes Kopfgeld ausloben müssen, einmal für Rand Peterson, einmal für die Hochzeitsplanerin. Vielleicht kriege ich ja Sonderkonditionen.

„So, ihr zwei Turteltauben, wir müssen da lang." Sie deutet in den Flur. „Ich hole unser anderes Paar. Dauert nur eine Sekunde. Das wird super." Sie hält uns die Tür auf und kräuselt die Nase.

Warum macht sie das? Und warum habe ich es gerade erwidert?

Ohne auf Shane zu warten, stürze ich zur Tür, an den pink- und silbergestreiften Tapeten vorbei. Wenn da noch ein anderes Paar ist, muss er vielleicht wenigstens nichts sagen.

In der Tür zum Musikzimmer bleibe ich einen Moment verblüfft stehen. Der Raum ist ein Miniatur-Ballsaal.

„Kensington, alles wird gut", sagt Shane hinter mir.

Ich fahre herum und funkele ihn zornig an. In diesem Augenblick kommt Bethany mit dem anderen Paar herein.

„Kenzi? Kenzi Shaw? Oh. Mein. Gott!"

Nichts wird gut.

„Kenzi, ich bin's. Liza Evans! Demnächst Liza Evans-Matison. Das ist Ryan." Sie hüpft aufgeregt auf und ab. „Kenzi und ich sind zusammen zur Highschool gegangen", erklärt sie ihrem Verlobten. „Unsere Moms haben zusammen Tennis gespielt. Die wird Augen machen, wenn ich ihr erzähle, wen ich hier getroffen habe!"

„Hi. Wow. Das ist ja ein toller Zufall." Ich versuche, ihren begeisterten Ton zu kopieren. Allmählich werden es etwas zu viele Leute für das Kopfgeld.

Bethany drückt auf einer Fernbedienung herum. Plötzlich wird das Licht weggedimmt, unter der Decke fängt eine verspiegelte Kugel an, sich zu drehen, und aus den Lautsprechern erklingt eine Powerballade von Céline Dion. Wir schauen ehrfürchtig zu, wie der Raum sich in eine Disko verwandelt.

„So, meine glücklichen Brautpaare. Schnappt euch eure Partner und schwingt das Tanzbein." In ihrem Versuch, die Musik zu übertönen, klingt Bethany noch mehr, als hätte sie gerade ein paar tiefe Züge aus einem Helium-Ballon genommen. „Wir spielen ein Potpourri aus den beliebtesten Hochzeitstanzliedern. Wenn euch eins davon besonders anspricht, ruft einfach Stopp."

Stopp!

„Tanzen!" Sie klatscht zweimal in die Hände. Ich zucke erschrocken zusammen.

„The Power of Love" sickert aus den Lautsprechern. Liza schnappt nach Luft und sagt, das sei der schönste Song aller Zeiten. Sie und Ryan umarmen einander und wirbeln lachend über die Tanzfläche. Ich bin einen Schritt vom kompletten Nervenzusammenbruch entfernt. Ellie hat ihm verraten, wo ich bin. Damit steht sie ebenfalls auf meiner Kopfgeldliste.

„Tanzt!" Wieder klatscht Bethany in die Hände.

Shane reicht mir seine Hand, ich nehme sie und stelle mich in Position. Er lacht leise.

„Hör auf", flüstere ich. Die Musik wird schneller, und wir tun unser Bestes, im Takt zu bleiben. „Das ist nicht komisch." Obwohl es das fast schon wieder ist. „Das Ganze ist eine Katastrophe, eine totale Katastrophe. Und du! Entweder nickst du wie ein Wackeldackel oder du klingst wie ein geistesgestörter John Wayne." Ich lehne mich zurück, um ihm ins Gesicht zu schauen. „Und ihre Mom kennt meine Mom! Das hat mir gerade noch gefehlt!“ Wir drehen uns.

Liz und ihr Typ drehen sich ebenfalls und plaudern munter. Bethany schwankt im Rhythmus der Musik, die Lider halb geschlossen. Ich glaube, sie ist ziemlich durchgeknallt.

„Weitermachen, bis euch ein Song besonders anrührt“, ruft sie über die Musik hinweg und drückt auf die Fernbedienung. Brian McKnights „Crazy Love“ ertönt.

„Das hier ist verrückt“, murmele ich, aber meine Stimme klingt jetzt sanfter. Es ist nur ein Tanz. Mach einfach mit. Ich muss unwillkürlich an den Film „Just Go with it – Meine erfundene Frau“ denken und lache leise in mich hinein. Jennifer Aniston tut darin so, als sei sie Adam Sandlers Verlobte. Mein Leben ist doch mehr Kino, als ich dachte. Okay, atmen, tanzen, alles ist gut. Abgesehen davon, dass ich gerade knapp davor bin, total auszurasten.

Wir drehen uns, Bethany schaut gerade zu uns rüber, also lächele ich.

„Und ich habe nicht behauptet, ich sei Bradley, erinnerst du dich, Schatz?“, flüstert Shane.

So supergestresst ich auch bin – als ich seinen Atem auf meiner Haut spüre, hämmert mein Herz aus einem anderen Grund. „Wie hätte ich denn erklären sollen, wer du bist?“, zische ich zurück. „Und hör auf, mich Schatz zu nennen.“ Ich schließe die Augen und unterdrücke ein Lachen. Er klingt lächerlich, wenn er Bradley nachahmt.

„Du hättest einfach sagen können, dass ich ein Kollege bin, und wir hätten danach reden können.“

Hm, darauf bin ich gar nicht gekommen. „Ich hatte Panik“, rechtfertige ich mich. Meine Wangen brennen vor Verlegenheit.

Er zieht mich näher an sich. „Ich beschwere mich absolut nicht, Kensington.“

Ich trete einen Schritt zurück, gehe auf Distanz, und suche seinen Blick. „Du hättest mich nicht küssen sollen."

„Ich werde es nicht wieder tun, es sei denn, du bittest mich darum, und nur dann, wenn das da nicht mehr an deinem Finger ist." Er schaut auf den Ring.

Mein Magen zieht sich zusammen. Ich habe verstanden, was er sagt, aber ich bin nicht sicher, was er damit meint. Was bietet er mir wirklich an? Eine Romanze? Ein Vielleicht? Ein Leben?

Noch ein Klick auf der Fernbedienung, und die Musik wechselt erneut. Diesmal zu „I've Had the Time of My Life" aus „Dirty Dancing".

Es verschlägt mir die Sprache. Wir schauen uns schweigend an. Shanes Lippen verziehen sich zu einem Lächeln. Die Musik spielt, und der Moment tut sich wie von selbst auf. Eine weitere Filmszene. Shane legt den Kopf schräg, als wolle er sagen: Warum nicht?

„Würde es Ihnen etwas ausmachen, diesen Song durchlaufen zu lassen, Bethany?", ruft er ihr zu. Dann legt er, ohne eine Antwort abzuwarten oder den Blickkontakt zu mir abzubrechen, seine Hände über sein Herz, eine Hand über die andere. Er trommelt einen Rhythmus. Zwei Doppelschläge.

Alles um mich herum verschwindet, außer ihm. Benommen lasse ich mein Gehirn durch die Filmszenen kreisen.

„Es ist ein Gefühl. Ein Herzschlag. Gagong. Gagong." Seine Stimme ist leise, hypnotisierend. Er greift nach meiner Hand und schiebt sie unter seine, als er den Doppelschlag wiederholt. „Schließ die Augen, Kensington."

Er zieht mich an sich und fängt an, sich zu bewegen, meine Hand noch immer an seine Brust gedrückt, und ich kann fühlen, wie sein Herz schlägt. Gagong. Gagong. Okay, beruhigende Gedanken. Ozean. Möwen.

Nach einer Weile verlangsamt sich mein Herzschlag, passt sich seinem an, bis ich beides nicht mehr unterscheiden kann.

Ich verliere mich in der Melodie, spüre, wie ich in Shanes Armen schwanke. Szenen aus „Dirty Dancing“ laufen vor meinem inneren Auge ab. Vor allem die eine, in der Patrick Swayze Jennifer Grey beibringt, wie man tanzt. Wie man zuhört. Gagong. Gagong.

Ich trete einen Schritt zurück und grinse schlau. „Mach den Ellbogen hoch.“ Ich schiebe seine Arme nach oben und wedele mit einer Hand zwischen uns hin und her. „Das ist mein Tanzabstand und das ist deiner. Du kommst nicht in meinen und ich komme nicht in deinen.“

Shanes Augen funkeln belustigt. „Ich will keinen Abstand.“ Er zieht mich wieder an sich.

„Ja! Wir haben's!“, quiekt Bethany.

Die Welt um uns herum taucht wieder auf.

„Genau das ist es.“ Sie kommt auf uns zu und klickt eifrig auf ihrer Fernbedienung herum, bis zu „Hungry Eyes“. Dann bringt sie erst Shanes Arme in Position, dann meine. „Auf die zwei. Eins und zwei. Eins und zwei. Gut.“ Sie bewegt sich mit uns. „Eins und zwei. Eins und zwei. Ja. Sehr schön. Das machen wir so.“ Sie steht jetzt hinter mir, eine Hand auf meiner Hüfte, die andere zwischen meinen Schulterblättern.

Oh nein, das ist jetzt nicht wahr.

„Ja, super. Kinn schön gestreckt halten.“

Shanes Grinsen wird immer breiter, während er über meine Schulter auf sie und dann wieder zu mir schaut. Ich versuche, ein Kichern zu unterdrücken. Das ist nicht unbedingt die Filmszene, die ich mir vorgestellt habe. Wir tanzen wie Johnny und Baby mit Penny. Liza und ihr Verlobter haben aufgehört und beobachten uns drei.

Shane lacht. „Und jetzt die Hebefigur.“

„Was?“ Ich bleibe stehen, was auch Bethany zum Innehalten bringt.

„Ja, die Hebefigur aus dem Film. Bethany kann sie uns zeigen, stimmt's?“ Er tritt zurück.

„Sicher nicht.“ Wie denn auch? Die beiden haben im Wasser und auf einem Acker geübt. Auf weichem Untergrund.

„Oh, er könnte das schon schaffen. Sie müssen ihm nur vertrauen.“ Bethany hat den Song neu gestartet. „So, Kenzi, Sie brauchen nur etwas Schwung und müssen die Knie im richtigen Moment beugen, wenn Sie springen. Den Rest erledigt er.“

Ich gucke fassungslos zwischen den beiden hin und her. Meinen die das etwa ernst?

„Los.“ Shane hält mir die Hand hin und krümmt auffordernd die Finger wie Patrick Swayze während der Abschlussshow in der Ferienanlage.

Ich lache, überzeugt, dass wir schmerzgekrümmt auf dem Fußboden landen werden.

„Okay.“ Ich kann nicht glauben, dass ich mich wirklich darauf einlasse. Ich beuge mich vor und lege die Handflächen auf die Oberschenkel. Dann sprinte ich los, auf Shane zu, mit einem albernen Lächeln im Gesicht. Als ich direkt vor ihm bin, springe ich. Seine Hände legen sich um meine Taille, meine liegen auf seinen Schultern, er hebt mich und … und … „Oh mein Gott!“

Wir kommen nicht besonders hoch, aber wir fallen auch nicht hin.

„Noch mal. Und diesmal vertrauen Sie ihm“, befiehlt Bethany.

Okay, ich bin zurück, ich bin bereit.

Shane stellt sich in Position. „Du wirst mir wehtun, wenn du mir nicht vertraust. War das nicht der Text?“

„War das nicht das, was passiert ist?“

Sein Blick wird ganz weich. „Niemals wieder, Kensington.“

Das Herz schlägt mir bis zum Hals. Ich renne los. Er packt meine Taille. Ich springe … und wir … Oh mein Gott. Ich bin oben! Ich bin oben! Ich bin Jennifer Grey! Ha, da habt ihr's alle!

„Bleiben Sie so, Kenzi. Sie kriegen das hin!“, brüllt Bethany begeistert.

Ja, irgendwie wird es schon werden. Anmutig ist jedenfalls etwas anderes. Shanes Arme sind nicht ganz durchgedrückt, und ich klammere mich an ihn, statt meine auszustrecken. Aber es ist doch insgesamt gar nicht so übel. Liza und Ryan klatschen und jubeln und springen auf und ab.

Oh … Oh nein. „Waaa!“ Ich kippe nach vorn. „Waaa. Hilfe …“

Shane macht ein paar hastige Schritte rückwärts, um das Gleichgewicht zu halten. Instinktiv senke ich die Beine und schlinge sie um seine Taille. Meine Arme liegen eng um seinen Hals.

Er hat mich.

„Oh Gott.“ Ich lache. „Tut mir leid.“

Alle jubeln und applaudieren.

Shane flüstert, nur für mich: „Es wird mir nie leidtun.“ Das ist ein Zitat aus der Abschiedsszene. Vom Ende ihrer Romanze.

Aber ich glaube nicht, dass unsere schon vorbei ist.

14. Kapitel

RomCom-aholic – Die Romanzenjägerin

Dienstag. Ich hatte die ganze Nacht Zeit, alles zu verarbeiten. Zu planen. Habe versucht, alles nüchtern zu betrachten. Die Welt ist nicht untergegangen. Ren wusste von nichts, als ich sie anrief, um ihr auf den Zahn zu fühlen, und Bradley kam mir auch ganz normal vor, als er bei mir vorbeikam. Daher besteht immerhin die Möglichkeit, dass sich aus den bislang angesammelten Katastrophen kein noch größeres Unheil entwickelt, zumindest nicht unmittelbar.

Da ich die Erste im Büro bin, knipse ich erst das Deckenlicht an, bevor ich meine Sachen auf und um meinen Schreibtisch verteile. Ich habe Klamotten zum Wechseln dabei, für die Paintball-Veranstaltung nach der Arbeit, und eine Übernachtungstasche im Auto, falls Clive immer noch will, dass ich Shanes Farm besuche. Oder falls ich mich in letzter Minute entscheide, den Ausflug lieber zu schwänzen und stattdessen nach Las Vegas zu fliegen.

Diese Möglichkeit gefällt mir. Sie ist vielversprechend. Da mein Plan B vorsieht, ein selbstbestimmtes, glückliches (Single-) Leben zu führen, könnte man die Vegas-Option zumindest als soliden Plan C bezeichnen.

Fürs Erste aber bin ich so gekleidet, dass ich möglichst viel Selbstvertrauen ausstrahle. Denn das habe ich schwer nötig, um durch den Tag zu kommen. Die Rüstung, in der ich der Welt die Stirn biete, besteht aus einem niedlichen orangefarbenen Rock mit Taschen, einem langärmligen T-Shirt und

Pumps mit Plateausohlen. Ich sehe aus, als könnte mir keiner etwas anhaben.

Auch wenn das absolut nicht stimmt.

Meine geschwollenen, rot unterlaufenen Augen sind allerdings ein deutlicher Hinweis auf eine schlaflose Nacht.

Noch immer kann ich nicht fassen, dass meine Mutter Shane damals genötigt hat, unsere Beziehung zu beenden. Weil es angeblich das Beste für alle Beteiligten wäre, wenn er mich verlässt. Oder dass Tonya dachte, ich würde einen Fehler machen, wenn ich mit ihm nach England ginge. Warum maßt sich eigentlich jeder an, für mich zu entscheiden? Mom, Tonya, Bradley, sogar Shane. Ich muss wieder an seine Worte denken. *Ich werde es nicht wieder tun, es sei denn, du bittest mich darum, und nur dann, wenn das da nicht mehr an deinem Finger ist.* Diesmal entscheidet er nicht für mich. Er überlässt es mir. Aber er hat mir auch nicht gesagt, was ich zu erwarten habe.

Aber muss er das überhaupt? Würde es etwas ändern? Nein. Die Vergangenheit ist Geschichte, und wie meine Zukunft aussieht, bestimme allein ich. Unabhängig davon, was jemand anders tut oder lässt.

Ich hoffe nur, dass ich nicht den Kopf verliere und mich an meinen Plan halte.

Ich öffne den Laptop, logge mich ein und gehe als Erstes auf Facebook. Wieder keine Neuigkeiten von Renson oder meiner Mom, sehr merkwürdig. Ich weiß, dass Ren sich immer noch nicht besonders toll fühlt. Hoffentlich ist mir nicht auch dauernd schlecht, wenn ich schwanger bin. Falls ich jemals schwanger bin. Plan B hat diesbezüglich keine eingebaute Garantie.

Wie reagiere ich eigentlich, wenn ich über Tonya stolpere? Meine durchgeknallten Nachrichten vom Wochenende muss sie gekriegt haben, aber sie hat nie zurückgerufen. Nehme ich ihr das übel? Ja. Ich nehme es ihr übel.

Sie sollte sich bei mir entschuldigen, glaubhaft beteuern, dass sie eine Riesendummheit begangen hat. Wir sollten uns streiten und anbrüllen. Jedenfalls müsste es ihr ein Anliegen sein, die ganze Angelegenheit irgendwie in Ordnung zu bringen. Stattdessen scheint es ihr völlig egal zu sein.

Weil ich egal bin. Nicht gut genug. Ich lege die Stirn in die Hände und beuge mich über meinen Schreibtisch. Das einzig Wichtige ist, dass ich mir selbst genüge. Meinen Standards. Meinem Leben. Meinen Entscheidungen.

Ich stoße einen entschlossenen Seufzer aus und tippe eine rasche, unverbindliche E-Mail an Shane, mit der Bitte um eine Begutachtung meines Entwurfs. Er muss die zweite Stufe des Carriage House-Projekts abzeichnen. Das Werbekonzept ist ziemlich weit gediehen, auch wenn die Filmliste noch nicht komplett abgearbeitet ist. Clive hat bereits nachgehakt, er will möglichst schnell die zweite Rechnung schreiben. Ich öffne die alte Mail mit der „Filmreife Liebe: Liste“ und kopiere sie unter die neue Mail.

Ich weiß, was das impliziert: Dass ich immer noch bereit bin, unsere Vereinbarung zu erfüllen. Dass ich sie sogar erfüllen möchte …

Ich streiche Nummer 10 und Nummer 5 durch und drücke, bevor ich es mir wieder anders überlegen kann, rasch auf Senden.

1. Schlaflos in Seattle
2. ~~Pretty Woman~~
3. Bridget Jones – Schokolade zum Frühstück
4. ~~27 Dresses~~
5. ~~Dirty Dancing~~
6. Das darf man nur als Erwachsener
7. Tatsächlich … Liebe
8. Teen Lover
9. e-m@il für Dich
10. ~~Die Hochzeit meines besten Freundes~~

Dann öffne ich auf meinem Tablet den Konzeptentwurf für Carriage House und fange an, die Szenenbilder von „Schlaflos in Seattle“ zu bearbeiten. Für die Montage benutze ich zwei Motive; einmal das bekannte von Meg Ryan und Tom Hanks, die einander anschauen, dazu die Einzelaufnahme vom Empire State Building mit dem Herz aus erleuchteten Fenstern.

„Die große Liebe meines Lebens“ ist ein Remake von „Ruhelose Liebe“, und in „Schlaflos in Seattle“ wird der Film immer wieder zitiert. Allerdings verabreden sich die beiden in der Vorlage nicht am Valentinstag auf dem Empire State Building, sondern an einem beliebigen Tag im Januar. Außerdem ist die männliche Hauptfigur, Nickie, ein Maler. Doch sein Talent schlummert, und er hat nie wirklich versucht, in der Kunstwelt Fuß zu fassen, bis er durch Deborah Kerrs Figur Terry dazu inspiriert wird.

Das kommt mir sehr vertraut vor. Shane hat mich ebenfalls dazu gebracht, es zu versuchen. Selbst, wenn es bedeuten sollte, dass ich es ohne ihn tun muss.

Auf meinem Handy poppt das Mailbox-Icon auf. Ich hole tief Luft, wische die Tränen weg, die sich in meinen Wimpern verfangen haben, und drücke auf Abspielen.

Sie ist von Tante Greta. „Hallo Kleine. Tu mir einen Gefallen und ruf mich an, wenn du das abhörst.“

Das ist alles. Hat die Hochzeitsplanerin doch irgendwas zu Ren gesagt? Hat Ren irgendwas zu Mom gesagt, die dann irgendwas zu Tante Greta gesagt hat? Ich wähle ihre Nummer und mache mich auf das Schlimmste gefasst. Eigentlich wollte ich die Desaster-Dosierung heute selbst kontrollieren und mich nicht davon überrollen lassen.

„Das ging ja schnell.“

„Hi, alles in Ordnung?“ Warum frage ich das eigentlich?

„Na ja, zumindest bin ich sicher, dass alles wieder in Ordnung kommt.“

Klingt sie angespannt? Bilde ich mir das nur ein? Mist, ich will den gestrigen Tag nicht erklären. Gestern gehört nicht zum Plan für heute. Und ich halte mich an meinen Plan.

„Hast du schon mit Ren gesprochen?“

Oh Gott. Mein Plan ist im Eimer. Mir rutscht das Herz in die Hose. „Nein“, sage ich gedehnt. „Warum?“ Ich male mir Moms Wutanfall aus, nachdem Ren ihr alles erzählt hat. Die Katze ist aus dem Sack. Plan C kommt mir gerade ziemlich verlockend vor.

„Sie wohnt fürs Erste bei deiner Mutter. Ich dachte, vielleicht könntest du ...“

Wie bitte? „Was? Ich habe vorhin mit ihr telefoniert. Sie hat keinen Ton gesagt.“

„Grayson ist der übliche Sturkopf. Ren ist Ren, aber mit zusätzlich tobenden Hormonen. Keine gute Kombination. Gestern ist sie abgehauen.“

„Nein! Das perfekte Renson-Duo duelliert sich?“ Vielleicht war ihr doch nicht nur schlecht.

Tante Greta lacht. „Genau genommen sind sie im Krieg. Hat sie dir wirklich nichts erzählt?“

„Mir?“ Ich schüttele verdutzt den Kopf. „Warum sollte sie? Ist sie nicht gerade bei Mom? Ich bin sicher, die beiden ...“

„Nein. Sie spricht nicht. Deine Mom hat mich angerufen, weil sie nicht weiß, was sie tun soll. Ren sitzt einfach nur da und heult. Grayson hat versucht, die Sache in Ordnung zu bringen, aber sie will ihn nicht mal sehen. Große Krise, wenn du mich fragst. Und auch wenn du das nicht so wahrnimmst, ich glaube, sie blickt zu dir auf. Du bist für sie so etwas wie die Schwester, die sie nie hatte.“

Wir zicken uns definitiv an wie Schwestern.

Ich verabschiede mich von Tante Greta und wähle Rens Nummer. Zumindest sollte ich ihr eine Nachricht hinterlassen. Ich mag sie zwar nicht, aber ich hasse sie auch nicht. Innerlich probe ich schon mal meine Sätze. Ich mache mir Sorgen, hoffe, das gibt sich bald wieder, ruf mich an, wenn du was brauchst, bla, bla, bla. Ja, ich weiß genau, was ich ihr auf die Mailbox spreche.

„Hallo?" Sie antwortet nach dem ersten Klingeln.

„Oh, hey. Hm. Ich dachte, ich lande auf deiner Mailbox."

Stille.

Ächz, also gut. Ich lehne mich im Stuhl zurück. „Geht's dir gut?"

Die Frage bricht alle Dämme. Hat das bisher niemand gefragt? Ernsthaft? In den folgenden zwanzig Minuten erzählt mir Ren heulend, dass Grayson sie nicht unterstützt und nicht versteht, und dass sie nicht will, dass meine Mom genau weiß, was los ist, weil sie sich dann einmischt und wahrscheinlich Ren die Schuld für alles in die Schuhe schiebt. Wow, das kann ich nur allzu gut nachvollziehen.

Zwanzig Minuten lang erzählt sie mir, wie schlecht es ihr geht, nicht nur morgens, und wie sehr es sie quält, dass sie nicht weiß, was sie erwartet, wenn das Baby erst mal da ist. Zwanzig Minuten, in denen mir klar wird, dass wir mehr gemeinsam haben, als ich dachte.

„Weißt du noch, neulich, als du so sauer auf Mom warst wegen deiner Bilder vom College? Und ihr dann, na ja, ganz genau gesagt hast, was du fühlst?"

Uh-oh. Ich winde mich ein bisschen und mache mich auf einen zünftigen Tadel gefasst. „Ja."

„Ich wünschte, ich könnte das. Einfach mal sagen, was ich empfinde, egal wie verrückt ich dabei wirke oder aussehe."

„Okay …" Ich weiß nicht so recht, wie ich das nehmen soll.

„Was ich meine, Kenz, ist, dass ich immer Angst habe, Grayson zu verlieren, wenn ich mal dermaßen durchdrehe." Ihre Stimme bricht und sie schnieft. „Dann könnte ich euch vielleicht alle verlieren."

„Ren …" Ich weiß nicht, was ich sagen soll.

„Du machst dir über so was einfach keine Gedanken, nicht mal bei Bradley, und ihr seid noch nicht mal verheiratet. Du sagst einfach, wie es ist, alles andere ist dir egal."

„Nein, es ist mir überhaupt nicht egal. Ihnen ist es egal." Mein Ton wird unvermittelt schärfer. „Ihnen ist völlig egal, was ich denke oder tue. Deshalb werde ich so sauer."

„Aber das stimmt nicht. Deine Mom war ganz durcheinander, als du so rausgestürmt bist. Deine Eltern haben sich deshalb gestritten."

Ich setze mich auf. „Echt?"

„Ja." Sie holt tief Luft.

Ich sage nichts, versuche diese Information zu verdauen. „Hör zu, Ren. Wir sind deine Familie, okay?" Ich kann nicht glauben, dass ich das sage. Nein, ich kann nicht glauben, dass ich das meine. „Du wirst uns nicht so schnell los. Und ich fände es ehrlich gesagt toll, wenn du ab und zu mal durchdrehen würdest. Du musst nicht perfekt sein. Im Gegenteil, wenn du weniger perfekt wärst, würde ich mich weniger idiotisch fühlen."

„Diese ganze Schwangerschaft ist viel schwieriger, als ich dachte, es ist eine gewaltige Veränderung und …" Rens Stimme kippt schon wieder.

„Es ist einfach großartig. Und du brauchst Grayson, er muss mit dir da durch. Du solltest jetzt nach Hause gehen und ihm gründlich den Kopf waschen. Dabei dürfen ihm ruhig die Ohren klingeln. Ich verspreche dir, dass du ihn deshalb nicht verlierst. Er liebt dich, er ist einfach nur Grayson."

„Okay, ja." Ren lacht. „Ich glaube, das werde ich wirklich tun. Danke, Kensington." Sie schnieft, legt das Telefon hin und putzt sich die Nase. „Und Kenz?" Noch ein Schniefen. „Du sagtest gestern, dass du wegen Bradley durcheinander bist?"

Bei ihr ist gerade der Teufel los, und daran erinnert sie sich?

Mein Magen krampft sich zusammen. Mehr als ein leises „Ja" kriege ich nicht raus.

„Hör zu, auch wenn ich sauer auf Grayson bin, und du glaubst gar nicht, wie sauer der Mann mich machen kann, bin ich doch sicher, dass er der Eine ist. Der Einzige für mich. Wer sonst würde über meine dämlichen Witze lachen? Oder mir Käsetoast machen, wenn ich einen schlechten Tag hatte? Weißt du, was ich meine? Das Leben ist hart genug, alles in allem, deshalb musst du dir ganz sicher sein."

Mir kommen die Tränen. Ren verurteilt mich nicht. Kein bisschen. Nein, Ren legt mir einfach nur ans Herz, dass ich mir meiner Sache wirklich sicher sein muss. Wow. „Danke, Ren."

Ich gehe in den Konferenzraum und drehe den Dimmer hoch, bis der Raum in einen gelblichen Schimmer getaucht ist. Die drei Ausdrucke meiner Bilder lehnen immer noch an der Präsentations-Tafel. Sie sind wirklich nicht schlecht. Natürlich kann ich mir jetzt nie mehr die Originale anschauen, um das zu überprüfen. Mom hatte ein schlechtes Gewissen.

Ich ziehe meinen Ring ab und lasse ihn gedankenlos zwischen zwei Fingern rotieren. Ich könnte mein eigenes Atelier eröffnen. Ich habe es nie auch nur versucht. Warum eigentlich nicht? Ich muss an diese Szene in „Wedding Planner – Verliebt, verlobt, verplant" denken. Wenn Steve, der Verlobte von Francine, zu seinem Freund sagt: „Fran ist großartig, aber was ist, wenn das, was ich für großartig halte, wirklich großartig ist, aber nicht so großartig, wie etwas noch Großartigeres?"

Und was ist, wenn es nichts Großartigeres gibt?

Könnte ich wirklich allein zurechtkommen?

Darüber habe ich die ganze Nacht nachgegrübelt. Und Ren hat recht. Du musst dir ganz sicher sein. Und in diesem Punkt bin ich mir jetzt sicher. Ich muss nur noch den Mut aufbringen, auch danach zu handeln.

„Hey, was machst du denn da drin so allein?" Ellie steht in der offenen Tür, mit schuldbewusster Miene. Sie hätte Shane gestern nichts von dem Termin bei der Hochzeitsplanerin erzählen dürfen. Ich bin sauer, aber nicht auf sie. Nicht wirklich.

„Hey." Ich drehe mich zu ihr um.

„Kenz, ich habe versucht, dich vorzuwarnen, dass Shane unterwegs ist." Sie kommt zögernd rein.

„Du meinst, nachdem du ihm verraten hast, wo ich war, stimmt's?" Ich lasse mich auf einen Stuhl fallen.

„Ja, genau." Sie setzt sich ebenfalls. „Aber ich schwöre, er hat es praktisch aus mir rausgeprügelt."

Ich gucke sie skeptisch an. Vermutlich hat sie sogar noch die Adresse für ihn gegoogelt und die Karte ausgedruckt.

„Ist alles okay mit dir? Du siehst nicht so aus."

Ich nicke und zwinge mir ein kleines Lächeln ab. „Das wird schon wieder."

„Also …" Sie verzieht den Mund zu einer niedlichen Grimasse. „Was ist gestern passiert?"

Wider Willen muss ich lachen. Dann erzähle ich ihr von der Verwechslung – dass sie Shane für Bradley hielten und von seiner lächerlichen Scharade.

Ellie starrt mich ungläubig an. „Aber warum sollten sie Shane für Bradley halten?"

Ich recke das Kinn und wedele dann abwehrend mit der Hand. „Das ist kompliziert. Egal …" Ich erzähle ihr von der Hebefigur aus „Dirty Dancing", von dem anderen Paar und dass ich mit der Frau zur Schule gegangen bin und ihre Mom meine Mom kennt. Dann beuge ich mich näher zu ihr und flüstere verschwörerisch: „Am Samstag, nach dem Konzert, hat er mich geküsst."

Ihr Mund klappt auf, aber ich steuere ein rauschendes Oh-mein-Gott-Finale an. Wenn schon, denn schon, ich habe gerade einen Lauf.

„Und gestern hat Shane mir gesagt, dass er es nicht wieder tun wird, es sei denn …" Ich tippe auf meinen Ring. „Es sei denn, ich werde den hier los und sage die Hochzeit ab."

„Du sagst die Hochzeit ab?“ Tonya steht wie erstarrt in der offenen Tür.

„Also, worauf hast du Appetit?“, fragt Bradley, als wir durchs Parkhaus zu seinem BMW gehen. „Pizza?“

Vielleicht, aber nur, wenn ich in Italien wäre. Ich wäre gern überall, bloß nicht hier. Wage ich es wirklich? *Du musst dir ganz sicher sein.* Ich bin mir ganz sicher. Ich ziehe das jetzt durch. „Hmm. Ich wollte eigentlich mit dir reden.“

Mit leisem Klacken öffnen sich die Schlösser der Limousine. „Klar, wir können beim Essen reden. Ich bin am Verhungern.“

Was mache ich bloß? Ich kann das nicht tun. Aber ich muss. Oh mein Gott, ich tue es. Ich habe zu viele Jahre damit verschwendet, meinen Wert an der Meinung anderer Leute abzumessen, und damit muss jetzt Schluss sein.

Es erschöpft mich zu sehr.

Höchste Zeit für Plan B, der im Grunde Plan Kenzi ist. Plan Ich. Selbst wenn das im Grunde nur bedeutet, dass ich gar keinen Plan habe. Plan B heißt ja nur, dass Plan A nicht mehr funktioniert.

„Ich kann dich nicht heiraten.“

Die Worte hängen zwischen uns in der Luft.

Bradleys Finger umklammern den Schlüssel im Zündschloss, seine Hand ist mitten in der Bewegung erstarrt.

„Ich, äh …“ Meine Brust fühlt sich viel zu eng an. Ich will ihm nicht wehtun. Das ist nicht meine Absicht.

Er wirkt erst verwirrt, aber dann legt er den Kopf in den Nacken und öffnet die Hände. „Wenn du mit der Hochzeitsplanerin nicht zufrieden bist oder so, dann können wir gern etwas anderes organisieren, Schatz.“

Trotz seiner Worte lässt sein Gesichtsausdruck keinen Zweifel daran, dass er verstanden hat, was ich meine. Mein Herzschlag dröhnt in meinen Ohren. Ich kann nicht glauben, dass ich das hier tue. Was mache ich da eigentlich? Aber die Wahrheit ist, dass ich es ganz genau weiß.

Ich streife den Ring ab und reiche ihn ihm. Tränen brennen in meinen Augen und quellen unter meinen Lidern hervor. „Es tut mir so leid, Bradley“, flüstere ich und meine es auch so.

Er atmet so scharf ein, dass seine Nasenflügel sich anlegen, und streicht sich mit der Hand übers Kinn. Dann atmet er langsam aus. „Was soll das, Kenz? Ist das dein Ernst? Was wird deine Familie dazu sagen?“

„Was meine Familie sagen wird?“ Da haben wir es wieder. Genau das ist der Punkt. „Im Moment kümmert es mich einen feuchten Dreck, was sie dazu sagt. Warum scherst du dich darum?“ Ich halte ihm den Ring hin.

Der Blick seiner blauen Augen sucht meinen. Er streckt die Hand aus und schließt meine Finger um den Ring. „Du weißt, dass ich dich liebe. Du weißt, dass wir zusammen Sinn ergeben. Wir können heiraten, wann immer du willst. Denk einfach noch mal drüber nach, okay? Triff keine voreilige Entscheidung.“ Er drückt meine Hand in meinen Schoß und lehnt sich im Fahrersitz zurück.

Bradley hat mich nicht belogen. Er hat nichts falsch gemacht. Er hat gesagt, dass er mich liebt. „Ich liebe dich auch, Bradley. Aber …“

Nicht wie im Film.

Und da ist sie. Die nackte Wahrheit. Mein tiefstes, dunkelstes Geheimnis. Höchste Zeit, dass ich mich dazu bekenne. „Ich glaube, nein, ich weiß, dass ich mehr will. Ich will …“ Ich drehe mich so, dass ich ihn anschauen kann. Es ist mir so wichtig, dass er mich, versteht. „Ich will, dass es so ist, wie im Film, ich will …“

„Was?“

„Nein, hör zu. Wenn die Hauptfiguren sich zum ersten Mal begegnen, dann breitet sich in uns Zuschauern so ein warmes, hoffnungsvolles Glühen aus. Und wir lachen Tränen in all diesen kleinen peinlichen Situationen, die sie bewältigen müssen, bevor sie zusammenkommen. Und wenn es dann zum romantischen Liebesbekenntnis kommt, sind wir beschwingt, weil sie sich endlich gekriegt haben. So, wie es sein sollte. So, wie es uns von Anfang an klar war. Und auch, wenn dieses Happy End total vorhersehbar war, weinen wir. Also, ich weine …" Ich merke, dass ich wirklich weine und gleichzeitig lächele und vermutlich nicht viel Sinn mache.

Er schüttelt den Kopf und schürzt die Oberlippe. „Ich habe keine Ahnung, was du mir sagen willst, aber wir leben nun mal in der wirklichen Welt, und …"

„Aber ich will die wirkliche Welt nicht. Du hörst mir nicht zu."

„Okay, jetzt mal langsam."

Ich lehne mich zurück, den Ring noch immer in der Hand. Was für ein schrecklicher Moment. Die Tränen strömen mir die Wangen herunter. Wenn ich doch weiß, dass ich das Richtige tue, warum ist es trotzdem so verdammt schwer? Ich räuspere mich und versuche es noch einmal. „Ich weiß, es kommt scheinbar aus heiterem Himmel, aber …"

„Es ist wegen Bennett, stimmt's?"

Mein Herz setzt einen Schlag aus. Ich schaue ihm in die Augen und schüttele den Kopf. „Nein. Es ist nicht seinetwegen. Es ist meinetwegen. Irgendwann im Leben, ich weiß nicht genau wann, habe ich mich verloren, habe vergessen, wer ich bin, was ich für mich selbst wollte. Sicher, ich möchte heiraten und Kinder kriegen, aber ich …"

„Ich kapier es nicht, Kenz. Ich meine …" Sein Rücken ist verkrampft, seine Miene verwirrt.

Natürlich ist er verwirrt. Ich weiß ja selbst noch nicht, was eigentlich los ist. „Bradley, es tut mir leid. Ich liebe dich, aber es reicht nicht. Es ist nicht das, was ich …"

„Nicht.“ Er hebt abwehrend die Hand. „Sag nichts mehr, bitte. Nur … Scheiße, Kenzi.“ Seine Augen sind feucht, er sieht total zerstört aus. Ohne mich anzusehen startet er den Motor. „Denk einfach noch mal über alles nach. Ich, äh … Ich muss erst mal einen klaren Kopf kriegen.“

Schuldgefühle martern mich wie Salzsäure. Ich nicke und wische mir über die Wangen. „Okay.“ Das schulde ich ihm auf jeden Fall – die Chance, das Ganze in Ruhe zu verdauen.

Mit zitternder Hand öffne ich die Beifahrertür.

Wie betäubt sitze ich an meinem Schreibtisch, Kopfhörer auf den Ohren, wie wild malend, um die letzten Stunden des Arbeitstags hinter mich zu bringen. Ich sollte sofort nach Las Vegas aufbrechen. Unbedingt. Meine Tasche ist gepackt. Ich habe keinen Badeanzug dabei, aber den kann ich mir dort kaufen. Ellie könnte mitkommen. Was in Vegas passiert, bleibt in Vegas, nicht wahr?

Ich könnte in Vegas bleiben. Das könnte passieren.

Meine Mom hat schon wieder angerufen. Ich will nicht mit ihr reden. Ich bin nicht sicher, ob sie wegen der Hochzeitsplanerin anruft oder ob Bradley mit Grayson geredet hat. Denn dann wäre Grayson garantiert gleich zu Mom gerannt.

Bradley ist nicht ins Büro zurückgekommen, was ich ihm kaum verübeln kann. Ellie hat vermutlich einen aushäusigen Termin, sie ist nicht online. Ich sehe Tonya den Flur entlangkommen. Sie sieht mich nicht an. Ihr Mund ist zu einer schmalen Linie zusammengepresst, und sie hastet schneller als nötig auf ihr Büro zu.

Ich kann nicht glauben, dass ich meine Hochzeit abgesagt habe. Ich setze alles aufs Spiel, und wofür? Ich habe keinerlei Garantien von Shane. Nichts. Er hat mich um Zeit gebeten und mit dieser romantischen Liste angefüttert, nur, um sich dann zurückzuziehen und in seinem supersexy Brit-Akzent zu sagen: „Bitte löse deine Verlobung, dann küsse ich dich vielleicht noch einmal."

Und das Verrückte ist: Ich hab's tatsächlich getan. Ich habe die Verlobung mit einem attraktiven, seriösen Mann gelöst. Aber ich habe es nicht für Shane getan. Wirklich nicht. Es gehört zu meinem Plan. Meinem „Ich erklimme den Turm und rette dich"-Plan.

Und bei der Person, die ich rette, handelt es sich um ...

Mich.

Das Mädchen mit der Farbe im Haar, das immer noch an Märchen glaubt, nur, dass es diesmal das erwachsene Modell ist. Vielleicht muss es gar nicht immer mit einem romantischen Happy End enden. Vielleicht reicht ein Happy End für mich allein.

Ich sollte auch über einen neuen Job nachdenken. Was ohnehin sinnvoll ist, wenn stimmt, was Clive über die finanziellen Schwierigkeiten der Agentur gesagt hat.

Die Erkenntnis trifft mich wie ein Blitz. Ich könnte wirklich mein eigenes Atelier eröffnen.

Warum habe ich noch immer diesen Ring? Warum habe ich noch nicht Tante Greta oder Mom angerufen, um es ihnen zu erzählen? Oder Ellie? Ich habe niemanden angerufen. Ich starre nur immer wieder auf mein Handy, um zu sehen, ob Bradley sich gemeldet hat, und behalte die Tür im Blick, um seine Rückkehr nicht zu verpassen. Kommt er überhaupt zurück?

Und was ist mit dieser Kunden-Veranstaltung heute Abend? Shane wird dort sein. Bradley muss dorthin, Tonya ebenfalls. Die feinen Härchen in meinem Nacken stellen sich auf, während ich auf die Uhr starre.

Es fühlt sich an wie die Ruhe vor dem Sturm.

15. Kapitel

Zum Abdrücken verführt

Das River Paintball Field sieht aus wie eine verrückte Hindernisbahn für Militärübungen. Strohballen und Traktorreifen verteilen sich zwischen Steinmauern und Holzfestungen. Unsere Gruppe spielt mit anderen zusammen. Es gibt Schiedsrichter und Regeln. Ich habe keine Ahnung, was diese Regeln im Einzelnen verlangen oder verbieten, denn ich höre den entsprechenden Erläuterungen nicht zu.

„Hör auf, ihn dauernd anzustarren", flüstert Ellie, während ich meinen Kampfanzug justiere. Das Teil ist echt schick; schwarzer Overall mit Frontreißverschluss und riesigem Werbeaufdruck auf dem Rücken. Ich bin praktisch eine wandelnde Zielscheibe.

„Wen?" Ich reiße unschuldig die Augen auf. Ich weiß genau, wen sie meint. Shane steht mit Clive und Rand Peterson beim Schiedsrichter und lauscht dessen Ausführungen. Er trägt von Kopf bis Fuß Macho-Military-Look, hat schwarze Kriegsbemalung unter den Augen, einen Munitionsgürtel tief auf der Hüfte hängen und den Paintball-Markierer gegen den Oberschenkel gedrückt. Das Ganze wäre total rattenscharf, wenn das Markierteil nicht neonblau wäre, mit einer durchsichtigen Kapsel an der Spitze.

Ach was, es ist trotzdem rattenscharf.

Immer wieder erwische ich ihn dabei, wie er in unsere Richtung linst, wahrscheinlich, weil ich dauernd zu ihm gucke. Ich tue so, als ob ich nichts merke.

„Hier, beug dich mal vor." Ellie wischt mir etwas auf die Wangen, das aussieht wie schwarze Schuhcreme.

„Ich glaube nicht, dass das wirklich nötig ist", murre ich, lasse sie aber machen.

Das Büro ist vollzählig angetreten, mit Ausnahme von Bradley. Bislang ist er noch nicht aufgetaucht. Tonya hilft unserer Rezeptionistin Maggie mit ihrem Overall, als wären sie beste Freundinnen und plaudert dabei mit einigen ihrer Kunden. Sie ist zu cool, um mitzuspielen, wird das Team aber moralisch unterstützen. Seit heute Nachmittag hat sie kein Wort mit mir gewechselt. Das ist mir egal. Ich habe ihr ohnehin nichts zu sagen.

Nur der Vollständigkeit halber: Shane hat seit gestern ebenfalls kein Wort mit mir gewechselt. Auch mit meiner Mom habe ich nicht gesprochen. Sie hat zweimal angerufen. Die Einzige, mit der ich geredet habe, ist Ellie, aber als ihr auffiel, dass der Ring weg ist, sagte ich ihr, dass ich nicht darüber sprechen will.

„Da ist Bradley", flüstert Ellie und deutet mit einer Ach-du-heilige-Scheiße-Miene quer übers Spielfeld.

Mein Gesichtsausdruck passt sich ihrem an. Der Magen rutscht mir in die Kniekehlen. Er ist hier. Ich kann nicht glauben, dass er hier ist. Ich habe wirklich nicht erwartet, dass er kommt. Was soll ich zu ihm sagen?

Clive steuert sofort auf ihn zu, um ihm seine Ausrüstung zu bringen. Bradley starrt Shane finster an. Wollte er nicht den Kopf frei kriegen? Scheint nicht geklappt zu haben. Er sieht stinksauer aus. Sein Unterkiefer ist vorgeschoben, seine Brauen treffen sich fast über der Nasenwurzel. Ich frage mich, mit wem er gesprochen hat. Tonya dreht den Kopf erst in seine Richtung, dann zu mir.

Ein Signalhorn ertönt, und dann werden wir auf das große Feld voller Schrott, Hürden und Bunker entlassen. Auf dem Gelände tummeln sich insgesamt rund dreißig Mitspieler von Safia, die Kunden mitgezählt, und ungefähr zwanzig andere

Leute. Das Spiel geht los, wenn ein zweiter Signalton ertönt. Sieh da, offenbar habe ich doch zugehört, als die Regeln erklärt wurden.

„Los, Ellie." Ich packe mit einer Hand ihren Arm, mit der anderen meinen Super Soaker Paintball-Markierer. Mir ist irgendwie nach raufen und Banditen spielen. Ich hab genug von der Welt, genug von mir und bin bereit, ein bisschen Dampf …

Der zweite Hornstoß dröhnt über das Schlachtfeld. „Mist!" Ich lasse meinen Helm zuschnappen und laufe auf ein paar übergroße Reifen zu. „Neuer Plan: Wir verstecken uns."

„Wir verstecken uns? Was ist denn das für ein Plan?" Schüsse surren durch die Luft wie Mücken.

„Ein guter Plan!" Ich renne jetzt. Die Leute brüllen und düsen in alle Richtungen davon. Das ist der totale Wahnsinn. Die monströsen Traktorreifen sind so gestapelt, dass sie Stufen bilden. Wir klettern auf den ersten, den zweiten und lassen uns dann von oben durch die Öffnung des dritten in den schützenden Gummiturm fallen.

Die Schüsse und Schreie dringen nur gedämpft hier rein. „In ‚Zum Ausziehen verführt' versteckt sie sich ebenfalls, bis fast zum Schluss, dann kommt sie hervor und erwischt den Letzten, der noch steht. Das ist der Plan." Eine Farbkugel zerplatzt auf dem obersten Reifen.

„Alles, woran ich mich von dem Film noch erinnere, ist das Siegeszeichen, V für *victory*." Ellie hebt die Hand und führt es vor.

Die nächste Kugel zerplatzt direkt neben unseren Helmen. Wir kreischen und spähen dann über den Rand des Reifenturms wie Erdhörnchen.

„Da ist Bradley." Ellie deutet mit ihrer Waffe in seine Richtung. Er sieht aus wie Rambo, nur Wut und Muskeln. „Und da ist Shane. Sie schießen aufeinander. Bradley brüllt irgendwas." Ellie wendet sich mir zu. „Gibt Bradley Shane die Schuld daran, dass du die Verlobung gelöst hast?"

„Vielleicht. Tja, vermutlich.“ Ich beobachte, wie die beiden den Geschossen des jeweils anderen ausweichen. Rand kämpft an Shanes Seite. Fast hätten sie Bradley getroffen. Clive steht ihm bei. Inwieweit das Ganze der Teambildung oder Kundenbindung dienen soll, ist mir ein Rätsel. Maggie, die Rezeptionistin, flitzt über das offene Feld und wedelt mit den Armen.

Sie ist getroffen! Sie fällt um. Sie ist am Boden. Oh mein Gott, Leute, hört auf, sie anzuschießen! Tonya wagt sich aus dem Sicherheitsbereich, um ihr zu helfen.

„Tonya!“ Ellie winkt sie zu uns.

„Was machst du? Lass sie verrotten, sie spielt ja nicht mal mit!“, brülle ich, aber es ist zu spät. Tonya ist schon oben und lässt sich durch die Öffnung in unsere Schutzzone fallen.

„Oh mein Gott. Was für ein Scheiß!“ Tonya sinkt keuchend zu Boden. „Diese Dinger tun richtig weh!“ Sie sieht mich direkt an, als sie das sagt.

„Warum bist du überhaupt so ausstaffiert, wenn du gar nicht spielst?“

„Sie hätten mich sonst nicht aufs Gelände gelassen. Egal, ich muss mit dir reden.“ Farbe klatscht auf den Rand des Reifenturms und spritzt auf Tonyas Schulter.

Wir ducken uns noch tiefer.

Ich schnaube ungläubig. „Jetzt? Ausgerechnet jetzt willst du reden?“

„Hör zu, Kenzi. Es tut mir wirklich leid, okay? Ich weiß gar nicht, wie ich das erklären soll. Aber … Ich wollte das nicht, ich wollte nicht, dass das passiert. Es tut mir so, so leid.“

Ich schaue zu Ellie, dann wieder zu Tonya. Warum entschuldigt sie sich jetzt? Vorher hat sie sich doch standhaft geweigert.

„Es war, bevor du angefangen hast, hier zu arbeiten. Als du dann in die Agentur kamst, haben wir Schluss gemacht, als es zwischen euch beiden ernst wurde. Aber dann passierte es einfach wieder. Ihr hattet euch getrennt oder, na ja, jedenfalls hattet ihr euch gestritten."

Moment. Was? Ein Paintball zischt über unsere Köpfe.

Die Geräusche werden plötzlich zu einem einzigen gewaltigen Rauschen. Ich sehe Tonya, und ich höre, was sie sagt, aber ich erfasse die Bedeutung ihrer Worte nicht. Ellie blickt zu Boden. Ich spüre, dass mein Mund aufklappt, aber ich kriege keinen Ton raus.

Es passierte einfach wieder. Ihr hattet euch getrennt. Mir fällt die Kinnlade runter. Bradley?

Sie spricht über Bradley!

„Oh mein Gott. Du wusstest es gar nicht!" Tonya dreht sich zu Ellie um. „Sie wusste es nicht? Oh, scheiße. Ich dachte, deshalb hast du die Verlobung gelöst. Bradley meinte, dass du es wohl herausgefunden haben musst." Tonya steht auf. Völlig panisch.

Ein Streifen Farbe von oben schrammt an Tonyas Brust entlang. Sie schreit. Ich schaue verwirrt zu Ellie.

Ellie steigen die Tränen in die Augen. „Kenzi, ich habe es auch gerade erst erfahren. Ich wusste nicht, was ich tun sollte."

Sie wusste es auch?

Tonya kauert wieder am Boden. „Kenz, ziel nicht mit dem Ding auf mich, was tust du da? Es tut mir leid, ich …" Sie hebt ergeben die Hände.

Ich fühle mich wie im Nebel. Das glaube ich einfach nicht. Tonya macht mit Bradley rum? Tonya und Bradley. Tonya und Shane. Ich atme heftig durch die Nase, blinzele die Tränen weg und verenge meine Augen zu zornigen Schlitzen.

Dann hebe ich das Super Soaker Paintball Dings. Mein Finger krümmt sich um den Abzug. „Lauf."

Tonya springt auf wie von der Tarantel gestochen und ist binnen Sekunden über den Rand des Reifenturms verschwunden. Ich höre sie schreien, als jemand auf sie schießt. Ich kann mich nicht bewegen. Über Ellies Wangen rollen Tränen.

„Geh einfach, bitte.“ Ich bringe die Worte nur mühsam über die Lippen.

„Kenz, ich habe das wirklich erst gerade eben zufällig von den beiden aufgeschnappt. Ich schwöre.“

Ein heftiger Schmerz durchzieht meine Brust. „Ich habe Schluss gemacht, ohne es zu wissen. Daher bin ich … geh einfach. Bitte.“

Ein Paintball saust nur knapp an ihrem Hinterkopf vorbei, als Ellie aus dem Turm klettert. Ich hocke mich hin, ziehe die Beine an und umarme meine Knie. Zusammengerollt wie eine Kugel sitze ich im Inneren der Traktorreifen. Ich brauche keine Zielscheibe auf dem Rücken; sie ist mir auf die Stirn tätowiert.

Was hatte ich doch für ein schlechtes Gewissen, was für Schuldgefühle! Habe mir Sorgen gemacht, dass ich Bradley verletzen könnte, während er die ganze Zeit, oh … Warme Tränen kleben an meinen Wangen. Ich schlucke schwer, unterdrücke den Drang, laut loszuheulen.

Mein Plan B wurde gerade zur Überlebensstrategie.

Mir fällt keine romantische Komödie ein, in der das Mädchen am Ende im Inneren gigantischer Traktorreifen kauert, betrogen von ihrem Verlobten und zwei Freundinnen. Okay, ich habe zuerst mit ihm Schluss gemacht, und Ellie ist mir nicht wirklich in den Rücken gefallen. Sie hat es nur irgendwie herausgefunden. Aber Tonya hat mich hintergangen.

Zweimal.

Der Verlobungsring war wie der Splint einer Handgranate. Als ich ihn abgezogen habe, ist meine ganze Welt explodiert.

Und was nun?

Ich bin nicht selbst hergefahren, also kann ich nicht einfach abhauen. Ich könnte hier sitzen bleiben und jeden mit Farbe beschießen, der es wagt, seinen Kopf über den Rand zu schieben. Das könnte mir tatsächlich guttun.

Ich betrachte die Waffe und ziehe diese Option einen Moment lang in Erwägung. Noch habe ich keinen einzigen Schuss abgegeben. Das Ding ist voll geladen, und Ellie hat ihre Munition zurückgelassen. Adrenalin strömt prickelnd durch meine Adern.

Vielleicht.

Der Lärm um mich herum durchbricht plötzlich die Nebelschwaden in meinem Hirn. Noch immer höre ich Schreie und das Zischen von vorbeifliegenden Paintballs, aber die Menge hat sich gelichtet. Plötzlich habe ich „Dirty Dancing" im Ohr, Patrick Swayze, der sagt: *Nobody puts Baby in a corner,* was so viel heißt wie *Niemand stellt Baby in die Ecke*. Und niemand zwingt Kenzi in einen Reifen. Oder eine Ehe. Oder seine eigene Version davon, wie mein Leben aussehen soll. Aufgestauter Frust aus dem jahrelangen Versuch, es allen recht zu machen, kocht hoch und droht überzulaufen.

Ich lasse es zu.

Ich schnappe mir Ellies Munitionsgürtel und schlinge ihn mir um die Schultern. Langsam stecke ich den Kopf durch die Öffnung und spähe über das Feld.

„Kenzi?" Es ist Ellie. Sie schnieft. Ihre Stimme klingt schwach. Sie ist gar nicht weggegangen. Sie kauert auf der anderen Seite des Reifenturms. „Es tut mir so leid. Ich liebe dich. Du bist meine beste Freundin." Ihre Worte überschlagen sich fast. „Ich habe Tonya am Telefon belauscht und wusste erst gar nicht, mit wem sie spricht, aber dann sagte sie Bradleys Namen. Ich hätte es dir erzählt, Ehrenwort."

Nach einem letzten schnellen Rundblick schwinge ich mich über den Rand der Öffnung und lande neben ihr. Ihre Augen sind geschwollen und rot. Meine eigenen Tränen fangen auch wieder an zu fließen. Ich blinzele sie weg. Ich muss mich konzentrieren.

„Schon gut. Ich verstehe das. Ich liebe dich auch." Ich lege ihr eine Hand auf die Schulter und schüttele sie kurz, aber entschlossen. „Willst du es wiedergutmachen? Dann gib mir Deckung."

Ihre Miene zeigt erst Erleichterung, dann Panik. „Was?" Ihre geröteten Augen weiten sich.

„Ich greife an", brülle ich über meine Schulter und renne los, springe über einen strategisch platzierten Baumstamm und laufe auf einen Haufen aufgestapelter Holzschlitten zu. Ich höre Ellie hinter mir schreien, sie folgt mir also.

Gelbe Farbe zischt an meinem Ohr vorbei.

Ein paar Spritzer verteilen sich auf meiner Uniform. Ich richte meine Waffe auf den Typ, der auf mich gefeuert hat. Er rennt weg und … Ha! Das könnte dir so passen!

„Hier, für dich!", brülle ich den Kerl an. Ich kenne ihn gar nicht. Jetzt ist er von oben bis unten mit lila Klecksen bedeckt. Das tat gut. Ich schieße weiter auf ihn, während ich mich langsam zur nächsten Festung weiterarbeite.

„Aufhören, ich bin draußen, stopp!", kreischt der Typ.

Ich höre nicht auf, sondern blase einen letzten Schuss Violett in seine Richtung. Er kann von Glück sagen, dass ich keine gute Schützin bin.

Wir sind jetzt auf der anderen Seite des Feldes, wo Bradley und Clive sich verschanzt haben. Rand feuert auf Bradley. Gut. Schnapp ihn dir. Da ist Shane. Eine neue Salve Paintballs wird abgefeuert, jemand wirft sich mit Ninja-würdiger Verve in die nächste Barrikade.

„Kenzi!" Ellie versetzt mir einen Stoß in den Rücken, als zwei Typen mit gezückten Waffen auf uns zustürmen. Wir rennen schreiend davon. Im selben Moment entdecke ich Tonya. Sie steht hinter der Seitenlinie, immer noch in Uniform, und plaudert mit den Kunden. Jetzt müsste der Soundtrack einsetzen, irgendwas Lautes und Beunruhigendes, um die Spannung zu steigern.

Ich stehe auf.

„Was machst du?“ Ellie zieht an meinem Ärmel, damit ich mich wieder hinkauere, aber ich gebe nicht nach.

Ich gehe auf sie zu.

„Kenz!“

Ich werde schneller.

Ich fange an zu rennen.

Ich drücke ab.

An dieser Stelle würde im Film Zeitlupe einsetzen. Violette Munition würde mit Präzision aus meiner Farbpistole strömen. Doch dies hier ist kein Film, und ich bin alles andere als präzise und akkurat. Ich bespritze den Boden, treffe einen Gartenstuhl, dann noch einen und beinahe den Kunden, der danebensteht.

„Kenzi, stopp!“, schreit Bradley und wedelt aufgeschreckt mit den Armen.

Ich höre nicht auf. Ich bin auf die Rückseite der hinterhältigen, verlogenen Zielscheibe fixiert, die vor mir wegrennt. Zeltstange, irgendwelches Campingzeug … Ha! Habe ihr Bein erwischt! Ha! Habe ihr anderes Bein erwischt!

„Warte! Kenz, stopp!“

Tonya springt hinter einen Baum. Ich rücke ihr immer dichter auf die Pelle und verbreite eine violette Schreckensherrschaft.

„Kenz, hör auf damit, sie ist vielleicht schwanger!“

Ich stoppe.

Die Welt stoppt ebenfalls.

Mein Arm wird schlaff. Die Farbpistole hängt schwer an meinen Fingerspitzen.

Tonya linst hinter dem Baum hervor, halb verdeckt von dem schützenden Stamm. Sie ist leicht besprenkelt mit lila Farbe und sagt irgendwas, was ich nicht verstehe.

„Du bist schwanger?“ Meine Stimme kommt mir zu leise vor, als dass mich irgendjemand hören könnte.

Sie ist was?

Bradleys Baby?

Als ich mich umdrehe, bemerke ich, dass alle mich anstarren. Clive. Die Kunden. Mein Design-Team. Leute, die ich nicht kenne. Ich sehe Maggie. Dann höre ich, wie Ellie etwas sagt. Und Shane. Ich sehe Shane. Er kommt auf mich zu.

Oh, Gott.

Er hat alles gesehen. Und gehört. Er weiß Bescheid.

Ich laufe weg.

Ich bin ohne Auto hier. Oh mein Gott, ohne Auto! Ich renne über den Parkplatz. Ich muss hier weg. Was soll ich tun? Denk nach. Das Adrenalin rast jetzt förmlich durch meinen Körper. Alle meine Sinne schreien: Nichts wie weg hier!

Mein Atem geht keuchend. Ich probiere Türen aus. Ich glaube, das ist Clives Wagen. Er ist verschlossen. Ich löse den Alarm aus. Scheiße! Ich höre, wie sie mich rufen. Da sind sie. Ich drehe mich um und suche hektisch nach etwas, irgendwas. Da steht ein River Paintball-Lieferwagen mit Werbeaufdruck. Ein junger Typ lädt gerade irgendwelches Zeug aus.

„Willst du dir hundert Dollar verdienen?", schreie ich und renne auf ihn zu. Ich klinge verrückt. Ich sehe wahnsinnig aus.

„Was?" Seine Augen weiten sich. Trägt er etwa Eyeliner?

„Zweihundert. Bring mich bloß schleunigst hier weg!" Ich schaue über meine Schulter. Sie kommen näher.

Er folgt meinem Blick. „Äh …"

„Gut. Dann los. Los!" Ich hocke schon auf dem Beifahrersitz. „Los jetzt!"

Er rennt auf die andere Seite und springt hinters Steuer, während ich brülle. „Los, fahr einfach los. Beweg dich!" Während der Lieferwagen aus der Parkbucht rollt, beobachte ich, wie Shane und Ellie über den Parkplatz laufen, gefolgt von Bradley und Clive. Sie hasten zu ihren Autos. Ah, ich schätze, das war wirklich Clives Wagen.

Ich betrachte den Jungen hinter dem Lenkrad. Er hat eine

Art Irokesenschnitt und in den Ohrläppchen diese Dehn-Scheiben, die aussehen wie Mini-Donuts. Von seiner Unterlippe hängt ein Ring. Aus großen Augen wirft er mir immer wieder beunruhigte Seitenblicke zu. Ich schaue nach unten und stelle fest, dass ich noch immer die Spritzpistole umklammere. Sie tropft.

„Ich entführe dich nicht", erkläre ich und lege die Hand auf die Brust. Ich hyperventiliere praktisch.

„Wie auch immer, Sie sagten zweihundert, stimmt's?"

Ich nicke. Dafür müssen wir allerdings erst zu meiner Wohnung, ich habe weder meine Tasche noch meine Bankkarte dabei, aber wenigstens einen Ersatzschlüssel, sodass ich immerhin reinkomme. Mein Handy klingelt in der Innentasche des Overalls. Hinter uns hupt es. Echt jetzt?

„Fahr schneller!", schreie ich und drehe mich um, weil ich wissen will, wer der Verfolger ist. Clive. Und Bradley ist bei ihm. Bradley, der Idiot. „Weiter! Da lang. Auf die 465!"

„Was? Ihr Ernst, Lady?" Aber er tut es. Wir sind auf der Autobahn.

Mein Telefon klingelt immer noch. Ich schnappe es mir und gehe ran, ohne nachzuschauen, wer der Anrufer ist. „Was?"

„Kensington, ich bin's, deine Mom. Ich hoffe, du beantwortest deine Anrufe nicht immer auf diese Weise. Du liebe Zeit. So habe ich euch jedenfalls nicht erzogen …"

Ich senke das Handy und deute auf ein Schild. „Bieg nach Norden ab. Bleib in nördlicher Richtung." Ich drehe mich um. Meine Mom redet einfach weiter. Clive und Bradley sind immer noch hinter uns. Er hupt, und jetzt sind Ellie und Shane in seinem Range Rover hinter ihnen. Mom redet immer noch.

„Mom, Mom. Jetzt passt es gerade ganz schlecht."

„Was machst du denn? Hast du mir überhaupt zugehört? Wieso erzählt Trish Evans herum, dass ihre Tochter deinen britischen Verlobten bei der Hochzeitsplanerin kennengelernt hat? Britisch? Und überhaupt: Bradley war doch gar nicht in der Stadt. Wie sieht denn das jetzt wohl aus?"

Wir schleudern in die nächste Spur. Sie hupen immer noch. Aus dem Telefon höre ich: „Was geht da vor, Kensington?"

Mein Name holt mich zurück ins Gespräch. „Mom! Du willst wissen, was vorgeht? Nun denn: Ich sitze mit einem Mutanten-Goth-Teenager in einem Paintball-Werbetransporter." Ich schaue zu dem Jungen hinüber. „Sorry."

Er zuckt nur mit den Schultern.

„Ich versuche, meinem Boss und Bradley zu entkommen, die uns gerade über die 465 verfolgen. Oh, und ich habe die Hochzeit abgesagt. Und zwar wirklich. Er ist nicht der Richtige für mich, Mom, okay? Und stell dir vor, wer wieder im Lande ist! Ich gebe dir einen Tipp: Er ist britisch. Und du hast ihn vor Jahren vertrieben. Kannst du nicht ein bisschen schneller fahren?"

Jetzt sind sie neben uns, schreiend und hupend. Die Augen meines jugendlichen Chauffeurs sind während meiner Tirade so groß wie Suppenteller geworden. Ich schaue in den Rückspiegel, um zu sehen, ob wir die Spur wechseln können.

Mom sagt wieder was, aber ich unterbreche sie und setze meinen Wortschwall fort. „Also, ich habe die Hochzeit abgesagt. Und zwar, bevor ich herausgefunden habe, dass er mit Tonya herumgemacht hat. Er hat mit Tonya geschlafen!"

„Der Brite?", erkundigt sich der Teenager.

„Nein. Mein Verlobter, Bradley. Sie behauptet allerdings, das sei passiert, als wir gerade zerstritten waren. Als ob das eine Rolle spielt." Ich drehe mich wieder um und widme mich meinem Telefonat. „Oh, und weißt du was, Mom? Dein Liebling Bradley hat sie womöglich geschwängert! Tonya ist vielleicht schwanger. Schwanger!"

„Scheißkerl", kommentiert der Teenager.

„Ich weiß, wem sagst du das." Ich nicke ihm zu. „So, siehst

du jetzt, dass es gerade nicht gut passt? Und übrigens ist es mir scheißegal, was Liza Evans verdammte Mom davon hält oder ob es deine Billigung findet." Meine Mom schweigt. Ich kann nicht glauben, dass ich das gerade gesagt habe.

Hinter uns taucht ein Polizeiwagen auf.

„Ich muss jetzt aufhören."

„Tut mir leid", beteure ich zum bestimmt fünften Mal. Es ist der erste Strafzettel für den Jungen. „Ich zahle natürlich das Bußgeld."

Er starrt stur geradeaus, beide Hände am Lenkrad, weil man ihm das in der Fahrschule beigebracht hat, für den Fall, dass er angehalten wird. Das hat er mir schon zweimal erzählt. Außerdem wird er nächste Woche siebzehn, worüber der Polizist eine Bemerkung machte, als er Führer- und Fahrzeugschein eingesammelt hat.

Hinter uns parken Clive und Bradley. Gefolgt von Shane und Ellie. Der Polizist hat alle drei Fahrer kontrolliert und kommt jetzt wieder zu uns nach vorn. Wir stehen hier schon eine Weile. Der Teenager sieht angespannt aus.

„Denk an all das Geld, das du zum Geburtstag haben wirst." Ich klinge so ermutigend ich kann. Mein ursprüngliches Angebot habe ich bereits auf zweihundertfünfzig erhöht.

Er schmollt. Sein Eyeliner ist verschmiert.

Der Polizist reicht die Papiere durch. „Dich", er deutet mit einem Finger auf den Jungen, „lasse ich mit einer Verwarnung davonkommen." Dann deutet er auf mich. „Sie steigen aus."

„Aussteigen?" Mist, verhaftet er mich jetzt? Muss ich ins Gefängnis? Ich habe weder mein Portemonnaie dabei noch irgendetwas, womit ich mich ausweisen kann. Ich öffne die Beifahrertür und schaue zu meinem jugendlichen Chauffeur zurück. „Ich schicke dir das Geld. Versprochen. Ich schicke es zu deinen Händen an River Paintball."

„Los, kommen Sie mit." Der Polizist führt mich nicht zu seinem Streifenwagen, sondern zu Clives Auto. Was hat er vor? Ich werde langsamer, um zu sehen, wohin genau er geht. Er lässt es links liegen, also folge ich ihm weiter.

Als ich an Clives Wagen vorbeikomme, stelle ich fest, dass seine Fensterscheibe unten ist. Ich beuge mich vor, bis ich Bradley auf dem Beifahrersitz im Blick habe. „Du bist ein Arsch." Dann schaue ich zu Clive. „Äh, ich nehme für den Rest der Woche Urlaub."

Clive nickt, also setze ich mich wieder in Bewegung.

„Kenzi", ruft Bradley mir nach, aber ich sehe zu, dass ich zu dem Polizisten aufschließe. Er wartet neben Shanes Range Rover. Ich traue mich nicht, ihn anzusehen. Ich möchte nicht wissen, was er von mir oder diesem ganzen Chaos hält. Ich schäme mich in Grund und Boden.

Der Polizist sieht Shane und Ellie an. „Bringen Sie die Frau nach Hause. Ich habe genug gehört." Er sieht mich an. „Und Sie haben recht, er ist ein Arsch."

Ich weiß ja nicht, was die anderen ihm erzählt haben, aber in diesem Moment ist er für mich der coolste Cop der Welt. Ich lächele zaghaft und öffne die hintere Tür. Clive und Bradley fahren los, während der Polizist zu seinem Wagen zurückkehrt. Shane betrachtet mich im Rückspiegel, als wolle er etwas sagen.

„Lass es", befiehlt Ellie ihm und krabbelt über die Mittelkonsole zu mir auf die Rückbank.

Shane fädelt sich in den fließenden Verkehr ein und nimmt gleich die nächste Ausfahrt. Wir müssen zum Paintball-Feld zurück, um meine Sachen zu holen.

Ich lasse seufzend meinen Kopf auf Ellies Schulter fallen. Der Adrenalinrausch von vorhin ist verebbt und hat eine leere, traurige Ödnis hinterlassen. Ich bin verlassen, betrogen … und verloren. Ich habe keinen inneren Kompass.

Der Plan für heute war eigentlich V wie *victory*. Sieg. Stattdessen ist mir mein grandioser Plan B um die Ohren geflogen. Von wegen selbstbestimmt. Von wegen, jetzt geht es nur um mich. Ich habe versagt – und zwar nach allen Regeln der Kunst.

Der Lieferwagen mit dem Werbeaufdruck steht wieder auf dem Parkplatz. Der Junge spricht gerade mit einem Mann, der vermutlich sein Vorgesetzter ist. Ich habe noch immer kein Wort gesagt. Clive und Bradley warten am Sammelpunkt auf uns. Bradley hält meine Tasche.

„Ich hole sie. Ihr bleibt hier." Ellie ist weg, bevor ich reagieren kann.

Sobald wir allein sind, erhebt sich auch Shane von seinem Platz und steigt aus. Die Tür neben mir schwingt auf, und da steht er. Ich kann nicht aufblicken. Ich bin wie gelähmt.

„Ich würde immer noch gern mit dir aufs Land fahren. Es ist ruhig dort, und ich gebe dir allen Freiraum, den du brauchst, okay?" Er nimmt meine Hand. Er hat schöne Hände. „Na los." Er zieht mich aus dem Auto und führt mich nach vorn zum Beifahrersitz. Dann gurtet er mich ohne ein weiteres Wort an und schließt die Tür.

Ellie kommt zurück und reicht Shane meine Tasche. Bevor sie geht, klopft sie an mein Fenster. Ich schaue hoch, und ihre Lippen formen den Satz „Ich hab dich lieb."

Ich hab dich auch lieb, Mädel.

Shane gleitet auf den Fahrersitz und startet den Motor. Ich lasse die Schultern sacken und lehne mich gegen die Tür, die Stirn an die Fensterscheibe gepresst. Mein verzerrtes Spiegelbild starrt mich an.

Klar, ich habe Farbe im Haar.

16. Kapitel

Während du mich betrogst

Es ist dunkel. Wir haben die Autobahn verlassen und mäandern nun über Land. Scheinwerfer aus der entgegengesetzten Richtung tauchen das Innere des SUV immer wieder kurz in Licht. Shane schweigt die ganze Zeit, aber er schaut jedes Mal verstohlen zu mir rüber, wenn er den Radiosender wechselt oder die Heizung justiert.

Ich weiß nicht, was ich sagen soll, also sage ich nichts. Kein Wort. Ich meine, wo soll ich anfangen? Heute hat eine Katastrophe die nächste gejagt. Mein Lebensweg hat nicht einfach eine andere Abzweigung genommen. Er hat sich gekrümmt und verdreht, um meinen Knöchel gewickelt und mich kopfüber hängenlassen.

Ich unterdrücke ein hysterisches Lachen, wische mir über die feuchten Augen und reibe meine Stirn. Shane schaut mich fragend an.

„Ich hatte einen ziemlich hektischen Tag", bemerke ich in seine Richtung. Oh, ich rede wieder. Dafür werde ich mit einem warmen Lächeln belohnt.

Er nickt. „Das kann man wohl sagen."

Ob er wohl glaubt, dass mir die Entscheidung abgenommen wurde? Der Gedanke verschlägt mir prompt den Atem. „Ich habe mit Bradley Schluss gemacht, bevor ich das alles wusste. Tonya dachte aber, sie sei der Grund und hat sich selbst verraten." Ich schaue kurz zu ihm, bevor ich auf meine Hände starre.

Meinen unberingten Finger.

Plötzlich fährt er rechts ran.

Ich blicke hoch. „Was soll das?"

„Du hast seit zweieinhalb Stunden keinen Mucks von dir gegeben, Kensington. Wenn du jetzt also reden willst, dann höre ich zu." So, wie er es sagt, klingt es nach: *Ich interessiere mich für dich* und nicht nach: *Ich erwarte eine Erklärung.*

Ich knabbere an meinem Daumennagel und suche nach den richtigen Worten. „Ich habe Schluss gemacht, nachdem ich mit dir gesprochen hatte. Aber meine Entscheidung ist bereits letzte Nacht gefallen." Das betone ich, damit er versteht, dass es wirklich meine Entscheidung war und nicht mit dem zu tun hatte, was er zu mir gesagt hat.

Die Scheinwerfer eines vorbeifahrenden Autos erleuchten den Innenraum des SUV für ein paar Sekunden. Sie verjagen die Schatten aus Shanes Gesicht und fangen die Goldflecken in seinen Augen ein.

Tränen sammeln sich auf meinem unteren Lid, jederzeit bereit überzulaufen. Ich habe die Entscheidung getroffen, Bradley zu verlassen. Ich ganz allein. Ich habe den Mut aufgebracht, mir selbst zuzugestehen, dass er nicht das ist, was ich will. Aber mir ist trotzdem das Herz schwer vor Trauer um die Teile der Beziehung, die ich wollte.

„Ich wollte wirklich eine Familie gründen. Ein Baby haben …" Ich wische mir über die Augen. „Und ich wusste das mit Tonya nicht. Klar, ich hatte so eine Ahnung, dass sie sich mit jemandem trifft. Sie hat in letzter Zeit dauernd diese neuen Designerklamotten getragen, aber ich wusste nicht, dass sie … nicht bis sie … du hast es ja mitgekriegt." Ich erröte und komme mir total dämlich vor.

Shane dreht sich in seinem Sitz, streckt einen Arm aus und nimmt meine Hand.

Ich fokussiere mich total darauf. Wie sie meine komplett bedeckt. Als ich wieder sprechen kann, zittert meine Stimme ein bisschen. „Meine Familie wird das nicht verstehen. Es wird für sie keine Rolle spielen, ob es mir gut geht." Ich schniefe. „Oder wie ich mich fühle. Oder ob ich verletzt bin. Es wird nur darum gehen, was das Ganze für sie bedeutet."

Shane schüttelt den Kopf. „Sie betrachten die Dinge von der falschen Seite. Das war bei ihnen schon immer so."

„Ich weiß. Und das wird sich niemals wirklich ändern. Vom Kopf her weiß ich das, aber es überrascht mich doch immer wieder." Und tut immer wieder weh. Ich zucke die Achseln. „Das Ganze ist so demütigend."

„Du solltest dich nicht gedemütigt fühlen. Du solltest wütend sein."

Tränen. Noch mehr Tränen. Ich bin ein Springbrunnen. Das ist mehr als demütigend. Natürlich hat er recht. Ich sollte wütend sein. Bradley hat mich die ganze Zeit betrogen; wer weiß, wie lange die Sache schon lief. Und während er mich betrog, versuchte ich mich davon zu überzeugen, wie perfekt wir zusammen waren, wie glücklich ich mich schätzen konnte, dass er mich wollte, wie wundervoll es war, dass meine Familie ihn so mochte.

Shane greift ins Handschuhfach und hält mir ein Päckchen Tempos hin. Ich schnäuze mich ausgiebig und nehme mir ein zweites Papiertuch.

Als ich wieder aufsehe, schaffe ich es nicht, ihm in die Augen zu schauen. „Bradley hat mich belogen. Tonya hat mich belogen. Zweimal." Ich lehne meinen Kopf gegen den Sitz. „Aber eigentlich spielt es keine Rolle, dass er mich betrogen hat, weil ich mich selbst betrogen und belogen habe. Das ist das Schlimmste. Ich glaube, tief in mir drinnen wusste ich es."

Shane verlagert sein Gewicht und sucht meinen Blick. Einen Moment lang sehen wir einander nur stumm an. Die nackte Wahrheit liegt zwischen uns wie eine Brücke.

Lautes Geschnatter weckt mich. Was ist das? Ich blinzele. Durch das breite Fenster fällt gedämpftes Licht aufs Bett. Gähnend reiße ich die Augen weit auf, um klar zu werden. Ich bin bei Shane. Dick in eine Decke eingemummelt. Ich strecke und dehne mich darunter. Wieder dieses Schnattern. Vögel. Klar, das ist es. Und zwar Hunderte direkt vor dem Fenster, so klingt es. Ich linse über die Decke zum Sofa.

Kein Shane.

Ich setze mich auf und lausche, doch ich höre keine Schritte. Also stehe ich auf und spähe über das Geländer der Galerie. Niemand da. Bei unserer Ankunft gestern Abend konnte ich das Haus im Dunkeln nicht wirklich sehen. Es ist eher eine Hütte, so klein wirkt es. Dies ist nicht das Hauptgebäude, in dem ich vor Jahren schon mal mit ihm war.

Ich nehme das Handy vom Nachttisch und krabble wieder ins Bett und unter die Decke. Es kommt mir vor, als sei ich eine Million Meilen weit weg, auch wenn das natürlich nicht stimmt. Ich bin nur einen Telefonanruf entfernt. Die Ereignisse von gestern sickern wieder in mein Bewusstsein – und von dort aus gleich weiter in meine Magengrube, wo sie sich häuslich einrichten.

Ich schiebe mir die Haare aus dem Gesicht und rufe meine Mailbox an. Die Roboterstimme verkündet emotionslos, dass ich dreizehn neue Nachrichten habe. Dreizehn? Ich krümme mich innerlich. Die verpassten Anrufer, die keine Nachricht hinterlassen haben, sind da noch gar nicht eingerechnet.

Die erste ist von Bradley. „Kenzi, ich muss mit dir reden. Bitte."

Allein beim Klang seiner Stimme kommen mir die Tränen.

„Du kannst nicht einfach so weglaufen und mich nicht anhören. Du hast da etwas falsch verstanden. Wir müssen reden. Bitte."

Ich drücke auf Löschen. Die nächsten acht Nachrichten sind

auch von ihm. Warum macht er sich überhaupt die Mühe? Tonya ist vielleicht schwanger. Bradley klingt mit jeder Nachricht verzweifelter, und ich glaube, betrunkener. Er spricht lauter, und da ist definitiv ein Lallen.

Eine Nachricht ist von meiner Mom. Ich lösche sie, ohne sie mir anzuhören. Und dann ist da eine Nachricht von meinem Bruder.

Grayson hat mich angerufen?

„Kensington, was ist denn da los? Bradley hat mir gesagt, dass ihr euch gestritten habt. Dass es ein Missverständnis gab. Und du bist gleich mit einem anderen Typ durchgebrannt? Bist du des Wahnsinns, Kenz? Du bist verlobt, verdammt noch mal."

Ich war verlobt. Wieder strömen die Tränen.

„Mom hat schon ein paarmal angerufen und ist völlig verstört. Sie hat geweint und gesagt, dass du sie völlig betrunken angerufen hast oder so was. Könntest du dich bitte bei ihr melden? Und bei Bradley? Bring das bitte schleunigst wieder in Ordnung. Es sieht nicht gut aus."

Ich lösche. Das Herz ist mir in den Magen gerutscht, der einen schmerzhaft festen Knoten darum gebildet hat. Alles in mir hat sich zu einem harten Ball zusammengerollt. Warum spricht mein Bruder nie wirklich mit mir? Alles hat zwei Seiten, Grayson. Aber klar, nur eins ist wichtig: Meine Familie ist entsetzt.

Die nächste Nachricht. Ren. Ihre Stimme weckt meine Aufmerksamkeit. „Hi. Kensington … Oh mein Gott. Bist du okay?" Sie flüstert praktisch. „Grayson macht sich einfach nur Sorgen." Hat sie ihn auf den Pott gesetzt? Haben sie sich versöhnt? „Bradley heult sich nonstop bei ihm aus. Ruf mich bitte an."

Immerhin, sie hat gefragt, ob ich okay bin. Ich lösche die Nachricht und reibe mir die Augen. Vielleicht rufe ich sie tatsächlich zurück. Die letzte Nachricht ist von Ellie.

„Hey Süße. Ich wollte nur mal hören, wie es dir geht. Bradley ist ein Wrack. Er hat getrunken und stand letzte Nacht bei mir vor der Tür, um zu reden. Ich habe ihn noch nie so gesehen. Er sagt, Tonya hat versucht, ihn reinzulegen, und er weiß nicht, was er tun soll. Ich hab ihm gesagt, er hätte einfach seinen Schwanz in der Hose behalten sollen. Ich hoffe, das war in deinem Sinne."

„Unbedingt, Ellie-Bell", murmele ich vor mich hin.

„Er sagt, dass er nicht weiß, ob er ihr das mit der Schwangerschaft glaubt. Als ob das irgendwas ändert! Wusstest du überhaupt, dass Bradley und Tonya früher was miteinander hatten, bevor du hier gearbeitet hast?"

Nein. Ich wusste, dass sie gut befreundet waren, wäre aber nie drauf gekommen, dass da mehr lief.

„Auch wenn du es wusstest, das ist doch keine Entschuldigung. Wieso mussten sie denn wieder miteinander in die Kiste springen? Unfassbar! Ist völlig egal, ob das war, als du und Bradley euch gerade gestritten hattet. Sie ist einfach ein Miststück. Oh, und deine Mom hat bei mir angerufen, sie ist sehr aufge…"

Die Nachricht bricht ab, Ellie hat ihr Zeitfenster ausgereizt. Mein Herz schlägt wie wild. Das ist es: mein sogenanntes Leben, live und in Farbe. Ich wische mir die wieder hemmungslos strömenden Tränen weg und schalte das Handy aus.

Ein Baby.

Ich krieche komplett unter die Decke und bedecke mein Gesicht mit den Händen. In „Während du schliefst" bittet Peter Gallagher alias Peter Callaghan Lucy, ihn zu heiraten, indem er sagt: *Meine Familie liebt dich. Also kann ich dich genauso gut lieben.* Ein alberner Grund. Aber habe ich es nicht in Wahrheit genauso gemacht? Habe ich nicht zum Teil deshalb Bradleys Antrag angenommen? Mir schnürt sich der Hals zu, und die letzten Dämme brechen. Tränen überfluten meine Handflächen, und zwischen unkontrollierten Schluchzern schnappe ich keuchend nach Luft.

In „Während du schliefst" sagt Peter: *Dank des Komas bin ich wieder aufgewacht.* Damit meint er, dass er jetzt weiß, was wichtig ist in seinem Leben und was er vorher verpasst hat. Ich frage mich gerade, ob ein Koma mir helfen könnte. Ich will einfach nur schlafen und alles vergessen.

„Kensington?"

Eine Hand auf meiner Schulter, ein sanftes Schütteln.

„Kensington. Komm schon, du Schlafmütze." Es ist Shane. „Du kannst nicht den ganzen Tag verpennen."

Ich bin noch mal eingeschlafen? Ich habe nicht mal gehört, wie er wieder ins Haus gekommen ist. Haarsträhnen kleben mir an den Wangen. Ich schiebe sie zurück, öffne die Augen und blinzele. Es ist hell, sogar unter der Decke.

„Entschuldige", krächze ich. Meine Stimme klingt wie ein Reibeisen. Ich räuspere mich und versuche es noch mal. „Wie spät ist es?"

„Nachmittag." Die Matratze gibt nach, als er sich neben mich setzt. „Willst du dich den ganzen Tag darunter verkriechen?" Er zupft die Decke ein paar Zentimeter nach unten.

Ich ziehe sie schnell wieder hoch und halte sie fest. „Ja. Vielleicht." Für mich klingt das nach einem guten Plan. Erstens fühle ich mich hier sicherer. Und zweitens mag ich mir gar nicht erst ausmalen, wie ich aussehe. Daher ist es sowohl zu seinem als auch zu meinem Besten, wenn ich vorerst unsichtbar bleibe.

Er atmet geräuschvoll aus. „Geht es dir gut?"

Meine Gedanken überschlagen sich. „Nein." Ich taste nach meinem Handy und schiebe dann die Hand, die es hält, unter der Decke hervor. „Ich habe meine Nachrichten abgehört. Das hätte ich lassen sollen."

Ich erzähle ihm alles, geschützt durch meinen gesteppten Schutzschild. „Bradley war bei Ellie zu Hause, und er hat bei meinem Bruder angerufen, der dann mich angerufen hat. Meine

Mom heult. Bradley hat mir eine Million Nachrichten hinterlassen und sich betrunken. Er fragt sich jetzt, ob Tonya ihn wegen der Schwangerschaft belogen hat, ob sie wirklich ein Kind erwartet … Keine Ahnung. Es ist alles ein Riesenschlamassel."

Und was für eins.

Shane bewegt sich, was dazu führt, dass ich ein Stück auf ihn zurolle.

„Ich kann dich nach Hause bringen, Kensington. Ich verstehe völlig, wenn du einiges klären willst. Ursprünglich solltest du ja ohnehin nur einen Tag hier bleiben, aber ich hoffte …"

Ich hätte die Nachrichten nicht abhören sollen. Hätte die Welt auf Abstand halten sollen, statt die Distanz mit meinem dämlichen Handy zu überbrücken.

Ich will nicht zurück. Dort wartet der ganze Mist auf mich, das ganze Chaos. Und nichts Gutes. Ich bin nicht bereit, mich dem zu stellen. „Ich würde gern bleiben. Es sei denn …" Beklemmung steigt in mir auf. Vielleicht hat er keine Lust, sich mit all dem abzugeben. Warum sollte er? Die alten Unsicherheiten blubbern an die Oberfläche meines Bewusstseins. „Ich meine, ich würde verstehen … wenn du mit all dem nichts zu tun …"

„Ich möchte dich hier haben, Kensington", erwidert er leise. „Ich möchte, dass du bleibst."

Ich schließe die Augen. Die Spannung in meinen Schultern löst sich. Er will mich hier haben.

„Ich war gerade eine Runde joggen. Lass mich schnell duschen, dann gehen wir rüber zum Carriage House, okay?" Er steht auf, und die Matratze hebt sich, sobald der Druck nachlässt. „Oh, ich habe dir ein paar Sachen für später besorgt und auf die Fensterbank gelegt. Die Aussicht ist übrigens spektakulär, solltest du dir nicht entgehen lassen. Sie ist der Grund, weshalb ich mir diese Hütte ausgesucht habe."

Ich ringe mir ein Dankeschön ab und bleibe unter meiner

Decke, bis ich Wasser rauschen höre. Dann spähe ich vorsichtig Richtung Bad. Die Tür ist zu, also setze ich mich auf und kämme mir mit den Fingern die Haare. Neben dem Fenster steht eine kleine Plastiktüte mit roter Beschriftung. Video Max. Er hat Filme für mich ausgeliehen. Klar, Kabelfernsehen gibt es hier bestimmt nicht.

Ich drapiere die Decke um meine Schultern und tapse zum Fenster, um seine Auswahl zu begutachten. „Harry und Sally" und „Ungeküsst". Einige der besten romantischen Komödien, noch dazu zwei, die sich nicht hauptsächlich um den umwerfenden Traumprinzen drehen, sondern um die Heldin, mit der man sich identifizieren kann. Ich muss unwillkürlich lächeln. Ein nächtlicher Kino-Marathon mit Meg Ryan als Sally Albright und Drew Barrymore als Josie Grossie ist einfach perfekt.

Neugierig spähe ich zu den riesigen Scheiben. Statt Vorhängen sind sie mit Fensterläden aus Holz verdunkelt. Ich löse den Riegel und stoße sie auf.

Oh. Das ist mal ein Blick.

Sonnenblumen, so weit das Auge reicht. Ihre lächelnden gelben Gesichter sind der Sonne zugewandt. Das Cottage muss Hanglage haben, da das Feld leicht nach unten abfällt. Der Horizont ist eine Explosion aus Gold und Grün, eingerahmt in das warme Braun hügeliger Felder. Es ist atemberaubend.

Ich wische den Staub vom Glas, um besser sehen zu können, und rüttele am Fensterkreuz, aber der Rahmen ist aufgequollen, und die Scheiben lassen sich nicht bewegen. Ich rüttele heftiger, bis sie sich schließlich doch rühren. Die Luft ist beißend frisch, und die Vögel schelten mich, als ich die beiden Flügel weit aufschwinge.

Ich wickele die Decke enger um mich und setze mich auf die Fensterbank. Zwei Marienkäfer krabbeln auf mich zu. „Unter der Sonne der Toskana" kommt mir in den Sinn. Die Stelle, an der Frances sagt, dass sie nach Marienkäfern Ausschau hält, aber niemals welche findet. Und als sie schließlich aufgibt, nach ihnen zu suchen, sind sie plötzlich überall.

Vielleicht habe ich zu angestrengt gesucht. Mir zu viel Mühe gegeben.

Ich lehne mich aus dem Fenster und lasse das Sonnenblumenfeld auf mich wirken. Das hier wäre der ideale Ort zum Malen. Ich atme die kühle Luft tief ein und entdecke noch mehr Marienkäfer. Dann spüre ich ein Kitzeln.

Was zum …

Irgendwas … oh! Es krabbelt auf mir! Ich springe auf, werfe die Decke ab und schüttle mein Spagetti-Top aus. Was immer da krabbelt, fällt mir in den Ausschnitt. Das gruselige kleine Ding ist jetzt in meinem Oberteil! Auf meiner Haut! Ich kreische und versuche, den Fiesling wegzuschnippen, aber seine klebrigen kleinen Beine krallen sich in mein Hemd. Er will einfach nicht loslassen.

Verdammt noch mal, verschwinde! Ich zittere, reiße mir das Top vom Leib und schleudere es quer durch den Raum. Dann strecke ich die Arme aus, um sie panisch zu inspizieren. Ich suche meine Vorderseite akribisch nach weiteren Eindringlingen ab, drehe mich, um meine Schultern zu sehen, meinen Rücken und …

Shane lehnt in der Badezimmertür.

Verlegen lächelnd verschränke ich die Arme vor der entblößten Brust. Er ist nackt, bis auf ein Handtuch um die Hüften, und sein Haar klebt ihm in nassen Locken an Stirn und Nacken. Ich kann nicht umhin, das Tattoo zu bemerken, das sich über seine linke Schulter und seinen linken Arm zieht. Es ist neu; ein schwarzes Tribal, das sich um jeden einzelnen Muskel windet.

„Äh, ein Marienkäfer … ist mir ins Oberteil gekrabbelt."

Sein Lächeln ist jungenhaft, charmant. „Was für ein Glückskäfer."

17. Kapitel

Das darf man auch als Erwachsener

Carriage House zieht sich einen Hügel empor, der untere Teil des Gebäudes besteht aus weißgrauem unbehauenem Kalkstein. Die alte Scheune wurde komplett grunderneuert. Wahnsinn! Ich bin wirklich beeindruckt, nein, mehr als beeindruckt.

Ich bin völlig baff.

„Shane, das ist ... Ich meine, wow.“ Wir erklimmen die letzten Stufen zur oberen Etage. Von der Pergola hängen Lichterketten, was über den Tischen darunter für die Illusion einer sternklaren Nacht sorgt.

Shane geht voraus, ein breites Grinsen im Gesicht, das seine Augen, um die sich kleine Fältchen bilden, zum Leuchten bringt. „Drinnen und draußen haben wir ausreichend Plätze für die normalen Dinner-Gäste. Aber das Beste ...“ Er entriegelt ein riesiges Scheunentor und lässt die beiden Flügel auf Bodenschienen zur Seite gleiten. „Ist hier drin.“

Das Ganze ist noch eine Baustelle, eine gewaltige Stützkonstruktion zieht sich durch den Raum. Wir stehen auf einer Art offenem Dachboden oder Galerie. Die hintere Wand ist von einer zwei Stockwerke hohen Kinoleinwand bedeckt.

„Direkt unter uns befindet sich die Küche. Und die Bilder – deine Bilder ...“, Shane deutet an die beiden nackten Seitenwände, „... kommen da und da hin. Los, es geht noch weiter.“

Ich folge ihm die Treppe runter. Meine Augen sind noch immer verquollen von der ganzen Heulerei, und ich habe kaum einen Bissen runtergekriegt. Auch wenn ich immer noch nicht so genau weiß, was ich hier eigentlich mache, bin ich dankbar für die Ablenkung und voller Bewunderung für das, was Shane hier auf die Beine gestellt hat. Er hatte schon immer große Ideen, und ich wusste natürlich theoretisch von dem Carriage House-Projekt, aber dann vor Ort zu sehen, wie es entsteht, ist schon grandios. Er zieht das tatsächlich durch. Vielleicht ist er ja wirklich erwachsen geworden.

Shane blüht förmlich auf, während er mir Küche, Restaurant und Kino zeigt. Es gefällt mir, ihn so zu erleben. Obwohl seine Jeans abgetragen und seine Haare ein einziges Chaos sind, hat er nie besser ausgesehen. Na ja, vielleicht vorhin in dem Handtuch.

Mein Blick fällt auf den leeren Raum an den Wänden, der für meine Arbeiten reserviert ist. Meine Werke, meine Wandgemälde, werden hier … überall sein. Leichte Aufregung bahnt sich in mir den Weg. Und landet mit einem Knall in meinem Herzen. Mir fällt die Kinnlade herunter und ich blinzele hektisch, weil ich meinen Augen nicht traue.

„Das gibt's nicht. Das ist unmöglich!"

Im Eingangsbereich hängen drei Gemälde, auf Leinwand gezogen. Meine.

Die Bilder, die Shane aus meinem Facebook-Album ausgedruckt und im Konferenzraum aufgestellt hat. Die beiden gegenständlichen Paare und das Porträt in Komplementärfarben. Die Originale, die ich unter meiner Kensington-Kiste nicht finden konnte.

Mom hat sie doch nicht weggeworfen.

Ich hatte sie zum Aufbewahren flach gestapelt. Er hat sie aufziehen lassen? Sie hängen auf Augenhöhe, jedes von einer einzelnen Lichtquelle akzentuiert. Sie sind … wunderschön.

Ich sehe Shane an. Er hat seine Daumen in die Taschen seiner Jeans gehakt und lehnt an der Wand. Um seine Lippen spielt ein kleines, blitzendes Lächeln. Ich bin völlig geplättet.

„Wie kann das sein? Woher hast du die? Wie hast du sie bekommen? Wann?“ Meine Gedanken überschlagen sich, als ich die diversen Möglichkeiten durchspiele. Mein Blick wandert unaufhörlich zwischen ihm und den Bildern hin und her.

„Ich war ungefähr einen Monat vor dem Agentur-Meeting bei deinen Eltern. Genau genommen war ich mit deinem Dad beim Mittagessen.“

Ich starre ihn verblüfft an. „Was?“

„Ich habe mal spontan reingeschaut, und, na ja, wir kamen ins Gespräch.“

„Und warum hast du spontan vorbeigeschaut’?

Er schüttelt lächelnd den Kopf, als wäre meine Frage überflüssig. „Um dich zu sehen. Ich hatte nie die Absicht, aus heiterem Himmel bei dir im Büro aufzutauchen. Und ich habe dir ja erzählt, dass du einen großen Anteil daran hast, dass es überhaupt zu der Carriage House-Idee gekommen ist. Also wollte ich mit dir reden, dich fragen, ob du daran interessiert bist, das Konzept mit mir weiterzuverfolgen.“ Ein sanftes Lächeln zupft an seinen Mundwinkeln. „Außerdem war es ein guter Grund, dich wiederzusehen.“

„Und dann? Ein Mittagessen mit Dad, und du hast deine Meinung geändert?“ Der Gedanke verschlägt mir den Atem. „Sag mir nicht, er hat dir nahegelegt, dass du …“

„Nein. Nein, ganz im Gegenteil. Er war ein angenehmer Gastgeber, und wir hatten eine lange, aufschlussreiche Unterhaltung. Ich habe ihm von meinen Plänen erzählt, er hat mir berichtet, wo du arbeitest. Ich habe laut darüber nachgedacht, deine Agentur zu buchen und erwähnt, dass mein Konzept von deinen Bildern inspiriert ist, von deiner Liebe zum Kino … und als ich ihn dann wieder nach Hause zurückfuhr, hat er diese drei Werke für mich herausgesucht.“

„Er hat sie dir gegeben?“

Shane lacht. „Ich wollte sie nicht behalten, nur im ersten Konzept-Meeting nutzen, um zu demonstrieren, was mir vorschwebt, aber, na ja, sie gefallen mir hier wirklich sehr gut …"

Ich bin verwirrt. „Du hast in dem Meeting Ausdrucke aus meinem Facebook-Album benutzt."

„Ich weiß."

„Und du hast nie Kontakt zu mir aufgenommen. Okay, auf Facebook, aber du hast kein Wort über die Bilder gesagt."

„Ich weiß."

Keine Erklärung. Ich hebe ungeduldig die Hände. „Shane?"

„Dein Vater hat mir erzählt, dass du verlobt bist, daher …" Er verändert seine Position, lehnt sich mit der Schulter an die Wand. „Ich … ich weiß nicht. Wollte keine unerlaubten Grenzen überschreiten."

Ich lache leise und rümpfe skeptisch die Nase. „Daran hast du dich nicht besonders konsequent gehalten."

„Stimmt, aber erst, nachdem ich dich mit ihm gesehen habe und …" Er presst die Lippen zu einem dünnen Strich zusammen, und sein Gesichtsausdruck ist plötzlich kalt. „Er verdiente dich nicht. Daher habe ich keine Rücksicht mehr genommen."

Ich lasse seine Worte auf mich wirken. Wie hatte Ren noch gesagt? *Deine Mom war ganz durcheinander, als du so rausgestürmt bist. Deine Eltern haben sich deshalb gestritten.* Deshalb hat Mom meine Fragen so hartnäckig ignoriert. Sie haben nichts gesagt, weil Bradley dabei war. Sie muss an dem Tag ganz schön wütend auf Dad gewesen sein. Und später am Telefon hat sie vermutlich nichts gesagt, weil sie auf keinen Fall wollte, dass Shane wieder in meinem Leben auftaucht. Mom war ganz entschieden auf Bradleys Seite. Ist sie das immer noch?

„Also, ich gestehe, ich habe deine Bilder. Ich liebe sie wirklich. Und irgendwie gab es bislang noch nicht die richtige Gelegenheit, sie dir zu …"

Ich überrasche ihn mit einem Kuss auf die Wange. Dann lächele ich ihn an. „Du hast meine Stühle gekauft."

„Ich habe keine Ahnung, was du meinst, aber wenn es dich glücklich macht, dann, ja, okay, ich habe deine Stühle gekauft."

Mein Lächeln wird breiter. „Sagt dir der Titel ‚Phenomenon – Das Unmögliche wird wahr' etwas?"

Er kneift nachdenklich die Augen zusammen. Ich warte nicht auf eine Antwort.

„Kyra Sedgwick spielt eine Frau namens Lace, und die stellt Stühle her, alle möglichen Sorten, und versucht, sie unter die Leute zu bringen, allerdings mit sehr, sehr mäßigem Erfolg. Ganz plötzlich steigt jedoch die Nachfrage, also stellt sie noch mehr Stühle her." Ich bin nicht sicher, dass er sich an den Film erinnert, fahre aber unbeirrt mit meiner Kino-Nacherzählung fort. „Es war George, gespielt von John Travolta. Er hat sie alle gekauft. So viele, dass sein ganzer Garten voll davon war." Ich deute vielsagend mit dem Kopf auf meine Bilder. „Du hast meine Stühle gekauft."

„Das habe ich." Shane lächelt warm und richtet sich dann unvermittelt zu voller Größe auf. „Setz dich doch, ich bin gleich wieder da." Er zeigt auf eine Sitzgruppe und verschwindet in die Küche.

Aus den Lautsprechern, die sich an den Wänden entlang ziehen, ertönt Musik, und Shane taucht wieder auf. Mit einem … ich runzele verblüfft die Stirn. „Was ist denn das?" Blumen. Ein Blumenkranz?

„Der ist für dich." Er setzt ihn mir vorsichtig auf den Kopf. Er ist mir so nah, dass mir der Duft seines Aftershaves in die Nase steigt, dieser vertraute Mix aus Holz und Shane. Natürlich nehme ich den Kranz sofort wieder ab, um ihn näher zu betrachten. Es sind Feldblumen, locker zu einem Gebinde in Pink und Weiß gewunden. Ich lächele, ein bisschen ratlos. Was hat er jetzt schon wieder vor?

„Nein, nein." Shane nimmt mir den Kranz weg, setzt ihn wieder auf meinen Scheitel und drückt ihn ein Stück nach unten, bis er sicher sitzt. Er rückt das Ganze noch ein letztes Mal zurecht, dann senkt er die Hände, während sein Blick noch länger auf mir verweilt. „Der muss da oben bleiben. Noch ein bisschen Geduld …" Er verschwindet wieder nach hinten.

Ich berühre das Blumengebinde mit den Fingerspitzen und lasse den Blick schweifen. Beim Anblick meiner sanft beleuchteten Bilder muss ich unwillkürlich lächeln. Sie hängen dort, um betrachtet zu werden. Sie liegen nicht in einer dunklen Schublade, sondern sind ausgestellt. Für jeden sichtbar. Wieder sammelt sich Flüssigkeit an meinen Wimpern, aber diesmal sind es gute Tränen.

Durch die Lautsprecher erklingt jetzt „If You Leave" von OMD. Ich summe sofort mit. Diesen Song habe ich seit Jahren nicht mehr gehört.

Das Telefon in meiner Tasche vibriert. Wie den ganzen Tag schon. Während ich es hervorhole, bekräftige ich im Geiste noch einmal die Regeln. Ich höre keine Nachrichten ab. Ich schaue nur auf den Bildschirm.

Drei verpasste Anrufe.

Zwei von Ellie, einer von Bradley. Statt reinzuhören, öffne ich meine E-Mails, um einen Blick auf die „Filmreife Liebe: Liste" zu werfen. Ich weiß, dass Shane etwas damit im Schilde führt.

1. Schlaflos in Seattle
2. ~~Pretty Woman~~
3. Bridget Jones – Schokolade zum Frühstück
4. ~~27 Dresses~~
5. ~~Dirty Dancing~~
6. Das darf man nur als Erwachsener
7. Tatsächlich … Liebe
8. Teen Lover
9. e-m@il für Dich
10. ~~Die Hochzeit meines besten Freundes~~

Es ist Nummer 6. Als ich Shane aus der Küche kommen sehe, schwindet der letzte Zweifel. Ich trage einen Blumenkranz, die Anlage spielt „If You Leave" und ... Er hält einen Geburtstagskuchen in der Hand. Mir schwillt das Herz wie ein Luftballon.

Das ist tatsächlich „Das darf man nur als Erwachsener".

Und es ist total surreal.

Shane lächelt. „Du musst dich da draufsetzen." Er nickt zum Tisch. „Im Schneidersitz."

Mir wird die Kehle eng, und ich bin einmal mehr den Tränen nah, als ich auf die Tischplatte steige. Ich kreuze die Beine und arrangiere meinen Rock darüber. Im Film wird Samanthas Geburtstag von der Hochzeit ihrer Schwester überschattet. So wie meine Hochzeit von Rens Baby-Verkündung. Ich bin unsichtbar. Niemand interessiert sich für mich, und meine großen Momente spielen keine Rolle. Und hier kommt Shane, genau wie der hübsche Jake Ryan, und tut dies alles hier für mich. Nur für mich.

Er stellt den Kuchen vor mich, dann steigt er ebenfalls auf den Tisch und lässt sich vorsichtig nieder. „Okay. Gut. Ich war nicht sicher, ob er mich tatsächlich trägt."

Ich lache unter Tränen und schaue ihn an.

Er lächelt schief. „Danke, dass du hergekommen bist."

„Danke, dass du *gekommen bist, um mich zu holen.*" Das Filmzitat geht fast unter in meinen raschen, keuchenden Atemzügen. Ich lächele mit geschlossenem Mund, überwältigt von Emotionen.

Ich wische mir die Augen, räuspere mich und sehe zu, wie Shane die Kerzen anzündet. Es sind ... zwei, vier, sechs ... „Sieben? Du hast nur sieben Kerzen."

Honiggoldene Augen suchen meinen Blick. Er beugt sich zu mir. „Ich habe nur sieben Geburtstage verpasst."

Mein Magen flattert. Ich war dreiundzwanzig, als er gegangen ist. Vor sieben Jahren. Sieben Geburtstage. Ein ganzes Leben zwischen damals und heute. Aber es ist wie in dem Lied – es ist, als ob die Zeit stillgestanden hätte.

„Herzlichen Glückwunsch, Kensington. Wünsch dir was."

Ich senke den Blick auf den Kuchen, denn ich erinnere mich an die Zeile, die jetzt kommt. An die Szene.

An den Kuss.

Ich glühe von innen. Kleine nervöse Schmetterlinge fühlen sich von diesem Licht angezogen. Vielleicht kommen sie ihm zu nahe. Sie könnten sich verbrennen.

Ich blinzele durch meine Wimpern zu ihm hoch, beiße mir auf die Lippe und ringe mit mir, ob ich den Text zitieren soll, wohl wissend, was danach folgt. Wohl wissend, dass ich noch nicht ganz bereit dazu bin. Nicht wissend, was er erwartet.

Aber er erlöst mich aus dem Dilemma.

Er beugt sich vor, eine Hand vor sich auf den Tisch gestützt, um nicht umzukippen, und spricht den Text selbst. „Mein Wunsch hat sich bereits erfüllt." Die Worte kommen leise, in einem Atemzug, seine Lippen nur ein Flüstern entfernt.

Dann drückt er mir einen langsamen, langen Kuss auf die Wange, der die Schmetterlinge in meinem Körper wild aufflattern lässt. Mehr wäre zu viel gewesen. Weniger hätte die Szene unvollendet gelassen.

Nun gibt es keine ungesagten Zeilen mehr.

Nur noch den Abspann, der über das Standbild von Samantha und Jake läuft, die sich küssen, in alle Ewigkeit. Die hypnotische Melodie des Songs ist weiter zu hören, genau wie jetzt. Die Zuschauer wissen, dass alles gut wird. Dass es Samantha gut geht. Weil es endlich jemanden gibt, der sie sieht.

Der mich sieht.

Shane hat mich immer gesehen.

„Lieblingsfarbe?“ Früher war es Blau. Ich möchte alles wissen, und sei es auch nur, um mich vom Telefon abzulenken. Von meinen Gedanken. Meinen Nerven.

Wir sitzen in Schaukelstühlen auf dem oberen Balkon des Haupthauses, mit Blick in den Garten. Es ist friedlich, eine leichte Brise weht. Ich erinnere mich, wie ich vor Jahren mit seinen Großeltern hier saß und Eistee trank.

„Hm, ich würde sagen, blau“, antwortet Shane.

„Immer noch blau? Einfach blau? Nicht himmelblau oder meerblau?“ Ich stoße mich mit den Füßen vom Boden ab, um den Stuhl weiter in Bewegung zu halten. „Es gibt tatsächlich neunundfünfzig Blaunuancen, und das ohne die erfundenen wie toilettenwasserblau.“

„Toilettenwasserblau?“ Er schaudert. „Ich bleibe bei schlichtem Blau.“

„Okay, gut, blau.“ Ich rümpfe die Nase. „Weitermachen. Lieblingszahl?“

„Hm. Die zwei. Und fünf, ja. Die fünf mag ich wirklich gern.“

Als mir klar wird, worauf er anspielt, betrachte ich ihn mit einem skeptischen Blick. „Nummer fünf war „Dirty Dancing“ und zwei „Pretty Woman“. Es hat dir echt gefallen, Klamotten einzukaufen?“

„Es hat mir gefallen, dich dabei zu beobachten.“

Ich lächele. „Ich glaube, dir hat es gefallen, von den Marys angehimmelt zu werden.“

Er zuckt die Achseln. „Es hat mir gefallen, dich glücklich zu sehen, Kensington.“

Meine Wangen glühen. Ein kurzes Schweigen legt sich zwischen uns, voller Verständnis. Vielleicht ist da ein winziger Schimmer Glück.

„Das habe ich gebraucht“, flüstere ich.

„Danke, Shane.“

„Sehr gern." Er legt den Kopf zurück und schließt die Augen. Um seine Lippen spielt ein zufriedenes Lächeln.

Blätter rascheln in der leichten Brise wie Papier, während Spatzen sich rund um ein Futterhäuschen bekriegen, das an einem niedrigen Ast baumelt. Ich verlagere mein Gewicht, um den Schaukelstuhl wieder in Gang zu setzen.

Es ist wirklich schön hier.

„Ich glaube, deinem Großvater hätten deine Ideen für Carriage House gefallen. Alles, was du hier machst. Ich bin sicher, dass er stolz auf dich wäre." Shane hat nicht viel über den Tod seines Großvaters erzählt. Nur, dass er ihm alles hinterlassen hat, einschließlich der Verpflichtung, sich um Gram zu kümmern.

Sein Schaukelstuhl stoppt, und Shane schaut mich an. „Denkst du ernsthaft darüber nach, bei Safia zu kündigen? Und endlich dein eigenes Atelier aufzumachen?"

Ich starre auf den Horizont. Die Gelbtöne der frühen Dämmerung sind einem körnigen Braun gewichen. „Oh, ich weiß nicht so genau."

„Du könnest es tun." Er setzt sich aufrecht hin, beugt sich über die Armlehne des Stuhls. „Du könntest für mich arbeiten. Du brauchst nicht in die Agentur zurückzugehen."

„Was?" Ich runzele die Stirn. „Du meinst, du willst mich einstellen?"

Er lacht. „Nein, du wärest selbstständig, und wir wären dein erster Kunde oder dein einziger Kunde, und dann könntest du, nun ja, ich weiß nicht … malen."

Mein Herz schlägt plötzlich so laut, dass es mir in den Ohren dröhnt. Was er vorschlägt, ist genau das, was ich mir immer gewünscht habe. Aber irgendwie kam das Leben dazwischen, und so wurde nie etwas aus diesen Träumen. Ich verliere mich in Gedanken an das, was ist, was nicht ist und was ich zurückgelassen habe. Ich will immer noch dieselben Dinge wie gestern. Ich will heiraten. Ich will ein Baby. Aber heute, in diesem Moment, bin ich von beidem sehr weit entfernt.

Aber vielleicht bin ich näher bei mir.

„Dir gefällt doch das Cottage?“ Shane klingt jetzt ganz aufgeregt.

„Und wie. Du hattest recht, der Blick ist sensationell.“

„Wir könnten ein Atelier daraus machen. Dein Atelier.“

„Warum solltest du …“

„Denk einfach mal drüber nach. Du könntest dich hier niederlassen, wenn du willst. Im Sommer birst die Gegend vor Touristen. Das wäre die ideale Gelegenheit für dich, dir einen Namen zu machen.“ Er beugt sich noch näher zu mir und senkt die Stimme. „Es wäre so schön, dich hier zu haben.“

Mit geschlossenen Augen lehne ich mich im Schaukelstuhl zurück und lasse mir seinen Vorschlag durch den Kopf gehen. Ich stelle mir das Cottage vor und mich darin. Ich male. Die Fenster sind geöffnet und die Nachmittagsbrise weht ins Zimmer, weht die Farbdämpfe nach draußen. Ich könnte so viel Chaos anrichten, wie ich will. Gott weiß, wie chaotisch ich bin, wenn ich male. Am Ende landet die Farbe wirklich überall.

Shane schätzt meine Arbeit. Er möchte mich hier haben. Warum muss ich schon wieder an „Pretty Woman“ denken? Edward bietet Vivian ein Apartment an, ein Auto, seine Kreditkarte, was immer sie will. Doch das ist nicht das, was sie von ihm will. Sie will mehr – ihn. „Aber zu mehr habe ich einfach nicht den Mut“, erwidert er.

Shane bietet mir einen Ort, an dem ich leben kann, ein eigenes Studio, sich selbst? Aber im Augenblick, in genau diesem Moment … fehlt mir der Mut.

Ich drehe mich zu Shane um. „Das geht mir ein bisschen schnell. Ich glaube, ein Atelier zu eröffnen und zu versuchen, künstlerisch Fuß zu fassen, ist genau das, was ich tun sollte, aber …“

Shane atmet hörbar aus und lächelt zaghaft. „Aber nicht hier."

„Noch nicht." Ich lecke mir über die Lippen, schlucke und setze mich aufrecht hin. „Ich glaube, ich muss da erst mal allein ran. Und auch eine Weile allein bleiben. Verstehst du das? Bis gestern war ich verlobt, und noch vorige Woche habe ich gedacht, das wäre die richtige Richtung für mein Leben, und dann bist du aufgetaucht und …"

Shane sucht meinen Blick. „Du bist nicht mehr das impulsive Mädchen, das ich kannte. Nicht so schnell bereit, ins kalte Wasser zu springen, ein bisschen vorsichtiger." Um seine Mundwinkel zuckt ein leichtes Lächeln. „Sie ist erwachsen geworden, stimmt's?"

Ich seufze tief und erwidere sein Lächeln. Nachdem ich gesehen habe, was Shane hier alles bewerkstelligt hat, denke ich, dass das wohl auf uns beide zutrifft.

Plötzlich wird die ländliche Stille durch das Geräusch quietschender Reifen und aufspritzenden Schotters gestört. Gram muss eingetroffen sein.

Doch Shane springt verwirrt auf. „Bin gleich wieder da."

Ich erhebe mich ebenfalls, streiche mein Kleid glatt und fahre mir mit den Fingern durch die Haare. Sie nach all den Jahren wiederzusehen, macht mich nervös. Auch wenn es dazu gar keinen Grund gibt. Sie hat mich immer gemocht. Alles wird …

Shane kommt mit großen Schritten zurück, bleibt aber in der Balkontür stehen. Sein Gesichtsausdruck wirkt verkrampft.

Ich starre ihn an. „Was? Was ist los?"

„Bradley ist hier."

18. Kapitel

Crazy, Stupid, Bradley

Shane sprintet zur Treppe. Ich renne zum Fenster und spähe nach draußen. Mist, Bradley ist wirklich hier. Sein BMW parkt neben Shanes SUV. Was zum Teufel will er? Mein Herz schlägt mit dreifacher Geschwindigkeit. Ich laufe zur Schlafzimmertür, drehe wieder um und haste zurück zum Fenster. Ich kann niemanden mehr sehen.

Von unten sind Stimmen zu hören. Es ist kein freundlicher Wortwechsel. Oh! Oh nein, nein, nein, nein … Ohne weiter nachzudenken, stürze ich durch den Flur. Ich bin schon halb die Treppe runter, als ich sie sehe. Und Bradley mich sieht. Wie ich von oben komme. Aus Shanes Haus. Ich weiß, wonach das aussieht. Ich bin sicher, dass er jetzt denkt … Bradleys Augen verengen sich zu Schlitzen. Ja, er denkt es.

Bewegungslos und stumm bleibe ich auf der unteren Stufe stehen. Es sollte mir egal sein. Ich sollte mich nicht schuldig fühlen, weil ich hier bin. Aber ich fühle mich schuldig. Ich bade geradezu in Schuldgefühlen.

„Können wir ein paar Minuten unter vier Augen reden, Bennett?"

Shanes Blick ist auf Bradley fixiert. „Wenn Kensington will, dass ich gehe, dann gehe ich." Ein falsches Wort, eine hastige Bewegung, und er schlägt zu. Ich spüre es.

Beide Männer schauen mich an.

Meine Finger schließen sich fester um das Holzgeländer. „Bradley, sag einfach, was du zu sagen hast." Meine Stimme zittert.

Er macht einen Schritt an Shane vorbei. „Das Baby ist nicht von mir, Kenz. Und ich bin nicht mal sicher, ob sie wirklich schwanger ist.“

Spielt das eine Rolle? Ich schlucke schwer. Er hat mich trotzdem betrogen. Ich habe trotzdem vorher mit ihm Schluss gemacht.

„Ich hatte keine Affäre.“ Er klingt ungewohnt aufgewühlt. „Wir hatten mal was miteinander, bevor du und ich uns kannten, aber es war nie wirklich ernst.“ Er senkt den Kopf. „Und dann, okay … einmal. Es ist einfach passiert. Wir hatten diesen Streit, erinnerst du dich? Ich habe getrunken, und ich …“ Er reibt sich mit einer Hand übers Kinn. „Ich hab’s vermasselt. Ich weiß, ich hab’s vermasselt.“

Mir wird plötzlich furchtbar übel. Das hier ist genauso wie damals bei Tonya und Shane. Betrunken. Hat nichts bedeutet. Hurrikan Tonya rast wie ein Sturm durch mein Herz und wirbelt jeden Fetzen Wahrheit davon. Ich fühle mich mies.

„Kenz, das war ein Fehler.“ Bradley steht jetzt am Fuß der Treppe. Ich habe mich noch immer nicht bewegt.

Er redet schneller, kommt näher. „Ich wusste nicht, was ich tun sollte. Ich habe alles verbockt. Komm schon, Kenz. Ich liebe dich. Es war ein Fehler, lass es uns noch mal versuchen.“

Ich schaue von Bradley zu Shane. Bradleys Augen folgen meinem Blick.

„Und jetzt erzähl mir bloß nicht, dass es hier um ihn geht.“ Bradley sieht mich mit schräg gelegtem Kopf an. Seine blauen Augen werden ganz sanft. „Er benutzt das, um sich an dich heranzumachen. Schatz, wirf nicht alles weg. Bitte. Wir kriegen das wieder hin.“

Er hat trotzdem mit ihr geschlafen. Ich habe trotzdem mit ihm Schluss gemacht, bevor ich davon wusste. Tonya ist vielleicht schwanger, vielleicht auch nicht. Meine Familie ist sauer.

Ich lasse mich langsam auf die Stufe sinken, inzwischen beide Hände am Geländer.

Bradley macht Anstalten, zu mir auf die Treppe zu kommen, doch Shane tritt hinter ihn. „Sag ihr die Wahrheit.“ Seine Stimme ist leise, sein Ton scharf. „Jetzt. Sonst tue ich es.“

Eisiger Schock lähmt meine Brust. Da ist noch mehr? Ich glaube nicht, dass ich heute noch mehr Wahrheit ertragen kann.

Bradley wirbelt herum und geht drohend auf ihn zu. „Du mieser Arsch.“

Shanes Augen werden zu schmalen Schlitzen. Sein Kiefer mahlt, jeder Muskel ist angespannt. „Erzähl ihr, wo du letzte …“

„Vorsichtig, Bennett“, knurrt Bradley, die Stimme eine Oktave tiefer als sonst. Der Raum fängt an, sich zu drehen. Ich lehne mich ans Geländer. Kann gut sein, dass ich mich gleich übergebe.

„Dann steig in dein beschissenes Auto und fahr nach Hause.“ Shane ist hörbar am Ende seiner Selbstbeherrschung. „Sie hat Schluss gemacht. Damit sollte ja wohl alles klar sein.“

Bradley baut sich so vor Shane auf, dass er ihm direkt in die Augen starren kann. „Sie hat Schluss gemacht? Und warum hat sie dann immer noch den Ring? Arschloch.“

Oh, Mist.

Shane bricht den Böser-Blick-Wettstreit ab, um sich mir zuzuwenden. „Du hast seinen Ring noch?“

„Zum Teufel, ja, hat sie …“

„Halt verdammt noch mal das Maul.“ Shane versetzt Bradley mit einer Hand einen harten Stoß.

Bradley hebt abwehrend die Hände und weicht spöttisch grinsend zurück.

Ich setze mich aufrecht hin, versuche mich zusammenzureißen und irgendwie klarzukommen. „Er wollte … er wollte ihn nicht nehmen.“ Ich klinge kleinlaut, verloren. Mein Herz verblutet gerade. Ich kriege keine Luft mehr.

„Weil wir beschlossen haben, dass sie noch mal darüber nachdenkt, sich etwas Zeit lässt", fügt Bradley hinzu. Er hat die Arme verschränkt und eine selbstgefällige Miene aufgesetzt.

Shane fährt sich mit einer Hand durch sein zerzaustes Haar. Er wirkt frustriert, wütend. „Hast du seinen Ring, Kensington?"

Diesmal gefällt es mir gar nicht, wie mein Name aus seinem Mund klingt. „Ich … Ich habe die Verlobung gelöst, bevor …"

„Ja oder nein?", fragt er scharf.

Mein Herz macht einen nervösen Sprung.

Ich erinnere mich daran, dass ich auch mal blinzeln muss.

Ich nicke.

Er schaut Bradley an. „Erzähl deiner *Verlobten*, wie ich im Canterbury Hotel über dich und Tonya gestolpert bin. Vielleicht hättest du vorher deine Hausaufgaben machen und nachschlagen sollen, wo Clive seine Kunden unterbringt. Erst neulich die Sache im Champps. Und dann habe ich die beiden vorige Woche in der Lobby meines Hotels entdeckt."

Mein Magen dreht sich um und ich bedecke meinen Mund mit einer Hand. Ich kriege keine Luft mehr.

Bradley dreht seinen Kopf ruckartig in meine Richtung. „Wir haben uns getroffen, um über ihre mögliche Schwang…"

„Sie haben nicht geredet."

Bradley springt los.

Er packt Shane vorn am Hemd und drückt ihn weg. Bradley ist breiter. Er besteht nur aus Muskeln und brutaler Kraft. Er knallt Shane gegen die Wand, hart. Bilderrahmen wackeln, einer fällt runter und zerbricht.

Shane bäumt sich auf und zwingt Bradley dadurch, seinen Griff zu lockern. Er ist Boxer. Er ist schnell, und Bradley weiß nicht, wie ihm geschieht.

Das erste, zweite und dritte Mal.

Dann kriegt er Shane wieder zu fassen und platziert einen

sauberen Schlag auf die gegnerische Kinnlade. Blut fließt, ich weiß nicht, wessen.

Das ist der helle Wahnsinn.

Ich halte mir die Augen zu. Ich kann das nicht mit ansehen.

„Aufhören!“, ruft eine zarte Stimme. „Aufhören, auf der Stelle!“ Eine winzige Frau stürmt durch die weit offene Eingangstür ins Haus.

Es ist Gram. Sie hat immer noch dieselben durchdringenden honigbraunen Augen und denselben, keinen Widerspruch duldenden Tonfall wie früher.

„Aufhören! Was zum Teufel ist los mit euch beiden? Sie da, ich kenne Sie nicht, gehen Sie da rüber. Und du …“, sie funkelt Shane streng an und wedelt mit einem strafenden Zeigefinger, „Gehst dort hin.“

Shane tritt zurück und wischt sich über die blutige Nase. Bradley richtet sich auf und schaut mich an. Gram folgt seinem Blick.

„Oh, wen haben wir denn da? Ich habe ja gar nicht gesehen …“ Sie legt den Kopf schräg und kneift die Augen zusammen. „Kensington? Kensington Shaw? Shane sagte, dass wir heute einen besonderen Gast zum Abendessen haben, jemanden, an den ich mich bestimmt erinnern kann …“

Ich glaube, mit einem „Hey, wie geht's so“ komme ich im Moment nicht so gut bei ihr an, also halte ich lieber ganz den Mund. Sie mustert mich von oben bis unten. Mein schockiertes, tränenüberströmtes Gesicht dürfte ihr zumindest ein paar Hinweise auf die aktuelle Sachlage geben.

Unsere Blicke treffen sich für einen Moment. „Warum ruhst du dich nicht ein paar Minuten aus, und kommst dann zu mir in die Küche, Kensington?“, sagt Gram dann. Es ist nicht wirklich eine Frage, und ich weiß, dass es keinen Sinn hat, zu protestieren oder zu argumentieren.

Ich stehe mit weichen Knien auf, schaue erst auf Bradley, den Idioten, dann zu Shane, dessen Lippen eine grimmige Linie bilden.

Ich raffe den letzten Rest Energie zusammen und murmele: „Du wusstest Bescheid?“

Shanes Miene verdüstert sich.

Ich warte nicht auf seine Erklärung. Wie im Traum gehe ich die Treppe hoch und ins Schlafzimmer. Er wusste von Bradley und Tonya und hat mir kein Wort davon gesagt. Nicht mal, als ich es herausgefunden hatte.

Tonya ist vielleicht schwanger. Vielleicht auch nicht. Das alles spielt keine Rolle. Aber Shane wusste es. Und es hat mit Tonya zu tun. Schon wieder.

Die Vertrauensfrage wurde laut und deutlich beantwortet. Schon wieder.

Meine Welt ist auf katastrophale Weise auf den Kopf gestellt worden.

Schon wieder.

Völlig benommen sitze ich auf dem Balkon im Schaukelstuhl und warte. Ich nehme mein Handy und wähle Ellies Nummer. Bitte geh ran. Bitte geh …

„Hallo? Kenzi?“

Oh, Gott sei Dank.

„Hi. Ich, äh …“ Weiter komme ich nicht. Ein Wortschwall stürzt auf mich ein.

„… und ich habe versucht, dich zu erreichen, aber du bist nie rangegangen …“

„… Bradley, Mist, und dann sagte er, dass er zur Farm rausfährt …“

„… Ich bin in ungefähr dreißig Minuten da. Was meinst du? Ja, Ran …“

Ich stehe auf, bei ihren letzten Worten sind sämtliche Lebensgeister prompt erwacht. „Moment. Moment, Ellie? Du kommst her? Jetzt?“

„Ja, sage ich doch. Rand war mit Shane nach Indianapolis gefahren, aber weil Shane nach diesem Paintball-Ding mit dir abgezischt ist, war er gestrandet. Deshalb bringe ich ihn nach Hause. Du könntest mit mir zurückfahren, wenn du magst. Wenn du aber lieber länger bei Shane bleiben willst, ist das völlig okay, ich kann auch allein …“

„Du bist die Beste, oh mein Gott. Ja, ich muss unbedingt hier weg. Sag Rand, dass ich im Haupthaus bin, okay?“ Ich höre, wie sie meine Worte wiederholt, und stoße einen tiefen Seufzer der Erleichterung aus.

Sie will wissen, was passiert ist, aber ich schaffe es nicht, darüber zu reden. Nicht jetzt. Ich beende das Gespräch, kann mich aber nicht dazu durchringen, die Treppe runterzugehen, um mich Gram zu stellen oder einem der beiden Männer. Ich will einfach nur nach Hause.

Ich schaue zum Fenster. Da müsste doch eigentlich ein Rankgerüst sein. Im Kino ist da immer eins. Ich könnte rausklettern und am Straßenrand auf Ellie warten.

Ziehe ich das wirklich ernsthaft in Erwägung? Ja, so schlimm steht es offenbar um mich. Und natürlich gibt es ein Rankgitter. Ich beuge mich über die Balkonwand und rüttele an dem Holzspalier. Es fühlt sich stabil genug an. Ich versuche mit aller Kraft, es von der Wand abzureißen, und es rührt sich keinen Millimeter von der Stelle. Sollte als improvisierte Leiter funktionieren.

Ich hole tief Luft, schwinge ein Bein über das Geländer und schiebe eine Stiefelspitze in das Gitter. Okay, jetzt ein zweiter Atemzug und das andere Bein. Ich halte mich fest und drehe mich so, dass mein ganzes Gewicht auf dem Spalier ruht. Es hält. Ich hopse ein bisschen, um sicherzugehen, tänzele noch etwas herum, um doppelt auf der sicheren Seite zu sein. Alles gut. Es kann losgehen.

Überraschenderweise ist es einfacher, als es im Film aussieht. Mühelos finde ich meinen Weg nach unten. Ich kann nicht glauben, dass ich mich so davonschleiche. Damit hat mein Leben definitiv einen neuen Tiefpunkt erreicht. Noch ein Schritt, und dann ... Ich lande mit einem Plumps, aber unverletzt, unten, trete einen Schritt zurück und streiche meinen Rock glatt.

„Hier, ich dachte, du willst vielleicht deine Handtasche mitnehmen." Es ist Gram.

Okay, ich muss mich korrigieren. Das ist der neue Tiefpunkt meines Lebens.

Sie steht auf dem Gehweg, meine Tasche in der Hand, mit perplexer Miene. War sie schon die ganze Zeit da? Ich fühle mich, als ob jemand meinen Magen auswringt wie ein Handtuch und versucht, auch noch den letzten sauren Tropfen herauszuquetschen. Ich räuspere mich und nehme ihr die Tasche ab. Dabei komme ich mir total lächerlich vor.

„Du hattest schon immer was gegen Türen, wenn ich mich recht erinnere." Mir fällt wieder ein, dass ich damals öfters durch das Fenster von Shanes Wohnheimzimmer geklettert bin, unter anderem einmal, als seine Großmutter unerwartet zu Besuch war. Sie war nicht überrascht, als ich plötzlich im Fenster auftauchte.

Gram dreht sich auf dem Absatz um und geht wieder ins Haus. „Und jetzt komm. Ich setze Wasser auf."

Ich folge ihr stumm und mit gesenktem Kopf.

„Tee gibt es leider nicht. Wir müssen uns mit Kaffee begnügen." Sie öffnet einen Schrank und holt Tassen heraus. „Shane hat nie irgendwelche Vorräte. Und ich wohne jetzt hinten in einer kleinen Wohnung."

Von Bradley und Shane fehlt jede Spur. Ich stehe im Türrahmen und weiß nicht recht, was ich sagen soll. Ich sollte irgendwas sagen. Stattdessen zupfe ich an meinem Kleid herum.

„Nun setz dich schon." Sie stellt eine Tasse vor mich auf den massiven Holztisch.

Ich lasse mich auf einen Stuhl sinken und schiebe zwei Finger durch den Henkel der Tasse. „So habe ich mir unser Wiedersehen nicht vorgestellt."

„Das kann ich mir denken. Möchtest du Zucker?" Sie schenkt Kaffee ein.

„Ja, bitte." Ich nehme einen Löffel voll und rühre klirrend um. Was ist, wenn sie mir jetzt sagt, dass ich nicht die Richtige für Shane bin? Wäre das nicht genau das, was meine Mom mit ihm gemacht hat?

Gram nimmt mir gegenüber Platz. „Milch oder Sahne sind leider Fehlanzeige, fürchte ich." Sie faltet ihre dünnen Hände vor sich auf der Tischplatte und schaut mich ernst an. „Erzähl mir von dem Mann, der hier war."

Ich blicke auf. Sie liest meine Gedanken, bevor ich sie überhaupt klar ausformuliert habe.

„Oh, ich habe ihn nach Hause geschickt, meine Liebe. Und Shane ist im Cottage, um deine Taschen zu holen."

Meine Taschen. Mir wird das Herz schwer. Sie wollen also, dass ich gehe. Nun ja, das habe ich schließlich auch vor. Ellie müsste gleich hier sein.

„Wir waren verlobt, bis, äh, gestern." Das klingt schrecklich. War es wirklich erst gestern? Gott, das ist schrecklich. „Meine Familie liebt ihn. Aber ich hab nach einer Weile gemerkt, dass ich ihn nicht liebe, jedenfalls nicht genug. Nicht so, wie ich sollte. Und dann …" Ich zögere. Soll ich ihr von Tonya erzählen? „Äh, wie sich herausstellte, hat er mich betrogen … und sie ist möglicherweise schwanger." Da, ich habe es ausgesprochen. Ja, ich bin ein jämmerliches Nervenbündel. „Mit einer Frau, die ich … für eine Freundin gehalten habe."

Sie hebt die Brauen. „Und wo genau kommt Shane bei all

dem ins Spiel?“ Sie nimmt einen Schluck Kaffee und mustert mich über den Rand ihrer Tasse hinweg prüfend.

Ich hatte vergessen, wie direkt sie ist. Ich drehe meine Tasse um, sodass der Henkel in die andere Richtung zeigt, aus keinem besonderen Grund, nur, um meine Hände zu beschäftigen. Wie passt Shane in all das rein? Ich denke daran, wie er sich online mit mir befreundet hat, an den ersten Tag, als er in der Agentur auftauchte, an die „Filmreife Liebe: Liste“ und all die Kinomomente.

Dann schaue ich Gram in die Augen. Sie wartet geduldig auf meine Antwort.

„Er, äh, kam als Kunde in die Agentur, in der ich arbeite, und wir haben geschäftlich miteinander zu tun. Und da ist diese Liste … und er …“ Ich lächele ein bisschen und senke den Blick.

„Verstehe.“ Gram hält ihre Tasse mit beiden Händen, die Ellbogen auf den Tisch gestützt. „Ich weiß noch, wie er damals nach England gegangen ist, ohne dich.“ Sie zieht nachdenklich die Brauen zusammen. „Es war nicht leicht für ihn. Die nächsten Jahre waren nicht viel besser.“ Gram lehnt sich zurück.

Ich spitze die Ohren. Jetzt wird's interessant.

„Als mein Charles vergangenes Jahr starb, hat er alles Shane hinterlassen, wobei er natürlich für mich entsprechend vorgesorgt hat. Mein Sohn, Shanes Vater, ist der Meinung, dass das Erbe ihm zugestanden hätte. Außerdem war da dieses Mädchen, mit dem Shane sich getroffen hat.“

Ich bin nicht sicher, ob ich darüber mehr erfahren möchte. Bitte sag jetzt nicht, dass er sie immer noch liebt.

„Shane verfolgte eine vielversprechende Karriere in der Firma seines Vaters. Sie verfolgte einen vielversprechenden Ehemann.“ Ihre Augen verengen sich. „Und dann vermachte mein Charles Shane das Familienvermögen und die Farm in den USA. Es war klar, dass Ärger ins Haus stand, wenn er sich entschließen würde, wieder hierher zu ziehen. Dass das einigen Leuten da drüben gründlich die Petersilie verhageln könnte." Sie streckt eine Hand aus, legt sie auf meine und lächelt. „Ich bin sehr froh, dass diese Befürchtung sich bewahrheitet hat."

Von all dem hat er mir nie etwas erzählt. Er erzählt mir vieles nicht.

„Sie wollte, dass er alles verkauft, damit sie vom Erlös leben können. Sein Vater stimmte ihr zu. Zusammen versuchten die beiden, Shane zu überzeugen, dass das der richtige Weg sei. Fast wäre es ihnen gelungen."

Sie trinkt einen Schluck. Ich weiß nicht, was ich sagen soll. Sollte ich irgendwas sagen?

„Shane hatte die Wahl. Er konnte sein Erbe mit Profit verkaufen und mich mir selbst überlassen. Oder er konnte wieder nach Amerika kommen und sich ein bisschen um seine alte Großmutter kümmern. Und hier möglicherweise noch mal neu anfangen." Sie sieht mich vielsagend an. „Die Wahl zu haben, heißt, über den Sinn seines Lebens entscheiden zu können. Und ich glaube, er hat die richtige Entscheidung getroffen. Vielleicht hast du das ja auch."

Ich lächele sie zaghaft an.

Sie erwidert mein Lächeln und dreht sich zur Tür um. „Shane, du kannst genauso gut reinkommen, ich kann dich da draußen sitzen hören." Sie zwinkert mir zu. „Ich höre alles, das treibt ihn zum Wahnsinn."

Shane hat alles mitgekriegt? Ich höre eine Bewegung, konzentriere mich aber auf meine Tasse, deren Henkel ich mit einem wahren Todesgriff umklammere.

„Du brauchst mal ein paar Vorräte hier, zumindest Milch oder Sahne für den Kaffee." Sie steht auf. „Kensington, es war nett, wieder mal dein hübsches Gesicht zu sehen. Ich hoffe, dazu kommt es jetzt öfter."

Ich schaue auf und bemerke gerade noch ihr Lächeln, bevor

sie sich zum Gehen wendet. Dann sehe ich Shane. Er lehnt im Türrahmen, den Kopf argwöhnisch zurückgelegt. Die Lippen, die ich vor kaum drei Stunden noch an meiner Wange gespürt habe, sind leicht geschwollen, die Unterlippe ist aufgeplatzt. Sein Blick bohrt sich förmlich in meinen. In diesem Moment gleicht er mehr dem Jungen, an den ich mich erinnere, als dem Mann, den ich zu kennen hoffte.

Er holt Luft, als ob er vorhat, das Schweigen zu brechen, doch die Türklingel kommt ihm zuvor. Erstaunt runzelt er die Stirn. Jetzt erst entdecke ich meine Taschen hinter ihm.

Gepackt. Bereit. Entschieden.

„Das ist mein Fahrdienst", flüstere ich und springe auf. Meine Schulter streift seine, als ich mich an ihm vorbeischiebe.

„Warte, Kensington." Er dreht sich um und stemmt einen Arm gegen den Türrahmen, um mir den Weg abzuschneiden. Sein Blick ist sanft.

Ich würde so gern hören, dass ich ihn missverstanden habe. Dass er nichts von Bradley und Tonya wusste. Dass ich ihm vertrauen kann. Aber ich habe ihn sehr gut verstanden. Er wusste es. Jeder wusste es.

Ich schüttele den Kopf. „Ich, äh … brauche jetzt erstmal Abstand." Mit zitternden Händen greife ich mir meine Taschen und tauche unter seinem Arm durch zur Tür.

Shane folgt mir auf dem Fuße. „Kensington, bitte."

Ich bleibe nicht stehen. Im Gegenteil, ich laufe weg.

Aber wohin laufe ich eigentlich?

Schon wieder rollen Tränen über meine Wangen. Ich wische sie weg und meide Rand Petersons neugierigen Blick, als ich an ihm vorbeikomme. Ellies Augen weiten sich bei meinem Anblick. Ich bin deutlich verstört und taumele förmlich auf ihr Auto zu.

„Schon gut. Schon gut. Gib her." Sie entreißt mir meine Taschen und wirft sie in den Kofferraum.

Ich schmeiße mich auf den Beifahrersitz, knalle die Tür hinter mir zu, schnalle mich an und schalte innerlich ab. Ellie setzt sich hinter das Lenkrad und zögert, die Hand an der Zündung. Mir ist klar, dass Shane direkt neben meiner Tür steht.

„Bitte fahr mich einfach nach Hause, Ellie." Ich wurde von der Wahrheit attackiert, und es tut weh. Oh Gott, wie das wehtut. Aber für den Moment sind die Tränen versiegt. Vielleicht bin ich endlich endgültig an meine Grenzen gestoßen. Mit jedem.

Bradley, dieser dämliche Idiot, ist ausreichend zu Wort gekommen. Und Shane hat genug gesagt, ohne viel zu sagen. Fand er es nicht weiter wichtig, dass er Bradley und Tonya zusammen gesehen hat? Es war ihm keine Erwähnung wert, nicht mal ein schlichtes: Hey, du ahnst ja nicht, über wen ich gestolpert bin?

Aber wieso auch? Er hat mir ja auch nie erzählt, was meine Mom oder Tonya damals zu ihm sagten. Okay, er war praktisch noch ein Kind, das verstehe ich, er hat sich entschuldigt, ich habe die Entschuldigung angenommen. Aber jetzt? Jetzt ist er angeblich erwachsen, und er hat es wieder getan.

Vielleicht ist es ja an der Zeit, dass ich mal etwas sage.

Angefangen bei … Tonya.

19. Kapitel

Das gibt wirklich Ärger!

Ellie hat mich nach Hause gebracht und ist wieder gefahren, nachdem ich ihr hoch und heilig versprochen habe, mich hinzulegen. Doch kaum war sie weg, bin ich in mein Auto gesprungen und zu Tonya gesaust. Nun parke ich schon seit über einer Stunde vor ihrem Apartment.

Und beobachte.

Warte.

Esse.

Tonyas Wohnung ist dunkel. Sie ist nicht da, aber das ist kein Problem; ich kann geduldig sein. Mein Wagen hat eine Sitzheizung. Außerdem habe ich heißen Kaffee und eine Tüte Donuts. Seit ich „Das gibt Ärger" gesehen habe, weiß ich, wie Observierungen funktionieren. Und das hier ist ganz offiziell eine Observierung.

Ich bin Lauren, gespielt von Reese Witherspoon, aber mit den Beschattungsfähigkeiten von Chris Pine und Tom Hardy. Leider verfüge ich nicht über deren Arsenal an coolem Spionagerüstzeug, mein Handy muss reichen.

Wie ich feststelle, hat sie mich auf Facebook entfreundet. So ein Miststück. Tonya hätte mir zumindest die Genugtuung lassen können, sie zu entfreunden. Schließlich ist sie die verlogene Betrügerin.

Ich kontrolliere Ellies Freundesliste. Ja, Tonya ist immer noch drauf. Wenn ich also auf Ellies Pinnwand poste, bekommt sie es immer noch mit.

So was wie: Ich esse grad' ein Sandwich. Soll ich dir die Reste ans Fenster schmieren?

Das ist zu nett. Vielleicht versetze ich mich etwas zu sehr in Lauren hinein. Ich will nicht nett sein. Ich weiß nicht, was ich will. Vielleicht ein Sandwich. Von den Donuts wird mir langsam schlecht.

Im Film sagt Laurens Freundin: *Nimm nicht den besseren Typen, sondern den, bei dem du dich besser fühlst.* Nun ja, bei keinem von beiden. Mit Bradley bin ich immerhin zur Ruhe gekommen. Shane ist immer noch unstet. Also entscheide ich mich für FDR Foster, gespielt von Chris Pine, in „Das gibt Ärger". Der geht gern ins Kino und versucht, Kunst zu verstehen, das kommt also schon hin. Ich sollte den Film heute Abend gucken.

Das Innere meines Wagens wird kurz erleuchtet, als ein SUV auf den Parkplatz biegt. Ich ducke mich und rutsche dann gerade so weit hoch, dass ich über den unteren Rand des Fensters spähen kann. Eine Hybrid-Welle aus Zucker und Adrenalin bringt mein Herz zum Rasen.

Sie ist es. Und sie ist nicht allein. Wer bei ihr ist, kann ich allerdings nicht erkennen. Ich presse die Stirn an die Scheibe und kneife die Augen zusammen. Wer zum Teufel ist das? Bradley? Ja oder nein? Ich atme so schnell, dass das Glas beschlägt. Das kann nicht Bradley sein. Mit dem Ärmel wische ich die Scheibe und fokussiere mich wieder auf das Paar. Nein, das ist nicht Bradley, es ist ... Keine Ahnung. Sie gehen in ihr Apartment. Was nun?

Ich setze mich auf und nehme mir noch einen Donut. Energienachschub für meine grauen Zellen. Ich war auf ein Einzelverhör eingestellt, keine Gruppen-Vernehmung. Auf keinen Fall kann ich da jetzt rein. Wenn jemand bei ihr ist, werde ich kaum aufs Ganze gehen.

Das Licht in ihrer Wohnung wird angeknipst.

Ich muss wissen, wer bei ihr ist.

Ich denke nicht. Ich handele. Ich werfe den angebissenen Donut zurück in die Tüte, überlege es mir dann aber anders. Das mit dem Donut, nicht mein Vorhaben. Ich kann den kläglichen Rest genauso gut auch noch vertilgen.

Okay … jetzt aber. Jetzt steige ich aus. Jetzt schreite ich zur Tat.

Ich schleiche am Rand des Gehwegs entlang, mit gesenktem Kinn und aufgestelltem Kragen. Ein langer Schritt hier. Ein gekauerter Sprung dort. Klammheimlich nähere ich mich Tonyas Apartmentgebäude und schaue mich verstohlen um.

Gott sei Dank wohnt sie im Erdgeschoss. Ich schiebe mich Zentimeter für Zentimeter an der Mauer vor ihrem Fenster entlang. Mist, die Hecke ist verdammt dicht. Autsch. Die staksigen Zweige zerkratzen meine Haut, meine Haare verfangen sich in kleinen Widerhaken, die an den Strähnen zerren, wenn ich den Kopf drehe. Was zum Teufel ist das für ein Gestrüpp? So wird das hier nichts. Ich versuche, mich umzudrehen … Stimmen. Ich höre Stimmen. Jemand kommt den Weg entlang.

Ich ducke mich, so tief ich kann, aber ich trage keine Tarnkleidung, ich verschmelze nicht mit meiner Umgebung, gut möglich, dass sie mich entdecken.

Ich schließe die Augen und verharre so bewegungslos wie möglich inmitten des Gestrüpps. Ist das die typische Arbeitssituation für einen CIA-Spion? Keine Ahnung, wie diese Typen das durchhalten. Mein Knöchel juckt wie verrückt.

Ich balanciere in seltsamer Kauer-Stellung, mein Knöchel brennt und nach dem ganzen Kaffee muss ich dringend pinkeln.

Sind sie weg? Ich glaube, ja. Ich kratze mich am Bein und richte mich auf. Ich schaffe das hier.

Langsam drehe ich mich um und presse mich flach an die Wand, zwischen Mauer und Hecke, die Hände an den Ziegeln. Dann strecke ich die Fingerspitzen tastend nach Tonyas Fenster aus, ja, beinahe, ich kann es fast … da. Jetzt. Ich bin direkt darunter.

Langsam … hebe ich den Kopf. Richte ich mich auf, peu à peu, ängstlich darauf bedacht, keine Aufmerksamkeit zu erregen. Dann erstarre ich. Nun dürfte der obere Teil meines Kopfs vom Inneren des Apartments aus zu sehen sein. Aber ich höre keinen aufgeschreckten Schrei, kein: Oh mein Gott, wem gehören denn die Haare da?

Ich unterdrücke ein Kichern. Komische Vorstellung – aus seinem Fenster zu gucken und nur eine Stirn zu sehen. Was würden sie der Polizei sagen? Als Spanner können sie einen jedenfalls nicht verhaften lassen. Eine Stirn hat keine Augen.

Ich schiebe mich höher … höher … bis ich über den Rand des Fensterrahmens hinwegspähen kann. Ich sehe Tonya und den Rücken des mysteriösen Mannes. Es ist definitiv nicht Bradley; die Figur stimmt nicht, der Typ hat keinen Hintern in der Hose. Aber … er kommt mir merkwürdig vertraut vor. Die beiden streiten sich. Tonya sagt irgendwas, aber ich kriege nur gedämpfte Feindseligkeit mit.

Oh! Oh, oh! Jetzt küsst er sie. Sie stößt ihn weg, aber … jetzt erwidert sie seinen Kuss! Sie hören auf und … warum streichelt er ihren Bauch auf diese Weise, als ob … Moment mal, ich dachte, sie sei gar nicht schwanger? Jetzt redet er mit ihrem Bauch.

Sie ist schwanger!

Tonya löst sich von ihm und geht schimpfend ins Wohnzimmer. Sie klingt wie eine von diesen aufgebrachten Figuren bei Charlie Brown. Ich verstehe nur wah, wah, wah, wah, wah, wah. Diese Fenster sind wirklich gut isoliert.

Na los, jetzt dreh dich mal um.

Mach schon.

Er dreht sich um. Es ist … Es ist …

„Heilige Scheiße."

Oh! Das habe ich laut gesagt. Die Isolierung ist doch nicht so gut, wie ich dachte. Beide Köpfe schießen in meine Richtung.

Ich lasse mich fallen.

Mist. Mist. Mist. Weg! Nichts wie weg hier! Ich muss sofort abhauen! Ich schlage mich in Rekordzeit durch die Büsche, breche rücksichtlos Zweige und reiße Löcher in meine Klamotten. Dann bin ich draußen. Mist, wohin jetzt? Ich starre hektisch nach rechts, dann nach links, dann wieder nach rechts.

Die Luft scheint rein. Ich sprinte los, trampele mitten durch ein Blumenbeet, flitze um die Hausecke und drücke mich gegen die Mauer, eine Hand aufs Herz gedrückt, die andere auf den Mund gedrückt, keuchend durch die Nase atmend.

Als mein Puls sich einigermaßen beruhigt hat, spähe ich vorsichtig um die Ecke. Niemand stürmt nach draußen. Niemand ist hier. Nach einem weiteren misstrauischen Blick Richtung Haustür rase ich so schnell mich die Füße tragen zu meinem Auto.

Den gesamten Heimweg über wettere ich vor mich hin. Als ich in meinen Parkplatz einbiege, habe ich keine Erinnerung daran, wie ich hergekommen bin. Und ich verstehe nicht, was da gerade abgeht. Diese weitere überraschende Drehung des Schicksalsrads macht mich völlig fertig. Meine Welt steht nicht mehr einfach nur Kopf, sie wirbelt in einem Riesenchaos um die eigene Achse.

Ich sortiere meine Schlüssel und …

„Kenzi? Verdammt, bist du okay?

Er kommt auf mich zu. Ich stehe wie erstarrt auf dem Gehweg, immer noch damit beschäftigt, zu verarbeiten, was ich gerade gesehen habe. Und was ich gerade sehe. Warum ist er hier?

„Bradley? Was willst du?“ Ich kann nicht mehr.

Er legt mir die Hand unters Kinn, dreht meinen Kopf, betrachtet mein Gesicht.

Ich schiebe ihn weg. „Was soll das?“ Sein linkes Auge ist zu einem Schlitz zugeschwollen; die violette Verfärbung verspricht für morgen ein fettes gelblichgraues Veilchen.

„Du hast da was … äh. Hier.“ Er zieht ein paar dünne Zweige aus meinen Haaren. „Und … darf ich?“ Er befeuchtet seinen Daumen, wischt damit neben meinem Mund herum und begutachtet dann das Ergebnis. „Zuckerguss?“ Er schaut mich an, einen besorgten Ausdruck in seinem heilen Auge.

Das andere kann vermutlich nicht besonders viel erkennen.

Ich wische mir seufzend übers Gesicht. Ach ja, der Zuckerguss von den Donuts. Dann schaue ich nach unten und sehe die Schrammen an meinen Beinen, den Riss in meinen Rock und das Blut an meinem Arm.

„Komm, wir gehen rein und machen dich sauber.“

Ich widerspreche nicht. Ich folge ihm zur Tür und warte, dass er sie aufschließt. Ich muss dran denken, meinen Schlüssel von ihm zurückzuverlangen.

„Du liebe Zeit. Was ist denn hier passiert, Kenz?“ Bradley bleibt in der Tür stehen und starrt entgeistert auf mein Apartment.

Oh, stimmt. Ich habe nach meinem „Bridget Jones“-Exzess nach dem Konzertkuss vom Samstag wohl nicht aufgeräumt. Oder war es das Hochzeitsdesaster vom Montag? Wow, ich hatte eine abwechslungsreiche Woche.

„Ich gehe schnell duschen“, verkünde ich und schiebe mich an ihm vorbei, ohne weitere Erklärungen abzugeben. Dazu bin ich viel zu erledigt. Mir ist sogar egal, dass er hier ist. Ich bin längst jenseits der Wut, denn, ehrlich gesagt: Was spielt das alles überhaupt noch für eine Rolle?

Während ich das Wasser anstelle, erhasche ich einen Blick auf mein Spiegelbild. Oh, du liebe Güte. Bradley war tatsächlich noch höflich. Ich sehe aus wie ein Kräuterbeet, das von der durchgedrehten Hauskatze überfallen wurde. Tief seufzend harke ich das Grünzeug aus meinen Haaren, Stück für Stück.

Als ich zurückkomme, wartet neben der Couch ein Glas Wein auf mich. Und Bradley, mit einer Packung Pflaster.

„Komm her, ich will mir deinen Arm näher anschauen."

Ich strecke ihm die Wunde zur näheren Inspektion hin. Sie ist ziemlich lang, aber nur oberflächlich. Ich kann mich absolut nicht daran erinnern, wie es passiert ist. Als er den Kratzer versorgt hat, rolle ich mich auf dem Sofa zusammen, ein Bein unter dem anderen, und kippe den Wein mit zwei entschlossenen Schlucken herunter. Bradley setzt sich mir gegenüber hin, legt die Unterarme auf seine Knie und wartet.

Ich lasse ihn eine Weile schmoren.

„Okay", sage ich dann. „Keine Lügen mehr. Nichts als die Wahrheit. Eine letzte Chance. Also raus mit der Sprache."

Es ist dieselbe Wahrheit wie vorher. Sie hatten was miteinander, bevor ich zur Agentur kam, und es ist wieder passiert. Scheißwahrheit. Er ist einfach das Letzte. Und es gibt wirklich nichts, was er sagen könnte, um das zu ändern. Mein Kiefer ist inzwischen total verkrampft.

Bradley lässt sich vor mir zu Boden gleiten, auf die Knie, und greift nach meiner Hand.

„Sie hat mir vor zwei Wochen mitgeteilt, dass sie schwanger ist, und … ich bin panisch geworden, okay? Dann ist sie mir zum Auto gefolgt, bevor ich nach Lansing gefahren bin, und hat mich aufgefordert, meinen moralischen Verpflichtungen nachzukommen und sie zu heiraten. Das war mein schlimmster Albtraum, Schatz, das musst du mir glauben …"

Sein eines Auge blickt mich ernst und bedeutungsvoll an. Ich sollte ihm vermutlich einen Eisbeutel für die Schwellung an dem anderen geben, aber ich mache es nicht.

„Und was ist mit dem, was Shane gesagt hat? Dass er euch zusammen im Hotel gesehen hat? Und zwar nicht geschäftlich?“ Meine Augen verengen sich zu schmalen Schlitzen.

„Schatz.“ Bradley rutscht langsam näher. Seine Arme liegen auf meinem Schoß, seine Hände umschließen meine. „Ich bin ein Arsch, ich weiß ...“

Vielen Dank für die Bestätigung des Offensichtlichen. Ich schnaufe hörbar aus.

Er ignoriert es. „Aber falls sie wirklich mit meinem Kind schwanger wäre, dann würde ich meinen Verpflichtungen ihr gegenüber nachkommen, das weißt du.“

Ich entreiße ihm meine Hände und richte mich auf. Er würde seinen Verpflichtungen ihr gegenüber nachkommen? Und was wäre mit mir?

Bradley runzelt kopfschüttelnd die Stirn. „Was ich meine, ist, ich würde sie finanziell unterstützen. Ich würde das Baby unterstützen. Ich möchte *dich* heiraten. Und ich bin sowieso ziemlich sicher, dass sie wegen der Schwangerschaft gelogen hat. Also brauchen wir uns deswegen eigentlich keine Sorgen zu machen.“

Oh, oh! Er ahnt nichts von dem, was ich gerade gesehen habe. Und das kann nicht sein. Egal, wie man es betrachtet, es kann nicht sein.

„Ich habe mit Grayson über all das gesprochen ...“

„Bitte? Du hast was? Mein Bruder weiß von Tonya und ...?“ Ich komme bei all dem nicht mehr mit. Der stimulierende Zuckerrausch ist träge tröpfelnder Melasse gewichen.

„Ich brauchte einen Rat, wie ich mit der Situation umgehen soll. Mir tut alles so leid. Das mit ihr. Dass ich auf einer früheren Hochzeit bestanden habe. Ich dachte wohl, dass es irgendwie hilft, wenn ich die Dinge beschleunige, keine Ahnung. Dass es dann schwieriger für dich wäre, mich zu verlassen, wenn ich es dir irgendwann beichte. Und wir könnten die Sache gemeinsam durchstehen. Scheiße, das ist alles ein Riesendurcheinander, und es tut mir schrecklich leid."

Ich bin wie benommen, höre seine Worte nur wie von fern. Versuche herauszufinden, was sie bedeuten. Was sie nicht bedeuten. Warum mir das Herz so sehr weh tut.

„Wir können noch immer die größte Hochzeit aller Zeiten planen, alles, was du willst. Hauptsache, du gibst uns eine zweite Chance ..."

„... Du willst Kinder? Du weißt, dass ich das auch möchte. Wir können sofort anfangen ..."

„... Ich sage nicht mal was wegen Bennett, okay?"

Bennett. Der Name reißt mich aus meiner Trance. Ich blinzele und starre mit großen Augen ins Leere.

Bradley will mich immer noch. Er leidet unter Wahnvorstellungen. Nach allem, was war, nimmt er ernsthaft an, ich würde es mir noch einmal überlegen? Hat er etwa vergessen, dass ich mit ihm Schluss gemacht habe, bevor ich von seiner Untreue wusste? Wir gehörten zu dem Zeitpunkt nicht zusammen und jetzt erst recht nicht.

Ich stehe auf, hole meine Tasche und ziehe den inneren Reißverschluss auf.

Sein Ring.

Meine Stimme ist nur ein Wispern, ein Hauch von aneinandergereihten Worten, als ich ihm den Ring in die Hand lege. „Bradley ... ich kann nicht." Diesmal schwingt kein Anflug von Unentschlossenheit mit. „Ich will nicht."

Ich weiß nicht, was das alles bedeutet oder was ich wirklich will.

Ich weiß nur, dass er es nicht ist.

20. Kapitel

e-m@il für mich

Als ich auf der Couch aufgewacht bin, war Bradley weg. Er hatte eine Notiz hinterlassen, dass er mich liebt, dass es ihm leidtut und dass ich es mir noch einmal überlegen soll. Das war gestern. Seitdem habe ich die Couch kaum verlassen. Heute habe ich mir eine Pizza bestellt, vier Packungen Tempotaschentücher verbraucht, diverse romantische Komödien geguckt und durch die Programme geschaltet.

An mir nagt die Befürchtung, ich könnte Single bleiben. Das Bild meiner künftigen kleinen Tochter, die das „Du bist gefeuert"-Schild schwenkt, verfolgt mich. Sie braucht mich vermutlich nicht zu feuern. Ich kriege den Job gar nicht erst.

Ich musste Ellie einen Mädelsabend versprechen, als sie mich gestern hier abgesetzt hat, und aus der Nummer werde ich nicht rauskommen. Genau genommen ist sie schon hier und macht sich fertig, obwohl wir erst um sieben aufbrechen wollen, und es gerade mal drei ist. Dabei möchte ich doch nichts lieber als zurück auf die Couch.

Immerhin habe ich es geschafft, mich halbwegs anzuziehen. Meine Haare sind auf Heizwickler gerollt, und ich bin komplett geschminkt. Allerdings trage ich immer noch Jogginghosen und Schlappen. Ich weiß nicht, wohin wir gehen oder was ich tragen sollte. Aber nachdem ich stundenlang Frauenkram auf TLC geguckt habe, weiß ich jetzt zumindest, was ich auf keinen Fall anziehen sollte.

„Gefällt mir, steht dir super", sage ich, als Ellie vor mir herumwirbelt, damit ich ihr Kleid bewundere. Zufrieden verschwindet sie wieder im Badezimmer.

Ich vertreibe mir die Wartezeit mit Facebook. Halb hatte ich gehofft, dass Ellie anrufen würde, um mich wissen zu lassen, wo wir uns treffen. Und dann wäre nicht sie am verabredeten Ort, sondern … Aber egal. Das würde nicht passieren. Er ist nicht hier, er hat nicht angerufen, er hat nichts getan, außer wieder zu verschwinden.

Ja, die Filmmomente sind vorbei. Der Abspann ist durchgelaufen, das Ende war das Letzte, die Kritiken verheerend.

Ich habe ein paar neue Freundschaftsanfragen. Ich klicke rein. NY152? Wer zum Teufel ist NY152? Das Foto hilft nicht weiter, es ist nur irgendein Avatar. Ich will schon ablehnen, als ich die angehängte Nachricht bemerke.

Hallo ShopGirl

ich beginne meine Nachrichten gern so, als befänden wir uns bereits mitten in einer Unterhaltung. Ich hoffe, du ziehst in Erwägung, diesen Austausch fortzusetzen. Was wirst du wohl sagen, frage ich mich. Ich werde hier sein und ungeduldig auf diese drei kleinen Wörter warten: Sie haben Post! Oder, in diesem Fall: Neue Nachricht.

Oh mein Gott. Es ist Shane. Es ist „e-m@il für Dich“.

Ich lese die Nachricht noch einmal, forme mit den Lippen jedes Wort. Ich kann mich kaum beherrschen vor Neugier. Hastig akzeptiere ich die Freundschaftsanfrage und sehe einen brandneuen Account. Ich bin der einzige Freund von NY152.

Im Film kennen Meg Ryan und Tom Hanks die echte Identität des jeweils anderen nicht. Sie chatten über alltäglichen Kram. Nichts Besonderes. Keine weltbewegenden Fragen.

Ich habe Fragen. Aber ich bin nicht bereit, sie zu stellen.

Nachdenklich knabbere ich an meinem Daumennagel und versuche, mir die Filmszenen ins Gedächtnis zu rufen. Er schreibt von seinem Hund und New York im Herbst ... Was schreibt sie? Ich googele das Drehbuch, um die Stelle zu finden.

Hallo NY152

Manchmal mache ich mir Gedanken über mein Leben. Und manchmal frage ich mich, ist es so, weil es mir so gefällt oder weil ich nicht mutig genug gewesen bin. Ich will nicht wirklich eine Antwort. Ich stelle die Frage einfach nur in den leeren Raum.

Ich starre ein paar Minuten auf den Bildschirm, ohne die Nachricht abzuschicken. Aber ich kann mutig sein. Ich kann das tun. Klick.

Vielleicht könnte ich ja auch in anderen Dingen mutig sein. Vielleicht wäre es langsam Zeit dafür. Im Umgang mit meiner Mom, meiner Familie ... Ich hab's mit Tonya versucht. Ich sollte es noch einmal probieren. Eine Konfrontation erzwingen. Dann könnte ich Dinge abschließen. Vielleicht.

Ich atme tief durch die Nase ein und lehne mich zurück. „Ellie? Ich müsste mal deinen Facebook-Account benutzen ... und dabei so tun, als sei ich du. Ist das okay?"

Ellie kommt aus dem Bad geschossen. „Warum?"

„Wenn ich zu Tonya rüberfahre, lässt sie mich garantiert vor der verschlossenen Tür stehen, aber wenn ich sie als du aus der Reserve locke, kann ich sie überlisten."

Ellie verschränkt abwehrend die Arme.

„Ich will nur mit ihr reden", beteuere ich. „Ich muss diese Sache ein für alle Mal klären." Ich lege den Kopf schräg. „Bitte."

Sie nickt, beugt sich über mich und loggt sich ein. Ich tippe eine Nachricht an Tonya, in Ellies Namen und unter ihrem wachsamen Blick. Der Computer signalisiert eine Antwort.

Tonya: *Hey Ellie-Bellie.*

Ich verziehe das Gesicht. „Oh, klar, mit dir redet sie natürlich."

„Was genau hast du eigentlich vor?"

„Das wirst du gleich sehen." Ich rutsche ein Stück zur Seite, damit sie sich neben mich auf den Stuhl quetschen kann, und beginne auf die Tastatur einzuhämmern.

Ellie-Bell: *Ich weiß, was du getan hast.*
Tonya: *Super, Einstein. Das weiß jeder. Bradley hat es ja laut genug in die Welt gebrüllt.*

Ich tippe schneller und drücke die Enter-Taste.

Ellie-Bell: *Ich habe dich mit ihm gesehen. Es ist NICHT Bradleys Baby, stimmt's?*

Return. Tipp, tipp, tipp, tipp, enter.

Ellie-Bell: *Triff mich um fünf in der Agentur. Wir müssen reden.*

Ellie rückt mir noch näher auf die Pelle. „Was zum Teufel schreibst du da? Ich dachte, du warst die ganze Nacht zu Hause?"

Ich ignoriere sie. Meine Augen sind auf den Bildschirm fixiert, in Erwartung von Tonyas Antwort, mit gezückten Fingern. Am unteren Rand der Chat-Box blinkt spöttisch der Hinweis, dass Tonya antwortet … Mein Herz klopft immer schneller.

Oh mein Gott, was schreibt sie denn so lange?

Moment, jetzt ist der Hinweis weg. Ich beuge mich näher zum Bildschirm, um sicherzugehen, dass meine Augen mich nicht trügen. Tun sie nicht, das grüne Licht ist aus. Ich klicke in die Chat-Box, werde darüber informiert, dass Tonya aktuell nicht am Chat teilnimmt, ich ihr aber weiterhin eine Nachricht schicken kann.

Was? Oh, und ob ich ihr eine Nachricht sende. Sie wird mich schon verstehen. Ich hämmere wie wild auf die Tastatur ein.

Tonya, ich weiß, dass du schwanger bist, und dass es nicht Bradleys Baby ist. Und ich weiß, von wem es ist. Ich weiß außerdem, was du im Schilde führst. Wenn du nicht um fünf im Büro bist, dann erfahren es auch alle anderen.

Tatsächlich bin ich nicht hundertprozentig sicher. Aber ich habe so meinen Verdacht. Ich schnappe mir meine Tasche und Ellies Arm. „Du fährst. Lass uns gehen."

„Nein, lass das Licht aus", sage ich, als wir die Agentur betreten.

Ellie deaktiviert den Alarm, und wir schleichen uns mucksmäuschenstill rein.

„Wenn ich recht habe …" Ich schaue auf die Wanduhr. „Dann ist sie in weniger als zehn Minuten hier. Du musst sie dazu bringen, dass sie alles zugibt." Ich habe Ellie noch nicht in meine Verschwörungstheorie eingeweiht. Ich bin mir einfach nicht sicher genug.

Es könnte zu abgefahren sein.

Ellie schüttelt den Kopf. „Wir wissen doch schon alles. Zwei Typen, einer davon Bradley, sie ist schwanger."

„Bring sie einfach zum Reden. Bitte. Dann konfrontiere ich sie … und kann diese ganze Angelegenheit einfach hinter mir lassen, okay?" Oder auf Facebook veröffentlichen, wenn sie nicht Bradley und allen anderen Beteiligten die Wahrheit sagt. Ich habe vor, ihr volles Geständnis aufzuzeichnen.

„Na schön. Bin ja dafür, reinen Tisch zu machen. Aber ich möchte zu bedenken geben, dass dein Verbrecherfoto nicht gerade toll wird, falls wir ins Gefängnis kommen."

Ich trage immer noch Schlappen und Jogginghose und habe den Kopf voller Lockenwickler. Egal. Ich trommele mit den Fingern auf dem nächststehenden Schreibtisch herum und schaue auf die Uhr. Mist, sie wohnt nur fünf Minuten entfernt. „Wir müssen uns verstecken!"

Wir laufen eine Weile hektisch herum, bis Ellie verwirrt stehenbleibt. „Warte. Warum verstecke ich mich, wenn ich sie hier treffe?"

„Weil sie nicht wissen soll, dass du schon hier bist. Sie muss erst reinkommen und weit genug weg sein von der Tür. Keine Fluchtmöglichkeit." Okay, wohin? Topfpflanzen, Kleiderständer, Schreibtische ... Maggies Empfangstresen. Ich könnte mich dahinter verstecken, die äußere Holzverkleidung reicht bis zum Boden.

„Toiletten! Geh auf die Toilette!" Ich deute in die entsprechende Richtung. „Ja ... das sollte klappen. Geh, geh. Geh."

Ellie läuft entnervt den Flur entlang, ihre Absätze klacken durchs leere Büro. Ich rolle Maggies Stuhl zurück und ducke mich unter ihren Tisch, wobei ich mir den Kopf schmerzhaft anstoße. Eine der Jalousien, die die Konstruktion nach vorn abschließen, öffnet sich zwischen zwei Lamellen.

Ich kauere mich so, dass ein Auge auf Höhe des Spalts ist. Erst das rechte, dann das linke, dann wieder das rechte. Ja, ich kann etwas erkennen. Gut. Jetzt bleibt nur noch warten.

Ich schalte mein Handy ein, um die Aufnahmefunktion in Bereitschaft zu halten, und sehe, dass ich eine Nachricht habe. Von NY152.

Mein Herz klopft wie wild, als ich sie rasch überfliege.

Hallo ShopGirl

Fühlst du dich manchmal wie die schlimmste Version deiner selbst? Jemand provoziert dich, und statt das Ganze mit Klasse zu handhaben, reagierst du einfach. Und zwar schlecht?

Unwillkürlich entfährt mir ein nervöses Lachen. Das stammt zwar aus „E-m@il für Dich“, aber das Timing ist reine Ironie. Ich sitze mit Lockenwicklern unter einem Empfangstisch, um … Moment, was genau habe ich eigentlich vor?

Ich will sie konfrontieren, nicht unter dem Tisch hervorspringen wie ein Schachtelmännchen.

Beim Hochkrabbeln stoße ich mir erneut den Kopf, die Jalousie löst sich endgültig und saust nach unten, eine Haarklammer macht sich in hohem Bogen selbstständig. Irgendwas klirrt. Ich erstarre. Sind das Schlüssel? Schlüssel im Türschloss! Ich sprinte zur Toilettentür und ramme die Tür mit einem dumpfen Knall in Ellie.

„Autsch! Was zum Teufel ist denn?“

„Schhhhh“, zische ich und wedele mit den Händen vor ihrem Gesicht herum. „Sie ist da!“

„Warum bist du dann hier?“

„Um dir zu sagen, dass sie hier ist. Jetzt geh!“

Ellie ist an der Tür und späht durch den schmalen Spalt.

„Ich höre eine Stimme im Hauptbüro“, flüstert sie und öffnet die Tür etwas weiter. „Nach wem ruft sie?“

„Nach dir. Du bist mit ihr verabredet, weißt du noch? Geh jetzt!“

„Warte“, sagt sie zu laut, dreht sich um und stößt dabei an meine Stirn. Ein zweiter Lockenwickler löst sich und landet klackernd am Boden.

„Schhhhhh“, machen wir beide und schlagen wild gestikulierend aufeinander ein.

Ich stoße sie förmlich auf den Flur.

„Tonya? Entschuldige, ich war auf dem Klo. Ich dachte nicht, dass du schon da bist." Ellies Stimme wird leiser, als die Tür zuschwingt.

Ich öffne sie wieder, damit ich etwas hören kann. Aber ich muss auch etwas sehen. Ich drücke mich gegen die Tür, bis der Spalt so breit ist, dass ich mich hindurchquetschen kann.

„Nun, du wolltest reden, also rede." Tonya klingt bereits genervt.

„Ähm, ja ... Ich wollte mit dir reden, weil ... ich von Bradley weiß und – von dem anderen Typ."

Ja. Sehr gut, Ellie, sehr gut. Ich schiebe mich an der Wand lang zum Hauptbüro, zwei federnde Locken hüpfen bei jedem Schritt mit. Vorsichtig ... ich muss langsamer gehen.

Tonya schnaubt wie ein aufgebrachter Drachen. „Ich glaube nicht, dass du irgendwas weißt, Ellie."

„Ich weiß auf jeden Fall, dass du Kenzi hintergangen hast."

„Na und?"

Miststück! Ich drücke auf „aufnehmen", benutze meinen ausgestreckten rechten Arm als Periskop und schiebe das Handy vorsichtig um die Ecke. Ich kann nichts sehen. Ich hoffe, mein Arm bleibt für die beiden ebenfalls unsichtbar.

„Und ich weiß, dass es zwei Typen gibt, und ich glaube nicht, dass Bradley etwas von dem anderen ahnt."

Ja! Perfekt!

Die Eingangstür klingelt. Was, nein, sie kann doch jetzt nicht schon wieder gehen.

„Wie, dich hat sie auch herbestellt?", fragt Tonya erstaunt.

Wen denn? Wer ist das? Ich schiebe meinen Kopf ein Stück weiter zur Ecke. Nur noch zwei Zentimeter und ... ein Wickler löst sich mit einem schnappenden Geräusch und fällt klackernd zu Boden.

Drei paar Augen richten sich auf mich. Meine abstehenden, lockigen Haar-Antennen winken zur Begrüßung.

Er ist es. Der Kindsvater.

Clive.

„Kenz?“ Tonya fallen fast die Augen aus dem Kopf. „Was zur Hölle geht hier vor?“

Auf in den Kampf. Lasst die Spiele beginnen. Party Time. Auf die Plätze, fertig, los. Was auch immer. Jedenfalls geht jetzt die Post ab. Ich straffe die Schultern und stolziere in den Raum. „Du. Bist. Ruiniert.“ Ich wedele mit dem Telefon, um jedes einzelne Wort zu betonen. „Warum gibst du es nicht zu, Tonya. Das Baby ist doch höchstwahrscheinlich von ihm …“

„Nun, das würde ich so nicht sagen.“ Clive hat verkrampft die Hände in den Hosentaschen vergraben.

„Was? Woah, woah, waaas?“ Ellie ist völlig geplättet, ihre Kinnlade liegt am Boden, sie hält die Hände abwehrend vor sich in der Luft und schaut von mir zu Tonya zu … Sie schnappt nach Luft. „Du bist der Kindsvater?“

„Kapierst du es immer noch nicht? Ernsthaft?“ Ich schleudere mit einer ruckartigen Bewegung die Korkenzieherlocke aus meinem Auge, damit Ellie meinen gespielten Sarkasmus besser genießen kann, und halte bedeutungsvoll mein Handy hoch. „Dann kommt hier noch mal das volle Programm, okay?“ Das volle Programm? Was zum Teufel rede ich da? Wer spricht denn so?

Ellie nickt, die Augen so groß wie Untertassen.

Ich mache einen Schritt auf Tonya zu und deute mit dem Telefon in ihre Richtung. „Sie ist eine verlogene, miese, falsche Schlange. Ich meine, echt, Tonya? Erst das damals mit Shane …“

„Oh mein Gott!“ Sie wirft den Kopf zurück, ein wahnsinniges Flackern in den Augen. „Willst du mich verarschen? Das ist eine Ewigkeit her. Wen schert das noch?“

„Mich schert es. Und was ist mit heute? Ich war verlobt … und du … und jetzt bist du schwanger?“ Ich nicke zu Clive. „Und der da? Er ist verheiratet. Und dein Boss. Geht’s bitte noch jämmerlicher?“

Tonya tritt einen Schritt zurück, auf Maggies Tisch zu. Ich folge ihr, das Handy im Anschlag wie eine tödliche Waffe.

„Hast du gedroht, es seiner Frau zu erzählen oder so was? Ist die Agentur deshalb in finanziellen Schwierigkeiten? Er gibt dir Geld, damit du den Mund hältst? Oder weil er Schuldgefühle hat?“ So, damit wäre die Katze aus dem Sack, was meine Theorie betrifft.

„Oh, mein Gott, Tonya, sag, dass es nicht wahr ist.“ Ellie kriegt ihren Mund kaum lange genug zu, um die Worte über die Lippen zu bringen. „So etwas würdest du doch nicht wirklich tun?“ Sie sieht aus, als hätte sie gerade erfahren, dass es den Weihnachtsmann nicht gibt.

Ich werfe dramatisch meine Locken zurück und trete einen Schritt nach vorn. „Ich bin ziemlich sicher, dass Mr. Ich-denke-mit-dem-Schwanz sich ihr Schweigen erkauft hat. Habe ich recht? Habe. Ich. Recht?“

„Wirklich Clive?“ Jetzt ist auch noch der Osterhase als Betrüger entlarvt.

Tonyas Hintern stößt an die Tischkante. Damit ist ihr der Fluchtweg abgeschnitten. Sie ist in die Ecke gedrängt wie eine Ratte, und ich habe gerade erst angefangen. Die beiden leugnen nichts. Oh. Mein Gott. Ich hatte recht?

„Nimm das Ding da aus meinem Gesicht.“ Tonya greift nach dem Telefon. Ich versuche, es außerhalb ihrer Reichweite zu positionieren.

Ich halte es erst hoch, dann nach rechts, dann hinter meinen Rücken. Ihre langen Arme schlingen sich um mich herum, und sie schlägt es aus meinem Griff. Es fliegt davon und gibt mitten in der Luft einen Ton von sich.

Tonya sticht mit einem Finger in meine Brust. „Hör zu, Medusa, ich habe jetzt genug von diesem Scheiß."

„Du hast genug? Du?"

Ellie hat das Handy irgendwie aufgefangen. Jetzt hält sie es zwischen beiden Händen, es ist auf Clive gerichtet. Ich bin nicht sicher, ob es noch aufnimmt.

„Weißt du was?" Ich zwinge Tonya wieder gegen den Empfangstresen. „Clive wollte mich feuern, ist dir das klar? Er sagte, die Firma hätte finanzielle Probleme."

Tonyas Augen sind rot, und sie glänzen, als ob sie mit den Tränen kämpft.

Ich rede weiter. „Mir ist total egal, was für ein Arrangement ihr beide habt, wirklich. Aber warum hast du mir eigentlich nie erzählt, dass du mal mit Bradley zusammen warst? Du hast mir nur gesagt, dass du dich mit jemandem getroffen hast, der hier gearbeitet hat. Das ist nicht dasselbe, Tonya!" Meine Stimme bricht vor Emotionen, lange aufgestauter Schmerz zerrt an jedem Wort. „Und warum hast du *jetzt* mit ihm geschlafen? Wie konntest du mir das antun? Oder auch ihm? Warum?"

Clive macht einen Schritt auf mich zu.

„Bleib, wo du bist!" Ellie wirft sich zwischen uns. „Das meine ich ernst."

Er hebt beschwichtigend die Hände und bleibt stehen. Er schaut erst Ellie an, dann wieder mich. „Wovon redest du? Was ist denn mit Bradley?"

Ich kann sie nur fassungslos anstarren. „Er wusste es nicht? Oh, mein Gott, Tonya, ist das dein Ernst?" Jetzt schreie ich. Das alles ist wirklich zu viel. Ich drehe mich zu Clive um. „Was hast du denn gedacht, worum es die ganze Zeit ging? Dass Bradley einfach nur über euch beide Bescheid wusste und rausgekriegt hat, dass Tonya schwanger ist?" Ich wirbele zurück zu Tonya. „Du weißt nicht, wer der Vater ist, stimmt's?" Beinahe tut sie mir leid. Beinahe. „Clive, Tonya schläft auch mit Bradley. Und das Baby könnte auch von ihm sein.“

Amor wurde gerade von seinem eigenen Pfeil angeschossen. Clive taumelt unter der Wucht des Aufpralls zurück. Ein Stapel Papiere fliegt durch die Gegend, als Tonya hinter sich auf der Tischplatte herumtastet und eine … Dose neonbunter Pinnwandnadeln greift.

„Was hast du denn damit vor?“, kreische ich und muss unwillkürlich lachen.

Eine schwungvolle Handbewegung, und die Dinger regnen auf mich nieder. Clive brüllt irgendwas. Ellie nimmt auf. Wenn das hier auf Facebook landet, dann werde ich, dann werde ich …

Tonya bewirft mich mit Papier.

„Oh!“ Ich greife in Maggies Schüssel mit Aroma-Potpourri und schmeiße eine Handvoll von dem Zeug in Tonyas Richtung. „Du bist die schlechteste Freundin, die man nur haben kann.“ Ich laufe im Kreis und trete bei jedem Schritt auf Heftzwecken und getrockneten Was-immer-dieser-Duft-Mist-ist.

Tonyas Gesicht glüht vor Zorn. „Was ist so großartig an dir, Kenz? Warum wollen sie immer dich?“

„Was? Wenn du wirklich Gefühle für Bradley hattest …“ Ich werfe noch mehr von dem Potpourri auf sie. „Warum hast du dann nie was gesagt?“ Und noch mehr. Der Geruch von Zitronengras breitet sich aus.

„Weil er mich nicht auf diese Weise wollte, okay. Bist du jetzt glücklich?“ Sie deutet mit einem Zeigefinger in mein Gesicht. „Du kommst einfach daher, und plötzlich ist alles ernst mit verdammten Blumen und Ringen. *Dich* will er heiraten.“

Ich erstarre. „Was? Oh. Mein. Gott. Du bist eifersüchtig?“ Sie ist eifersüchtig auf mich? „Mit Shane war es dasselbe, stimmt’s? Und jetzt Bradley?“ Ich nehme mir eine neue Handvoll Trockenaroma und knalle sie ihr ins Gesicht. Fest.

„Du verdienst ihn nicht!“, schreit Tonya. „Alle denken, du bist so besonders.“

„Was?“ Ich drehe die Schale um und schütte den Rest über ihr aus.

„Lass das.“ Sie greift nach der Schüssel. „Hör auf, das Ding zu schütteln!“

Ich höre nicht auf. Ich schleudere die letzten Fetzen der Duftmischung auf sie.

Sie greift an und erwischt den Rand der Schale, die mir daraufhin aus der Hand gleitet, durch die Luft wirbelt und mit einem lauten Knall in tausend Teile zerspringt.

Genau wie unsere Freundschaft.

Genau wie mein Herz.

„Du hast wirklich Nerven.“ Ich schaue zu Clive. „Ich werde künftig extern an meinen laufenden Projekten arbeiten“, verkünde ich ruhig. Dann signalisiere ich Ellie mit einem Blick, dass es höchste Zeit ist, Land zu gewinnen, und wate durch das Chaos zur Tür.

Bei solchen Freunden braucht man wirklich keine Feinde.

21. Kapitel

Twen Lover

Ellie und ich fahren über die Hauptstraße zurück zu meinem Apartment. Ich pule neonfarbene Pinnwandnadeln aus meinen Latschen, die zum Glück dicke Sohlen haben. Ich kann gar nicht sagen, wie aufgewühlt ich bin und wütend und …

„Falls es dich tröstet, ich habe Tonya schon immer ein bisschen gehasst." Ellie zieht eine angewiderte Grimasse.

Ich ringe mir ein zustimmendes Lächeln ab. Ellie ist die Beste. Sie ruft mich an, um zu fragen, ob ich okay bin, und macht alles mit. In der Tiefe meines Herzens wusste ich immer, dass Tonya maximal eine „Lieblingsfeindin" war, und zwar eine von der schlimmsten Sorte.

Ich setze den Fuß ab und lehne mich zurück. „Ich suche mir einen neuen Job."

Sie wirft mir einen raschen Seitenblick zu, und ihre Finger umklammern das Lenkrad fester. „Dann mache ich das auch. Wir können uns ja zusammen umschauen."

Ich blinzele ein paar Tränen weg und nicke. „Macht es dir etwas aus, wenn wir heute Abend bei mir bleiben? Mir ist nicht wirklich danach, irgendwo hinzugehen." Plötzlich rutscht mir das Herz in die Hose. „Und morgen ist Rens Mini-Schwangerschaftsparty-plus-Verlob… Mist." Ich ersticke fast an den Worten. „Ja, ich würde gern einfach zu Hause bleiben, okay?"

„Klar, kein Problem. Ist wahrscheinlich auch besser so, angesichts dieser gigantischen, ähm, Lockenpracht, die du zur Schau trägst." Grinsend betrachtet sie meine Haare.

Ich schiebe mir eine wuchernde Strähne aus der Stirn und schnaube zustimmend.

„Kenz, alles wird gut", beruhigt sie mich. „Du wirst schon sehen." Da der Fahrer im Wagen hinter uns durch ungeduldiges Hupen darauf hinweist, dass die Ampel vor uns grün ist, fährt sie rasch weiter.

Aus reiner Gewohnheit checke ich mein Handy. Die Nachricht, die vorhin ankam, während des Gerangels um das Telefon, hätte ich fast vergessen. Ich öffne und überfliege sie. Es ist noch einmal die von vorher, aber mit zusätzlichem Text.

Ich lese sie Ellie komplett vor, in demselben verträumten Ton, der auch in „e-m@il für Dich" zum Einsatz kommt. Dann hebe ich vielsagend die Brauen. „Das habe ich gekriegt, bevor Tonya reinkam. Passt irgendwie, oder?"

Sie lächelt verhalten, und ich lese weiter, jetzt den neuen Teil. „Ich weiß, dass es vermutlich ein bisschen spät für die Frage ist, aber bist du verheiratet?"

„Ist das auch aus ‚e-m@il für Dich'?", fragt Ellie und biegt in meine Straße ein.

„Ja." Ich lehne mich nachdenklich im Sitz zurück. „Ja, schon. Aber Kathleen sagt das zu Joe Fox."

„Oh, ich wette, er will wissen, was mit Bradley Sache ist." Ellies Stimme wird lauter. „Ob du zu ihm zurückgehst." Ihre Augen blitzen aufgeregt.

Mein Herz schlägt schneller, während ich die Antwort tippe. Dann lese ich sie laut vor: „Hallo NY152, was ist das für eine Frage? Oh, Moment, ich verstehe. Deine Freunde sagen, dass wir uns nur deshalb noch nicht getroffen haben, weil ich verheiratet bin. Habe ich recht?"

Dann drücke ich „senden".

„Das ist Joe Fox' Text." Die Antwort kommt fast sofort. „Hallo ShopGirl, wir sollten uns treffen." *Was?* „Nein." Ich schüttele den Kopf. „Das hat er extra so eingefädelt. Aber ich will mich noch nicht mit ihm treffen. Ich … nein." Ich brauche mehr Zeit zum Nachdenken. Er kann von Glück sagen, dass ich überhaupt bei diesem „e-m@il für Dich"-Ding mitmache. Ich stecke das Handy ein und durchwühle die Handtasche nervös nach meinen Schlüsseln.

Ellie parkt wortlos den Wagen vor meinem Haus. Ich will einfach nur noch aufs Sofa und eine Flasche Wein öffnen. Ich steige aus, noch immer nach meinem Schlüsselbund tastend, und drücke die Autotür mit der Hüfte zu. Warum habe ich bloß so eine sinnlos große Handtasche?

„Kensington."

Mir bleibt das Herz stehen. *Das kann doch jetzt nicht wahr sein.* Ungläubig schaue ich hoch. Es ist Mr. NY152. Hier auf meinem Parkplatz. Von wegen „Wir sollten uns treffen." Shane ist schon da.

Warum trägt er einen Anzug? Er duftet nach Muskat und Versuchung und beweist, dass der Teufel in der Tat Prada trägt. Zumindest glaube ich, dass das Prada ist. Aber das spielt auch weiter keine Rolle. Das Argument trägt trotzdem.

Shane steht einfach nur da und wartet darauf, dass ich etwas sage. Ich blinzele. An dieser Stelle müsste eigentlich nach den Regeln des komischen Timings einer meiner verbleibenden sechs Lockenwickler abfallen und eine weitere federnde Locke aufpoppen lassen. Oh Gott, mein Haar.

„Hi, Shane." Ellie lächelt süß, schaut mich aus großen Augen an und geht rüber zu … oh, na super. Rand Peterson. Die ganze Bande ist versammelt.

Auf diese Situation bin ich effektiv nicht vorbereitet. Ich marschiere los, eine Hand in meiner bodenlosen Tasche vergraben, in der ich buchstäblich jeden Stein umdrehe. Meinen Schlüssel finde ich trotzdem nicht.

Wo ist der verdammte Schlüsselbund? Ich werde schneller, ohne Shanes Anwesenheit auch nur mit einem einzigen Wort zur Kenntnis zu nehmen. Das aktuelle Glamourgefälle zwischen unseren Outfits ist zu demütigend.

„Du siehst sehr hübsch aus." Rand lächelt Ellie strahlend an. Dann fällt sein Blick auf mich, und ihm entgleisen die Gesichtszüge.

Mir doch egal. Ich setze gerade einen neuen Trend. Ich wische unter meinen Augen entlang und stelle fest, dass meine Fingerspitzen sich schwarz verfärben. Toll, meine Wimperntusche ist auch noch verlaufen.

Ellie informiert Rand über unser zurückliegendes Abenteuer. „Und dann waren wir auf der Toilette, und Kenz, oh mein Gott, sie hat …"

„Kensington, warte, bitte", ruft Shane hinter mir her. Sein Ton ist warm, seine Miene vermutlich belustigt.

Egal, ich bin nicht amüsiert und werde definitiv nicht warten. Ich will mich nur noch verstecken. Pinnwandstollen unter meinen Latschen machen bei jedem Schritt klackende Geräusche auf dem Betonboden. Meine Korkenzieherantennen hüpfen und tanzen im selben Rhythmus. Ich komme mir vor wie ein Ameisenlöwe mit Steppschuhen.

„Kensington, bitte. Wir müssen reden." Shane ist an meiner Seite, mühelos Schritt haltend mit meinem klickenden Schlurfen.

Vor meiner Wohnungstür greife ich noch einmal tief in meine Tasche und wirbele den Inhalt so vehement durcheinander, als wolle ich gleich ein Los ziehen. Endlich spüre ich Metall und Plastik zwischen meinen Fingern. Ich reiße die Schlüssel heraus, schließe auf und trete zur Seite, um Ellie und Rand, die bereits warten, reinzulassen. Doch als Shane Anstalten macht, ihnen zu folgen, schneide ich ihm den Weg ab, trete selbst ein und schlage ihm die Tür vor der Nase zu. Ich bin noch nicht bereit, mit ihm zu reden.

„Kensington", ertönt es gedämpft von der anderen Seite.

Das Apartment hat dicke Ziegelmauern. Er kann sich da

draußen also aufplustern so viel er will. Ich drehe mich zu Ellie und Rand um, die mich prüfend beobachten.

„Ist sie betrunken?", erkundigt sich Rand.

Ellie lacht. „Noch nicht. Lässt du ihn rein?"

Es klopft und klopft und klopft. Ich ignoriere es. „Nein. Ich glaube nicht."

„Kensington." Shane wird jetzt lauter. Erneutes Klopfen.

„Wir brauchen Wein. Rede mit ihm, Kenz." Ellie geht in die Küche.

„Ich werde mal, äh …" Rand deutet in Ellies Richtung und folgt ihr.

Weise Entscheidung. Wieder klopft es, leiser. Es ist, als würde der böse Wolf vor der Tür stehen. Was für Lügen er mir aufgetischt hat! Gut, es waren vielleicht keine echten Lügen, aber er hat die Wahrheit zurückgehalten. Er wusste von Tonya und Bradley. Mein verkopftes Ich warnt mich davor, ihm zu vertrauen.

Aber da ist auch eine hartnäckige kleine Stimme, die aufgeregt auf- und abspringt und freudig erregt singt: Er ist hier, er ist hier. Sie wirft sogar glitzerndes Konfetti.

Ich schließe ein Auge und spähe mit dem anderen durch den Spion. Shane sieht sogar verzerrt gut aus. Dunkle Wellen umrahmen honigbraune … oh, er guckt mich an. Ich trete hastig zurück. Er kann mich nicht sehen, oder?

„Kensington, kann ich bitte reinkommen?" Der Türknauf dreht sich nach links, dann einen halben Zentimeter nach rechts, bevor er blockiert.

Ich stehe ganz nah vor der Tür. „Ich glaube nicht, dass das im Moment so eine gute Idee wäre." Dann lasse ich mich rücklings gegen den Eingang fallen und spiele mit meinen Händen.

Sowohl die Tür als auch ich kriegen sein Gewicht zu spüren, als er sich von der anderen Seite dagegen lehnt. „Na schön. Ich weiche nicht von der Stelle, also reden wir eben so."

„Wenn du meinst.“ Ich müsste nur weggehen. Nicht hier stehenbleiben. Aber ich bin wie festgewurzelt. Sollte ich ihm nicht der Fairness halber das Gleiche zugestehen wie Bradley? Ich drehe mich so, dass meine Schulter gegen die Tür drückt. „Okay, folgender Deal: Du kriegst *eine* Chance, mir die ganze Wahrheit zu sagen. Ich frage, du antwortest. Einverstanden?“

„Frag.“

Mein Magen zieht sich zusammen. Ich bin nicht vorbereitet. Was genau soll ich fragen? Warum hast du mir nichts über Bradley und Tonya erzählt? Weißt du das mit Clive? Wie soll ich dir jemals wieder vertrauen? Warum hast du meine Bilder? Aber eine winzige, leise Stimme irgendwo tief in mir will vor allem eins wissen ... Was empfindest du für mich?

„Kensington?“

Ich lasse den Kopf an die Tür fallen. „Du wusstest von Anfang an über sie Bescheid. Warum hast du mir nichts von Bradley und ...?“

„Hättest du es mir denn geglaubt? Wirklich? Nach allem, was war? Es hätte dich nur noch weiter von mir weggetrieben. Nein, du musstest deine Entscheidung ganz allein treffen.“

Ich habe mit Bradley Schluss gemacht, ohne zu wissen, dass er mich betrogen hat, ohne etwas von der Schwangerschaft zu ahnen. Es war ganz allein meine Entscheidung. Und, nein, wahrscheinlich hätte ich Shane nicht geglaubt. Es war schon schlimm genug, ihn sagen zu hören, dass Bradley nicht der Richtige für mich ist. Puh, Shane hat irgendwie recht.

„Kensington?“

„Okay, ich schätze, das kann ich verstehen.“ Trotzdem steigt Wut in mir auf. „Aber warum hast du mich auf der Farm nicht aufgehalten? Du hast mich einfach wegfahren lassen!“

„Ich hab’s ja versucht, aber ... du hattest immer noch seinen Ring“, erwidert er leise.

Wohl wahr. Ich lege meine linke Hand an die Tür und spreize

die Finger. „Jetzt nicht mehr, Shane." Ich schwöre, dass ich ihn durch das Holz hindurch spüren kann. Ich schließe die Augen. Sag es einfach. „Ich muss wissen, was das für dich zwischen uns ist. Was du willst. Denn ich will immer noch heiraten und eine Familie haben … und all diese Dinge." Da. Ich habe es ausgesprochen. Jetzt steht die Frage da draußen, im leeren Raum. Und diesmal brauche ich eine Antwort.

Schweigen. Das längste, qualvollste Schweigen, das ich je erlebt habe.

Die Tür bewegt sich, aber er sagt nichts. Gott, sag was, irgendwas. Bitte.

Ich schaue durch den Spion, und mir verschlägt es den Atem. Er ist weg? Er ist gegangen. Ich sehe ihn nicht. Ich drehe den Kopf so, dass ich den Flur und die Vordertreppe aus jedem denkbaren Winkel im Blick habe. Nichts. Ich öffne die Tür und lehne mich nach draußen.

Kein Shane.

Die aufgeregte, Konfetti werfende Stimme spuckt mich an und brüllt: Du hast alles ruiniert, du klangst klammernd und fordernd und … er will das alles nicht. Diese Dinge, die du dir wünschst, die will er nicht. Nein, er will sie nicht.

Aber ich.

Und das ist ausnahmsweise das Einzige, was zählt.

Verwirrt schließe ich die Tür. Die Couch ruft nach mir, also schnappe ich mein Handy und lasse mich in die Polster fallen, immer noch völlig durch den Wind. Was sollte das Ganze? Warum ist Shane überhaupt hergekommen?

Ich öffne Facebook und überfliege meinen Newsfeed. Fotos vom Abendessen irgendwelcher Leute und eine Einladung zu einem Gewinnspiel. Ich checke die Nachrichten. Hat mir Shane geschrieben? In der Betreffzeile steht „Aktualisierte Liste". Ich klicke rein.

1. Schlaflos in Seattle
2. ~~Pretty Woman~~
3. Bridget Jones – Schokolade zum Frühstück
4. ~~27 Dresses~~
5. ~~Dirty Dancing~~
6. ~~Das darf man nur als Erwachsener~~
7. Tatsächlich … Liebe
8. Teen Lover
9. ~~e-m@il für Dich~~
10. ~~Die Hochzeit meines besten Freundes~~

Das ist alles? Nur die Liste. Keine Notiz, keine Anmerkung, gar nichts. Während ich sie durchsehe, muss ich unwillkürlich an all die Filmmomente mit Shane denken. Was für ein Spiel treibt er? Er wusste von Tonya und Bradley. Er taucht hier auf und verschwindet wieder. Warum? Moment. Was ist das? Ich lege den Kopf zur Seite und konzentriere mich auf das Geräusch, das plötzlich von draußen hereinströmt. Es wird lauter.

Es ist Musik. Musik?

Ich schalte das Handy aus und lausche. Text und Melodie sind mir vertraut. Ich kenne den Song: „In Your Eyes“ von Peter Gabriel.

„Oh mein Gott.“

Es ist „Teen Lover“. Er spielt „Teen Lover“ nach.

Im Film guckt Diane Court nicht aus dem Fenster. Daher sieht sie Lloyd Dobler und seinen schmerzlichen Gesichtsausdruck nicht. Nein, sie bleibt im Bett liegen und lauscht. Sie weiß, dass es das Lied ist, das sie in ihrer gemeinsamen Nacht hörten. Sie weiß, dass er da draußen ist, und dass jedes Wort des Songs sich an sie richtet.

In deinen Augen bin ich perfekt, wie ich bin.

Ich lächele durch warme Tränen. Ich bin nicht Diane Court, ich bin Kensington Shaw, und ich bleibe nicht liegen. Ich gehe zum vorderen Fenster, schiebe den Vorhang zur Seite und schaue raus.

Und muss sofort lachen. Shane tut es wirklich. Er hält ein tragbares Stereoradio über den Kopf und hat … Was ist das denn? … einen langen, schlecht sitzenden Trenchcoat über seinen Anzug gezogen.

Ich ziehe die Gardinen weiter auseinander, bis er mich entdeckt. Wir schauen uns unverwandt an, während die letzte Strophe des Liedes läuft.

Ich weiß, dass jedes Wort davon für mich bestimmt ist. Ich weiß ganz genau, was ich will. Was ich vielleicht schon immer gewollt habe.

Blitzschnell bin ich an der Tür, reiße sie auf und renne auf meinen Pinnwandnadel-Schlappen zu ihm. Mein Korkenzieherhaar hüpft bei jedem Schritt mit. Direkt vor ihm bleibe ich stehen.

Er betrachtet meine verrückte Frisur, mein schmutziges, tränenverschmiertes Gesicht, meine Jogginghose und meine Latschen mit einer Miene, als hätte er vergessen, was sich wirklich auf der anderen Seite der Tür befindet. Ich spüre, wie meine Wangen anfangen zu glühen, während er das Radio abstellt.

„Willst du mich immer noch?“, erkundige ich mich vorsichtig.

Shane macht einen behutsamen Schritt auf mich zu, streicht mir eine entsprungene Locke aus den Augen und beugt sich zu mir, goldene Tupfer nur zwei Zentimeter entfernt. Dann lächelt er. „Du ahnst nicht, wie sehr.“

Ich schaue durch feuchte Wimpern zu ihm hoch und treffe eine weitere Entscheidung. Der Ring ist nicht mehr an meinem Finger, also frage ich: „Küsst du mich?“ Die Worte werden von einem raschen Atemzug begleitet, der sofort von seinen Lippen aufgefangen wird.

Sie bewegen sich langsam über meinen. Als er mich näher an sich zieht, schließen meine Arme sich um seinen Nacken.

Heiliger Bimbam. Feuerwerk, Glühwürmchen, statisches Rauschen … Alles, was auch nur ansatzweise feurig oder elektrisch ist, zischt im Inneren meines Herzens hin und her. Es ist ein sanftes Locken, eine süße Folter.

Ein wirklich guter Kuss.

Shane zieht sich weit genug zurück, um mir ins Ohr zu flüstern: „Ich weiß, du hast gerade eine heftige Zeit durchgemacht, und morgen diese Babyparty wird sicher nicht leichter. Daher habe ich eine Überraschung für dich. Nichts von der Liste. Du solltest dich dafür eventuell umziehen." Er küsst mich auf die Wange und schaut mir tief in die Augen. Sein Blick ist voller Versprechungen.

Knall. Akkurat aufs Stichwort löst sich einer der letzten Lockenwickler, rollt über meine Schulter und landet mit einem sanften Plumps am Boden. Ich kichere leise und lächele erwartungsvoll.

„Es ist ein Vintage Rolls Royce von 1955." Shane schaut in den Rückspiegel. Der Wagen vibriert und tanzt rückwärts aus der Parklücke. „Die Firma, von der ich ihn geliehen habe, sagt, dass er fast zwanzig Jahre lang in seine Einzelteile zerlegt war. Sie haben ihn wieder zusammengebaut."

Das ist seine Überraschung. Ein alter Wagen wie in „Titanic". Gut, der Film ist nicht auf unserer Liste, der Oldtimer keine exakte Kopie und die Geschichte hat kein Happy End, aber wen kümmert das? Die Autoszene war unglaublich heiß, und dieses Exemplar fährt.

Das Innere hat etwas von einer Pilotenkanzel mit den übergroßen Anzeigen für Geschwindigkeit und Benzinverbrauch am mit Mahagoni verblendeten Armaturenbrett. Die Sitze sind mit Leder bezogen. Es ist einfach nur cool. „Das ist … wow … eine tolle Überraschung." Ich lächele ihn an. „Wohin fahren wir?"

Shane schaut mich von der Seite an. „Zu den Sternen."

Ich lache. „Das ist mein Text. Im Film sagt Rose ‚Zu den Sternen' und zieht Jack auf den Rücksitz, weißt du noch?"

„Das heißt dann wohl, dass ich dich auf den Rücksitz ziehen muss." Shanes Augen funkeln mutwillig.

Mein Inneres schäumt prickelnd auf, und ich wende lächelnd den Blick ab, überzeugt davon, dass meine Wangen hochrot sind.

„Also, wonach steht dir der Sinn?", fragt er. „Abendessen? Tanzen? Ich bin für alles, was du willst, gekleidet."

Ich habe mich zwar ebenfalls umgezogen, aber das ändert nichts an dem, was heute zwischen mir und Tonya vorgefallen ist. Oder an dem anstehenden Verhör in Sachen Bradley, das mich morgen erwartet. Ich kann gar nicht sagen, wie mir vor Rens Babyparty graut, die ursprünglich auch meine Verlobungsparty werden sollte. Ich blicke aus dem Fenster in die frühe Abenddämmerung, die den Himmel mit fedrigen Pink- und Rottönen überzieht, und seufze. „Mir ist nicht wirklich nach tanzen."

„Hast du Hunger?"

Ich schüttele den Kopf.

Er nimmt meine Hand. Seine Finger liebkosen meine Handfläche, die offen an seiner liegt. Ich beiße mir auf die Unterlippe und lächele kokett.

Shane erwidert mein Lächeln, und ich kann ihm vom Gesicht ablesen, was er denkt. Mein Herz trommelt einen wilden Wirbel, während ich versuche, die Gesamtsituation im Blick zu behalten.

„Du weißt, dass ich noch eine Weile brauchen werde, bis ich mich auf dich einlassen kann?" Ich starre auf unsere ineinander verschlungenen Finger.

„Ja, und das ist nur zu verständlich." Er atmet tief durch und schaut zur Seite. „Was wirst du tun?"

„Alles überdenken. Noch einmal neu anfangen." Ich zucke mit den Schultern. „Vielleicht malen."

„Nun, wenn du malen kannst, kann ich warten, Kensington."

Mir schwillt das Herz. Das sind die letzten Zeilen aus „Die große Liebe meines Lebens". Na ja fast. „*Sie* sagt das, und ich meine, es geht so: Wenn du malen kannst, kann ich *gehen*, oder?"

Shane sucht meinen Blick. „Ich male nicht, *und ich gehe nicht*."

Mein Magen schlägt eine Volte. Ich schaue durch meine Wimpern zu ihm hoch. „Also, Dinner, Tanzen, was ich will?"

Er sieht mich rasch von der Seite an, sagt aber nichts.

Mein Herz jagt haltlos durch meine Brust. Ich hebe seine Hand, die, die noch immer mit meiner verschlungen ist, an meine Lippen und drücke einen sanften Kuss darauf. Dann flüstere ich durch seine Fingerspitzen. „Nimm mich, Shane."

Binnen Sekunden fährt er von der Straße ab, auf einen der kleinen Aussichtspunkte entlang des White River, dem wir seit einiger Zeit folgen. Es ist idyllisch hier und ganz einsam, ohne jegliche Beleuchtung. Der Motor ist aus, und seine Lippen finden meine, hungrig und verlangend.

Shane öffnet seine Tür und zieht mich nach draußen, nur, um mich sanft auf den Rücksitz zu schieben.

„Ich wäre auch drübergeklettert", sage ich.

„Das ging schneller", murmelt er, sein Atem unregelmäßig. Er küsst mein Schlüsselbein, meinen Hals, die Stelle direkt unter meinem Ohr.

Das ist, oh … Ein leises Keuchen entfährt mir, als er in mein Ohrläppchen beißt. Während er zart daran saugt, sammelt sich unterhalb meines Nabels ein bittersüßer Schmerz. Mein Herz hämmert hart gegen meine Rippen. Seine Bartstoppeln sind rau und kratzen über meine erhitzte Haut.

Ich schiebe meine Hände unter sein Jackett und schiebe es über seine Schultern nach hinten. Dann knöpfe ich mit flinken Fingern sein Hemd auf, bis meine Hände über seine nackte Haut streichen. Ich sehne mich unglaublich danach, ihn zu berühren.

Er zeichnet die Konturen meines Körpers mit den Fingerspitzen nach. Es ist quälend langsam. Und ich brauche ihn. Will ihn. Ich will ihm alles geben. Körper und Herz. Mein ganzes Herz.

Shane hat den Reißverschluss meines Kleides geöffnet und zieht es mir langsam über den Kopf, bevor er mich wieder sanft auf die Rückbank gleiten lässt. Kupferbraune Augen unter halbgesenkten Lidern starren in meine, bis ich die Augen schließe, unter Küssen und gewisperten Worten.

Wir waren früher schon an dieser Stelle, Shane und ich. Und es fühlt sich irgendwie an, wie nach Hause zu kommen. Es ist so ein gutes Gefühl, glücklich zu sein. Alles andere zu vergessen, auch wenn man weiß, dass es morgen wieder da sein wird. Ich verliere mich genau diesem Moment. In Shane. Ganz plötzlich bin ich überwältigt vor Emotionen. Ich spüre, wie meine Augen nass werden und sich eine dicke Träne löst.

Shanes Küsse finden ihren Weg zu meinem Hals, meiner Wange. Er sucht meinen Blick und hält ihn. Mit dem Daumen wischt er mir die Tränen weg. „Weine nicht, ShopGirl."

Im Film antwortet sie darauf: *Ich hab mir gewünscht, dass du es bist.* Aber wir brauchen jetzt keine Worte.

Also sage ich nichts.

22. Kapitel

Vier Annäherungen und ein Tobsuchtsanfall

Ich verrenke mir den Hals, um Shane zu betrachten. Gott, er ist so süß, wenn er schläft. Er lehnt an der Tür, die Beine auf dem Rücksitz des Oldtimers ausgestreckt, und ich liege in seinen Armen, teilweise auf ihm drauf. Er trägt nur seine Boxershorts, ich nichts außer meinem Tanga. Sein Jackett dient uns als Decke. Was für eine schöne Art aufzuwachen.

Moment mal. Aufwachen? Das heißt, heute ist … oh nein.

Mist.

Heute ist Samstag.

Oh nein! Mist. Mist. Mist, Mist! Das ist nicht gut. Bitte, lass das ein Traum sein. Einer dieser extrem merkwürdigen Träume, die noch weitergehen, nachdem man die Augen geöffnet hat. Lass es nicht Samstag sein. Bitte sag, dass wir nicht eingeschlafen sind. Ich blinzele, kneife die Augen superfest zu und öffne sie wieder. Okay, hat nichts gebracht. Noch mal. Schließen … öffnen. Schließen, öffnen. Schließen, öffnen. Schließen, öffnen.

Wir sind immer noch im Auto.

Kein Traum. Heute ist Rens Babyparty.

Ich versetze Shane einen Schlag.

„Hey! Was?“ Er reißt schockiert die Augen auf.

„Wir sind immer noch im Auto. Es ist Morgen. Ich habe keine Ahnung, wie spät es ist. Ich glaube noch ziemlich früh, aber …“ Ich hole zitternd Luft. Anziehen … wo ist mein BH?

„Okay.“ Shane reibt sich die Augen und gähnt herzhaft. Dann dreht er träge sein Handgelenk, um auf die Uhr zu schauen.

Ich starre ihn hoffnungsvoll an. Bitte, lass es noch superfrüh sein. Bitte. Ich beiße die Zähne zusammen und warte. Er blickt hoch. Seine Augen sind schreckgeweitet.

„Scheiße!" Er fährt auf und ist schon dabei, sein Hemd anzuziehen.

„Scheiße?" Oh Mist. Es ist nicht superfrüh. Das ist sowas von nicht gut. Ich finde meinen BH, ziehe ihn an und versuche herauszufinden, wie die verstellbaren Träger funktionieren. Gestern habe ich sie als Racerback getragen. Wer erfindet diese Dinger?

Shane greift um mich herum, um an seine Hose zu kommen. Ich fessele seinen Arm beinahe mit dem BH-Träger.

„Wann musst du da sein?"

„Es fängt um elf an. Oder um zwölf? Keine Ahnung. Mom wollte, dass ich früher komme, so gegen zehn." Ich habe den BH an, aber ich glaube, die Träger sind irgendwie komisch gekreuzt. Eine Brust wird seltsam nach links gezogen. Ich nehme mein Kleid und stülpe es mir über den Kopf.

Mist, ich stecke fest.

„Ich stecke fest!" Meine Arme hängen über meinem Kopf, und ich kann sie nicht beugen, um das Kleid über meine Schultern zu ziehen. Alles ist irgendwie zusammengeschnürt. Ich stecke wirklich fest. Ich winde mich, versuche einen Weg zu finden, es nach unten zu streifen. Meine Arme wedeln hilflos durch die Luft.

„Scheiße! Autsch!" Ich glaube, ich habe mich gerade an seinem Ellbogen gestoßen.

„Halt doch mal still …" Er hat mein Kleid gepackt und zieht es nach unten. Ein kräftiger Ruck, und es ist geschafft.

Okay, ich kann wieder etwas sehen. Meine Arme sind frei. Ich hebe mein Hinterteil an und schiebe den Rock über Po und Schenkel. Dann packe ich seine Schuhe und knalle sie ihm auf die Brust. „Hier."

Shane öffnet die Tür, springt raus, die Schuhe unter den Arm geklemmt. Er balanciert auf einem Bein, um in seine Hose zu steigen. Die Morgenluft ist noch ziemlich frisch. Die Autofenster sind beschlagen, und mir fällt auf, dass sich Handabdrücke – *und zwar jede Menge davon* – darauf verteilen.

Wir haben womöglich etwas übertrieben mit der Nachstellung der „Titanic"-Szene.

Shane hat den Motor angelassen und lenkt den Rolls-Royce auf die Straße. Ich kraxele nach vorn, lasse mich auf den Beifahrersitz fallen und taste nach meinen Schuhen.

Shane lächelt. „Siehst du, einer von uns hatte doch noch Gelegenheit, über den Sitz zu klettern."

Ich schlage ihn noch einmal. „Wie spät ist es?"

„Alles gut. Ich bringe erst dich nach Hause, dann das Auto zurück. Mein Wagen steht dort, ich hole ihn und fahre dich dann zu deiner Party."

Oh mein Gott. Meine Familie. Sie wissen noch nichts. Ich habe ihnen noch nichts erzählt. Meine Mom, Grayson ... Sie werden sich nach Bradley erkundigen. Der Oldtimer jault bei der plötzlichen Beschleunigung wie ein Standmixer. Er ist laut und langsam.

„Shane, wie spät ist es?"

Er rast so knapp um die Ecke, dass er dabei fast den Bordstein mitnimmt. Ich fliege fast unters Autodach und schreie auf. Er wirft mir einen hektischen Seitenblick zu. Sein Hemd ist falsch geknöpft und hängt halb aus der Hose. Er hat seine Schuhe gar nicht erst angezogen, und sein Haar ist ... nun, sein Haar ist perfektes, wundervolles Chaos. Er senkt den Kopf und setzt eine entschuldigende Miene auf. „Viertel vor elf."

Viertel vor elf?

„Schneller, das muss schneller gehen! Los!" Ich versetze ihm einen weiteren Schlag, vielleicht sogar mehrere. Keine

Ahnung. Da ich auf meiner Seite kein Gaspedal habe, ist es das Einzige, was ich tun kann. „Schneller!“ Ich kriege keine Luft mehr.

„Ich hol schon alles aus dem Auto raus.“ Die alte Kiste protestiert lautstark gegen unsere wilde Jagd. Sie zittert und bebt bei 65 Stundenkilometern im Stadtverkehr. Es ist wie in „Vier Hochzeiten und ein Todesfall“, doch statt zu einer Hochzeit sind wir auf dem Weg zu einer Babyparty, und der zu beklagende Todesfall dürfte mein eigener sein.

Das ist definitiv ein Filmmoment, auf den ich gut verzichten kann.

Wie um alles in der Welt soll ich rechtzeitig fertig werden? Meine ganze Familie ... Die Ampel ist gelb. Wir schaffen es nicht mehr. Sie springt gleich um. „Nein, du machst das. Los, los, los. Los!“ Wieder schlage ich ihn, um ihn anzutreiben. Wir rutschen durch, aber die Ampel ist schon rot.

Hinter uns blinkt ein Licht auf und ab. Wir werden von einer Streife angehalten.

Das darf ja wohl nicht wahr sein.

„Mein Portemonnaie.“ Shane wühlt in seinen Taschen, findet aber nichts. „Ich habe keinen ... Wo ist mein Jackett?“ Er schaut verzweifelt um sich.

Ich entdecke es auf der Rückbank und springe über den Sitz nach hinten. Shane rollt das Fenster runter; der Polizist ist jetzt ausgestiegen. Hektisch durchsuche ich die Jacketttaschen. Quittungen und das Parkticket von gestern Abend fliegen durch die Gegend.

„Hier, ich hab’s. Ich hab’s.“ Ich werfe ihm das Portemonnaie zu. Es prallt vom Armaturenbrett ab und landet irgendwo am Boden.

Wir atmen beide schwer. Die Fenster sind schon wieder beschlagen. Shane tastet blind herum, in der Hoffnung, das Teil irgendwie zu greifen zu kriegen. Ich schiebe hastig seinen Sitz zurück, um die Sache irgendwie zu beschleunigen. Der Polizist kommt näher. Er ist schon fast da.

„Ich hab's." Shane hat seinen Führerschein in einer Hand und fährt sich mit der anderen durchs Haar.

„Führerschein und Fahrzeugsch…"

Der Polizist schaut Shane an, seine zerzauste Erscheinung, sein schief geknöpftes Hemd. Ich folge seinem Blick zu den Handabdrücken, die überall auf den beschlagenen Fensterscheiben zu sehen sind. Dann nimmt er mich auf dem Rücksitz in Augenschein, angefangen bei meinem Kleid, das ich, wie ich erst jetzt bemerke, falsch herum angezogen habe, und meinen merkwürdig schiefen Brüsten darunter. Ich mag mir nicht mal vorstellen, wie meine Haare aussehen. Sein Blick wandert nach oben, bis er meinem begegnet. Seine Augen weiten sich ungläubig.

„Sie schon wieder?"

„Hi!" Ich winke ihm kraftlos zu.

Es ist derselbe Polizist, der das Paintball-Lieferwagen-Wettrennen verfolgt hat.

Mist, verdammter, verfluchter, verkackter Mist.

Ich bin also zu spät dran. Es gibt Schlimmeres, nicht wahr? Immerhin haben sie mich nicht verhaftet. Allerdings haben wir diesmal einen Strafzettel gekriegt. Oder vielmehr, Shane hat einen gekriegt. Für mich gab es eine Strafpredigt. Die ganze dämliche Angelegenheit kostete uns noch mal zwanzig Minuten. Jetzt ist es fast schon Mittag. Ich hätte gegen zehn da sein sollen, um bei den Vorbereitungen zu helfen, aber was ist überhaupt groß vorzubereiten? Es ist ja nicht so, dass Mom kocht, sie lässt immer alles liefern. Ich kann also durchaus später dran sein. Geduscht, präsentabel und zu spät. Jawohl, das kann ich.

Warum kriege ich dann vor Beklemmung keine Luft?

Mein Handy klingelt schon wieder. Sie hat bereits dreimal angerufen. Wir sind fast da, aber ich sollte wohl trotzdem drangehen. Damit ich es hinter mir habe. Ich schaue noch einmal rasch auf die Uhr, dann auf Shane am Steuer und nehme das Gespräch widerstrebend an.

„Hi, Mom."

„Kensington, ich bin's, deine Mom."

„Ich weiß, Mom." Im Hintergrund höre ich Ren mit Grayson reden, außerdem Musik und Geschirrklappern. Offenbar sind sie schon voll dabei.

„Wo bist du? Was ha…"

„Tut mir leid. Ich weiß, dass ich zu spät bin. Ich bin in fünf Minuten da. Ich kann noch helfen …"

„Nun, jetzt ist alles erledigt. Wir wollten uns gerade zum Essen hinsetzen. Es gibt nichts mehr zu tun. Ich musste alles alleine hinkriegen. Ren, es ist Kensington, ich habe sie gefunden."

Ich war nicht verloren. Nun ja, vielleicht schon. Aber jetzt bin ich's nicht mehr. Ich höre Grayson murmeln, dass das mal wieder typisch ist.

„Deine Tante hat versucht zu helfen, aber du weißt ja, was dabei herauskommt. Ja, wir haben sie gefunden. Sie ist offenbar unterwegs."

„Ich bin gleich um die Ecke …"

„Oh, in Ordnung. Ich kann jetzt nicht reden. Komm einfach her. Es ist Zeit zu essen."

Sie legt auf. Ich habe das Gefühl, mich in verschiedene Richtungen gleichzeitig zu drehen, wie ein Kreisel. Mein Orientierungssinn ist total im Eimer.

„Alles okay?

„Ja. Nein." Ich lege eine Hand vor den Mund. Meine Augen sind weit aufgerissen. Oh, ich kann das nicht. Ich kann das nicht.

Shane fährt den SUV rechts ran.

„Was machst du da? Ich bin total spät dran!" Ich brülle ihn förmlich an. Ich bin total durch den Wind.

Er legt eine Hand auf meine. „Kensington, du bist eine schöne, kluge, charmante Frau. Was immer da drin passiert, alles wird gut. Das verspreche ich dir." Er reibt mit dem Daumen liebevoll über meine Knöchel. „Ich bin hier. Ich unterstütze dich. Ich sehe dich. Alles wird gut."

Ich schaue ihm in die Augen, drücke seine Hand und nicke. Ich habe noch mit keinem richtig über diese ganze Bradley-, Tonya-, Nicht-mehr-verlobt-Angelegenheit gesprochen. Mein Magen zieht sich krampfhaft zusammen.

Das heute sollte ein besonderer Tag für mich werden. Ein Tag, um meine bevorstehende Hochzeit zu feiern und von meiner künftigen Familie zu träumen. Ich bin jetzt so weit davon entfernt. Aber wenn ich Shane ansehe, wird mir das Herz ein wenig leichter. Ich bin … nun ja, glücklich. Ein bisschen ängstlich und verwirrt, aber glücklich. Gestern hat sich meine ganze Welt gedreht. Heute befindet sie sich an einem anderen Ort. Aber vielleicht ist es der richtige Ort.

Vielleicht bin ich näher dran, als ich glaube.

„Wir können weiter. Mir geht es gut." Vielleicht stimmt das sogar. Zumindest sehe ich so aus. Ich habe mich nach einigem Hin und Her für ein Plisseekleid in farbenfroher Color-Blocking-Optik entschieden. Da ich keine Zeit hatte, mich groß zu frisieren, habe ich meine Haare zu einem lockeren Knoten gesteckt. Überraschenderweise sieht das gar nicht schlecht aus.

Vor dem Haus meiner Eltern ist die ganze Straße zugeparkt. Von wegen kleine familiäre Babyparty. Es gibt sogar einen Parkservice? Den bucht Mom sonst nur für die jährliche Shaw-Familien-Weihnachtsfeier. Warum auch immer sie diese Fete Familien-Weihnachtsfeier nennt. Es kommt jeder, den sie kennt.

Wir halten. Wir sind da. Es gibt kein Zurück mehr.

Was geht hier vor?

„Alles wird gut.“ Shane drückt meine Hand.

Ich wünschte so sehr, dass er dabei sein könnte, aber … das hier war auch als Verlobungsparty für Bradley und mich geplant. Und jetzt gibt es nur noch mich. Also muss ich auch allein hier auflaufen.

Mein Facebook-Status hat sich von *In einer Beziehung* über *verlobt* zu *Single* entwickelt. Ich sollte ihn in *Es ist kompliziert* ändern. Denn kompliziert ist es definitiv. Es müsste eigentlich einen weiteren Status geben: *Bloß nicht fragen.*

„Da bist du ja endlich. Alle anderen sind hinten. Wir wollen gleich essen.“ Ren trägt ein kurzärmeliges Jacquard-Kleid und sieht sehr hübsch aus. „Was zum Teufel ist passiert? Mom ist das reinste Wrack.“

Ich antworte nicht. Ich bin viel zu sehr damit beschäftigt, mich umzuschauen. Moms Vorstellung von einer kleinen familiären inoffiziellen Babyparty plus Verlobungsfeier hat sich in eine …

„Ja, sie hat wirklich jeden zu eurer Verlobungsparty eingeladen. Es sollte eine Überraschung sein.“

Was? Mir rutscht das Herz in die Kniekehlen. Die Überraschung ist gelungen, das kann man wohl sagen. Da beschließt meine Mom einmal im Leben, sich für mich zu interessieren, und dann …

„Äh, Kenz.“ Ren fasst mich hastig am Ellbogen und führt mich in die Eingangshalle. „Alles in Ordnung? Ich meine, ich weiß, was Grayson mir erzählt hat, aber …“

„Oh mein Gott, Mom weiß Bescheid, oder? Über Bradley? Wir sind nicht mehr verlobt. Ich habe es ihr gesagt, aber du weißt schon, wir haben nicht wirklich darüber geredet.“ Ich schüttele fassungslos den Kopf. „Ich habe ihm den Ring zurückgegeben." Das hier ist schlimmer, als ich es mir in meinen wildesten Träumen hätte ausmalen können. Ich muss nicht nur die missbilligenden Blicke meiner Familie aushalten, sondern auch die der anderen Leute.

„Sie weiß eigentlich Bescheid, aber ich glaube, du solltest wissen …"

„Kenzi, guter Gott, du bist vielleicht spät dran. Wir dachten schon, da wäre …" Es ist meine Cousine Ashlen. Sie ist laut, rechthaberisch und sorgt mit ihren Botox-Injektionen praktisch im Alleingang dafür, dass bei meinem Vater die Kassen klingeln.

Mom lenkt gerade einen Kellner zur hinteren Veranda um. Im Vorbeigehen ruft sie mir zu: „Das waren aber mehr als fünf Minuten, Kensington. Wir haben schon angefangen. Los, komm mit."

„Hi, Mom", sage ich leise, mehr zu mir selbst.

Ren beugt sich zu meinem Ohr. „Äh, Kenz, du solltest wirklich …"

„… Oh, hast du das von Cousin Jimmy gehört? Ja, ich schätze mal …" Ashlen lässt keinen von uns zu Wort kommen. Sie steht jetzt zwischen uns, je einen Arm um uns gelegt, und führt uns zur hinteren Veranda.

Panik breitet sich explosionsartig in mir aus. Ich werde eine Verkündung machen müssen. *Was soll ich bloß sagen?* Äh, Entschuldigung, aber ich habe die Hochzeit abgesagt. Mein Verlobter hat möglicherweise meine sogenannte Freundin geschwängert, aber bitte bleibt doch noch und genießt das Fingerfood?

Ashlen plappert immer noch vor sich hin, als wir durch die Gleittüren nach draußen treten. „… Ist das nicht bezaubernd? Ich habe geholfen …"

Die große Veranda zum Garten hin sieht in der Tat wunderschön aus. Mom hat Zierornamente aus Buchsbaum aufstellen lassen und ein geräumiges Zelt mit zwei rechteckigen Festtafeln. Weiße Tischdecken wehen in der frischen Brise, die von Heizstrahlern in Schach gehalten wird. Sogar eine dreiköpfige Band spielt auf der zweiten Terrasse unter den Bäumen auf.

Eine Mini-Baby-Party für Ren und eine Überraschungs-Verlobungsfeier für mich. *Für mich.*

Wir treten zur Seite, um einen Kellner mit einem vollgeladenen Tablett vorbeizulassen.

„Hörst du mir überhaupt zu, Kenzi? Hast du mich verstanden? Oh, da ist ja …" Ashlen steuert direkt auf einen freien Platz neben … *Oh, Mist.*

Da ist Liza Evans, demnächst Liza Evans-Matison, mit ihrem Verlobten Ryan. Ihre Mom sitzt neben ihnen. Ashlen quetscht ihren Stuhl dazwischen, und Liza winkt mir zu.

Äh, hi. Ich wackele halbherzig mit meinen ringlosen Fingern.

Ren packt meinen Arm mit hartem Griff. „Was ich dir die ganze Zeit zu sagen versuche …"

„Ruhe bitte." Jemand klopft mit dem Messer an ein Glas. Alle drehen sich zu der Frau mit der Heliumstimme um.

Im Ernst jetzt?

„Hey, wenn das nicht die künftige Mrs. Bradley Connors ist, unser ganz besonders besonderer Gast heute", quiekt Mrs. Bethany Chesawit, weltbeste Hochzeitsplanerin und, wie ich annehme, Koordinatorin dieses Baby-Verlobungs-Events.

Tötet mich. Tötet mich bitte jetzt.

Grayson sitzt mit meinem Dad am Ende der Tafel. Ich entdecke Tante Greta und lächele. Ich glaube, ich lächele. Mein Gesicht macht jedenfalls irgendwas. Oh, sie hat einen neuen Typ bei sich. Er ist dünn und hat schütteres Haar. Wie er wohl heißen mag? Mom steht hinter Dad und hat alles im Blick.

Bethany Chesawit winkt uns zu sich. „Kommt her und nehmt Platz, Mädels. Du, Ren, neben dem stolzen künftigen

Vater. Und Sie, Kensington, gleich hier, um auf Ihren attraktiven Bräutigam zu warten."

„Da ist er ja schon!", brüllt Ashlen und zeigt zur Bar.

Was?

Ich höre Rens Stimme an meinem Ohr. „Das war es, was ich dir die ganze Zeit sagen wollte. Ich wusste nicht, was da vor sich geht."

Der Mann, der jetzt mit unbehaglichem Gesichtsausdruck auf unseren Tisch zukommt, ist … *Bradley.*

„*Neeeeiiiiin!*" Es platzt einfach aus mir heraus und will einfach nicht mehr aufhören.

Die Versammlung schnappt kollektiv nach Luft. Die Musik stoppt, alles stoppt. Ich kann förmlich hören, wie sich sämtliche Köpfe mit einem *wusch* in meine Richtung drehen.

Oh. Alle Augen sind auf mich gerichtet.

Moms Lächeln ist breit und gezwungen. Sie nickt, als die Leute zwischen uns hin und her gucken. Es sieht nicht so aus, als ob sie atmet. Ich kann nicht glauben, dass sie mir das wirklich angetan hat.

„Äh … Ich meine; das kann ja wohl nicht wahr sein! Auf *keinen* Fall!" Ein schrilles Glucksen entfährt mir.

Bethany Chesawit blickt verwirrt zu mir. Liza Evans flüstert mit ihrer Mom und schaut von Bradley zu mir.

Ich sterbe. *Sterbe.*

„Wow." Ich hebe die Hände und zucke die Achseln. „Äh, ha, ha. Du hast mich echt drangekriegt." Ich hebe einen Finger. „Gut gemacht. Oh, hi, Tante Lindy. Toller Pullover, gefällt mir. Und deiner auch, Liza. Ich meine, dein Kleid. Ist ja offensichtlich kein Pullover … Äh …" *Oh Gott, ich schwafele dummes Zeug.*

Graysons Augen sind so groß wie Wagenräder. Mom gestikuliert mir mit absolutem Entsetzen, zu schweigen. Sie will mir den Mund verbieten?

„Ist das dein Ernst?“ Ich starre sie ungläubig an und wende mich dann an Bradley. „Äh … kann ich kurz mit dir reden?“ Ich deute mit einem Finger auf die Tür. „Im Haus?“ Ich hebe die Brauen.

Bradley schaut sich um.

Ich ringe mir ein knappes Lächeln ab. „Okay. Großartig. Tschüs.“ Dann drehe ich mich um.

Und stoße mit einem Kellner zusammen.

Wir schwanken in einem Gewirr von Armen und Beinen. Er macht einen Schritt zurück. Das Tablett kippt. Essen rutscht. Noch ein taumelnder Schritt und … Geschirr zerschellt. Gäste kreischen. Der Kellner fällt jemandem auf den Schoß. Seine Hand ist, wo sie nicht sein sollte.

Meine Hände sind vor meinen offenen Mund gepresst. Ich bin gerade mal seit zehn Minuten hier und … und … Tante Greta ist aufgesprungen. Dad rollt mit den Augen. Meine Cousine Ashlen lacht aus vollem Hals … Moms Augen sind zu schmalen Schlitzen verengt. Ihr Gesicht ist rot, ihre Lippen nur noch ein harter Strich. Sie schüttelt missbilligend den Kopf. Über *mich*. Wirklich? Sie ist wütend auf *mich*? *Das glaube ich einfach nicht.*

Die lange unterdrückten Verletzungen bahnen sich einen Weg nach oben und bauen eine Spannung auf, die sich, klar und deutlich, in Worten Bahn bricht. „Willst du mich verarschen, Mom?“

Oh Gott.

Team Kenzi: Minus einhunderttausend Millionen Billionen.

23. Kapitel

Endlich … Liebe

Bradley ist weg. Ich habe ihn ein für alle Mal in die Wüste geschickt. Er wird auf keinen Fall zurückkommen. Ich habe nicht den geringsten Zweifel daran gelassen, dass es *millionenprozentig* vorbei ist. Seine Dreistigkeit macht mich immer noch fassungslos. *Was zum Teufel hat er sich dabei gedacht?* Ich habe keine Ahnung, wie er Mom davon überzeugt hat, dass wir die Sache wieder hinkriegen. *Obwohl, doch.* Sie wollte es glauben. Und das verstehe ich sogar.

Denn lange Zeit wollte ich es ja auch glauben.

Aber verdammt noch mal, Mom.

Die ganze Sache ist einfach nur schrecklich. Doch ich weine nicht. Ich schäme mich. Fühle mich gedemütigt … aber ich weine nicht. Ich treffe meine eigenen Entscheidungen. Zum ersten Mal überhaupt habe ich das Gefühl, dass ich meine Frau stehe, dass ich mich behaupte. Ich habe die Entscheidung getroffen, mich von Bradley zu trennen. Habe mich für Shane entschieden. Und, noch wichtiger: Für *mich*.

Dingdong, Dingdong, Dingdong. Ein Punkt für Team Kenzi.

„Kensington?“ Tante Greta. Ihr Haar ist noch immer rot, aber jetzt eine Nuance dunkler, was mir vorhin gar nicht aufgefallen ist.

Als ich mich ganz zu ihr umdrehe, sehe ich Ren neben ihr stehen. Ich hebe winkend die Hand. Sprechen kann ich noch nicht.

„Exzellente Rede, Schätzchen.“ Tante Greta lächelt verwegen.

Ich schaue von ihr zu Ren. Der passende Text aus „Bridget Jones“ kommt mir wie von selbst über die Lippen. „Ich stehe auch für Bar Mitzvahs und Taufen zur Verfügung.“ Die beiden stimmen in mein leises Lachen ein.

„Na ja, sieh es so“, sagt Ren, die die Anspielung auf den Film nicht versteht. „Du weißt auf jeden Fall, wie man einen eindrucksvollen Auftritt hinlegt.“

Ich werfe ihr einen entschuldigenden Blick zu. „Tut mir leid, falls ich dir deine Baby-Party versaut habe.“

Sie macht eine wegwerfende Handbewegung und stößt mich leicht mit der Schulter an. „Mach dir deshalb keine Sorgen.“

Tante Greta legt einen Arm um mich. „Im Moment muss ich nur wissen, ob du okay bist. Bist du?“

Ich lächele sie zaghaft an. „Weißt du, ich glaube … ich bin’s tatsächlich.“

Oder zumindest arbeite ich dran.

Ich sehe, wie Tante Greta mich quer über den Tisch beobachtet, auch wenn sie sich größte Mühe gibt, so zu tun, als täte sie es nicht. Ich wiederum gebe mir alle Mühe, mich an der höflichen Unterhaltung zu beteiligen. Aber ich kann mich nicht konzentrieren. Es ist plötzlich, als wäre das ganze Bradley-Kellner-Desaster nie passiert. Der verrückte Zug ist wieder im rechten Gleis und braust volle Kraft voraus. Ich schaufele Zucker in meinen Tee, noch leicht benommen, aber … *Ich bin okay.*

„So, Kensington.“ Dad stützt sich auf einen Ellbogen. „Wie läuft’s in der Agentur? Ich hörte, dass ihr einen neuen Kunden habt.“

Ich starre ihn mit großen Augen an. Meint er etwa Shanes Restaurant? Ich weiß, dass die beiden zusammen Mittag gegessen haben, aber muss er das Thema ausgerechnet *jetzt* zur Sprache bringen? „Äh, ja. Ich arbeite an einem Kino-basierten Restaurantkonzept", antworte ich zögernd und rühre weiter Zucker in meinen Tee. Dabei schaue ich verstohlen zu Mom.

Sie erzählt irgendwas. Ich lächele dünn. Ich glaube, dass ich lächele. Zumindest denke ich darüber nach, eventuell zu lächeln. Ich lehne mich in meinem Stuhl zurück und trinke einen Schluck Tee. *Wow, ziemlich süß.*

Gretas neuer Typ heißt Rolly. Er wischt sich den Mund mit einer blauen Serviette und sieht mich an. „Unsere Bank denkt über neue Marketingkonzepte nach. Vielleicht sollte ich mal mit dir darüber reden, Kenzi?"

Tante Greta lächelt. „Das ist eine großartige Idee, Rolly."

„Hast du nicht gekündigt?", fragt Mom laut. Sie lehnt sich über den Tisch, damit ich ihre Enttäuschung auch gut sehen kann. „Tonya hat gestern Abend angerufen, um zu fragen, ob du hier bist. Sie war ganz besorgt, weil du nicht auf ihre Nachrichten reagiert hast."

Ren ist plötzlich sehr interessiert. „*Wie bitte?* Du sprichst noch mit Tonya? Ich dachte …"

„Das war ein totales Missverständnis", erwidert Mom schnell und bittet Ren, ihr die Salatsoße zu reichen.

Ich räuspere mich. *Ich schaffe das.* „Es gab kein Missverständnis mit Tonya, Mom. Es ist absolut klar, was sie gemacht hat." Ich schaue kurz zu Dad. Er nickt leicht. Mehr Ermutigung brauche ich nicht.

„Und ja, ich mache mich selbstständig. Ich beende meine laufenden Projekte für die Agentur extern, während ich gleichzeitig einen Businessplan für mein neues Atelier und Grafikbüro entwickle." Ich straffe die Schultern und sehe meiner Mutter in die Augen. „Den ersten Vertrag habe ich bereits an Land gezogen."

„Vielleicht ja sogar schon einen zweiten", sagt Rolly und lächelt meiner Tante liebevoll zu.

Ich mag Rolly.

Grayson schaut von Mom zu mir. „Du hast einen Kunden unter Vertrag? Wen den?"

Ich bin nicht sicher, welche Auswirkungen es auf Shanes Vertrag mit Safia hat, wenn ich die Agentur verlasse, aber er hat bereits gesagt, dass er mich bucht, und das ist ja ein künftiges Projekt. Ich hole tief Luft und lege die Karten auf den Tisch. „Für den Anfang betreue ich Shane Bennetts Farm."

Mom verzieht angewidert das Gesicht. Ich bin nicht sicher, ob Shanes wegen oder weil ich den Begriff „Farm" in den Mund genommen habe.

Sie schnaubt abfällig. „Ich hatte ganz vergessen, dass seine Familie einen Bauernhof hat."

Vermutlich ist es eine Mischung aus beidem. „Ja, er hat die Idee eines Restaurant-Kinos entwickelt und plant, eine Kette daraus zu machen. Der Prototyp liegt auf seinem Besitz. Es ist dort wirklich wunderschön, es grenzt an La Porte, eine wirklich schöne Gegend." Ich sehe ihr in die Augen. Mein Herz schlägt einen seltsamen Rhythmus.

„Ich mag das Landleben", sagt Rolly. „Ich liebe Tiere. Haben sie Pferde? Die sind so klug."

„Wie willst du dich mit nur einem Kunden über Wasser halten, Kenzi?" Grayson sieht Dad an. „Das ist nicht machbar."

Tante Greta lässt sich von der Kellnerin nachschenken. „Vielen Dank." Sie schaut Rolly an. „Schweine sind noch klüger. Aber ich weiß nicht, ob sie dort Tiere haben, Rol."

„Ich bin sicher, dass Carriage House als erster Kunde für den Anfang ausreicht", gibt Dad zurück. „Außerdem könnte sie Grafikaufträge für das Spa übernehmen."

Ich lächele ihn an. „Wirklich?"

Er nickt und senkt die Mundwinkel. „Natürlich erwarte ich einen Preisnachlass."

Rolly wischt sich erneut übers Gesicht, diesmal mit einer

pinkfarbenen Serviette. „Wusstet ihr, dass Schweine sehr reinlich sind? Sie haben nur einen schlechten Ruf."

Mir fällt auf, dass Mom sehr still ist. Ihr klarzumachen, dass sie falschlag, wäre vergebliche Liebesmühe. Ändern werde ich sie nicht mehr können. Aber was ich ändern *kann*, ist meine Haltung zu ihr. „Die Party war wunderbar organisiert, Mom." *Auch wenn die Absicht dahinter höchst fragwürdig war.* „Wirklich etwas, äh, Besonderes."

„Ich habe auch nicht behauptet, dass sie schmutzig sind, ich sagte, sie sind klug. Schweine sind schlau", sagt Tante Greta kopfschüttelnd zu Rolly.

Moms eisige Miene schmilzt bei meinen Worten. Mom ist Mom. Für sie wird es immer um Äußerlichkeiten gehen. So sieht sie nun mal die Welt.

Und ich sehe die Welt eben anders.

„Oh, na ja. Danke." Sie lächelt mir zu. „Nett, dass du das sagst. Ich war nicht sicher, ob wir Hühnchen oder Fisch anbieten sollten, aber das Hühnchen schien ja gut anzukommen."

Rolly beugt sich interessiert vor. „Haben sie Hühner auf der Farm?"

Ich nehme einen Schluck Wasser, schaue hoch und begegne Rens Blick. Sie grinst mich an, und ich muss lächeln. Wir denken offenbar gerade beide dasselbe: Die sind doch alle verrückt. Aber sie sind nun mal unsere Familie. Und das ist letztendlich das, was zählt.

In „30 über Nacht" möchte die – später von Jennifer Garner gespielte – jugendliche Heldin Jenna unbedingt dreißig, sexy und erfolgreich sein. Dank Wunschpulver geht dieser Traum auch in Erfüllung, allerdings gestaltet sich das Ganze dann doch nicht so prickelnd wie erhofft. Doch irgendwann kriegt Jenna eine zweite Chance. Einen neuen Versuch, alles besser zu machen.

Ich bin noch nicht ganz dreißig und auch nicht sonderlich erfolgreich. Aber genau wie Jenna Rink habe ich die Chance, noch einmal durchzustarten, die Richtung zu wechseln. Wie es aussieht, bekomme ich meinen Neuanfang doch noch.

Dazu braucht es gar kein Wunschpulver. Nur etwas Mut.

Ren und Grayson sitzen vor einem Berg von hübschen Päckchen mit rosafarbenen und blauen Schleifen. Sie öffnen Babygeschenke der Familie, während die Gäste ihre Auswahl an Mini-Desserts genießen und ihnen zuschauen. Ich spüre einen leichten Stich im Herzen.

Meine Mom hat die Hände erwartungsvoll und voller Spannung auf Rens Reaktion gefaltet, als Bethany Chesawit ihr *ganz besonders besonderes* Geschenk präsentiert. Es ist nicht verpackt. Es handelt sich um die Gucci Windeltasche, von der Mom mir bereits erzählt hat. Sie quillt über vor kleineren Gaben.

„Danke, Mutter Shaw!“ Ren kommen die Tränen, und sie fällt Mom um den Hals. Alle preisen Moms Großzügigkeit, ihren guten Geschmack und ihre Bedachtsamkeit. Die Tasche wird herumgereicht und angemessen bewundert. *Sie ist wirklich schön.*

Das nächste Geschenk ist in grünes Papier eingeschlagen und mit kleinen Schirmchen verziert.

„Das hier ist von … Ashlen.“ Ran wickelt es aus. Dann holt sie das Objekt vorsichtig aus der Schachtel. „Oh, eine Spardose.“ In Form einer silbernen Schildkröte. „Zu süß, Ashlen. Vielen Dank.“

Ich zucke erschrocken zusammen. Das Ding hatte ich doch von der Wunschliste entfernt! Vielleicht hat es Ashlen einfach gefallen.

Das nächste Päckchen enthält … wieder eine Spardose. Diesmal ein Keramik-Teddybär. Ich weiß *ganz genau*, dass ich den nicht eingescannt habe. Er ist nicht mal niedlich.

„Davon kann man nie genug haben“, kommentiert Ren mit einem Megawatt-Lächeln, das es nicht ganz bis zu ihren Augen schafft und mit jedem weiteren Geschenk gezwungener und künstlicher wird.

Mir entfährt ein leises, banges Stöhnen, und ich suche verstohlen Tante Gretas Blick. Sie sieht mich mit gerunzelter Stirn fragend an. In der Hoffnung, dass sie Lippen lesen kann, forme ich mit dem Mund die Worte: *Ich hatte Geschenke zu ihrer Liste hinzugefügt, habe sie aber wieder entfernt.*

„Was?“, flüstert sie mir zu.

Ren öffnet eine weitere Schachtel und holt … Kleiderbügel heraus. Plastik-Baby-Kleiderbügel? Mein Magen befindet sich im freien Fall. Eine Sekunde lang wirkt Ren entsetzt. Dann lächelt sie. *Nein*, sie wirkt immer noch entsetzt.

Mein Gehirn versucht verzweifelt, jenen Tag in der Babyabteilung von Fossie’s noch einmal aufleben zu lassen. Ich erinnere mich daran, wie ich Ware gelöscht und neue Dinge hinzugefügt habe. Zum Beispiel hübsche Designer-Laken fürs Kinderbett, neutrale Baby-Outfits in Grün und Gelb, sogar einen Babykorb in dunklem Kirschrot.

„Ich weiß, dass ich das in Ordnung gebracht habe“, zische ich Tante Greta zu und schüttele fassungslos den Kopf.

„Was?“, wiederholt Tante Greta wispernd und hebt hilflos die Hände. Sie ist völlig perplex.

Wir führen jetzt quer über den Tisch eine nahezu lautlose Unterhaltung. Ich kapiere einfach nicht, was passiert ist. *Oh* … oh, *nein*. Shane ist passiert. Er tauchte plötzlich auf, und dann jagte die Fossie’s-Frau uns weg. „Shane“, formen meine Lippen.

Sie versteckt ihr Lachen unter einem Hustenanfall.

Ich stürze an Rens Seite und flüstere ihr hastig ins Ohr: „Ich habe nicht gespeichert! Ich habe aus Versehen Sachen zu deiner Liste hinzugefügt, wollte es dir noch sagen, hab dann alles wieder storniert, aber den Storno nicht gesichert. *Es tut mir so schrecklich leid, Ren.* Ich tausche alles um. Ich schwöre. Sei mir bitte nicht böse."

Ren wirkt jetzt noch verwirrter, ringt sich aber ein schiefes Lächeln ab, als Grayson ihr die letzte Schachtel reicht. Ängstlich entfernt sie das mattgelbe Papier und schaut mich dabei von der Seite an.

„Das ist von mir, Ren." Tante Greta steht vor ihr, mit gezückter Kamera.

Ren schiebt das Seidenpapier zur Seite und späht in den Karton. Ihr Gesicht verzieht sich zu einer Grimasse zwischen Lächeln und Abscheu.

Sie nimmt das Objekt heraus … *oh!*

Der Blitz von Tante Gretas Kamera blendet mich.

Es ist das pink-grüne Schweine-Monster aus Plüsch. Mit den hervorstehenden Augen. Ich bedecke meinen klaffenden Mund mit beiden Händen. Ein weiterer Blitz aus Tante Gretas Kamera bannt den Moment, in dem Rens wild schweifender Blick erneut auf dem Ding in ihren Händen landet.

Dann schaut Ren zu mir, zu Tante Greta … und *lacht*.

Alle lachen.

„Wage es ja nicht, *das* zurückzubringen", warnt Tante Greta, was zu noch mehr Gelächter führt.

Es klingelt. „Ich geh schon", rufe ich, heilfroh über die Fluchtmöglichkeit. Auf dem Weg zum Haus komme ich an dem Kellner von vorhin vorbei. Er macht einen hastigen Satz rückwärts, worauf ich ihm einen grimmigen Blick zuwerfe. *Sehr witzig.*

Ich laufe durchs Wohnzimmer zur Haustür und öffne sie. *Shane?* Verwirrt schaue ich ihn an. Er *darf* nicht hier sein. Das hatten wir doch geklärt! Ich brauche Zeit für mich. Rasch trete ich nach draußen und ziehe die Tür hinter mir zu. „Was machst du hier?"

Er legt einen Zeigefinger an die Lippen. Erst jetzt sehe ich die großen Plakatkartons, die er bei sich hat.

„Shane, du kannst nicht …“

Wieder legt er den Finger an die Lippen, um mich zum Schweigen zu bringen. Dann dreht er die Plakate um und … da steht etwas drauf. Er lächelt schüchtern und bedeutet mir mit einem Nicken, ich möge lesen.

Sag nicht, dass es die Sternsinger sind …

„Was“, flüstere ich verdutzt. „Warum sollte ich …“ Oh! Ich weiß, was das soll.

Das ist „Tatsächlich … Liebe“.

Will er das jetzt durchspielen? *Hier?* Aus dem Augenwinkel sehe ich, dass die Gardinen des Wohnzimmerfensters sich bewegen. Jemand beobachtet uns.

Shane macht sich an den Plakaten zu schaffen und hat sofort wieder meine volle Aufmerksamkeit.

Es ist die Szene mit Juliet und Mark. Mark liebt sie wie verrückt, aber Juliet ihn nicht, sie ist die Frau seines besten Freundes. Also steht er eines Tages vor ihrer Tür, um mit Hilfe von beschrifteten Plakaten seine Gefühle zu erklären. Im Film ist Weihnachten, daher steht auf der ersten Tafel, dass sie sagen soll, die Sternsinger stünden vor der Tür, um Zeit zu gewinnen. Mein Herz schlägt schnell und unregelmäßig, als Shane das nächste Plakat hochhebt.

Mit ein bisschen Glück werde ich nächstes Jahr …

Im Film zeigt das nächste Schild Fotos von Models, und darunter steht … *mit einem dieser Mädchen ausgehen,* weil Mark weiß, dass er Juliet niemals haben kann. Shane hält ein neues Plakat hoch. Keine Fotos. Er folgt also nicht dem Drehbuch. Kluge Entscheidung. Ich lächele.

… dieses Fest mit dir feiern. Vielleicht wird es unsere Party.

Unsere Party? *Soll das heißen, unsere Verlobungsparty?* Ich schaue ihm in die Augen. Meine Nerven sind zum Zerreißen gespannt, mir läuft es heiß und prickelnd den Rücken entlang. Ich warte wie auf glühenden Kohlen, während Shane die Schilder austauscht. Angespannt krümme ich meine Zehen.

Und ich werde eingeladen sein.

Ich muss lachen. Noch ein Plakat.

Aber bis dahin lass mich dir sagen …

Ich beiße mir angespannt lächelnd auf die Lippe, warte gebannt, mein Blick springt zwischen seinen Augen und dem Schild hin und her.

Ich liebe dich, Kensington

Ich lächele aus vollem Herzen, während ich auf die Worte starre.

Er liebt mich. Shane Bennett liebt mich.

Ich bin hin und weg. Ich kriege fast keine Luft mehr. Shane hebt die Hand und signalisiert mir, abzuwarten, weil noch mehr kommt. *Noch mehr?* Ich bin jetzt schon völlig hinüber. Da gibt's nichts zum Zusammenreißen. Er hält das nächste Plakat hoch.

Ich hätte gern ein Date.

Er legt den Kopf schräg und sieht mich hoffnungsvoll an.

Valentinstag. New York. Ich warte bei Sonnenuntergang auf dem Empire State Building.

In seinen Augen kann ich etwas von dem Jungen entdecken, den ich einst kannte: ein leichtsinniger Junge mit großen Ideen. Shane senkt die Plakate. Es ist nicht der Junge, der mich fragt. Sondern der Mann, zu dem dieser Junge geworden ist.

Der Mann, den ich liebe.

Ich nicke und lächele unter Tränen.

Die Tür hinter mir öffnet sich. „Kensington?" Es ist Dad. „Was ist denn hier …?" Er schaut erst Shane an, dann mich.

Die Pappschilder klemmen blitzschnell unter Shanes Arm. „Mr. Shaw, wie schön, Sie wiederzusehen, Sir." Er streckt die rechte Hand aus.

„Shane." Dad ergreift die Hand zögernd, schüttelt sie dann aber kräftig. Noch einmal lässt er den Blick zwischen uns hin und her wandern. „Kensington, wie wär's, wenn du eben rasch nachschaust, ob Ren oder deine Mom Unterstützung brauchen?"

„Äh ..." Ich gucke hilfesuchend zu Shane, dann wieder zu Dad. „Ich, äh ..."

Dad senkt entschlossen das Kinn. *Okay.* Ich gehe rückwärts ins Haus, ohne Shane aus den Augen zu lassen. Bis Dad mir die Tür vor der Nase zumacht.

Oh mein Gott. Was wird er sagen? Was soll ich tun? Ich gehe zum Fenster und, ja, da ist Ren hinter den Gardinen. Sie hält immer noch das Schweinemonster umklammert. Ich wusste doch, dass uns jemand beobachtet.

„Heiliger Bimbam, Kensington!" Sie tritt zur Seite, damit ich neben sie treten kann, und beugt sich dann über meine Schulter.

Wir sind jetzt beide komplett von Gardine umhüllt. Nur unsere Füße sind vom Wohnzimmer aus sichtbar. Ich kann von hier aus Dads Rücken und Shanes Kopf erkennen. Dad gestikuliert, während er spricht, aber ich kann ihn nicht verstehen. Ich höre nur Ren, die mir ununterbrochen ins Ohr redet.

Sie hat beide Hände auf ihr Brustbein gelegt. „Und diese Schilder? Das war so süß, mein Gott, ich musste richtig weinen. Wir wussten ja alle ..."

„Was?", platze ich heraus und drehe mich komplett zu ihr um. „*Was* wusstet ihr alle?" Meine Pulsfrequenz erreicht die Risikozone.

„Na ja, Bradley hat sich ständig bei Grayson ausgeheult, und Shane hat sich mit deinem Dad unterhalten. Und du weißt ja, wie eng Grayson und Dad miteinander sind." Sie zuckt mit den Schultern.

Mir fehlen die Worte. Ich kann nur den Kopf schütteln.

Plötzlich werden die Vorhänge so heftig aufgerissen, dass die Ringe an der Gardinenstange klirren.

Wir zucken beide zusammen, und ich lege eine Hand auf mein wild pochendes Herz.

„Was zum Teufel treibt ihr hier?“, fragt Ashlen.

Ren und ich wechseln einen vielsagenden Blick. Ashlen ist eine Klatschtante.

„Nichts. Kleiner Schwatz unter Mädels.“ Ren tritt aus ihrer Gardinenklause, das Schweinemonster unterm Arm. „Wir wollten uns gerade wieder hinsetzen. Stimmt’s Kensington?“

Ich spähe noch einmal durchs Fenster. Dads Hände stecken in den Hosentaschen. Shane bewegt den Kopf.

Ashlen packt meinen Arm, und wir marschieren Richtung Veranda. „Super. Ich habe meinen Platz getauscht, sodass ich jetzt bei euch sitze. Liza fing an, mir auf die Nerven zu gehen. Sie schwört Stein und Bein, dass Bradley Brite ist. So eine dumme Gans …“

Ich blende sie aus. Shane liebt mich. Dad ist mit Shane draußen vor der Tür. Ren ist cool. Meine ganze Familie wusste, was abgeht. Vielleicht nicht jedes Detail, aber immerhin …

Die Haustür öffnet sich. Mir bleibt das Herz stehen. Shane ist immer noch da. Ashlen schaut neugierig von Shane zu mir und Ren.

„Ren, Ashlen, warum geht ihr nicht schon mal vor auf die Terrasse?“, sagt Dad. Es ist kein Vorschlag. Dann wendet er sich an Shane. „Ich habe das Gefühl, wir sehen dich künftig wieder öfter? Einmal im Monat treffen wir uns alle zum Sonntagsbrunch. Wir würden uns freuen, dich dabei zu haben.“

„Ich hoffe es sehr, und die Einladung nehme ich gerne an, vielen Dank, Sir.“ Sie schütteln einander noch einmal die Hände, dann zwinkert Dad mir zu und folgt den anderen beiden in den Garten.

Er hat gezwinkert? „Äh, alles klar, ich komme gleich", rufe ich ihm nach.

Shane und ich bleiben mitten auf dem Gehweg vor dem Haus stehen. Er nimmt meine Hand.

„Was hast du zu meinem Dad gesagt?"

Shane lächelt. „Ich habe ihn über die Absichten informiert, die ich gegenüber seiner Tochter hege, und ihn wissen lassen, dass ich diesmal, obgleich ich die Billigung ihrer Eltern sehr zu schätzen wüsste, einzig und allein deinen Segen benötige."

Ein sentimentales Lächeln macht sich auf meinem Gesicht breit. Dad hat ihn zum Sonntagsbrunch eingeladen. Shane liebt mich. Wir sind am Valentinstag verabredet.

Plötzlich hören wir ein gurgelndes Geräusch, dem ein eiskalter Guss folgt.

Ich kreische auf.

Binnen Sekunden sind wir bis auf die Haut durchnässt. Wir schauen einander bibbernd an und lachen.

Dad hat im Frühjahr das Super 3000 Bewässerungssystem installiert. Es speit in Rekordzeit Wassersalven aus. Mom muss vergessen haben, die Zeitschaltuhr für den Vorgarten abzustellen.

Shane lässt die Plakate fallen und zieht mich in seine Arme. „Ich schätze, wir haben doch noch unseren „Bridget Jones"-Moment."

„Den habe ich möglicherweise schon ganz allein zustande gekriegt", gestehe ich und kichere.

Shane beugt sich vor, um mich zu küssen. Ich stelle mich auf die Zehenspitzen, nehme sein Gesicht in beide Hände und berühre seine nassen Lippen mit meinen. Seine Bartstoppeln fühlen sich kratzig unter meinen Fingerspitzen an. Ich schmelze förmlich in seiner Umarmung, hebe praktisch ab, bevor ich mich langsam wieder auf festen Boden gleiten lasse. Dann lehne ich mich zurück und spreche Bridgets Text, inklusive Akzent.

„Moment mal … Süße Jungs küssen eigentlich nicht so."

Er lacht, ein bisschen heiser. „Oh Scheiße doch, das …" Er kann nicht zu Ende sprechen, ich küsse ihm den Rest des Zitats von den Lippen. Ich bin eine Zeitbombe des Glücks. Gut möglich, dass ich gleich in einer Fontäne aus Glückskonfetti explodiere, die sich mit den Wassertropfen mischen, bis nichts mehr von mir übrig bleibt.

Ich höre, wie meine Mom Ren zuruft, sie möge das Bewässerungssystem ausschalten, und löse mich von Shane. Meine ganze Familie steht in der offenen Haustür und beobachtet uns. Tante Greta und Ashlen lachen. Dad lächelt. Nur Mom wirkt angespannt. Sie macht sich vermutlich Sorgen darüber, was die Leute denken könnten. Grayson umarmt Ren, die mir mit der Pfote des Schweinemonsters zuwinkt. Ganz hinten steht Rolly und hebt begeistert beide Daumen.

Dingdong, Dingdong, Dingdong. Ich habe den Jackpot geknackt! Team Kenzi: Braucht nicht länger Punkte zu zählen.

Ich lächele Shane an. Nasse Locken kringeln sich um sein Gesicht. In seinen Bartstoppeln hängen Wassertropfen. Goldtupfer blicken auf mich herab und wärmen mein Herz. Er hält mich ganz fest und zieht mich für einen weiteren Kuss an sich.

Nun fehlt nur noch ein Moment auf unserer „Filmreife Liebe-Liste". Und damit schließt sich der Kreis zum Anfang unserer Geschichte.

Aber das ist nicht das Ende.

Denn das Leben ist nun mal kein Film.

Es ist in Wahrheit viel *besser.*

Epilog

Shane und Kenzi

Ich fliege nicht gern. Um meine Nerven zu beruhigen und Zeit totzuschlagen, gucke ich „Schlaflos in Seattle“ auf meinem Tablet. Ich bin gerade bei der Szene, in der Annie, gespielt von Meg Ryan, sich „Die große Liebe meines Lebens“ anschaut, und ihre Freundin Becky meinen absoluten Lieblingssatz sagt: *Du willst nicht verliebt sein, du willst im Film verliebt sein.*

Sie bittet Annie, ihr den Brief vorzulesen, den sie an Sam schreibt, und es ist Becky, die vorschlägt, dass sie sich am Valentinstag oben auf dem Empire State Building treffen. Es ist auch Becky, die den Brief abschickt.

Ellie hat Shane die ganze Zeit geholfen. Und jetzt hat sie mir geholfen, meinen Terminplan so zu organisieren, dass ich nach New York reisen und Shane dort treffen kann. Ich glaube, sie ist ebenso aufgeregt wie ich. Denn genau wie Becky wünscht sie sich, was wir uns alle wünschen: *Magie.*

„Meine Damen und Herren“, ertönt eine Stimme aus dem Bordlautsprecher. Die Anschnallzeichen leuchten, wir werden gebeten, sämtliche elektronische Geräte auszuschalten und sitzen zu bleiben, bis wir unsere Landeposition erreicht haben.

Ich überprüfe meinen Sicherheitsgurt und verstaue meine Sachen. Beim Landeanflug gehen mir die Ohren zu. Aus dem Fenster sehe ich, dass die Sonne bereits tief am Himmel steht. Ich beobachte, wie Manhattan langsam Form annimmt. Über der berühmten Skyline liegt ein leichter Dunst. Ich war noch nie hier. So viele Gebäude, sie scheinen bis ins Unendliche weiterzugehen.

Drei Monate sind vergangen, seit Shane vor der Haustür meiner Eltern stand und sagte, dass er mich liebt. Seither habe ich nichts von ihm gehört. Keinen Anruf, kein Facebook-Chat, keine E-Mail. Nichts. Natürlich ist das exakt das, worum ich gebeten habe. Freiraum, um mit meiner neuen Situation klarzukommen. Aber trotzdem …

Was ist, wenn er seine Meinung geändert hat?

Eigentlich sind wir am Valentinstag bei Sonnenuntergang verabredet, genau wie im Film, aber genau wie im Film bin ich knapp dran. Wegen des schlechten Wetters in Indianapolis hatte mein Flieger zwei Stunden Verspätung.

Ich kann es kaum erwarten, ihm zu erzählen, was in letzter Zeit alles passiert ist. Neben dem Grafikauftrag für meinen Dad konnte ich zwei kleinere Firmen als Kunden gewinnen. Shane ist mit Carriage House zwar weiterhin bei Safia unter Vertrag, aber Clive hat mich gebeten, das Werbekonzept auf freiberuflicher Basis fertigzustellen, was ich getan habe. Ich hoffe, ich kann trotzdem noch die Wandmalereien gestalten.

In einer lokalen Galerie werden vier meiner künstlerischen Arbeiten ausgestellt, zwei sind kürzlich verkauft worden. Eins zeigt das kleine Mädchen, das mich im Park inspiriert hat, das andere den Blick aus dem Fenster von Shanes Cottage: sanfte Hügel in sonnengeküsstem Braun und Gelb, so weit das Auge reicht.

Ich habe weder mit Bradley noch mit Tonya gesprochen. Ellie arbeitet nach wie vor in der Agentur, aber sie schaut sich nach einem neuen Job um. Sie sagt, die Atmosphäre im Büro sei angespannt. Bradley hält sich bedeckt und arbeitet rund um die Uhr. Tonya ist gewohnt ehrgeizig und sehr schwanger. Clive steckt mitten in seiner zweiten Scheidung. Ein pränataler Vaterschaftstest wurde in Auftrag gegeben.

„Da ist das Empire State Building“, sagt die Frau auf dem mittleren Sitz und beugt sich vor. „Sie haben es für den Valentinstag erleuchtet, sehen Sie?“

Wo? Moment mal, da ist ein hohes Gebäude mit rosafarbenem und weißem Glitzer an der Spitze. „Ist es das?"

Sie nickt lächelnd. Ich schätze, ich hatte das Herz aus dem Film erwartet. Meine Ohren ploppen auf, als wir niedriger werden und die Maschine in den Sinkflug geht. *Ächz*, ich bin wirklich kein routinierter Flieger. Mir wird ganz mulmig im Magen.

Mit geschlossenen Augen lenke ich mich von meinem Unbehagen ab, indem ich mir die Landkarte aus „Schlaflos in Seattle" vorstelle. Die Kamera fährt zurück, und ich sehe eine gepunktete Linie, die sich von Indianapolis aus über die Staaten erhebt und die Stadt mit dem Flughafen unter mir verbinden. Der Effekt ist allerdings weniger dramatisch als im Film, denn so groß ist die Distanz ja nicht.

Zu dumm, dass ich mich noch mit dem Taxi durch Midtown quälen muss. Das Empire State Building liegt zwar nur sechzehn Kilometer vom Flughafen entfernt, aber die Fahrt kann je nach Verkehr zwischen zwanzig und vierzig Minuten dauern. Ich hab's gegoogelt.

Um schneller voranzukommen, bin ich nur mit Handgepäck unterwegs, außerdem habe ich online einen Express-Pass für die Aussichtsplattform in der 86. Etage gekauft, sodass ich weder am Ticketschalter noch am Fahrstuhl warten muss, aber ich weiß, dass es eine Sicherheitskontrolle gibt, die auf jeden Fall Zeit kosten wird.

Was ist, wenn er denkt, dass *ich* meine Meinung geändert habe?

Der Taxifahrer sagt, dass der Verkehr nicht zu schlimm ist, aber was heißt das genau? Ich sehe nur schier endlose Reihen von Autos und Menschen. Plötzlich komme ich mir sehr provinziell vor und fühle mich wie ein Fisch auf dem Trockenen. Ich schaue auf die Zeitanzeige an meinem Handy. Viertel nach sechs. Sonnenuntergang war um halb sechs. Das weiß ich, weil ich das auch gegoogelt habe. Ich schreibe Ellie eine SMS. *Sitze immer noch im Taxi. Flug war verspätet. Drehe gerade durch!*

Oh, da ist es ja! Das Empire State Building. Ich beuge mich vor, am Fahrersitz vorbei, und versuche, durch die Windschutzscheibe bis zur Spitze hochzuschauen. Vielleicht übertreibe ich ein bisschen, ich atme dem Fahrer praktisch ins Ohr.

„Entschuldigung." Ich spähe durchs Seitenfenster. *Warum haben wir angehalten?*

Wir stehen einfach. Sollte ich aussteigen, wie Meg Ryan im Film? Mein Herz rast. Ich will loslaufen. *Ich sollte rennen.*

„Äh, Verzeihung …" Das Taxi fährt wieder an. *Wir bewegen uns.* Okay. Vielleicht ist fahren doch besser. Es ist ziemlich kalt draußen und ein bisschen trostlos. *Gleich sind wir da!* Ich bin so aufgeregt, dass ich im Sitz hin- und herrutsche.

Ich wühle schon in meiner Tasche nach meinem Ticket und nach Geld für den Fahrer. Sobald er bremst, halte ich ihm die Scheine hin.

„Danke!" Ich springe aus dem Wagen und marschiere los. Die Luft ist kühl und feucht, die Art Kälte, die einem bis tief in die Knochen kriecht. Wenigstens schneit oder regnet es nicht. *Hat es im Film geregnet?* Ich kann mich nicht erinnern. Ich schwimme im Strom der Menschen in Richtung Eingang. *Warum sind hier bloß so viele Leute?*

Okay. Ich bin da. Wow, ist das hier riesig. Überall Art déco und Marmor; die Böden, die Wände … Ein Blick nach oben: sogar die Decken. US-Flaggen auf jeder Seite. Wo sind die Fahrstühle? Ich halte einem Mann in Uniform mein Ticket unter die Nase. „Das ist ein Express-Pass, wo kann ich …?"

Er schaut auf das Ticket und deutet auf die dritte Schlange. Sie ist kurz, aber trotzdem: eine Schlange. Natürlich, die Sicherheitskontrolle. Ich schaue auf die Uhr. Halb sieben.

Was ist, wenn Shane nicht hier ist? Sein Foto vom College steht erneut gerahmt auf meinem Nachttisch. Es ist wieder sein

Gesicht, das mich jeden Morgen begrüßt, sein Gesicht, nach dem ich mich sehne. Ich vermisse ihn. Ich liebe ihn. Gesagt habe ich ihm das nie. Was ist, wenn ich nicht mehr die Chance dazu kriege?

Mein Handy summt. Eine neue Nachricht. Von Ellie. *Wie nah bist du dran?*

Ich antworte schnell: *Drinnen. Stecke in der Sicherheitskontrolle fest. Immer noch am Durchdr…*

Weiter komme ich nicht, weil ich jetzt dran bin. Der Sicherheitsmann reicht mir meine Tasche zurück, und ich hole mir mein Handgepäck vom Band, das genau genommen nur aus einer zweiten, etwas größeren Handtasche besteht, weil ich wusste, dass jede Form von Koffer hier verboten ist. *Ja, das habe ich auch gegoogelt.*

„Alles klar?" Ich springe in den Fahrstuhl. Na los, na los, na los … Wir stehen eng gequetscht in der Kabine, die Türen schließen sich, und auf geht's.

Der Aufstieg ist so rasant, dass mein Magen nicht ganz mitkommt. Über die Lautsprecher heißt uns eine Stimme in diversen Sprachen im Empire State Building willkommen, aber man versteht sie kaum, da so viele Leute durcheinanderreden. Die rote LED-Etagen-Anzeige springt von zwei auf zehn. *Wow.* Zwanzig … dreißig … *fünfzig Stockwerke!* Der Typ neben mir sagt, dass die gesamte Fahrt nur eine Minute dauert. *Eine Minute ist viel zu lange!* Sechsundsechzig … Siebzig … Ab jetzt wird jede Etage angezeigt, und ich spüre, wie wir langsamer werden. Achtundsiebzig … neunundsiebzig … achtzig!

Die Türen öffnen sich, und ich bin draußen! Aber hier ist nur der Souvenirshop. Wir müssen noch einmal umsteigen, bevor es in die 86. Etage weitergeht. Hier begrüßt uns ein großes Metallschild auf der Aussichtsplattform. Ich lasse hektisch den Blick schweifen. Wo ist Shane? Ich lasse den Blick über die Gesichter wandern. *Wo ist er?* Schnell mache ich einmal eine Runde innen hinter der Glasfront, dann stelle ich mich in die Schlange für draußen und …

Oh, wow.

Für einen Augenblick bin ich abgelenkt von den unendlich vielen blitzenden Lichtern. Ich quetsche mich zwischen zwei Leute und lehne mich gegen die Betonmauer, um besser gucken zu können. Es ist dunstig, aber man kann trotzdem über den Fluss bis nach Jersey blicken. Der Herr neben mir zeigt seiner Frau das Chrysler Building. In einiger Entfernung fliegt ein Hubschrauber tatsächlich unter uns. Merkwürdigerweise ist es, abgesehen von den Gesprächen um mich herum, still, beinahe friedlich hier oben.

Shane.

Ich drehe mich um und fange an, die Plattform im Uhrzeigersinn abzuschreiten. *Ich bin endlich oben, aber ich sehe ihn nicht!*, schreibe ich Ellie.

Wo ist er? Da, ein dunkelhaariger Mann … Ich werde schneller … Nein, er ist es nicht. Ich bin schon halb herum, und *kein Shane* weit und breit. Dafür jede Menge andere Leute. Es ist so verdammt voll hier und viel größer, als ich gedacht habe. Als ich wieder an meinem Ausgangspunkt ankomme, fange ich noch mal von vorne an. Aber langsam fürchte ich das Schlimmste.

Wieder schreibe ich Ellie: *Ich sehe ihn nicht! Bin schon einmal außen rum gelaufen.*

Sie antwortet sofort: *Nicht aufgeben. Vielleicht schaust du bei den Fahrstühlen?*

Oh, das ist eine gute Idee. Ich arbeite mich zum Haupteingang vor, dorthin, wo die Besucher zum ersten Mal ins Freie treten. Auf diese Weise habe ich jeden Neuankömmling im Blick und auch jeden, der die Plattform verlässt. Ich stelle meinen Kragen auf und ziehe die Schultern hoch, um mich gegen die Kälte zu schützen.

Ein Paar läuft händchenhaltend vorbei. Nun ja, viele Paare

halten Händchen. Es ist schließlich Valentinstag. *Vielleicht hat er seine Meinung ja wirklich geändert?* Allein bei dem Gedanken bildet sich ein schmerzhafter Knoten in meinem Bauch. Ich glaube nicht, dass ich noch eine Valentinstag-Enttäuschung ertragen könnte. Wieder schaue ich auf die Uhr. Es ist so spät. Ich bin viel zu spät.

Von oben ertönt eine Art Knistern. Ich schaue hoch, so wie alle anderen auch. *Was ist das bloß?* Es kommt aus den Lautsprechern. Es ist … es ist Musik und … *Tom Hanks Stimme?* „Sie sind es."

„Ich bin es." *Das ist Meg Ryan.*

„Das ist ‚Schlaflos in Seattle'", sage ich laut. Die Frau neben mir beäugt mich skeptisch, gibt meine Information dann aber an ihre Freundin weiter.

Spielen die das jetzt über die Lautsprecheranlage ab?

„Ich liebe den Film", seufzt eine andere Frau.

„Vielleicht ist das ein Extra zum Valentinstag", vermutet jemand.

Die Leute schauen sich an und tauschen weiter Mutmaßungen aus. Mit großen Augen mustere ich jeden Einzelnen. Aber nichts weiter passiert, außer dass die Filmdialoge weiter klar und deutlich über die Lautsprecher kommen.

„Wir sollten gehen", sagt Sam, mit der Stimme von Tom Hanks. „Wollen wir?" Das vertraute Lied „Make Someone Happy" setzt mit seinem beherzten *bumm, bumm … bumm, bumm* ein, um den Film zu beenden. Er wird lauter und lauter. *Bumm, bumm … bumm, bumm.*

Jetzt reckt wirklich jeder den Hals und schaut sich um.

It's so important to make someone happy …

„Oh!" Ein kollektiver Seufzer entfährt der Menge.

Ich beuge mich vor, um zu sehen, was los ist. Zwei Paare haben spontan angefangen zu tanzen. Ein anderes Paar beginnt, sich zu drehen. Dann noch eins.

„Das ist ein Flashmob!“, rufen ein paar Stimmen.

Das wäre dann mein erster. Plötzlich scheint die gesamte Aussichtsplattform voller Tänzer jeglichen Alters zu sein. Immer mehr Menschen fangen an, sich im Rhythmus des kultigen Songs zu bewegen.

Make just someone happy …

Ich trete lachend zurück, um Platz zu machen. *Das ist wirklich cool.* Ich wünschte, Shane wäre hier, um das mit mir zu sehen. Die Leute zücken ihre Handys, um Aufnahmen zu machen. Vielleicht sollte ich auch …

Habe ich gerade meinen Namen gehört? Ich drehe mich um, sehe aber niemanden. *Da, schon wieder.* Ich trete vor, um einen Blick zwischen die Tanzenden zu werfen. Sie wirbeln zur Seite und machen den Weg für einen kleinen Jungen frei: rote Jacke, dunkle Haare, rotgelber Rucksack.

Das kann nicht sein.

Er bleibt stehen und zupft am Mantel einer lächelnden Dame. „Entschuldigen Sie, sind Sie Kensington?“

Mein Herz schlägt einen Trommelwirbel. Ich muss mich verhört haben … oder etwa nicht? In meinen Augen brennen bereits Tränen. Bereit, jeden Augenblick überzufließen. *Das kann wirklich nicht sein.*

Der Junge schaut in die andere Richtung, und ich muss mich ducken, um zwischen den Tänzern hindurchspähen zu können. Er spricht eine Frau mit kurzen dunklen Haaren an. Ich kann sie nicht hören, aber ich sehe, wie sie den Kopf schüttelt. Alle schauen ihm zu, lächeln, kommentieren. Die Tänzer wogen im Takt um ihn herum, beinahe mit ihm.

Jetzt kommt er … *oh mein Gott,* er kommt auf … *mich* zu. „Entschuldigen Sie, sind Sie Kensington?“

Meine Augen sind vermutlich so groß wie Spiegeleier. Ich kriege kein Wort raus, also lächele ich und nicke. Um mich herum höre ich ein Raunen: *Das ist sie. Das ist das Mädchen.* Mir wird die Brust so eng, dass ich kaum mehr Luft kriege. Unter den aufmerksamen Blicken der Menge schaue ich mich um.

„Dann ist das, was in meinem Rucksack ist, für Sie." Er dreht sich um.

Die kratzige Stimme von Jimmy Durante singt weiter über Liebe und dass man an seinem besonderen Anderen festhalten soll. Ich bin am Valentinstag auf der Spitze des Empire State Buildings und spreche mit, nun ja, *Jonah*. Es ist total surreal.

Wieder schaue ich mich um. Das Paar neben mir versetzt mir einen leichten Stoß mit dem Ellbogen. „Na los, gucken Sie schon, was da drin ist."

Ich befeuchte meine Lippen, atme tief durch, um meine Nerven zu beruhigen, und öffne langsam die Klappe des Rucksacks. *Ach, du liebe Güte.* Es ist das Schweinemonster. Ich ziehe es lachend heraus, zur Riesenfreude der Umstehenden. Ein Blitzlicht leuchtet auf, dann ein zweites.

Plötzlich schnappt jemand hörbar nach Luft. „Sein Hals!"

Tatsächlich! Das Monster trägt eine Bonbon-Kette um den Hals, und daran hängt ein Ring. Jetzt verschwimmt alles vor meinen Augen, ich kann die Tränen nicht länger zurückhalten, sie laufen über meine Wangen und über die Finger, die ich vor meinen weit geöffneten Mund gepresst habe. *Da ist ein Ring.*

Ich blicke auf. Wo ist er? *Wo?*

Die Tänzergruppe teilt sich, und da steht, wie eine Verrückte winkend … „Ellie?" *Oh mein Gott.* „Mom? Dad?" Ich fasse es nicht. Auch Ren ist da, an Graysons Seite, und deutet grinsend auf das Plüschmonster. Tante Greta lächelt unter Tränen, die Kamera schussbereit. Wieder leuchtet ein Blitzlicht auf.

Meine ganze Familie ist hier. *Sie sind alle hier.* Mein Herz birst förmlich vor Glück. Das hat er alles für *mich* gemacht. Aber wo ist …? Meine Familie tritt beiseite.

Shane.

Er trägt Jeans, einen grauen Strickpullover und einen Mantel und sieht aus, als wäre er geradeswegs einem Modemagazin entstiegen. In seinen Augenwinkeln bilden sich winzige Lachfältchen, und schon ist's um mich geschehen. Ich kann meine Tränen gar nicht so schnell wegwischen, wie sie fallen, ich sehe überhaupt nichts mehr.

„Hier, Süße." Jemand reicht mir ein Papiertaschentuch.

Ich unterdrücke ein Lachen und tupfe in meinem Gesicht herum. Es ist hoffnungslos. Ich ertrinke in Emotionen, schnappe mühsam nach Luft und klammere mich schluchzend an das Schweinemonster.

Der kleine Junge steht immer noch neben mir, als Shane auf mich zukommt. Die Musik verklingt, und Stille legt sich über die Aussichtsplattform. Es ist plötzlich so still, als ob die ganze Welt den Atem anhält.

Shane kniet vor mir nieder, was ein kollektives „Ohhhhh" zur Folge hat.

Er hat Mühe, seine Gefühle unter Kontrolle zu behalten. Sein Kiefermuskel bebt. Seine Augen schimmern verdächtig. Oh, wie ich sein Gesicht vermisst habe.

„Heirate mich." Mehr sagt er nicht.

Mein Gott, mehr braucht er auch nicht zu sagen.

Es ist besser als jedes Filmzitat.

Ich lächele aus vollem Herzen und flüstere: „Ich liebe dich, Shane."

Jubel brandet auf. Tante Greta umarmt Mom und wischt sich lächelnd über die Augen. Dad strahlt. Sogar Grayson hat feuchte Augen. Ellie und Ren lachen und schluchzen gleichzeitig.

Ich blicke in kupferbraune Augen, in denen ein warmes, hoffnungsvolles Licht glüht, und sehe plötzlich unsere ganze Geschichte vor mir.

Es ist die Geschichte von Shane und Kenzi.

Die Magie des Jungen, der sein Mädchen findet, das bittersüße Wechselbad der Gefühle, das Glück, füreinander bestimmt zu sein. Es ist völlig egal, ob eine romantische Komödie dem vorhersehbaren Muster folgt, wir fühlen uns davon angesprochen, weil sie ihre Wurzeln in der Wahrheit hat. In der *Magie*.

Heißt das, ein perfektes Happy End ist garantiert? Auf keinen Fall, und das ist auch gut so. Ich möchte gar keine Perfektion, im Gegenteil. Ich *will* die unvorhersehbaren Ereignisse. Das gilt natürlich ganz besonders für das Ereignis, das sich in etwa sechs Monaten dauerhaft in unserem Leben einrichten wird. Ich lächele Shane an. Wetten, dass er *damit* überhaupt nicht rechnet?

Die Menge applaudiert, als er mich in die Arme nimmt und küsst. Es ist ein süßer, hinreißender Kuss, ein echter Kinokuss. Ein Kuss, mit dem unsere Liebe wie im Film endet und unser neues Leben beginnt.

Ein Leben wie im Film.

Danksagung

Stars im wirklichen Leben

Ich danke meiner kritischen Partnerin und Freundin Kaci, die vom ersten Entwurf an hinter dieser Geschichte stand. Tief empfundener Dank gebührt auch meinem großartigen Team aus kritischen Testlesern: Cristin, Amy, Stacey, Sharon, Claudia, Rox, Andrea und Nicola. Ich bete jede Einzelne von euch an.

Besonderer Dank gilt meiner Superagentin Jenny Bent dafür, dass sie an dieses Buch geglaubt und mich unter ihre bewundernswerten Fittiche genommen hat, und meiner wunderbar lustigen Lektorin Abby Zidle und allen Leuten hinter den Kulissen, die den Titel nicht nur ans Tageslicht befördert, sondern auch zum Funkeln gebracht haben.

Und natürlich danke ich den Lesern! Genau wie Kenzi bin ich der Meinung, dass wir alle uns ein Leben voller großer magischer Momente wünschen. „Herzkonfetti und Popcornküsse“ war für mich definitiv einer dieser Momente, und ich hoffe, dass die Lektüre euch in Erinnerung ruft, wie wichtig es sein kann, im eigenen Leben die Bühne für solche magischen Augenblicke freizuräumen.

Zu guter Letzt danke ich Gott, dem großen Regisseur im Himmel, weil er immer dann, wenn das Leben der Handlung unerwartete Wendungen aufzwingt, zeigt, dass es einen anderen Weg zum Happy End gibt.